Alle Rechte, einschließlich das des vollständigen oder
auszugsweisen Nachdrucks in jeglicher Form, sind vorbehalten.

Der Preis dieses Bandes versteht sich einschließlich
der gesetzlichen Mehrwertsteuer.

Umwelthinweis:
Dieses Buch wurde auf chlor- und säurefreiem Papier gedruckt.

Die Angst im Nacken

Anna North lebt als erfolgreiche Autorin in New Orleans. Jetzt holt die Vergangenheit sie ein: Die Tochter einer Hollywoodschauspielerin konnte als kleines Mädchen einem Entführer entkommen und schlüpfte aus Angst vor Rache in eine neue Existenz. Als eine Fernsehsendung ihre wahre Identität enthüllt, überschlagen sich die Ereignisse: Mysteriöse Briefe tauchen auf, ihre Patentochter wird entführt, und Frauen – rothaarig wie Anna – werden ermordet. Ist sie das nächste Opfer? Die junge Frau spürt den Atem des Entführers im Nacken.

Die Handlung und Figuren dieses Romans sind frei erfunden.
Ähnlichkeiten mit lebenden oder verstorbenen Personen
sind nicht beabsichtigt und wären rein zufällig.

Erica Spindler

Die Angst im Nacken
Roman

Aus dem Amerikanischen von
Margret Krätzig

MIRA® TASCHENBUCH
Band 25114
1. Auflage: Dezember 2004

MIRA® TASCHENBÜCHER
erscheinen in der Cora Verlag GmbH & Co. KG,
Axel-Springer-Platz 1, 20350 Hamburg
Deutsche Taschenbucherstausgabe

Titel der nordamerikanischen Originalausgabe:
Bone Cold
Copyright © 2001 by Erica Spindler
erschienen bei: Mira Books, Toronto
Published by arrangement with
Harlequin Enterprises II B.V., Amsterdam

Konzeption/Reihengestaltung: fredeboldpartner.network, Köln
Umschlaggestaltung: pecher und soiron, Köln
Titelabbildung: by GettyImages, München
Autorenfoto: © by Harlequin Enterprise S.A., Schweiz
Satz: D.I.E. Grafikpartner, Köln
Druck und Bindearbeiten: Ebner & Spiegel, Ulm
Printed in Germany
ISBN 3-89941-150-1

www.mira-taschenbuch.de

PROLOG

Juni 1978
Südkalifornien

Die dreizehnjährige Harlow Anastasia Grail litt Todesangst, während sie sich mit dem weinend an sie gekauerten Timmy in eine Ecke des dunklen, fensterlosen Raumes drückte.

Der Filzteppich roch leicht nach Urin, genau wie die Matratze, auf der sie vor Stunden mit Timmy erwacht war. Oder vor Tagen? Harlow hatte jegliches Zeitgefühl verloren, seit sie mit Timmy von Monica, der Kinderschwester, der ihr Vater vertraut hatte, in ein fremdes Auto gelockt worden war.

Er hatte drinnen gewartet, der Mann, den Monica Kurt nannte.

Harlow schauderte bei der Erinnerung an sein kaltes Lächeln. Sie hatte sofort gewusst, dass er ihr und Timmy etwas antun wollte. Schreiend hatte sie nach dem Türgriff gelangt. Er hatte sie fest gehalten, bis Monica ihr etwas spritzte, das ihre Welt in Dunkelheit versinken ließ.

„Ich will nach Hause!" wimmerte Timmy. „Ich will zu Mom."

Beschützend zog Harlow den Jungen enger an sich. Es war ihre Schuld, dass er hier war. Sie musste sich um ihn kümmern, sie war für ihn verantwortlich. „Es wird alles gut. Ich beschütze dich."

Aus dem Nachbarzimmer klang eine Fernsehreportage herüber:

„... im Entführungsfall der kleinen Harlow Grail und ihres Freundes Timmy Price. Harlow Grail, Tochter der Schauspielerin Savannah Grail und des Schönheitschirurgen Cornelius Grail aus Hollywood, war aus den Stallungen des Familienanwesens entführt worden. Der sechsjährige Sohn der Haushälterin war Harlow offenbar in die Stallungen gefolgt und wurde ebenfalls entführt. Die

Behörden glauben, dass er nur ein zufälliges Opfer ist, und die FBI-Agenten ..."

Ein Krachen, dann das Geräusch von splitterndem Holz. „Diese Hurensöhne!"

„Kurt, beruhige dich ..."

„Ich habe ihnen gesagt, was passiert, wenn sie die Polizei einschalten! Diese dämlichen Hollywood-Arschlöcher! Ich habs Ihnen gesagt ..."

„Kurt, um Himmels willen, nicht ..."

Die Tür flog auf und krachte gegen die Wand. Kurt stand im Rahmen, heftig atmend, das Gesicht weiß vor Wut. Monica und die andere Frau, die sie Sis nannten, verharrten ängstlich hinter ihm.

„Deine Eltern haben nicht auf mich gehört!" sagte er leise, mit vor Hass vibrierender Stimme. „Schade um euch."

„Lassen Sie uns gehen!" flehte Harlow und hielt Timmy fest. Der Junge drückte sich hysterisch schluchzend an sie.

Kurt lachte grausam. „Verwöhnte kleine Göre. Wie soll ich bekommen, was ich haben will, wenn ich euch gehen lasse?"

Er war mit wenigen Schritten bei ihr und entriss ihr Timmy.

„Ha'low!" schrie der Junge angstvoll auf.

„Lassen Sie ihn los!" Als sie aufsprang, ihm zu helfen, schossen Monica und Sis vor und hielten sie zurück. Harlow wehrte sich, doch die beiden waren stark. Sie hielten sie an den Armen fest, dass sich ihre Nägel in ihr Fleisch bohrten.

Kurt warf den zappelnden Jungen auf die schmutzige Pritsche und hielt ihn nieder. „Sieh gut hin, Prinzessin!" forderte er sie auf. „Sieh dir an, was deine Eltern angerichtet haben. Sie haben nicht auf mich gehört. Ich hatte sie gewarnt, sich nicht an die Behörden zu wenden. Ich habe ihnen gesagt, welche Konsequenzen das hat. Sie haben das zu verantworten, diese dummen Hollywood-Arschlöcher." Damit schnappte er sich ein Kissen und presste es Timmy auf das Gesicht.

„Nein!" Ihr Schrei hallte von den Wänden wider. „Nein!"

Timmy kämpfte. Er zerkratzte Kurt die Hände, heftig zunächst, dann langsam schwächer werdend. Harlow sah entsetzt zu und flehte tränenüberströmt um sein Leben.

Schließlich lag Timmy still. „Nein!" schrie sie noch einmal. „Timmy!"

Kurt richtete sich auf. Er drehte sich ihr zu, die Lippen zu einem bösen Lächeln verzogen. „Du bist dran, Prinzessin."

Er und Monica zerrten sie in die Küche. Sie sagte sich, dass sie kämpfen müsse, doch das lähmende Entsetzen ließ sie nur noch flehen. Monica zerrte ihr die rechte Hand über das fleckige abgesplitterte Porzellanspülbecken.

„Bereit oder nicht, es geht los", sagte Kurt.

Harlow sah das Aufblitzen von Metall, eine Art Schere oder Zange, und wollte aufschreien.

Er nahm ihre rechte Hand, die Zange schloss sich um den kleinen Finger. Ein heißer, betäubender Schmerz, dann das Knacken von Knochen.

Der Spülstein färbte sich rot. Harlows Blick verschwamm, und die Welt versank in Dunkelheit.

Der Schmerz zog Harlow in heftigen an- und abschwellenden Wellen von der bandagierten Hand den Arm hinauf. Wenn er besonders schlimm war, erfüllte bitterer stählerner Geschmack ihren Mund und verursachte ihr Übelkeit. Sie biss sich fest auf die Unterlippe, um nicht laut loszuheulen. Sie musste leise sein, absolut still. Kurt und die anderen glaubten, sie schliefe, benebelt von den Schmerztabletten, die Monica ihr gegeben hatte. Doch sie hatte nur so getan, als hätte sie sie geschluckt.

Eine neue Schmerzwelle verging, und Harlow hatte einige Sekunden Ruhe vor den Qualen. Tränen des Entsetzens und der Hoffnungslosigkeit standen ihr in den Augen. Eine neue Schmerzwelle zog heran. Schwindelig, am Rande einer Bewusstlosigkeit, bekam sie kaum noch Luft. Sie durfte jetzt nicht ohnmächtig werden. Sie durfte Schmerz und Angst nicht nachgeben. Nicht wenn sie überleben wollte. Ihre Eltern würden heute Nacht das Lösegeld zahlen. Sie hatte Kurt zu den anderen sagen hören, dass er sie gehen ließe, sobald er das Geld habe.

Er log, dieser gemeine Bastard. Er hatte Timmy umgebracht, obwohl der Junge ihm nichts getan hatte. Der liebe kleine Timmy. Er hatte nur nach Hause gewollt.

Und dieser dreckige Mistkerl würde auch sie umbringen, gleichgültig, was er den anderen versprach. Auch wenn sie erst dreizehn war, sie war nicht dumm, sie hatte die Gesichter von allen dreien gesehen und konnte sie identifizieren. Dieses Risiko würde Kurt nicht eingehen.

Harlow erhob sich vorsichtig von der Pritsche, damit die Federn nicht quietschten, und kroch über den Filzteppich zur Tür. Sie presste das Ohr daran. Kurt sagte etwas, aber sie konnte nicht genau verstehen, was. Es betraf sie und die Geldübergabe.

Es geschieht heute Nacht!

Harlow eilte zur Pritsche zurück, legte sich hin und schloss die Augen. Sie hörte das Klicken des Türknaufs, der gedreht wurde, dann das leise Aufschwingen der Tür. Jemand trat ein und blieb neben ihrer Pritsche stehen.

Die Tür war wieder nicht abgeschlossen. Warum sollten sie sie auch verschließen? Die gehen davon aus, dass ich wegen der Medikamente fest schlafe.

Ihr Besucher beugte sich über das Bett, und Harlow merkte, dass es die ältere Frau war, Sis. Sie erkannte es an ihrem Geruch nach Rosen und Babypuder, süße Düfte, die den Gestank von Zigaretten nur teilweise überlagerten.

Sis beugte sich zu ihr herunter. Harlow spürte ihren Atem auf dem Gesicht und zwang sich, vollkommen still zu liegen und nicht zurückzuweichen.

„Süßes Lamm", flüsterte Sis. „Es ist jetzt fast überstanden. Sobald Kurt das Geld hat, wird alles gut."

Er ist losgefahren, es zu holen. Die Zeit läuft ab.

„Ich konnte ihn vorhin nicht aufhalten. Er war außer sich. Er ... Deine Eltern hätten sich ihm nicht widersetzen sollen. Es war ihr Fehler. Sie tragen die Verantwortung ..." Sie sprach weinerlich. „Ich habe getan, was ich konnte. Du musst verstehen, er ..."

Du hast nicht getan, was du konntest. Du hättest Timmy retten können, du alte Hexe! Du hast immer so viel Aufhebens um ihn gemacht, aber du hast keinen Finger gerührt, ihn zu retten. Ich hasse dich!

„Ich komme zurück." Die Frau presste ihr einen Kuss auf die Stirn. Harlow hätte fast aufgeschrien. „Schlaf schön, kleine Prinzessin. Es ist bald vorbei."

Die Frau verließ den Raum und zog die Tür zu. Harlow lauschte aufmerksam auf das Klicken, das ein Abschließen der Tür angezeigt hätte.

Nichts.

Sie öffnete die Augen einen Spalt. Sie war allein. Vorsichtig richtete sie sich mit heftigem Herzklopfen auf, besorgt, mit dem kleinsten Geräusch die ältere Frau zu alarmieren. Offenbar hatte sie sich zu schnell aufgesetzt. Benommen vor Schwindel, musste sie sich an der Pritschenkante fest halten. Sie verharrte und atmete tief ein und aus, bis ihr Kopf klarer wurde.

Reglos wartete sie noch einen Moment und sammelte ihre Gedanken. Soweit sie es in den letzten Tagen mitbekommen hatte, wurde sie in einem kleinen, relativ abgelegenen Haus festgehalten. Sie hatte keine Geräusche von Verkehr oder Passanten gehört, und niemand hatte an der Tür geläutet. Am Morgen hatten die Vögel gezwitschert, und nachts hörte sie zweimal Kojoten heulen.

Wenn ich nun niemand finde, der mir hilft? Was, wenn ich mich verlaufe? Wenn der heulende Kojote mich findet und zerreißt?

Handle oder stirb, sagte sie sich zitternd. Kurt würde sie töten. Wenn sie davonlief, hatte sie zumindest eine Chance. Ihre einzige.

Harlow erhob sich von der Pritsche und schwankte leicht. Vorsichtig schlich sie zur Tür und öffnete sie einen Spalt. Der Raum dahinter schien leer zu sein. Der Fernseher lief, war aber ohne Ton. Eine Zigarette brannte im Aschenbecher auf der Armlehne des Sessels, und ein Kringel beißender Rauch stieg zur Decke.

Ich muss los! Ich muss rennen!

Bei dem Gedanken setzte sie sich auch schon in Bewegung. Sie erreichte die Haustür, entriegelte sie und riss sie auf. Mit einem leisen, unwillkürlichen Aufschrei taumelte sie in die dunkle, sternenlose Nacht und begann zu rennen, blindlings, schluchzend, über verdorrte Erde und durch ein Dickicht. Sie fiel kopfüber in einen Graben, zog sich wieder heraus, rappelte sich auf und lief weiter.

Sie erreichte eine verlassene Straße. Und sofort keimte Hoffnung in ihr. Hier musste jemand sein, irgendwer …

Im selben Moment kam ein Auto den Hügel herauf. Seine Scheinwerfer durchschnitten die Dunkelheit, trafen auf sie. Sie stand wie erstarrt, zitternd, zu schwach und erschöpft, um auch nur zu winken. Die Lichter kamen näher, der Fahrer hupte.

„Helft mir!" flüsterte sie und fiel auf die Knie. „Bitte, helft mir!"

Das Auto kam mit kreischenden Rädern zum Stehen. Eine Tür ging auf, Schritte auf dem Asphalt.

„Frank, nein!" bat die Frau. „Was ist, wenn ..."

„Um Himmels willen, Donna, ich kann nicht einfach ... Oh mein Gott, es ist ein Kind!"

„Ein Kind?" Die Frau stieg aus dem Wagen. Harlow hob den Kopf, und die Frau japste: „Du lieber Himmel, sieh dir ihr rotes Haar an. Sie ist es. Die Kleine, nach der alle suchen. Harlow Grail."

Der Mann gab einen ungläubigen, skeptischen Laut von sich. Er sah sich um, als werde ihm plötzlich klar, dass sie in Gefahr sein könnten.

„Das gefällt mir nicht", sagte die Frau ängstlich. „Lass uns weiterfahren."

Der Mann stimmte zu. Er hob Harlow hoch und hielt sie vorsichtig auf den Armen. „Es wird alles gut", tröstete er leise auf dem Weg zu seinem Auto. „Wir bringen dich heim. Du bist in Sicherheit."

Harlow ließ sich zitternd an ihn sinken und wusste, dass sie sich nie wieder sicher fühlen würde.

1. KAPITEL

Mittwoch, 10. Januar 2001,
New Orleans, Louisiana.

„Timmy! Nein!"

Anna saß kerzengerade im Bett, in kalten Schweiß gebadet. Timmys Name und ihr Schrei schienen von den Schlafzimmerwänden zurückzuhallen.

Erschrocken zog sie sich die Bettdecke unters Kinn und sah sich ängstlich um. Als sie eingeschlummert war, hatte die Nachttischlampe noch gebrannt. Sie schlief immer bei Licht. Doch jetzt war alles dunkel. Die Schatten in den Zimmerecken schienen sie zu necken. Versteckte sich dort jemand? Wenn ja, wer?

Kurt. Er holte sie, um zu beenden, was ihm vor dreiundzwanzig Jahren nicht gelungen war. Um sie zu strafen – für ihre Flucht und das Durchkreuzen seiner Pläne.

Bereit oder nicht, es geht los.

Anna sprang aus dem Bett und lief den Flur hinunter ins Bad. Sie konnte gerade noch den Toilettendeckel hochreißen, beugte sich vor und übergab sich, bis ihr Magen leer war.

Sie wischte sich den Mund mit einem abgerissenen Streifen Toilettenpapier ab, den sie in die Toilette warf und abzog. Ihre rechte Hand schmerzte. Sie brannte, als hätte Kurt ihr soeben den kleinen Finger abgetrennt, um ihn als Warnung an ihre Eltern zu schicken.

Doch dieses Verbrechen war vor einer Ewigkeit geschehen. Sie war noch das Kind Harlow Anastasia Grail gewesen, die kleine Hollywoodprinzessin. Heute hatte sie eine andere Identität.

Sie drehte den Hahn am Waschbecken auf und wusch sich das Gesicht mit kaltem Wasser.

Sie lebte in Sicherheit, in ihrem eigenen Apartment. Außer zu ihren Eltern hatte sie alle Verbindungen zu ihrer Vergangenheit gekappt. Keiner ihrer Freunde oder Geschäftspartner kannte ihre wahre Identität. Nicht mal ihr Verleger oder ihr Literaturagent. Sie war jetzt Anna North, und das schon seit vielen Jahren.

Selbst wenn Kurt nach ihr suchen sollte, würde er sie nicht finden. Sie zog das Handtuch aus der Ringhalterung und trocknete sich das Gesicht. Kurt würde nicht nach ihr suchen. Dreiundzwanzig Jahre waren vergangen. Das FBI war damals sicher gewesen, dass der Mann, den sie als Kurt kannte, keine Gefahr für sie darstellte. Sie glaubten, dass er nach Mexiko geflohen war. Die Entdeckung von Monicas Leiche in der Grenzstadt von Baja California sechs Tage nach ihrer Flucht hatte diese Annahme gestützt.

Verärgert über ihre Angst, warf sie das Handtuch auf die Ablagefläche. Wann würde sie das alles endlich hinter sich lassen? Wie viele Jahre mussten noch vergehen, ehe sie ohne Licht schlafen konnte?

Wenn Kurt gefasst worden wäre, hätte sie ihn vergessen und nie mehr darüber nachgedacht, ob er sich rächen wollte. Ihre Flucht hatte die Lösegeldübergabe hinfällig gemacht. Vermutlich hatte er sie verflucht.

Sie betrachtete sich streng im Spiegel. Wenn sie ihre Albträume schon nicht kontrollieren konnte, dann wenigstens ihr Leben. Sie hatte nicht vor, sich von ihren Ängsten beherrschen zu lassen.

Wieder im Schlafzimmer, holte sie Shorts aus der Kommode und zog sie zu ihrem T-Shirt an. Da sie nicht schlafen konnte, wollte sie wenigstens arbeiten. Sie hatte eine neue Idee für eine Geschichte. Warum nicht jetzt damit anfangen? Aber zunächst brauchte sie Kaffee.

Auf dem Weg in die Küche kam sie an ihrem Büro vorbei – ein Schreibtisch in der Ecke des Wohnzimmers – und schaltete den

Computer ein. Im Flur ging sie zur Wohnungstür und prüfte gewohnheitsmäßig den Sicherheitsriegel.

Im selben Moment pochte jemand an die Tür, und sie sprang erschrocken zurück.

„Anna! Ich bin es, Bill ..."
„Und Dalton!"
„Alles in Ordnung bei dir?"

Bill Friends und Dalton Ramsey, ihre Nachbarn und besten Freunde. Gott sei Dank!

Sie öffnete, und die beiden standen besorgt im Flur. Von dort kam auch das Jelpen von Judy und Boo, den beiden Hunden des Paares. „Was um alles in der Welt ... du hast mich zu Tode erschreckt."

„Wir hörten dich schrei..."

„Ich hörte dich schreien", korrigierte Bill. „Ich war auf dem Rückweg ..."

„Er hat mich sofort geholt." Dalton hielt eine kleine Marmorbuchstütze hoch, eine Kopie von Michelangelos David. „Den habe ich mitgenommen, nur für alle Fälle."

Anna unterdrückte ein Lächeln. Sie stellte sich vor, wie Dalton – in den Fünfzigern und sanftmütig – ein Stück Marmor gegen einen Einbrecher schleuderte. „Für welche Fälle? Dass meine Bibliothek aufgeräumt werden muss?"

Bill kicherte, Dalton schniefte pikiert. „Für den Fall der Verteidigung natürlich."

Zur Verteidigung gegen einen Einbrecher, der längst über alle Berge ist, bis meine Freunde sich gesammelt, eine Waffe ausgewählt und sich zu meiner Tür durchgeschlagen haben. Dem Himmel sei Dank, dass ich nie wirklich Hilfe gebraucht habe.

Sie verkniff sich ein Lachen und schwang die Tür weiter auf. „Ich danke für eure Fürsorge. Kommt herein, ich mache uns Kaffee zu den Beignets."

„Beignets?" fragte Dalton unschuldig. „Ich weiß gar nicht, wovon du sprichst."

Anna drohte mit dem Zeigefinger. „Netter Versuch, aber ich rieche sie. Weil ihr mir zu Hilfe gekommen seid, müsst ihr sie zur Strafe mit mir teilen."

Beignets, die schmalzgebackenen, üppig mit Puderzucker bestreuten Teigrechtecke machten – wie alles in New Orleans – süchtig.

Und sie waren bestimmt nicht für Leute wie Dalton geeignet, der angeblich auf sein Gewicht achtete.

„Er hat mich dazu verleitet", sagte er beim Eintreten mit einem vorwurfsvollen Blick zu Bill. „Du weißt, ich schlage nie solche Schwelgereien vor."

„Richtig." Bill verdrehte die Augen. „Und wessen Figur deutet eine gewisse Neigung zu Schwelgereien an?"

Dalton wandte sich Hilfe suchend Anna zu. Bill war zehn Jahre jünger als er, schlank und athletisch. „Das ist nicht fair. Er isst alles und setzt nicht an. Ich esse nur eine Winzigkeit und ..."

„Winzigkeit? Hah! Frag ihn nach den Knabbereien."

„Ich hatte einen schlechten Tag. Ich brauchte etwas, um mich aufzumuntern."

Anna hakte sich bei beiden unter und führte sie in die Küche. Ihr Albtraum war schon fast vergessen. Die beiden brachten sie stets zum Lachen. Es erstaunte sie immer wieder, dass diese unterschiedlichen Typen ein Paar waren. Sie erinnerten sie an einen Pfau und einen Pinguin. Bill war unverblümt und manchmal provozierend, Dalton hingegen ein spröder Geschäftsmann, dessen Pingeligkeit oft ziemlichen Wirbel verursachte. Trotz aller Unterschiede waren sie seit zehn Jahren zusammen.

„Ich weiß nicht, wer schuld ist an der Schwelgerei, ich bin nur froh, dass jemand die Idee dazu hatte. Eine Beignet-Orgie morgens um zwei ist genau das, was ich brauche."

Vor allem aber war sie dankbar für die Freundschaft der beiden. Sie war ihnen in ihrer zweiten Woche in New Orleans begegnet, als sie sich auf eine Anzeige als Verkäuferin in einem Blumenladen im French Quarter gemeldet hatte. Obwohl sie keine besondere Erfahrung mitbrachte, war sie immer sehr geschickt im Arrangieren von Blumen gewesen. Außerdem brauchte sie einen Job, der ihr Zeit und die notwendige Energie ließ, ihrem eigentlichen Traumberuf nachzugehen, dem der Schriftstellerin.

Dalton erwies sich als Besitzer des Ladens, und sie hatten sich auf Anhieb gemocht. Er hatte Verständnis für ihre Träume gezeigt und ihr gratuliert, dass sie den Mut aufbrachte, sie zu verfolgen. Und im Gegensatz zu den anderen Arbeitgebern, mit denen sie gesprochen hatte, war er nicht pikiert gewesen, weil sie die Arbeit in seinem Laden „Die Perfekte Rose" als Job betrachtete und nicht als Lebensaufgabe.

Dalton hatte sie mit Bill bekannt gemacht, und die beiden Männer hatten sie unter ihre Fittiche genommen. Sie hatten ihr auch die leere Wohnung in Daltons Mietshaus im French Quarter angeboten. Die zwei lebten ebenfalls in dem Haus, quasi Tür an Tür mit ihr. Nach ihrem Einzug hatten sie ihr mit Rat und Tat zur Seite gestanden, damit sie sich schneller eingewöhnte. Sobald sie die zwei besser kannte, hatten sie Anteil an ihren schriftstellerischen Versuchen nehmen dürfen. Und es waren Bill und Dalton gewesen, die ihr nach jeder Ablehnung Mut gemacht und jeden Erfolg mit ihr gefeiert hatten.

Es waren liebe Freunde, und sie würde es mit dem Teufel persönlich aufnehmen, für sie einzutreten. Die beiden täten dasselbe für sie, davon war sie überzeugt.

Es gibt nur einen Teufel. Kurt.

Als lese er ihre Gedanken, sagte Dalton plötzlich besorgt: „Mein Gott, Anna, wir haben dich gar nicht gefragt, ob du in Ordnung bist."

„Mir geht es gut." Sie gab Milch in eine Kasserolle und stellte sie auf den Herd. Dazu holte sie drei Becher aus dem Schrank und gefrorene Kaffeewürfel aus dem Eisfach. „Es war nur ein böser Traum."

Bill half ihr und gab einen Würfel des gefrorenen Kaffeekonzentrats in jeden Becher. „Nicht schon wieder." Er drückte sie kurz. „Arme Anna."

„Das kommt von diesen krankhaften Geschichten, die du schreibst", vermutete Dalton und arrangierte kunstvoll die Beignets auf einer Platte. „Davon bekommst du Albträume."

„Krankhafte Geschichten? Danke, Dalton."

„Finster meinetwegen", schränkte er ein. „Verdreht. Angsteinflößend. Besser?"

„Ja, danke." Sie goss die heiße Milch in die Becher und reichte jedem seinen Café au lait.

Sie trugen Kaffee und Gebäck zu dem kleinen Bistrotisch, nahmen Platz und langten zu. Dalton hatte Recht. Ihre Krimis waren von der Kritik genau mit seinen Worten beschrieben worden, allerdings auch als packend und fesselnd. Es wäre schön, wenn sie genügend Auflage hätten, dass sie davon leben könnte.

Sie stehen sich nur selbst im Weg, hörte sie ihren Agenten sagen.

„Und das von einer so nett und normal wirkenden Lady", bemerkte Bill gespielt entsetzt. „Woher stammen nur diese Ideen? Welche Horrorvorstellungen lauern hinter diesen arglosen grünen Augen?"

Anna gab sich amüsiert. Bill konnte nicht wissen, wie nah er mit seiner Neckerei der Wahrheit gekommen war. Sie war Zeugin größter menschlicher Rohheit geworden. Sie wusste aus erster Hand, zu was Menschen fähig waren.

Dieses Wissen stahl ihr den Seelenfrieden und manchmal, wie heute Nacht, auch den Schlaf. Es beflügelte aber auch ihre Fantasie, was sich in dunklen, unheimlichen Geschichten über Gut gegen Böse niederschlug.

„Wusstet ihr denn nicht", begann sie leichthin, „dass alle meine Recherchen authentisch sind? Also schaut bitte nicht in den Kofferraum meines Wagens, und vergewissert euch, dass eure Türen nachts verschlossen sind." Sie senkte die Stimme. „Wenn ihr wisst, was gut für euch ist."

Für den Bruchteil einer Sekunde starrten die Männer sie an, dann lachten sie. „Sehr witzig, Anna. Besonders, da das Homo-Pärchen in deiner geplanten neuen Geschichte verprügelt wird."

„Da wir gerade davon sprechen", wandte Bill ein und wischte an seinem Platz den Puderzucker von der Tischplatte. „Hast du schon eine Reaktion auf deine neue Buchidee bekommen?"

„Noch nicht, aber ich habe sie ja erst vor ein paar Wochen eingeschickt. Ihr wisst, wie langsam Verlage sein können."

Bill schnaubte angewidert. Als Werbe- und Public-Relations-Experte stand er die meiste Zeit beruflich unter Dampf. „In meinem Metier könnten die keine zwei Minuten bestehen. Die gingen unter wie nix."

Anna stimmte gähnend zu, legte eine Hand vor den Mund und gähnte wieder.

Dalton sah auf seine Uhr. „Großer Gott, ich hatte keine Ahnung, dass es schon so ..." Er wandte sich Anna zu. „Ach, ich hätte fast vergessen, dir zu sagen, du hast wieder einen Brief von deinem kleinen Fan bekommen. Von der aus Mandeville, auf der anderen Seite des Lake Pontchartrain. Er kam heute in die ‚Perfekte Rose'."

Einen Moment wusste Anna nicht, wovon er sprach. Dann erinnerte sie sich. Vor einigen Wochen hatte sie den Fanbrief einer Elfjährigen namens Minnie erhalten. Ihr Agent hatte ihn mit einem Packen anderer Briefe an sie weitergeleitet.

Obwohl sie leicht beunruhigt gewesen war, dass ihre für Erwachsene geschriebenen Romane von einem Kind gelesen wurden, war der Brief charmant gewesen. Die Kleine hatte sie an das Mädchen erinnert, das sie selbst vor der Entführung gewesen war, ein Kind, das die Welt als wunderbaren Ort voller lächelnder Gesichter erlebte.

Minnie hatte ihr versprochen, falls Anna ihr antworte, werde sie auf ewig ihr treuester Fan sein. Auf die Rückseite des Umschlags hatte sie Herzen und Blümchen gemalt und die Buchstaben V.M.E.K., versiegelt mit einem Kuss.

Anna war so angetan gewesen, dass sie den Brief sofort beantwortet hatte.

Dalton zog den neuen Umschlag aus der Jacke seines Trainingsanzugs und reichte ihn ihr. Anna runzelte die Stirn. „Du hast ihn mitgebracht?"

Bill verdrehte die Augen. „Er hat ihn sich geschnappt, nachdem er den David aus seiner Waffenkollektion ausgewählt hatte. Ich konnte ihn gerade noch daran hindern, auch noch Muffins zu backen."

Dalton schnaubte gekränkt. „Ich habe versucht zu helfen. Das nächste Mal lasse ich es."

„Hör nicht auf ihn", riet Anna ihm, nahm den Brief und warf Bill einen warnenden Blick zu. „Du weißt, was für ein Lästermaul er ist."

Bill deutete auf den Brief. Der Umschlag war wie der vorherige mit Herzchen, Blümchen und den Buchstaben V.M.E.K. verziert. „Er kam direkt zur ‚Perfekten Rose', Anna. Nicht über deinen Agenten."

„Direkt in den Laden?" Erschrocken erkannte sie ihren Fehler. In ihrem Eifer, dem Kind zu antworten, hatte sie, alle Vorsicht außer Acht lassend, das Briefpapier der „Perfekten Rose" genommen, einige Zeilen darauf gekritzelt und den Brief in die Post gegeben.

Wie hatte sie so dumm sein können? So sorglos?

„Öffne ihn", drängte Bill. „Lass uns schauen, was drinsteht. Du bist doch neugierig."

Sie war neugierig. Nichts war so befriedigend wie von einem Leser zu hören, wie gut ihm ihr Werk gefiel. Andererseits hatte dieser Kontakt zu Fremden und das Wissen, dass sie durch die Romane Einblick in ihre Gefühle und Gedanken bekamen, auch etwas Beklemmendes.

Durch ihre Arbeit bekamen diese Menschen irgendwie Zugang zu ihrem Leben.

Sie öffnete den Umschlag, zog den Brief heraus und las. Bill und Dalton ebenfalls, indem sie ihr über die Schulter blickten.

Liebe Miss North,
ich war ganz aufgeregt, als ich Ihren Brief bekam! Sie sind meine liebste Autorin auf der ganzen Welt. Ehrlich. Mein Kätzchen denkt, Sie sind auch die beste. Sie ist weiß und gold und hat grüne Augen. Sie ist meine beste Freundin.

Unsere Leibgerichte sind Pizzas und Chee-tos, aber die bekommen wir nicht so häufig von ihm. Einmal habe ich einen Beutel stibitzt und mit Tabitha alles aufgegessen. Meine Lieblingsgruppe sind die Backstreet Boys. Und wenn er mich rauslässt, sehe ich mir Dawsons Creek an.

Ich bin so froh, dass Sie meine Freundin sind. Manchmal wird es hier sehr langweilig. Ich hatte ein schlechtes Gewissen, weil Sie mir gesagt haben, ich wäre zu jung für Ihre Bücher. Ich glaube, Sie haben Recht. Und wenn Sie nicht möchten, dass ich sie lese, werde ich es nicht tun. Das verspreche ich. Er weiß sowieso nicht, dass ich sie lese, und er wäre sehr böse, wenn er es herausfände.

Er macht mir manchmal Angst.
Ihre (Brief)Freundin Minnie

Anna las die letzten Zeilen mehrfach und mit Beklemmung. *Er* machte *ihr* Angst? *Er* gab ihnen nicht häufig Pizza und Chee-tos?

„Was glaubst du, wer dieser ‚er' ist?" fragte Dalton. „Ihr Dad?"

„Ich weiß nicht", erwiderte sie stirnrunzelnd. „Er könnte ihr Großvater oder ein Onkel sein. Offenbar lebt sie mit ihm zusammen."

„Wenn ihr mich fragt, klingt das ein bisschen unheimlich." Bill verzog skeptisch das Gesicht. „Und was meint sie damit, ‚wenn er sie rauslässt, sieht sie sich Dawson's Creek an'? Das klingt, als wäre sie eine Gefangene oder so."

Die drei sahen sich stumm an. Anna räusperte sich und zwang sich zu lachen. „Kommt schon, Jungs, ich bin hier die Autorin. Ihr zwei sollt mich auf den Boden der Realität zurückholen."

„Richtig." Dalton lächelte schwach. „Welches Kind bekommt schon genug Fastfood? Als ich dreizehn war, hielt ich meine Eltern für Monster und fühlte mich missbraucht."

„Dalton hat Recht", stimmte Bill zu. „Außerdem, wenn dieser Typ so schlecht wäre, wie wir unterstellen, würde er Minnie kaum gestatten, mit dir zu korrespondieren."

„Stimmt." Anna seufzte erleichtert, faltete den Brief und steckte ihn in den Umschlag zurück. „Es ist zwei Uhr früh, und wir sind alle überspannt. Ich glaube, wir brauchen Schlaf."

„Einverstanden." Bill erhob sich. „Trotzdem, Anna, ich wünschte, du hättest ihr nicht auf dem Briefpapier des Ladens geantwortet. Wenn man bedenkt, was für Bücher du schreibst, kann man nicht ausschließen, dass mal ein durchgeknallter Fan dich auszuforschen versucht."

„Ist schon okay." Sie rieb sich die Gänsehaut auf den Armen. „Was kann es schon schaden, wenn eine Elfjährige weiß, wo ich arbeite?"

2. KAPITEL

*Donnerstag, 11. Januar,
French Quarter.*

„Was sagst du da, Anna?" fragte Jaye Arcenaux. „Glaubst du, diese Kleine ist so ein Fan, der dich verfolgt? Das wäre ja cool."

Jaye, Annas „kleine Schwester", war vor einigen Wochen fünfzehn geworden, und jetzt war alles „cool" oder „total abartig".

Anna zog amüsiert eine Braue hoch. „Cool? Das glaube ich kaum."

„Du weißt, was ich meine." Sie beugte sich zu ihr hinüber. „Also, glaubst du das?"

„Natürlich nicht. Ich sage nur, dass etwas an diesem Brief eigenartig war und dass ich nicht weiß, ob ich ihn beantworten soll."

„Was meinst du mit eigenartig?" Jaye langte über den Tisch und naschte einen von Annas Schokokeksen. „Dalton sagte, ihr hättet alle drei Gänsehaut bekommen."

„Er übertreibt. Es war spät, und wir waren müde. Aber es klang ein wenig so, als ginge es bei ihr zu Hause recht eigentümlich zu. Ich bin ein bisschen besorgt."

„Jetzt redest du von meinem Fachgebiet. Ich habe so ziemlich alles an häuslichen Eigentümlichkeiten erlebt, was sich denken lässt."

Das stimmte, und es tat Anna unendlich Leid. Allerdings zeigte sie das nicht. Jaye wollte kein Mitleid. Sie akzeptierte ihre Vergangenheit, wie sie war, und erwartete, dass andere das auch taten.

„Eigentlich wollte ich ganz gern deine Meinung dazu hören." Anna zog den Brief hervor und zeigte ihn Jaye. „Vielleicht interpretiere ich mehr hinein, als da ist. Spannende Geschichten zu erfinden, ist schließlich mein Beruf."

Während Jaye las, betrachtete Anna sie. Jaye war trotz ihrer Jugend bereits eine hinreißende Schönheit mit ihrem ebenmäßig geschnittenen Gesicht und den großen dunklen Augen. Bis vor einer Woche, als sie einer schockierten Anna die soeben flammend rot gefärbte Mähne gezeigt hatte, waren ihre Haare von einem warmen Mokkabraun gewesen.

Jayes Schönheit wurde nur von der Narbe gestört, die ihr diagonal über den Mund verlief. Ein Abschiedsgeschenk ihres brutalen Vaters. Volltrunken hatte er wütend eine Bierflasche nach ihr geworfen, die sie am Mund traf und ihr die Lippen spaltete. Der Bastard hatte nicht mal für ärztliche Hilfe gesorgt. Als die Schulkrankenschwester am folgenden Montagmorgen die Verletzung untersuchte, war es zu spät gewesen, die Wunde zu nähen.

Allerdings war es noch rechtzeitig gewesen, den Sozialdienst einzuschalten. Ab da war Jaye auf dem Weg in ein besseres Leben gewesen und ihr Vater auf dem Weg in den Knast.

Bei Recherchen für ihren zweiten Roman hatte Anna Kontakt zur Organisation B.B.B.S.A., Big Brothers and Big Sisters of America, „Große Brüder und Schwestern Amerikas", bekommen, die Jugendlichen in Not zur Seite stand. Sie hatte einige der älteren Mädchen interviewt und war tief bewegt gewesen von ihren Geschichten, die von Not, Rettung und Zuneigung handelten.

Die Mädchen hatten sie an sich selbst in diesem Alter erinnert. Auch sie war verstört und einsam gewesen und hatte in Zeiten emotionaler Turbulenzen dringend einen Halt gebraucht.

Kurz entschlossen war sie selbst eine „große Schwester" geworden. Schließlich hatte sie nichts zu verlieren, wenn sie versuchte, in dem Programm mitzuarbeiten.

Sie und Jaye waren jetzt zwei Jahre „Schwestern".

Im Laufe dieser Zeit waren sie sich nahe gekommen. Das war nicht einfach gewesen. Zunächst hatte Jaye nichts mit ihr zu tun haben wollen. Sie war zynisch gewesen für ihr Alter. Da sie ein Leben lang gekränkt und belogen worden war, reagierte sie auf Annäherung mit Zorn und Misstrauen. Sie hatte aus ihrer Ablehnung keinen Hehl gemacht.

Doch Anna war beharrlich geblieben. Zwei Jahre lang hatte sie jedes Versprechen gehalten, zugehört, anstatt zu tadeln, und einen Rat nur erteilt, wenn sie darum gebeten wurde. Dabei war sie ihren Ansichten treu geblieben und hatte jeden Test bestanden. Schließlich hatte Jaye angefangen, ihr zu vertrauen und sie zu mögen.

Diese Zuneigung beruhte auf Gegenseitigkeit, womit Anna beim Einstieg in das Programm nicht gerechnet hatte. Sie hatte nur helfen wollen und bekam im Gegenzug eine Freundschaft geschenkt, die eine Lücke in ihrem Leben ausfüllte, von der sie nicht einmal gewusst hatte, dass es sie gab.

Jaye sah auf. „Du bildest dir das nicht ein. Dieser Typ klingt nach einer üblen Bazille."

„Bist du sicher?"

„Du wolltest meine Meinung hören."

„Was meinst du mit übler Bazille?"

„Dass er alles sein kann von einem Riesen A-loch bis zu einem Perversen, der lebenslang hinter Gitter gehört."

Anna hörte den bitteren Unterton. „Das ist ein ziemlich breites Spektrum."

„Ich bin kein Psychiater." Jaye gab ihr achselzuckend den Brief zurück. „Ich denke, du solltest ihr antworten."

Anna verzog die Lippen, nicht so sicher wie ihre junge Freundin, dass sie die Korrespondenz fortsetzen sollte. „Ich bin erwachsen, sie ist ein Kind. Das macht die Kommunikation nicht gerade einfach. Ich möchte schließlich nicht, dass mir ihre Eltern Einmischung vorwerfen. Und ich kann sie ja nicht gut nach ihrem Vater ausfragen."

„Dir fällt schon was ein." Jaye wischte sich mit der Serviette den Mund ab. „Dieses Kind braucht eine Freundin."

Anna zog unsicher die Stirn kraus. Ein Teil von ihr, der, der immer auf Nummer sicher gehen wollte, drängte sie, den Brief in den Abfall zu werfen und Minnie und ihre Probleme zu vergessen. Der andere Teil stimmte Jaye zu. Minnie brauchte sie. Und sie konnte einem Kind in Not keine Hilfe verweigern.

„Isst du den letzten Keks noch?" unterbrach Jaye ihre Gedanken.

„Gehört dir." Anna schob ihr den Teller zu. „Du bist in letzter Zeit ziemlich hungrig. Ist Fran keine gute Köchin?" fragte Anna mit Bezug auf Jayes Pflegemutter.

„Gute Köchin?" Jaye schnitt eine Grimasse. „Sie ist die schlechteste Köchin auf diesem Planeten."

„Aber sie ist nett, oder?"

Jaye zuckte die Achseln. „Ich glaube, sie ist ganz okay. Wenn sie nicht gerade auf ihrem Besenstiel reitet oder im Mondschein schwarze Katzen und kleine Kinder opfert."

„Sehr lustig, Naseweis."

Eigentlich mochte Anna Jayes neue Pflegemutter, aber irgendetwas störte sie. Sie schien sich zu sehr zu bemühen, als müsse sie die Rolle der Pflegemutter spielen, da sie nicht aus ihrem Herzen kam. Dieser Eindruck hatte Anna vom ersten Moment an beunruhigt. Trotzdem hatte sie immer gehofft, dass Jaye Fran Clausen und ihren Mann Bob mochte.

Minuten später verließen sie das CC Coffeehouse im French Quarter. Auf dem Gehweg fragte Anna: „Also, wie läufts denn so?"

„Schule oder zu Hause?"

„Beides."

„Schule ist okay. Zu Hause auch."

„Überschütte mich bitte nicht mit so vielen Details. Ich bin ja überwältigt."

Jaye grinste. „Sarkasmus, Anna? Cool."

Anna lachte. Gut gelaunt setzten sie ihren Weg fort und blieben gelegentlich vor einer Geschäftsauslage stehen. Anna gefielen die Gerüche, die Geräusche und die pittoresken Ansichten, die das Flair des French Quarter ausmachten: eine Mischung von meist alt und manchmal neu, von aufgetakelt und elegant, von köstlich und widerlich. Inmitten von Touristen und Einheimischen, Straßenkünstlern und Obdachlosen, hatte es ihr hier auf Anhieb gefallen.

„Sieh dir das an", sagte Jaye und blieb vor einer Auslage mit Pelzimitatjacken stehen. Sie deutete auf eine Bomberjacke im Zebramuster. „Ist das cool oder was?"

„Es ist cool", stimmte Anna zu. „Möchtest du sie anprobieren?"

Sie schüttelte den Kopf. „Nur wenn sie sie verschenken. Außerdem passt sie nicht zu meinem Haar."

Anna warf Jaye einen Seitenblick zu. „Ich gewöhne mich langsam an deinen Rotschopf. Jedenfalls könnten wir jetzt echte Schwestern sein."

Jaye errötete erfreut. Sie gingen weiter, und nach einer Weile fragte sie: „Habe ich dir eigentlich von dem Typen erzählt, der mir gefolgt ist?"

Anna blieb erschrocken stehen. „Jemand ist dir gefolgt?"

„Ja, aber ich bin ihm entwischt."

„Wann und wo ist das passiert?"

„Neulich. Auf dem Heimweg von der Schule."

„Wie sah er aus? War das nur das eine Mal, oder ist er dir schon früher gefolgt?"

„Ich habe ihn nicht so genau gesehen. Aber soweit ich feststellen konnte, war er bloß so'n oller Perverser." Jaye zuckte wieder die Achseln. „Keine große Sache."

„Es ist eine sehr große Sache. Hast du es deiner Pflegemutter erzählt? Hat sie die Polizei ..."

„Mein Gott, Anna, krieg dich wieder ein. Wenn ich gewusst hätte, dass du ausflippst, hätte ich nichts gesagt."

Anna beherrschte sich. Wenn sie überreagierte, würde Jaye ihr in Zukunft nichts mehr erzählen. Das musste sie vermeiden. Jaye besaß die Gewitztheit des Straßenkindes. Sie war kein Naivchen, das sich leicht von einem Fremden hereinlegen ließ. Sie hatte eine Weile auf der Straße gelebt, ein Umstand, der Anna stets schaudern ließ. „Tut mir Leid, alte Leute machen sich eben schnell Sorgen."

„Du bist nicht alt", korrigierte Jaye.

„Alt genug, darauf zu bestehen, dass du zur Polizei gehst, solltest du diesen Typen noch einmal sehen. Einverstanden?"

Jaye zögerte und nickte dann. „Einverstanden."

3. KAPITEL

*Donnerstag, 11. Januar,
der Irische Kanal.*

Detective Quentin Malone betrat Shannons Taverne und rief einer Gruppe Kollegen einen Gruß zu. Für viele Bewohner von New Orleans läutete der Donnerstagabend den offiziellen Beginn des Wochenendes ein. Bars, Restaurants und Clubs der Stadt profitierten von dem Wunsch, es sich gut gehen zu lassen. Shannons Taverne bildete keine Ausnahme.

In dem Stadtteil gelegen, den man den Irischen Kanal nannte, – nach den irischen Einwanderern, die sich hier niedergelassen hatten – trafen sich bei Shannon vor allem Arbeiter, Anwohner und Polizisten. Der 7. Distrikt des New Orleans Police Department hatte Shannon zu seinem Stammlokal erkoren.

Shannon McDougall, Besitzer und Namensgeber der Taverne, ein ehemaliger Maurer mit Händen wie Klodeckel, hatte kein Problem damit. Cops als Gäste hielten das Gesindel fern. Drogendealer, Schläger und Nutten blieben draußen auf der Straße. Als Dank an die Jungs in Blau nahm er von den älteren Beamten kein Geld. Bei den Jüngeren war das etwas anderes. Wie bei der Truppe mussten sie sich erst mal die Sporen verdienen. Trotzdem waren Trinkgelder jederzeit willkommen. Und am Monatsersten sah man häufiger Geldscheine von einem dankbaren Detective oder Lieutenant in McDougalls Schürzentasche wandern.

Detective Quentin Malone fiel eindeutig in die Kategorie älterer Beamter. Mit siebenunddreißig hatte er sechzehn Jahre Polizeidienst abgeleistet. Außerdem war er Teil einer NOPD-Familiendynastie. Sein Großvater, Vater, drei Onkel und eine Tante waren im Polizeidienst. Von seinen sechs Geschwistern hatten nur zwei nicht den Polizistenberuf gewählt. Patrick, der Buchhalter geworden war, und Patti, die Jüngste der Malones, die am College Kunst studierte.

Quentin schlenderte auf ein Bier an die Bar und wurde von einem kecken dreiundzwanzigjährigen Barmädchen mit blonden Stoppelhaaren aufgehalten. Sie hatte ihm deutlich zu verstehen gegeben, wie sehr sie an ihm interessiert war. Doch ein Mädchen im Alter seiner jüngsten Schwester war nichts für ihn. Dabei hätte er sich sonderbar gefühlt.

„He, Malone." Sie lächelte ihn an. „Hab dich eine Weile nicht gesehen."

„Ich war beschäftigt." Er beugte sich vor und küsste ihr die Wange. „Alles klar bei dir, Suki?"

„Kann mich nicht beklagen. Trinkgelder waren gut." Sie blickte zu einer Gästegruppe, die sich an einem Tisch niederließ. „Muss gehen. Wir reden später."

„Sicher."

Sie ging davon und blickte über die Schulter zurück. „John junior war da. Er bat mich, dir zu sagen, du sollst eure Mutter anrufen."

Quentin lachte. John jr. war der Älteste der Geschwister und das selbst ernannte Familienoberhaupt. Hatte man ein Problem, ging man zu John jr. Gab es Familienzwist untereinander, ging man auch zu John jr. Glaubte umgekehrt John, dass etwas in der Familie nicht stimmte, nahm er die Dinge in die Hand. Quentin überlegte, dass er vermutlich ein Sonntagsdinner zu viel seiner Mutter versäumt hatte.

„Botschaft erhalten, Suki. Danke."

Er ging an die Bar. Shannon hatte schon gezapft und schob ihm das Bier zu. „Geht aufs Haus."

„Danke, Shannon. Hast du Terry heute Abend gesehen?" Er bezog sich auf seinen Partner Terry Landry.

„Ist dort." Shannon wies mit dem Daumen auf das Hinterzimmer. „Als ich ihn das letzte Mal sah, zerbrach er gerade sein Queue. Schien ein bisschen daneben zu sein heute Abend. Du weißt, was ich meine."

Quentin nickte. Er wusste nur zu gut, was Shannon meinte. Sein Partner steckte in einer ziemlichen Lebenskrise. Seine Frau, mit der er seit zwölf Jahren verheiratet war, hatte ihn kürzlich hinausgeworfen, weil mit ihm nicht zu leben sei.

Quentin zweifelte nicht an dieser Feststellung. Berufsbedingt war mit keinem Cop leicht zu leben. Und mit Terry war es bei seinem aufbrausenden Temperament und seiner Neigung zu ausgelassenem Feiern sicher noch schwieriger.

Trotzdem war er ein guter Vater und ein hingebungsvoller Ehemann. Er liebte seine Familie, und Quentin fand, das zählte einiges.

Terry nahm den Bruch sehr schwer. Er war zornig und tief gekränkt, und er vermisste seine beiden Kinder. Er trank zu viel, schlief zu wenig, und sein Verhalten wurde zunehmend irrational. Mit ihm zu arbeiten, glich allmählich einem Drahtseilakt.

Doch Terry war viele Male für ihn da gewesen, und jetzt war er an der Reihe, ihn zu unterstützen. Partner hielten zusammen.

Quentin deutete auf das Hinterzimmer. „Ich denke, ich stehe ihm mit Rat und Tat zur Seite. Ich möchte nicht, dass er seine Miete verjubelt."

Shannon grinste und ging kopfschüttelnd die Bar hinunter zu einem anderen Gast.

Quentin durchquerte den noch leeren Raum. In gut einer Stunde würde es hier von Gästen nur so wimmeln. Die Musik würde aus den Boxen plärren, dichter Zigarettenrauch würde die Menge umwabern, und ein Dutzend oder mehr Paare würden sich auf der provisorischen Tanzfläche drehen. Doch im Moment war von der Bar zum Hinterzimmer noch freie Bahn.

Bis ihm Louanne Price den Weg vertrat und ihn aufhielt. Der Frau mit dem Gesicht eines Engels und dem Körper eines Playboy Bunnies waren schon viele Männer anbetend vor die Füße gefallen. Das Problem war, jeder Mann in der Nähe von Louannes Füßen lief Gefahr, einen Tritt in den Bauch zu bekommen – oder tiefer.

So war sie nun mal. Doch das Leben war zu kurz für einen Tritt in die edlen Teile, selbst wenn dem eine Reise ins Paradies vorangegangen war.

Sie kam näher, bis sich ihre Körper berührten, stellte sich auf die Zehenspitzen, legte ihm die Hände auf die Schultern und lehnte sich an ihn. „Malone, Süßer, was muss ich tun, um in den Genuss deiner irischen Leidenschaft zu kommen?"

Er schenkte ihr ein flüchtiges Lächeln. „Ach, Louanne", erwiderte er gedehnt. „Du weißt, Dickey würde mir in den Hintern treten, wenn ich auch nur in deine Richtung schielte." Dickey war ihr Vater und Sergeant beim NOPD. „Deshalb muss ich dich aus der Ferne anschmachten."

„Ich finde, das ist ein Verbrechen. Und du bist als Cop zur Gesetzestreue verpflichtet." Sie fuhr ihm mit den Fingern durchs Haar. „Er müsste es ja nicht erfahren. Es könnte unser kleines Geheimnis bleiben."

Quentin schob sie scheinbar bedauernd von sich. Er mochte es durchaus, wenn Frauen die Initiative ergriffen. Doch Louannes Hang zur Verschlagenheit und Unaufrichtigkeit stießen ihn ab.

„Tut mir Leid, Baby. Du weißt, dass es im NOPD keine Geheimnisse gibt. Wenigstens keine, die nicht jeder kennt. Bis später."

Ohne einen Blick zurück ging er weiter. Er fand Terry, wie

Shannon prophezeit hatte, mit einem Billardqueue in der Hand am Spieltisch, eine Zigarette im Mundwinkel. Er sah zu Quentin auf, der Blick benebelt vom Alkohol.

Terry war offenbar bereits eine Weile hier.

„Wird aber auch Zeit, dass du auftauchst. Die Nacht ist schon halb rum."

„Nur wenn du schon so betrunken bist, dass du in etwa einer Stunde bewusstlos wirst." Quentin schlenderte heran, zog sich einen Stuhl vom Nebentisch und setzte sich rittlings darauf. „Habe dich beim Captain gedeckt."

Terry machte seinen Stoß, zog das Queue zurück und verfolgte den Ball. Der fiel ins Loch. „Und wo war ich? Auf dem Klo?"

„Du bist zu Penny gefahren, um dich auszusprechen."

„Dieses Luder. Nein, danke."

Quentin zuckte zusammen. Er kannte Penny Landry seit über zehn Jahren. Sie war alles Mögliche, aber bestimmt kein Luder. Terry war zwar gekränkt und verbittert, trotzdem konnte er ihm das nicht durchgehen lassen.

Er trank einen Schluck Bier und sagte ruhig: „Mir scheint, sie tut nur, was ihrer Ansicht nach für sie und die Kinder am besten ist."

Terry verfehlte seinen Stoß und fluchte. Sein Gegner, ein Mann, den Quentin schon viele Male hatte gewinnen sehen, lächelte und machte sich zum Stoß bereit.

Terry trank sein Bier aus und sah Quentin an. „Auf wessen Seite bist du, Partner?"

„Ich wusste nicht, dass ich Partei für eine Seite ergreifen muss."

„Aber das musst du, verdammt."

„Penny ist eine Freundin." Quentin sah ihn ruhig an. „Ich weiß nicht, ob ich Partei ergreifen kann."

Terry lief rot an. „Das ist ja wohl klasse. Wunderbar! Mein bester Freund sagt mir, dass er ..."

„Acht in die Ecke."

Sie drehten sich um und sahen, wie der andere den Stoß erfolgreich ausführte.

„Revanche?" fragte er.

„Nein, verdammt. Der Tisch gehört dir." Terry wandte sich wieder an Quentin. „Ich brauch was zu trinken."

Das Letzte, was sein Partner brauchte, war noch mehr Alkohol. Das Offensichtliche zu betonen, hätte jedoch keinen Sinn gehabt und Terry nur wütend gemacht. Sie verließen das Billardzimmer und gingen wieder nach vorn.

In den wenigen Minuten, die sie im Hinterzimmer gewesen waren, hatte sich die Menschenmenge im Gastraum verdoppelt.

Quentin sah einige Kollegen, darunter seine Brüder Percy und Spencer. Sie entdeckten ihn und kamen auf ihn zu.

„Was hältst du davon, wenn wir hier abhauen und uns was zu futtern besorgen? Ich bitte Percy und Spencer mitzukommen."

„Bloß nich'." Terry sprach schleppend. „Die Nacht ist jung und voller Möglichk... Aber hallo, wen haben wir denn da?"

Quentin sah in Terrys Blickrichtung. Auf der Tanzfläche tobte sich eine junge Frau im hautengen Minikleid aus. Ihre offenbar gefärbte rote Mähne fiel in Wellen herab. Beim Tanzen fuhr sie sich mit den Händen hindurch, wobei ihre goldenen Armreifen klimperten. Es war nicht auszumachen, ob sie mit einem Mann oder mit mehreren tanzte oder nur für alle eine Show abzog.

Eine Show war es zweifellos. Einige Gäste versammelten sich, um zuzusehen. Quentin und Terry gesellten sich dazu.

Nach einem Moment sah Quentin seinen Partner an. „Ich weiß nicht, Terry. Sie sieht ..."

„Sie sieht gut aus. Verdammt gut."

Quentin hatte sagen wollen, dass diese Frau nicht so aussah, als würde sie sich mit jedem einlassen, schon gar nicht mit einem Cop, es sei denn heimlich. Sie wirkte nicht gerade wie ein verwöhntes reiches Luder, aber wie eine Aufsteigerin. Eine von diesen Frauen, denen Prestige, Position und Armanianzüge wichtig waren.

Sie suchte sich Typen aus, die ihr das bieten konnten. Ein Cop war unter ihrem Niveau. Heute Nacht hatte sie aber offenbar Lust gehabt, sich in die Niederungen des gewöhnlichen Lebens zu begeben.

Seine Brüder hatten sich zu ihnen durchgekämpft. Percy fragte: „Was gibts, großer Bruder? He, Terry."

Quentin warf seinen Brüdern einen Blick zu. Die Familienähnlichkeit war offenkundig. Beide besaßen das Markenzeichen der Malones, blaue Augen und dunkle, lockige Haare. Percy musste seine schlaksigen einsneunzig noch ausfüllen, und Spencer hatte das Profil eines Preisboxers, der ein paar Schläge zu viel auf die Nase bekommen hatte. „Im Augenblick versuche ich meinen Partner davon abzuhalten, sich zum Idioten zu machen."

Die jüngeren Malones folgten Quentins Blickrichtung. Percy grinste. „Heiße Frau, keine Frage. Hast du Lust auf Brandblasen, Terror?" fragte er und nannte Terry bei dem Spitznamen, den er sich im ersten Jahr im Polizeidienst eingehandelt hatte. „Spencer hier ging schon vor zehn Minuten in Flammen auf."

„Kein Kommentar", grollte Spencer und warf seinem Bruder einen gereizten Blick zu.

Terry strich sich das Haar zurück. „Dann seht einem Profi bei der Arbeit zu, Jungs."

Die drei Malones johlten. „Ich weiß nicht", rief Quentin ihm nach. „Du bist schon eine Weile aus der Übung."

Terry grinste keck und überlegen zurück. „Einmal ein Ladykiller, immer ein Ladykiller."

Groß, schlank, mit dunklen Haaren und Augen und überdies gewieft genug, den charmanten Dialekt seiner Cajun-Vorfahren taktisch klug einzusetzen, war Terry in der Tat ein Frauenschwarm. Quentin schätzte seine Erfolgsaussichten auf über fünfzig Prozent.

Sein Freund schlenderte zu der Frau hinüber, begann im Rhythmus der Musik zu schwingen und kam ihr immer näher. Sie drehte ihm den Rücken zu und tanzte, ohne aus dem Takt zu geraten.

Terry blickte zu seinen Freunden hinüber. Quentin machte mit der Hand die Geste eines abstürzenden Flugzeugs. Percy und Spencer kicherten.

Terry gab nicht auf und versuchte es erneut. Wieder zeigte sie ihr Desinteresse. Diesmal deutlicher.

Beim dritten Versuch begnügte sie sich nicht mit Andeutungen. Sie hörte auf zu tanzen, sah ihm kalt in die Augen und sagte ihm, er solle sich verziehen. Als sie davonwirbelte, wackelte sie mit ihren Hüften, als wolle sie ihn bewusst provozieren.

Alles andere als abgeschreckt, ging Terry zu seinen Freunden zurück. „Sie will mich, gar keine Frage."

Die drei johlten vor Lachen. Spencer beugte sich zu Terry vor. „Runde eins: Rotschopf ein Punkt, Terror null Punkte."

Quentin riet kopfschüttelnd. „Gib auf, Partner, die Lady ist nicht interessiert."

Terry lachte. „Sie ziert sich bloß. Warts nur ab, sie kommt zurück."

„Klar kommt sie zurück, um dir eine zu scheuern", konterte Percy und fragte Quentin: „Warum versuchst du es nicht, Bruderherz? Probiers mit deinem legendären Lächeln."

„Nein, danke." Quentin trank einen Schluck Bier. „Ich liebe mein Ego zu sehr, um es ramponieren zu lassen."

„Ja, richtig." Spencer wandte sich an Terry. „Kennst du die Geschichte von der süßen kleinen Miss Davis? Sie war Quentins Englischlehrerin im letzten Jahr der High School."

„Oh bitte", stöhnte Quentin auf, „nicht wieder!"

Terry sank auf einen Barhocker und deutete Shannon an, ihm noch etwas zu trinken zu geben. „Davon weiß ich nichts, klär mich auf."

„Nun", begann Spencer, „wie es aussah, hatte der große Bruder die Nase nicht genug in die Bücher gesteckt und sich eine dicke Sechs eingehandelt."

„Es sah ziemlich finster für ihn aus", führte Percy weiter aus. „Möglicherweise hätte er den Abschluss nicht geschafft. Als Folge: Sommerschule, ein Tritt von Dad in den Hintern. Das ganze Programm."

Terry gähnte. „Hat die Geschichte eine Pointe?"

Die beiden Jüngeren grinsten. „Gerüchte besagen, dass nach einigen privaten Treffen mit der hübschen Miss Davis die Sechs wie durch Zauberei in eine Drei verwandelt wurde", erklärte Spencer.

„Schöne Zauberei. Er hat dieses teuflische Lächeln an ihr ausprobiert, das ..."

„Teuflisches Lächeln? Jetzt hört aber auf." Quentin verdrehte die Augen.

Ihn ignorierend, machte Percy weiter, wo Spencer unterbrochen worden war. „Obwohl er darüber schweigt, hat er wohl mehr benutzt als sein Lächeln, Leute, glaubts mir."

„Stimmt das, Partner?" Terry zog die Brauen hoch. „Du hast dir mit Süßholzraspeln ein Diplom erschlichen?"

Quentin verzog verärgert das Gesicht, weil seine Brüder dieses Thema angeschnitten hatten. Er fand es einigermaßen peinlich, wenn ein erwachsener Mann hauptsächlich wegen seines Erfolges beim anderen Geschlecht berühmt war. „Werdet erwachsen, Jungs. Befasst euch mit wichtigeren Dingen."

Die drei amüsierten sich, der Abend ging weiter, und damit wuchs Terrys Entschlossenheit, doch noch bei der Rothaarigen zu landen – im selben Maße, wie ihre Entschlossenheit wuchs, ihn abzuwimmeln.

Für Quentin sah es fast nach einem Spiel der Frau aus, Terry aufzureizen. Sie tanzte mit jedem, der sie aufforderte – manchmal sogar mit zweien gleichzeitig –, nur mit seinem Partner nicht. Gerade so, als wolle sie austesten, wie weit sie ihn treiben konnte.

Nicht sehr viel weiter, dachte Quentin bei sich, als er merkte, wie die Stimmung seines Freundes von keck über ärgerlich nach kampflustig wechselte.

Quentin sah Ärger voraus, und der kam schneller als geahnt.

„Entschuldigung", sagte die Rothaarige laut und drehte sich zu Terry um. „Haben Sie ein Problem?"

„Yeah, Baby", erwiderte er schleppend. „Der Typ, mit dem du tanzt, ist ein Stockfisch. Komm her zu mir und lerne einen echten Mann kennen."

Quentin spannte sich unwillkürlich an, als der andere die Hände ballte. Die Frau legte ihm begütigend eine Hand auf den Arm und maß Terry mit einem vernichtenden Blick. „Davon träumst du, Versager. Kapiert? Nicht jetzt und nicht in Zukunft. Verzieh dich!"

Terry verzog abfällig den Mund. Quentin fluchte leise und stieß seinen Bruder Spencer an, der sich gerade mit Shannon unterhielt. „Es könnte Ärger geben. Hol Percy." Damit ging er auf die Tanzfläche.

„Sie haben die Lady gehört", sagte der Tanzpartner der Frau und baute sich so imposant wie möglich vor Terry auf. „Sie ist nicht interessiert. Hauen Sie ab!"

Terry ignorierte ihn. Seine ganze Aufmerksamkeit und Wut galten der Frau. „Wie haben Sie mich genannt?" fragte er so laut, dass es in der ganzen Bar zu hören war. Ein Raunen ging durch die Menge.

„Du hast mich gehört, Bulle!" Sie hielt zwei Finger hoch und formte damit ein V. „Versager mit einem großen V."

Terry drehte durch und stürzte sich auf den Tanzpartner der Frau. Quentin hatte es kommen sehen und sprang dazwischen.

Blindwütig schlug Terry zu und traf Quentin an der Schulter. Percy und Spencer schnappten sich Terry. Der wehrte sich, verfluchte die beiden, weil sie ihn zurückhielten, und schlug nach Percy, so gut er konnte.

Am Ende waren alle drei Malones nötig, Terry in die Gasse hinter der Bar zu bugsieren.

Der Schock der kühlen Nachtluft brachte ihn halbwegs wieder zur Vernunft. Erschöpft ließ er sich gegen eine Mauer sinken, und Quentin gab seinen Brüdern ein Zeichen, wieder hineinzugehen.

Allein mit seinem Kollegen, machte Quentin seinem Ärger Luft. „Reiß dich zusammen, Terry! Wir sind in Shannons Lokal, um Himmels willen. Du bist ein Cop. Was denkst du dir eigentlich?"

„Ich habe gar nicht gedacht." Terry fuhr sich mit einer Hand über das Gesicht. „Es war diese Tussi. Sie hat mich wirklich auf hundert gebracht."

„Das ist keine Entschuldigung. Vergiss sie. Sie ist es nicht wert."

Terrys Augen wurden feucht, und er wandte rasch den Blick ab. „Als sie da drinnen ... ich musste an Penny denken. Als sie mich rauswarf, nannte sie mich ... einen Versager ..."

Er schien an dem Wort zu ersticken.

„Es ist hart, Terry, ich weiß." Quentin legte ihm eine Hand auf die Schulter. „Was hältst du davon, wenn wir hier abhauen?"

„Um was zu tun? Nach Hause gehen? Ich habe kein Zuhause mehr. Erinnerst du dich? Penny hat mir mein Zuhause und meine Kinder genommen."

„Penny ist nicht dein Feind, Terry. Und du bekommst sie nicht zurück, indem du sie dazu machst. Du willst sie doch zurück, oder?"

Terry sah ihn an. „Was glaubst du wohl? Natürlich will ich sie zurück. Ich liebe sie."

„Dann zeig es ihr. Versuch es mit Romantik. Pralinen, Blumen, führ sie zum Dinner aus, bemüh dich um sie."

„Na klar", erwiderte Terry geringschätzig, „der schlaue Malone weiß alles über Frauen. Vor allem natürlich über meine."

Quentin ignorierte das und schrieb seinen Sarkasmus den Eheproblemen und dem Alkohol zu. „Kaum. Aber wir reden hier nicht über Raketentechnik. Wutausbrüche werden ihr Herz wohl nicht erweichen. Kennst du den Song ‚Versuchs mit ein wenig Zärtlichkeit'?"

Terry verzog verbittert das Gesicht. „Was ist eigentlich los mit dir, Partner?" Er beugte sich wütend zu Quentin vor. „Was ist die vielen Male passiert, wenn meine Frau dich zum Dinner eingeladen hatte? Wovon hast du genascht, während ich das übrig gebliebene Fleisch runterwürgen durfte?"

Quentin beherrschte sich. „Am Morgen wirst du diese Bemerkung bereuen", sagte er leise, aber ernst. „Und weil du es im Moment schwer hast, lasse ich es durchgehen. Dieses eine Mal. Noch so eine Anspielung, und ich verzeihe dir nicht mehr. Kapiert?"

Terry sackte in sich zusammen. „Ich bin ein Lump, ein totaler Versager, wie die Tussi gesagt hat. Wie meine alte Dame es immer vorausgesagt hat, ein wertloses Nichts."

„Das ist doch Mist, und das weißt du. Du bist betrunken und tust dir selber Leid. Nur lass deinen Zorn nicht an mir aus, Partner, ich bin auf deiner Seite."

Terry rappelte sich auf. „Ich gehe wieder rein. Ich will nicht, dass diese Schlampe oder sonst wer denkt, sie hätte gewonnen."

Der Rest des Abends verging wie im Nebel. Die Menge wurde größer und lauter. Die Rothaarige schien sich zu langweilen und beschloss, ihre Reize anderswo zur Schau zu stellen. Die Auseinandersetzung zwischen ihr und Terry war anscheinend vergessen. Auf dem Höhepunkt des nächtlichen Treibens verlor Quentin Terry aus den Augen und traf ihn erst wieder, als das Lokal um zwei Uhr früh schloss.

„Shannon." Terry gab dem Barbesitzer einen Klaps auf den Rücken und sagte lallend: „Tut mir Leid. Hätte ...", er schwankte, und Quentin stützte ihn am Arm, „... in dein' Lokal nichts anfangen dürfen."

„Schon okay, Terry." Der bullige Wirt winkte ab. „Du hast viel um die Ohren und musstest ein bisschen Dampf ablassen."

„Das is' keine Enschulligung." Gefährlich schwankend schüttelte er Quentins Hand ab, holte eine Geldnote aus der Hosentasche und steckte sie Shannon zu. „Nimm, das is' meine Enschulligung."

Quentin bemerkte den Schein in Shannons Hand und sah Terry schockiert an. *Fünfzig Dollar! Wo, zum Teufel, hat Terry fünfzig Dollar her?*

Shannon musste sich dasselbe gefragt haben, denn seine Brauen schossen fragend in die Höhe, ehe er die Banknote in seiner Schürzentasche verschwinden ließ.

Quentin wandte sich an seine Brüder, die geblieben waren, um ihm zu helfen, Terry heimzubringen. „Ich empfehle, wir bringen unsere fast schlafende Schönheit hier nach draußen."

Terry konnte kaum gehen. Quentin schaffte ihn mit Hilfe seiner Brüder zu seinem Bronco und reichte Percy Terrys Autoschlüssel. „Wir treffen uns dort."

„Klar, Quent." Sein jüngster Bruder sah ihn mit seinen lebhaften blauen Augen ernst an. „Das war ein Fünfziger, den Terry Shannon gegeben hat."

Quentin runzelte die Stirn. „Ich habs bemerkt."

„Das ist eine Menge Geld, um es so rauszuwerfen."

„Kann man wohl sagen." Besonders bei einem Cop, der eine Familie unterstützen und zwei Haushalte führen musste. Es sei denn, dieser Cop war käuflich. Das war Terry nicht. Darauf hätte Quentin sein Leben verwettet. „Vergiss es, Percy." Er sah, welche Fragen seinem Bruder durch den Kopf gingen. „Ich bin erledigt. Lass uns die Sache hinter uns bringen."

Das beharrliche Klingeln des Telefons riss Quentin aus tiefem Schlaf. Leise schimpfend nahm er den Hörer ab. „Malone hier."

„Nimm dein Bett und wandle", sagte der Einsatzleiter. „Zeit, zur Arbeit zu gehen."

Quentin fluchte leise. Ein Anruf vom Revier um diese Zeit konnte nur eines bedeuten. „Wo?" fragte er mit schlaftrunkener Stimme.

„In der Gasse hinter Shannons Taverne."

Das machte ihn hellwach. Er richtete sich auf. „Sagtest du, hinter Shannons Taverne?"

„Sagte ich. Weiblich. Weiß. Tot."

Scheiße. „Du musst nicht so verdammt fröhlich dabei klingen. Bist du ein Ungeheuer?"

„Was soll ich sagen? Ich liebe meine Arbeit."

Er sah auf seine Uhr und schätzte ab, wann er am Tatort sein konnte. „Hast du Landry schon angerufen?"

„Kommt als Nächstes."

„Ich mache das."

„Viel Glück."

Kann ich gebrauchen. Quentin legte auf und wählte die Nummer seines Partners.

4. KAPITEL

Freitag, 12. Januar,
5 Uhr 45 morgens.

Der Tatort ähnelte Dutzenden anderer, an denen Quentin über die Jahre gearbeitet hatte. Die Jahreszeit änderte sich, die Anzahl der Toten und die Menge des Blutes. Die Aura der Tragödie änderte sich nicht, ebenso wenig der Geruch. Die perverse Zerstörung eines Lebens schrie so laut, dass weder Geplauder noch geschmacklose Witzeleien es übertönen konnten.

Diese Bluttat war nur ungewöhnlich, weil sie so nah an einem vertrauten Lokal geschehen war. Ein Mord war nicht die Art Publicity, die ein Barbesitzer brauchte. Was Morde anging, war es eine ruhige Nacht in New Orleans gewesen. Deshalb würde diese Tote auf der Titelseite erscheinen. Pech für Shannon.

Quentin schwang sich aus seinem Bronco. Das Pflaster war nass, die Luft feucht, und die Kälte zog ihm in die Knochen. Er blickte zum dunklen, sternenlosen Himmel und kroch tiefer in sein Jackett. Viele Stadtbewohner beklagten die Augusthitze in New Orleans. Aber aus seiner Sicht war Höllenfeuer immer noch besser als Grabeskälte. Was vielleicht daran lag, dass er zu viel Zeit mit Toten verbracht hatte.

Er zeigte dem Uniformierten an der Absperrung seinen Ausweis und duckte sich unter dem gelben Band hindurch, um zu der Leiche zu gelangen.

„Verdammt kalte Nacht, um zu sterben", sagte der Mann und kuschelte sich fröstelnd in seinen Mantel.

Quentin antwortete nicht, sondern ging zum nächsten Beamten, einem Neuling, der viel mit seinem Bruder Percy zusammen war. „He, Mitch."

„Detective." Er trat von einem Bein auf das andere. „Mann, ist das kalt."

„Wie 'ne Hexentitte." Quentin ließ den Blick schweifen. „Bin wohl der Erste."

„Ja, stets zur Stelle."

„Habt ihr was angefasst?"

„Nein. Habe den Puls gefühlt, den Führerschein geprüft und Bericht erstattet."

„Gut. Was haben wir?"

„Weiblich. Weiß. Laut ihrem Führerschein hieß sie Nancy Kent. Sieht aus, als hätte er sie zuerst vergewaltigt."

Quentin sah den Neuling an. „Ist der Leichenbeschauer unterwegs?"

Mitch nickte.

„Wer hat sie gefunden?"

„Der Müllmann." Mitch deutete mit dem Daumen in Richtung der Müllcontainer, hinter deren Schmalseite zwei Beine hervorlugten. Der Rest des Körpers war verdeckt. Gegen den dunklen Asphalt wirkten die Beine weiß wie Fischbäuche. Ein Fuß war nackt, der andere steckte in einem hochhackigen Riemchenpumps.

Quentin spürte, wie sich seine Nackenhaare sträubten.

„Ich habe Namen und Angestelltennummer des Fahrers notiert", sagte Mitch. „Er musste weiter. Er kannte den Ablauf. Hat vor zehn Jahren wohl schon mal eine Leiche gefunden."

„Ich sehe sie mir an. Wenn mein Partner kommt, schick ihn zu mir."

Quentin näherte sich langsam und nahm den Boden rechts und links genau in Augenschein. Mit dem Gefühl, das Unausweichliche tun zu müssen, richtete er den Blick schließlich auf das Opfer. Sie lag, Gesicht nach oben, auf dem Asphalt, Augen offen, die Beine gespreizt. Ihr schwarzes Minikleid war über die Hüften hinaufgeschoben, der schwarze Tangaslip halb heruntergerissen. Ihr langes rotes Haar fiel wirr über das Gesicht und bedeckte teilweise den im stummen Schrei geöffneten Mund.

Die Frau aus der Bar, die sich geweigert hat, mit Terry zu tanzen!

„Verdammt!" stieß er aus, und sein Atem bildete eine Wolke.

Als er Schritte hörte, drehte er sich um. Terry kam, das Gesicht war so blass wie das der Toten. „Die Spurensicherung ist gerade vorgefahren." Er rieb sich die Hände. „Könnte dieser Irre sich eine üblere Nacht ausgesucht haben ..."

„Wir müssen reden. Sofort."

Terrys Blick ging an Quentin vorbei zu dem Opfer. Der Laut, den er ausstieß, hätte von einem kleinen gefangenen Tier stammen können. Er sah Quentin an. „Oh Scheiße!"

„Gut erkannt, Partner", erwiderte er ernst. „Und du steckst drin."

5. KAPITEL

Freitag, 12. Januar,
Revier des 7. Distrikts.

Zwei Stunden später klopfte Quentin an die offene Bürotür seiner Vorgesetzten. Captain O'Shay, eine schlanke Brünette mit durchdringendem Blick, sah auf. Sie wirkte nicht glücklich, die beiden so früh am Morgen zu sehen. Terry machte einen nervösen Eindruck. Diese Unterredung konnte sowohl einen guten wie einen schlechten Ausgang nehmen. Captain O'Shay missbilligte es, wenn ihre Beamten an Wirtshausschlägereien beteiligt waren oder Auseinandersetzungen mit Frauen hatten, die Stunden später tot aufgefunden wurden.

„Eine Minute?" fragte Quentin mit raschem Lächeln. Falls er gehofft hatte, sie damit zu entwaffnen, war es Energieverschwendung. Patti O'Shay hatte sich in einer von Männern dominierten, manchmal frauenfeindlichen und oft chauvinistischen Berufswelt hinaufgekämpft. Ihren Rang als Captain hatte sie durch brillante Polizeiarbeit, einzigartige Zielstrebigkeit und die Fähigkeit, den größten Spruchbeuteln schlagfertig über den Mund zu fahren, erworben. Es gab keinen härteren Captain im ganzen Polizeidienst als Patti O'Shay.

„Wir haben hier möglicherweise eine heikle Situation", sagte Quentin.

Sie runzelte die Stirn und winkte beide herein. Ihr Blick wanderte kurz zu Terry. „Sie sehen beschissen aus."

Nicht gerade die Eröffnung, die man sich wünscht.

„Wir waren gestern Abend in Shannons Taverne."

„Welche Überraschung." Sie faltete die Hände vor sich auf dem Schreibtisch. „Da wurde doch dieses Mädchen gefunden."

„Richtig. In der Gasse hinter der Bar."

„Was war genau?"

„Sie hieß Nancy Kent." Terry räusperte sich und fuhr fort: „Sechsundzwanzig. Kürzlich geschieden. Ein Partymädchen. Kam durch die Scheidung ganz schön zu Geld. Offenbar hat sie es letzte Nacht herumgezeigt."

Quentin übernahm. „Der Leichenbeschauer nennt als Todeszeitpunkt irgendwann zwischen halb eins und drei Uhr früh."

Captain O'Shay schien das zu überdenken. „Das heißt, Kent wurde entweder noch zur Öffnungszeit der Bar oder in der Stunde nach der Schließung umgebracht. Zu der Zeit dürfte sich die Gästeschar beträchtlich ausgedünnt haben."

„Nicht gestern Nacht, Captain", sagte Terry. „Um halb zwei war die Party noch in vollem Gang. Shannon musste die Hartnäckigsten um zwei regelrecht hinauswerfen. Er drohte, die Polizei zu rufen."

Sie ignorierte sein Grinsen – ein Drittel der Hartnäckigen waren Polizisten gewesen – und wandte sich an Quentin. „Was ist mit Shannon?"

„Ich habe ihn befragt", erwiderte er. „Er war ziemlich erschüttert. Er hat weder etwas gehört noch gesehen. Suki und Paula, die beiden Kellnerinnen, die mit ihm abschlossen, konnten auch keinen Hinweis geben."

„Gibt es einen Verdacht gegen Shannon?"

„Ausgeschlossen. Außerdem hat er ein Alibi. Bis der Laden geschlossen wurde, war er hinter der Bar. Nachdem er zugesperrt hatte, war er mit Suki und Paula zusammen. Die drei sind zusammen gegangen."

Terry ergänzte: „Gewöhnlich bringt Shannon den Abfall in den Container, während die Mädchen die Bar sauber machen. Aber gestern Abend schnappten sich beide Mädchen ihre Taschen, und sie gingen zusammen hinaus."

„Um welche Zeit war das?"

„Zwischen drei und drei Uhr zehn."

„Und keiner hat irgendwas gesehen?"

Sie klang ungläubig, und Quentin erklärte: „Die Gasse ist kaum beleuchtet. Die drei waren erledigt und hatten es eilig heimzukommen. Außerdem kabbelten Suki und Paula sich wegen Trinkgeld. Das Opfer war auch von dem Abfallbehälter verdeckt."

Captain O'Shay nickte zögernd. „Was ist mit der Todesursache?"

„Wir müssen die Obduktion abwarten, aber der Leichenbeschauer meint, Tod durch Ersticken."

Captain O'Shay zog die Brauen hoch. „Ersticken? In einer Gasse?"

„Ja, ungewöhnlich. Offenbar wurde sie vorher vergewaltigt. Blutergüsse und Risse in der Schamgegend und an den Innenseiten der Schenkel."

„Hat die Spurensicherung etwas gefunden?"

„Ein paar Haare, ein paar Fasern unter ihren Nägeln."

Terry rückte sich unbehaglich zurecht.

„Was ist mit ihrem Exmann?" Captain O'Shay sah Terry an.

„Ein älterer Mann." Seine Stimme schwankte. „Brach zusammen und brabbelte wie ein Baby, als wir es ihm sagten. Angeblich liebte er sie immer noch und hatte gehofft, sie käme zu ihm zurück."

„Klingt, als hätte er ein Motiv."

„Aber keine Gelegenheit." Quentin erläuterte: „Als Terry älter sagte, meinte er alt. Sauerstoffgerät, Rollstuhl, Pflegeschwester. Das ganze Programm."

„Alt, aber sehr reich", fügte Terry hinzu. „Adresse in Old Metairie. Mitglied im Country Club. Alles, was sonst noch dazugehört. Sie hätte sich wohl nicht träumen lassen, dass sie als Erste dran glauben muss."

Captain O'Shay sah ihn scharf an. „Hatte sie einen Liebhaber?"

„Ihr Ex wusste von keinem", erwiderte er rasch. „Wir hören uns weiter um."

„Und wieso haben wir hier eine heikle Situation?" Sie sah wieder Terry an, der sich unter ihrem Blick unbehaglich wand. „Wie schon gesagt, waren wir gestern Nacht in Shannons Taverne. Das Opfer tobte sich aus und tanzte ziemlich aufreizend. Sie zog eine richtige Schau ab, wenn Sie verstehen, was ich meine."

Patti O'Shay zog wieder die Brauen hoch. „Nein, ich glaube nicht."

Quentin sah seinen Partner warnend an. Die Tour „Sie war selbst schuld" zog bei Patti O'Shay nicht. Damit brachte man sie höchstens gegen sich auf.

Terry erkannte seinen Fehler, räusperte sich und änderte die Taktik. „Ich wollte nur sagen, ich habs bei ihr probiert. Mehr als einmal."

„Und sie war nicht interessiert."

„Ja." Er errötete leicht. „Ich hatte ein bisschen zu viel getrunken und ..." Er suchte nach Worten, die ihn in einem günstigeren Licht dastehen ließen.

Da ihm nichts einfiel, ergänzte ihre Vorgesetzte: „Und Sie haben das Nein nicht akzeptiert."

„Wie gesagt, ich hatte ein bisschen zu viel getrunken."

Captain O'Shay stand auf und kam um den Schreibtisch herum. Sie setzte sich auf die Kante, blickte auf ihren Detective hinab und zwang ihn, sie anzusehen. „Und Sie denken, das macht schlechtes Benehmen verzeihlich?"

„Nein, Captain", erwiderte er betreten.

„Ich bin froh, dass wir da einer Meinung sind, Detective. Was geschah als Nächstes?"

„Ich drängte zu sehr. Es gab einen Wortwechsel zwischen mir und dem Opfer. Ich geriet mit dem Typ, mit dem sie zusammen war, fast aneinander."

Captain O'Shay war nicht erfreut. „Fast?"

„Malone hat mich gerettet."

Sie sah Quentin an. Der nickte, und sie ging ans Fenster und blickte in den kalten sonnigen Tag hinaus. Ohne sich umzudrehen, sagte sie: „Ich will einen Bericht. Von beiden. Einen genauen."

„Ja, Captain."

Sie drehte sich um. „Ich weiß, dass Sie Probleme in Ihrem Privatleben haben, Detective Landry. Brauchen Sie Urlaub, bis sich alles geklärt hat?"

Er sprang auf. „Ausgeschlossen! Ich werde verrückt, wenn ich nicht arbeiten kann."

Sie zögerte einen Moment und nickte. „Also gut. Aber ich möchte nicht, dass sich so etwas wie gestern Nacht wiederholt. Ich werde nicht zulassen, dass Sie dieses Department in den Schmutz ziehen. Ist das klar?"

„Ja, Captain."

„Gut. Noch etwas. Ich werde den Fall an Johnson und Walden übergeben."

„An diese Möchtegern-Diskjockeys?"

„Das ist doch Blödsinn, Captain!"

Die Detectives Johnson und Walden zogen durch die Namensähnlichkeit mit New Orleans' beliebtesten Radiomoderatoren Johnson und Walton immerwährenden Spott auf sich. Während die beiden Diskjockeys kreativ, innovativ und lustig waren, konnte man die beiden Detectives nur als humorlose Langweiler bezeichnen.

„Landry", fuhr sie fort, als hätten die beiden nicht widersprochen, „Sie sind ab sofort raus aus dem Fall. Quentin, du assistierst den anderen."

„Assistieren?" Er sprang auf. „Captain O'Shay, bei allem nötigen Respekt ..."

„Interessenkonflikt", erklärte sie nur und schnitt ihm das Wort ab. „Stunden bevor Nancy Kent vergewaltigt und ermordet wurde, hatte einer meiner Detectives eine hitzige Auseinandersetzung mit ihr. In aller Öffentlichkeit. Damit ist er automatisch ein Verdächtiger." Sie sah von einem zum anderen. „Wie klug wäre es wohl von mir, diesen Detective weiter an dem Fall arbeiten oder seinen Partner die Ermittlung leiten zu lassen? Zweifellos mehr als unklug."

„Und wenn Terry von jedem Verdacht befreit ist?" fragte Quentin.

„Dann ist der Fall hoffentlich gelöst. Falls nicht, reden wir noch mal darüber."

Aber erhofft euch nicht zu viel. „Ist das alles?"

„Landry, Sie dürfen sich entfernen. Malone, wir reden noch privat." Sobald Terry die Tür geschlossen hatte, fragte sie: „Ist es genau so abgelaufen, wie Landry erzählt hat?"

„Haargenau."

„Und was geschah nach dem Zwischenfall mit der Frau?"

„Wir haben weitergefeiert. Kurz nach zwei habe ich ihn heimgefahren."

„Er konnte nicht mehr selbst fahren?"

„Er war sturzbetrunken."

„Und es ist hundertprozentig sicher, dass er nichts mit dem Fall zu tun hat?"

„Ja, verdammt." Quentin wandte kurz den Blick ab. „Terry kann das unmöglich getan haben. Er konnte kaum laufen, geschweige denn eine Frau überwältigen und ermorden."

Sie schwieg einen Moment und nickte dann. „Ich stimme der Einschätzung zu, aber ich werde ihn beobachten. Ich werde nicht zulassen, dass einer meiner Detectives im Dienst ausrastet."

„Er ist okay, Captain. Er ..."

„Er ist nicht okay", korrigierte sie kurz angebunden. „Und das weißt du, Detective Malone. Lass dich von ihm nicht mit in die Gosse ziehen."

Sie kehrte an ihren Schreibtisch zurück, ein Zeichen, dass die Unterredung beendet war. Quentin ging zur Tür und drehte sich noch einmal um. „Tante Patti?" Sie blickte auf. „Grüß Onkel Sam von mir."

„Grüß ihn selbst." Ein Lächeln umspielte ihren Mund und milderte ihre Züge. „Und ruf meine Schwester an. Wie ich von John jr. hörte, vernachlässigst du sie."

Leise lachend verabschiedete er sich mit einem kurzen militärischen Gruß.

6. KAPITEL

Freitag, 12. Januar,
Uptown

Dr. Benjamin Walker hatte Kopfschmerzen, als stecke sein Schädel in einer Klammer. Dennoch bemühte er sich, den Ausführungen seines Patienten über dessen widersprüchliche Gefühle nach dem kürzlichen Tod der Mutter zu folgen. Ben arbeitete jetzt seit drei Monaten mit diesem Mann und begann erst an der Oberfläche des Schadens zu kratzen, den sein Patient durch eine kalte, lieblose Jugend erlitten hatte.

„Es ist nicht in Ordnung, Dr. Walker. Sie war meine Mutter, und sie ist tot. Tot." Der Mann rang die Hände. „Sollte ich nicht etwas empfinden über den Verlust?"

„Was glauben Sie, was Sie fühlen sollten, Rick?"

Der Mann sah ihn aus geröteten Augen an. „Trauer, Bedauern, Wut. Ich weiß nicht, aber irgendetwas, um Himmels willen, müsste ich doch fühlen."

Ben ging auf das Letzte ein. „Wut? Das ist ein starkes Gefühl, Rick, eines der stärksten."

Sein Patient sah ihn verständnislos an. „Wut? Das habe ich nicht gesagt."

„Doch, haben Sie."

„Unmöglich. Ich habe meine Mutter geliebt."

„Es ist verständlich, dass Sie ärgerlich, ja sogar wütend sind."

„Wirklich?" Der Mann schien erleichtert. „Weil sie weg ist?"

„Könnte sein? Zumindest teilweise." Ben faltete die Hände im Schoß und gab sich unbeteiligt. „Es könnte auch andere Gründe haben."

„Welche. Was unterstellen Sie?"

„Denken Sie darüber nach, Rick. Sie müssen mir die Gründe nennen."

Ben lehnte sich zurück und wartete schweigend. Er ließ seinem Patienten Zeit zum Nachdenken. Eines Tages würde Rick Richardson reden, davon war er überzeugt. Dann würde es geradezu aus ihm hervorbrechen. Beängstigend. Er hatte einen unterschwelligen Zorn an Rick bemerkt, vor allem auf Frauen. Das war bei der Erwähnung eines banalen Streits mit seiner Frau durchgeblitzt und in seiner Haltung gegenüber seiner Vorgesetzten. Wortwahl, Körpersprache und leichte Veränderungen der Mimik waren verräterisch gewesen.

Ben vermutete, dass die wahre Ursache für Rick Richardsons unbewältigten Zorn seine dominante und ihn ablehnende Mutter war. Sein Patient war nur bisher nicht bereit, das zuzugeben. Dass sie gestorben war, ehe sie ihre Probleme ausräumen konnten, verstärkte nur seine Wut, die sich nach außen oder nach innen richten konnte.

Er rechnete damit, dass ihnen einige schwierige Sitzungen bevorstanden.

„Sie war eine gute Mutter, Dr. Walker", sagte Rick plötzlich in trotzigem Ton. „Eine sehr gute Mutter."

„War sie das?"

Rick sprang auf und ballte die herabhängenden Hände zu Fäusten. An seiner Stirn trat eine Vene hervor. „Was zum Teufel soll das heißen? Sie haben sie doch gar nicht gekannt! Sie wissen nichts über unsere Beziehung oder über sie als Mensch."

„Ich weiß, was Sie mir erzählt haben", erwiderte Ben ruhig. „Und ich würde wirklich gern mehr erfahren."

Rick starrte ihn einen Moment an und wandte den Blick ab. „Ich möchte jetzt nicht darüber reden."

Ben sah seinen Patienten ruhelos im Raum hin und her gehen. „Warum nicht?"

Rick drehte sich ruckartig zu ihm um. „Weil ich nicht will! Reicht das nicht als Begründung? Warum müssen Sie so auf mir herumhacken? Genau wie meine Frau. Wie meine Mut... Scheiße."

„Hat Ihre Mutter auf Ihnen herumgehackt?"

Er errötete. „Ich sagte, ich will nicht darüber reden."

„Gut. Wir haben noch ein paar Minuten übrig. Reden Sie, worüber Sie möchten."

Wie erwartet, wählte sein Patient das weniger emotionsbeladene Thema des Jobs und ging weiter hin und her. Ben verfolgte seine Bewegungen. Dabei erhaschte er in dem großen, goldgerahmten Spiegel auf der gegenüberliegenden Wand einen Blick auf sich selbst. Der Spiegel war ein Luxusgegenstand, ein Geschenk, das er sich zu seinem fünfundzwanzigsten Patienten gemacht hatte.

Der fünfundzwanzigste Patient. Vor anderthalb Jahren hatte er noch in einer aufstrebenden psychiatrischen Praxis in Atlanta gearbeitet, mit dem Angebot einer Partnerschaft auf dem Tisch. Er hatte darauf verzichtet und war seiner alten Mutter nach New Orleans gefolgt.

Ihr Umzug war ein Schock für ihn gewesen. Sie hatte einfach ihre Sachen gepackt und war gegangen. Später hatte sie darauf beharrt, es sei doch sein Vorschlag gewesen. Letztlich hatte er ihren spontanen Einfall jedoch als Glücksfall und als Weckruf empfunden.

Ihr bizarres Verhalten hatte ihn gezwungen, sich intensiver mit ihr zu befassen. Dabei hatte er gemerkt, dass etwas mit ihr nicht stimmte. Etwas, das über reine Vergesslichkeit hinausging. Die Testergebnisse hatten ihm bestätigt, sie litt an Alzheimer im Frühstadium.

Er war entsetzt gewesen und hatte sich Vorwürfe gemacht, so unaufmerksam gewesen zu sein. Schließlich war er Doktor der Psychologie. Er hätte merken müssen, was mit ihr los war, und das lange, bevor sie in diesen Zustand geriet. Seit Jahren verwechselte sie Menschen und Ereignisse, vergaß Verabredungen und besondere Daten. Er hatte sich eingeredet, dass viele Menschen im Alter vergesslich wurden, bis er nicht mehr umhin konnte, sich den Tatsachen zu stellen.

Ein halbes Jahr nach ihrer Ankunft in New Orleans hatte er sie überzeugt, dass sie glücklicher – und sicherer – in einem Altenheim lebte.

„Ich habe wieder davon fantasiert zu sterben."

Ben richtete sich auf, sofort auf seinen Patienten konzentriert. „Erzählen Sie mir davon, Rick."

„Da gibt es nichts zu erzählen."

„Wenn das stimmte, hätten Sie es nicht erwähnt. Haben Sie davon fantasiert, Ihr Leben zu beenden? Oder haben Sie sich nur vorgestellt, wie die Welt ohne Sie wäre?"

„Ich bin ... einfach verschwunden. Ich war da, und plötzlich war ich weg."

Ben war erleichtert. Kein Kliniker, der sein Geld wert war, nahm Todesfantasien eines Patienten auf die leichte Schulter. Sich vorzustellen, einfach zu verschwinden, war jedoch weniger alarmierend. Rick hatte schon von ähnlichen Vorstellungen berichtet, immer in Zeiten großer emotionaler Belastung.

„Wie haben Sie sich dabei gefühlt?" fragte Ben.

„Zornig." Rick blieb stehen. Sein attraktives Gesicht war durch starke Emotionen verzerrt. Ben konnte allerdings nicht entscheiden, ob durch Schmerz oder Wut. „Niemand schien es zu bemerken oder zu kümmern. Sie feierten die Party einfach weiter."

Die Party. Das Leben. Ben verstand. Er beugte sich vor. „Denken Sie darüber nach, ob diese Fantasien Ihre Gefühle über den Tod der Mutter widerspiegeln. Ihre Ambivalenz, Ihren Zorn und

Ihre Isolation. Wir sprechen in der nächsten Sitzung kommende Woche darüber."

Ben stand auf, ein Zeichen, dass ihre Zeit vorüber war. Er brachte Rick an die Praxistür, wünschte ihm eine angenehme Woche und sagte gute Nacht.

Er sah seinen Patienten den Warteraum durchqueren und kehrte lächelnd, voller Vorfreude an den Schreibtisch zurück. Rick war heute sein letzter Patient gewesen. Sobald er die Notizen über die Sitzung überflogen und den Schreibtisch aufgeräumt hatte, gehörte das Wochenende ihm.

Und er hatte vor, es ganz seinem Buch zu widmen: einer Abhandlung über die Auswirkungen früher Kindheitstraumata – besonders physischer, psychischer und sexueller Misshandlungen – auf die Persönlichkeitsentwicklung.

Die Idee dazu war im ersten Jahr seiner Arbeit als praktizierender Kliniker entstanden, als er an einer Klinik in Atlanta gearbeitet hatte. Die Idee hatte sich im nächsten Jahr verfestigt, als er der „Peachtree Road Psychiatergruppe" beigetreten war. Die Patienten hätten kaum unterschiedlicher sein können als in beiden Einrichtungen, und doch sah er immer wieder dieselben Auswirkungen von Kindheitstraumata auf die spätere Persönlichkeit.

Zwei Dinge hatte er gelernt: zum einen, dass Kindesmisshandlungen alle sozialen, ökonomischen und ethnischen Grenzen übersprangen. Und zum anderen, dass sich die Folgen dieser Misshandlungen in vorhersehbaren Mustern pathologischer Erscheinungen beim späteren Erwachsenen zeigten. Er hatte nach Arbeiten anderer Wissenschaftler zu diesem Thema gesucht und sich in die Forschungen von Klinikern vertieft.

Als sich diese Nachforschungen ansammelten, war in ihm der Wunsch entstanden, sie in einem Buch zusammenzufassen. Er betrat damit kein Neuland. Sein Buch war nicht das erste zu diesem

Thema und würde nicht das letzte sein. Er wollte es jedoch populärwissenschaftlich schreiben, so dass es den normalen Leser ansprach. Sein Ziel war es, durch Aufklärung zu helfen.

Einmal begonnen, wurde das Schreiben zu einer Besessenheit, der er so viel Zeit wie möglich widmete.

Beim Verlassen der Praxis sah er sich wieder kurz im geschliffenen Glas seines antiken Spiegels. Es war ein flüchtiger Blick, und er blieb erschrocken stehen. Für den Bruchteil einer Sekunde war er sich fremd vorgekommen.

Wie wer, um Himmels willen? Wie der Mann im Mond? Wie Rick Richardson? Er dachte an seinen blendend aussehenden Patienten. So auszusehen, davon konnte er nur träumen. Er betrachtete sich erneut im Spiegel: mittelgroß, mittelschlank, mittelbraunes Haar und braune Augen. Und eine Brille, die ihn wie den Bücherwurm aussehen ließ, der er war.

Er würde nie ein Ladykiller werden. Seinetwegen fielen die Frauen nicht reihenweise in Ohnmacht.

Das war auch okay so. Darauf legte er keinen Wert.

Er war klug und zuverlässig und ein guter Sohn. Und eines Tages, wenn er die richtige Frau fand, würde er ein treusorgender Ehemann und Vater sein.

Er fühlte sich wohl in seiner Haut. Er mochte den Ben Walker, der er geworden war, und ihm gefiel der Weg, den er eingeschlagen hatte.

Lächelnd schaltete er das Licht in der Praxis aus, verschloss die Tür hinter sich und ging in den Warteraum.

Er war ein Einmann-Unternehmen. Er hatte nicht mal eine Empfangssekretärin. Er brauchte keine. Seine Termine machte er selbst. Wenn er Sitzungen hatte, nahm ein Telefondienst alle Anrufe entgegen, und ein Computerprogramm half ihm bei der Buchführung. Bisher war sein Kontakt zu Versicherungsfirmen minimal gewesen. Er war autark und hatte nichts mehr gemein mit der Psychiatergruppe in Atlanta mit ihren Luxusräumen und den zwanzig Angestellten.

Aber er vermisste das nicht. Er gehörte hierher. Wenn die Praxis größer wurde, würde er vermutlich jemand anstellen müssen. Den Tag bedauerte er heute schon. Seine Praxis nahm eine Hälfte eines Doppelhauses im Garden District ein. Die andere bewohnte er. Das war bequem, intim und heimelig. Durch Angestellte würde sich das ändern. Andererseits waren Veränderungen unvermeidbar und ein unausweichlicher Teil des Lebens.

Ben ging zu dem niedrigen Tisch, legte die Magazine zusammen und bemerkte den großen Umschlag, der gegen eines der Sofakissen gelehnt war. Er nahm ihn an sich. In die obere linke Ecke war sauber sein Name geschrieben. Ansonsten war das Päckchen durch nichts gekennzeichnet.

Neugierig öffnete er es. Ein Roman kam zum Vorschein, ein Thriller von Anna North. Die Autorin war ihm unbekannt. Während er das Buch umdrehte, flatterte eine Notiz zu Boden. Kurz und rätselhaft stand darauf:

Morgen, 15 Uhr. E! Unterhaltungskanal.

Ben fragte sich stirnrunzelnd, wer ihm das hinterlassen haben könnte? Und warum?

Er blätterte das Buch durch, fand jedoch keine Antwort darauf. Vermutlich hatte einer seiner Patienten es für ihn hingelegt, ohne es zu erwähnen, oder es abgelegt, während er in einer Sitzung war.

Er hatte heute sechs Patienten gehabt. Er zählte sie an den Fingern ab und konnte sich bei keinem vorstellen, warum er ihm ein Buch hinlegen sollte. Während er in einer Sitzung gewesen war, hätte allerdings auch jeder Fremde ins Wartezimmer gehen können.

Die Frage blieb. Warum? Um das Rätsel zu lösen, würde er morgen E! einschalten.

7. KAPITEL

Samstag, 13. Januar,
French Quarter.

Kurz nach zwei kehrte Anna von ihrer Halbtagsstelle in der „Perfekten Rose" heim. Fröstelnd blickte sie zum grauen Himmel und wünschte, der vom Meteorologen auf Kanal 6 vorausgesagte Sonnenschein würde sich endlich zeigen. Der Winter hatte gerade erst begonnen, und sie sehnte schon sein Ende herbei.

Nach ihrem Lunch mit Jaye am Donnerstag war sie beunruhigt an ihre Arbeit zurückgekehrt. Dass Jaye verfolgt worden war, machte ihr zu schaffen. Sie hatte sogar daran gedacht, ihre Pflegemutter oder die Polizei zu benachrichtigen, den Gedanken jedoch wieder verworfen. Zum einen, weil Jaye über eine Einmischung wütend gewesen wäre, und zum anderen, weil sie sich geeinigt hatten, dass Jaye zur Polizei ging, sollte der Mann noch einmal auftauchen. Anna war nicht ganz zufrieden mit diesem Kompromiss, wollte die Sache jedoch vorläufig auf sich beruhen lassen.

Sie holte den Schlüssel aus der Tasche. Zusätzlich zu ihren Sorgen um Jaye beunruhigten sie Minnie und der ominöse „Er" aus ihren Briefen.

Da Jaye vermutlich Recht hatte und Minnie eine Freundin brauchte, hatte sie den Brief beantwortet. In fröhlichem Plauderton hatte sie einige Fragen über Minnies Eltern und ihr Verhältnis zu ihnen eingeflochten. Inzwischen fragte sie sich, ob sie subtil genug gewesen war und Minnies Leute sie nicht durchschauten – und ihr die Hölle heiß machten.

Anna öffnete die Tür zum Hof ihres Mietshauses, blieb stehen und winkte dem alten Mr. Badeaux von gegenüber zu. Als aufmerksamer Nachbar verbrachte Alphonse Badeaux die meiste Zeit des Tages mit seiner uralten einäugigen Bulldogge Mr. Bingle auf den Eingangsstufen seines Doppelhauses.

Alphonse, zweimaliger Witwer, schwatzte mit jedem, der des Weges kam, und wusste fast alles über die Leute im Umkreis etlicher Blocks.

„Sie haben heute ein Päckchen bekommen", rief er, stand auf und kam herüber. „Ich habe den Boten gesehen, weiß aber nicht, von wem es ist. Geht mich auch nichts an."

Anna schmunzelte darüber. „Hat er es über das Tor geworfen?" Falls niemand im Haus war, den Toröffner zu betätigen, wurden die Päckchen häufiger in den Hof geworfen. Das war kein Problem, solange es nicht unerwartet regnete. Da das in New Orleans aber häufiger vorkam, hatte sie schon einige durchweichte Päckchen erhalten.

„Nein." Er kratzte sich am Kopf. „Irgendwer hat den Toröffner gedrückt. Ging rein und kam nach vier Minuten wieder raus. Weiß aber nicht, wer. Geht mich nichts an."

„Danke, Alphonse. Ich werde mal sehen, was es ist." Sie blickte über die Straße zu Mr. Bingle, der auf den Eingangsstufen fläzte. „Ansonsten ist alles okay mit Ihnen und Mr. Bingle?"

„Einigermaßen." Er fuhr sich mit einer Hand über das alte, wettergegerbte Gesicht. „Ich mag die Kälte nicht. Geht mir in die Knochen."

„Ich weiß, was Sie meinen. Es ist feucht."

Er nickte und deutete mit dem Daumen auf seinen Hund. „Scheint den alten Mr. Bingle nicht zu kümmern. Kalt oder heiß, nass oder trocken, der alte Bingle merkt den Unterschied nicht."

Der Hund hob den Kopf und sah sie mit seinem verbliebenen Auge an. Anna berührte ihren Nachbarn lächelnd am Arm. „Kommen Sie mal auf eine Tasse heiße Schokolade zu mir hoch. Wenn ich das selbst sagen darf, mein Gebräu ist umwerfend gut."

„Das ist sehr lieb von Ihnen, Miss Anna. Mache ich gern. Sehen Sie jetzt nach Ihrem Päckchen."

„Ja, mache ich." Sie ging in den Hof und schloss das Tor hinter sich.

Wie viele alte Gebäude im French Quarter, dem Vieux Carré, war ihres um einen zentralen Hof herum gebaut. In früheren Zeiten dienten diese Höfe mit ihren Ziegelmauern und der üppigen Vegetation den Anwohnern als Zuflucht vor der Sommerhitze. Heute waren sie eine Oase der Ruhe vor dem Lärm der Stadt.

Anna ging die schmale Treppe in die erste Etage hinauf. Tatsächlich lehnte ein wattierter Umschlag an ihrer Tür. Sie nahm ihn, schloss ihre Wohnungstür auf und trat ein. Nachdem sie ihre Tasche auf den Flurtisch gelegt hatte, nahm sie das Päckchen genauer in Augenschein. Es trug nur ihre Adresse, aber sonst keinen weiteren Hinweis. Kein Poststempel, kein Absender oder Firmenaufdruck.

Seltsam, dachte sie, öffnete den Umschlag und nahm eine Videokassette heraus mit dem Aufdruck: „Interview Savannah Grail".

Mutter. Anna lächelte. *Natürlich.* Beim letzten Gespräch hatte ihre Mutter erwähnt, dass ihr Agent ihr einige neue Möglichkeiten eröffnet hatte. Dieses Interview war vermutlich eine davon.

Sie schaltete den Fernseher an und schob das Band in den Videorekorder. Mit einem Glas Wasser und einer Hand voll Cracker aus der Küche setzte sie sich. Ihre Mutter vermisste die Schauspielerei, das Scheinwerferlicht und die Verehrung der Fans. Es fehlte ihr, ein Star zu sein.

Schon lange war sie keiner mehr. Nach der Entführung seinerzeit war es mit der schon abflachenden Karrierekurve noch einmal kurz bergauf gegangen. Doch das hatte nicht lange angehalten. Sie war bereits fünfundvierzig gewesen. Ein Alter, in dem bei weiblichen Hollywoodstars die Metamorphose zur Filmmutter beginnt. Diese Rollen gingen jedoch an Schauspielerinnen mit Oscar-Format. Etwas, das ihre Mutter auch in ihren besten Zeiten nicht gehabt hatte.

Es war eine traurige Tatsache, aber für ihre Mutter gab es keine Arbeit mehr, mal abgesehen von einem gelegentlichen Werbefilm oder einer Rolle in einer lokalen Theaterproduktion.

Savannah hatte Mühe gehabt, das zu akzeptieren, aber sie hatte es überlebt. Nach dem Scheitern ihrer Ehe hatte sie Kalifornien verlassen und war in ihre Heimatstadt Charleston zurückgekehrt.

Dort war sie immer noch ein Star. Sie war *die* Savannah North – eine Rolle, die ihr auf den Leib geschrieben war.

Lächelnd machte Anna es sich auf dem Boden bequem und drückte die Starttaste. Gleich darauf erschien ihre Mutter im blauen Seidenkostüm mit Diamantschmuck auf der Bildfläche.

Anna aß Cracker und verfolgte, wie ihre Mutter vor der Kamera lebendig wurde und den Interviewer anlächelte, jeder Zoll ein Star. Sie war immer noch bildschön, immer noch der rothaarige, grünäugige Blickfang, den das Publikum – vor allem das männliche – so geliebt hatte.

Der Interviewer machte sich an die Arbeit und blieb im Hintergrund. Da Anna vertraut mit Filmarbeit war, wusste sie, dass viele Interviews so entstanden. Das Gesicht des Interviewers wurde später wahlweise eingefügt.

Der Mann fragte ihre Mutter nach ihrer Arbeit und ihrem früheren Status als Filmgöttin. Er fragte nach Filmen und Fernsehserien, in denen sie der Star gewesen war. Sie sprachen über das Hollywood der fünfziger Jahre, über die damaligen Stars und Savannahs amouröse Abenteuer.

Dann nahm das Interview eine andere Wende. Der Videofilmer befragte Savannah nach ihrem Privatleben, ihrer Scheidung, ihrem

Umzug nach Charleston und nach ihrem einzigen Kind, ihrer Tochter Harlow Grail.

Anna straffte sich mit einem unguten Gefühl. Der Interviewer fragte weiter, obwohl ihre Mutter deutliche Zeichen des Unmuts zeigte. Er sprach über die tragische Entführung und ihre Auswirkungen auf Savannahs Ehe und Harlows Psyche.

Anna beobachtete die Reaktionen ihrer Mutter auf die Fragen und bemerkte das Geschick des Interviewers. Er wechselte zwischen Schmeichelei und Vorwurf, Bewunderung und Argwohn und wusste nicht nur, wie er die Themen anschneiden musste, sondern auch wann. Er ging so weit zu behaupten, ihre Karriere habe von der Tragödie profitiert.

Das machte Anna wütend. Sie durchschaute sein manipulatives Spiel, ihre Mutter offenbar nicht. Savannah klappte regelrecht zusammen und begann sich zu rechtfertigen.

Er nutzte ihr Unbehagen und holte zum Todesstoß aus. „Es ist einfach tragisch", sagte er leise, „dass Harlow die Entführung trotz ihrer Stärke und ihres Mutes nie überwunden hat. Es muss schmerzlich für Sie gewesen sein, dass sie so ganz in der Versenkung verschwand. Ich kann mir gut vorstellen, wie zornig und hilflos Sie sich fühlen müssen."

„Harlow ist ganz gewiss nicht in der Versenkung verschwunden!" trumpfte sie stolz auf, ihre Tochter zu verteidigen. „Sie ist Krimiautorin und lebt in New Orleans. Und sie ist ziemlich erfolgreich, möchte ich hinzufügen. Ihre ersten beiden Bücher bekamen überschwängliche Kritiken."

„Eine Krimiautorin", sagte der Interviewer leise. „Es erstaunt mich, dass ich nicht früher davon gehört habe. Vermutlich hätte schon der Name Harlow Grail sie zum Bestseller gemacht, denken Sie nicht auch?"

„Sie hat ein Pseudonym angenommen. Nach allem, was sie

durchgemacht hat, meidet sie das Rampenlicht. Sicher verstehen Sie das."

Der Interviewer gab einen Laut der Zustimmung von sich, und fügte, für Anna verlogen klingend, hinzu: „Das verstehe ich völlig. Aber sicher können Sie uns ein wenig mehr erzählen. Schließlich hielt Harlows albtraumhafte Entführung und ihre heldenhafte Flucht Amerika zweiundsiebzig Stunden in Atem. Wir bangten um sie und bejubelten sie. Sie war und ist immer noch eine unserer Heldinnen. Können Sie uns wenigstens einen ihrer Buchtitel nennen?"

„Ich wünschte, ich könnte, aber ..."

„Wer ist der Verleger? Doubleday, Cheshire House?" Er sah an ihrer Mimik, dass der letzte Name richtig war. „Cheshire House verlegt große Namen des Genres. Gehört Harlow auch dazu?"

Aufgebracht drückte Anna den Pausenknopf. Der eigene Blutstrom dröhnte ihr in den Ohren, während sie auf das Standbild ihrer Mutter starrte. Savannah hatte fast alles über sie preisgegeben, bis auf ihren Namen und die Telefonnummer. Wahrscheinlich musste sie dankbar sein, dass nicht auch noch ihre Adresse oder der Blumenladen genannt worden waren.

Beruhige dich, keine Panik! Schätze den Schaden nüchtern ein.

New Orleans war eine große Stadt mit einer großen Autorengemeinde. In keiner Veröffentlichung des Verlages erschien ihre Anschrift. Außerdem hatte ihre Mutter kein Erscheinungsdatum ihrer Bücher erwähnt. Und Cheshire House verlegte viele Autoren.

Sie drückte auf den Startknopf und ließ das Video weiterlaufen. Ihre Mutter sah geschafft aus, den Tränen nahe. Der Interviewer ließ es gut sein. Einen Moment später wurde die Mattscheibe dunkel, bis auf einige in Weiß geschriebene Worte.

Überraschung, Prinzessin. E!. Heute um drei.

8. KAPITEL

Samstag, 13. Januar,
15 Uhr 10.

Ben verpasste am Samstagnachmittag die ersten zehn Minuten der Sendung auf E!. Das Programm befasste sich heute mit rätselhaften Ereignissen in Hollywood.

Ben ließ sich aufs Sofa fallen und lehnte sich erschöpft zurück. Bei seinen Recherchen gestern Abend war er eingeschlafen. Er erinnerte sich nur vage, dass er irgendwann in der Nacht ins Bett gewankt war. Erwacht war er vor Anbruch der Morgendämmerung, hatte angezogen quer über dem Bett gelegen und sich gefühlt, als hätte er stundenlang den Mond angeheult, anstatt am Schreibtisch zu schlafen.

Das Programm wurde für eine Werbeeinblendung unterbrochen. Der Moderator bat das Publikum, am Gerät zu bleiben, und kündigte das nächste Thema an: ein Märchen, das zum Albtraum wurde. Die Entführung der Harlow Anastasia Grail.

Ben beugte sich aufmerksam vor. Die Grail-Entführung gehörte zu den Fällen, die in regelmäßigen Abständen immer wieder von den Medien aufgegriffen wurden. Der Fall besaß alle Elemente, die ihn zeitlos spannend machten. Schöne Menschen mit Hollywood-Verbindungen, Reichtum, Kinder in Gefahr, ein sowohl tragisches wie triumphales Ende und ein ungelöstes Rätsel.

Der Moderator kehrte zurück und fasste die Geschichte der kleinen Hollywoodprinzessin, die auf dem elterlichen Anwesen in Beverly Hills mit ihrem Freund entführt wurde, kurz zusammen. Anhand alter Nachrichtensendungen und nachgespielter Szenen wurde das Ganze noch einmal dargestellt, inklusive Harlow Grails dramatischer Flucht.

Ben nahm jedes Wort begierig auf. Was war mit Harlow geschehen? Was war nach dieser Tortur aus ihr geworden? Wie hatte der Horror jener drei Tage den Menschen beeinflusst, der sie heute war? Welche Auswirkungen hatte es auf ihre Entscheidungen und Beziehungen im Leben?

Während ihm diese Gedanken durch den Kopf gingen, wurde ein kürzlich aufgenommenes Interview mit Savannah Grail eingeblendet. Minuten später widmete sich das Programm einem anderen Rätsel.

Ben schaltete den Fernseher aus und lehnte sich zurück. Harlow Grails Geschichte wäre eine unglaubliche Bereicherung für sein Buch. Als Kind hatte sie eine grausame Erfahrung überlebt, was zweifellos ihr späteres Leben beeinflusst hatte. Mit dieser Geschichte würde sein Buch Beachtung finden.

Er zog die Brauen zusammen und rekapitulierte noch einmal, was er aus der Sendung erfahren hatte. Savannah Grail hatte verraten, dass ihre Tochter in New Orleans lebte, Krimiautorin war und bei Cheshire House verlegt wurde. Ihre Tochter schrieb unter einem Pseudonym und wachte eifersüchtig über ihre Privatsphäre.

Ben stand auf und ging zum Schreibtisch. Dort lag das Buch, das er tags zuvor in seinem Warteraum gefunden hatte. Es war bei Cheshire House verlegt, und die Autorin hieß Anna North.

Natürlich. North war Savannah Grails Mädchenname, das hatte er soeben aus der Fernsehsendung erfahren. Anna war eine Zusammensetzung aus Anastasia und Savannah. Die Autorin Anna North war offenbar die entführte Hollywoodprinzessin Harlow Grail.

Stirnrunzelnd blickte Ben auf den Roman in seiner Hand. Welcher seiner Patienten hatte ihm das Buch hingelegt und warum?

Er würde nachfragen müssen, beginnend mit den sechs Leuten, die gestern bei ihm waren.

9. KAPITEL

Samstag, 13. Januar,
16 Uhr.

Die Sonne ließ sich, wie versprochen, endlich blicken, und kaltes Licht ergoss sich auf den Küchentisch. Anna saß da und starrte ins Leere, als das Telefon plötzlich läutete.

Da sie nicht abnahm, schaltete sich der Anrufbeantworter ein. Sie hatte den Lautsprecher so leise gestellt, dass sie nicht mitbekam, wer am Apparat war. Sie wollte nicht schon wieder hören, wie erstaunt jemand über ihre wahre Identität war.

Mit ihrer Mutter und ihrem Vater hatte sie bereits gesprochen. Ebenso mit einem halben Dutzend Freunden, ihrem Agenten und ihrer Lektorin. Alle hatten ihr letztes Buch zugeschickt bekommen mit der Aufforderung, E! einzuschalten. Einer nach dem anderen hatte sein Erstaunen geäußert, dass sie Harlow Grail, die gekidnappte Hollywoodprinzessin, war. Und immer wieder war die Frage gestellt worden, warum sie es nicht erzählt habe.

Einige, wie ihre Lektorin, waren begeistert gewesen über die Neuigkeit. Endlich hätten sie die ideale Werbeidee, um ihr neues Buch auf die Bestsellerlisten zu hieven.

Ihr Agent hingegen hatte sauer reagiert, weil sie ihm eine so wichtige Information vorenthalten hatte. Wie sollte er sie angemessen vertreten, wenn er nicht einmal wisse, wer sie eigentlich sei?

Anna grübelte, wer ihr das angetan hatte. Und warum?

Es klopfte an der Wohnungstür, dann ertönte Daltons Stimme. „Wir sind es, Dalton und Bill!"

Sie erhob sich schwerfällig und ging zur Tür. Als sie öffnete, standen ihre Freunde grinsend davor.

„Wir haben versucht anzurufen."

„Zuerst war dauernd besetzt ..."

„Dann hast du nicht abgenommen."

„Ihr habt die Sendung gesehen", stellte sie fest.

„Natürlich haben wir. Du böses, böses Mädchen." Dalton drohte ihr spielerisch mit dem Finger. „Dabei dachten Bill und ich, wir würden dich kennen."

„Wir haben dich immer für ein offenes Buch gehalten", sagte Bill und trat über die Schwelle. „Dann erhielten wir deine Notiz wegen der Sendung heute."

Dalton schloss die Tür hinter ihnen. „Nett, Anna, aber du hättest es uns doch einfach sagen können."

Anna brachte vor Verzweiflung keinen Ton mehr heraus. Sie drehte ihren Freunden den Rücken zu und legte zitternd eine Hand vor den Mund.

Wer steckt dahinter? Wer weiß, wo ich lebe, und kennt auch noch alle mir wichtigen Leute?

„Anna, was ist los?" fragte Dalton besorgt.

„Diese Notiz war nicht von mir", erklärte sie mit tränenerstickter Stimme.

„Das verstehe ich nicht. Wenn sie nicht von dir war, von wem dann?"

„Ich weiß nicht." Sie wandte sich ihren Freunden zu. „Aber ich denke ... ich fürchte ..."

Kurt. Er hat mich gefunden.

„Ich glaube, ich setze mich lieber."

Sie ging zur Couch und ließ sich darauf sinken. Die zwei folgten ihr und setzten sich stumm rechts und links neben sie. Niemand drängte sie zum Reden, wofür sie ihnen dankbar war. Sie verabscheute es zutiefst, vor Dritten in Tränen auszubrechen, und rang um Fassung.

Sobald sie sich wieder in der Gewalt hatte, erzählte sie ihnen von ihrer Vergangenheit: von der idyllischen Kindheit, von ihren Eltern, der Entführung, dem Entsetzen über Timmys Ermordung und ihrer Flucht in letzter Minute.

Sie rieb sich fröstelnd die Arme. „Nach der Entführung änderte sich mein Leben", fuhr sie leise fort. „Ich veränderte mich. Ich fühlte mich nicht mehr sicher. Ich traute niemandem mehr. Ich hatte ständig Angst."

Ihre Freunde schwiegen betreten. Nach einigen Sekunden räusperte Dalton sich. „Soll das heißen, er hat den kleinen Jungen vor deinen Augen umgebracht?"

Tränen kamen ihr, als eine Flut entsetzlicher Bilder vor ihrem geistigen Auge vorüberzog: der kämpfende Timmy, während Kurt ihm das Kissen auf den Kopf presste. Schlagende Arme und Beine, ein zuckender Körper, dann Totenstille.

Am liebsten hätte sie laut geschrien. Die Erinnerung war immer noch unerträglich lebendig.

Schließlich fand sie ihre Stimme wieder. „Danach ging er auf mich los."

„Dein Finger."

Sie nickte, und Bill schloss seine Hand um ihre. „Kein Wunder, dass du Angst hast, Anna. Wie schrecklich."

„Ihr zwei habt nicht als Einzige diesen Hinweis auf die Sendung erhalten." Sie atmete tief durch. „Fast alle Leute, die mit mir zu tun haben, bekamen so eine Botschaft. Meine Eltern, Freunde, mein Agent und meine Lektorin." Sie erzählte, wie sie beim Heimkommen den Umschlag mit der Videokassette gefunden hatte. Das Video mit dem Interview ihrer Mutter, das auch in der Sendung gelaufen war. „Das Video endete mit der Botschaft, ich solle mir das Programm heute ansehen."

„Du glaubst doch nicht, dass deine Mutter ..."

„Nein." Anna schüttelte den Kopf. Dennoch verletzte es sie, welchen Anteil ihre Mutter an der Aufdeckung ihrer Identität hatte. Sie fühlte sich verraten. Weder ihre Mutter noch ihr Vater verstanden so ganz, warum sie große Angst davor hatte, ihre Identität preiszugeben.

„Vor etwa einem Jahr nahm ein unabhängiger Videofilmer Kontakt zu meiner Mutter auf. Er stellte angeblich eine Serie über die Leindwandgöttinnen der Fünfziger zusammen und wollte auch sie interviewen. Sie gab das Interview und hörte bis heute nichts mehr von ihm."

„Das erklärt noch nicht, warum sie im Interview so viel über dich verraten hat", erwiderte Dalton ärgerlich. „Also wirklich."

Anna sah kurz auf ihre Hände und hob den Blick wieder. „Es ist passiert. Sie ist nicht meine Feindin, sie will mir nicht ..."

Schaden! Irgendwer will mir schaden!

Einige Sekunden schwiegen alle, dann umarmte Dalton sie. „Arme, süße Anna. Man hat dich gezwungen, Farbe zu bekennen."

Bill fragte stirnrunzelnd: „Erinnert sich deine Mutter zufälligerweise noch an den Namen des Videofilmers?"

„Nein, aber sie hat seine Visitenkarte. Sie sucht danach."

„Ich sag dir was", erwiderte Bill. „Ich habe einige Freunde bei den Fernsehproduktionen. Ich werde sie anrufen und fragen, ob jemand herausfinden kann, von wem E! den Beitrag gekauft hat. Mit etwas Glück lässt sich zurückverfolgen, woher er stammt."

„Danke." Sie legte ihre Hand auf seine. „Das wäre sehr hilfreich."

„Hast du eine Ahnung, wer hinter alledem stecken könnte?"

„Nein, ich ..." Anna wand sich um eine Antwort herum, weil ihr Verdacht so lächerlich klang. „Wie ihr wisst, wurde Kurt nie gefasst, aber das FBI behauptet, er stelle keine Bedrohung dar."

„Du glaubst, dass dieser Kurt dahinter steckt?"

„Ich weiß, es klingt verrückt, aber ... es könnte sein."

Dalton zog sie fester an sich und warf Bill einen warnenden Blick zu. „Ich halte das für höchst unwahrscheinlich."

„Allerdings", stimmte Bill zu. „Warum sollte Kurt dich gerade jetzt verfolgen? Es ist so viel Zeit vergangen."

„Um eine alte Rechnung zu begleichen", erwiderte sie leise. „Um sich zu rächen, weil ich seine Pläne vereitelt habe."

Wieder schwiegen ihre Freunde. Diesmal sprach Bill als Erster. „Denken wir mal genau nach, Anna. Ich verstehe, warum du dich von diesem Mann bedroht fühlst. Aber warum sollte er dich zwingen, deine Identität preiszugeben?"

„Genau", pflichtete Dalton bei. „Wenn Kurt auf Rache aus ist, warum rächt er sich nicht einfach? Entführt dich und bringt dich um?"

„Danke, Dalton." Sie zwang sich zu einem Lächeln. „Erinnere mich, dass ich Einbruchssicherungen installieren lasse."

Bill zog die Stirn kraus. „Dass Kurt dich verfolgt, ergibt einfach keinen Sinn, Anna. Sieh dir die Fakten an. Dreiundzwanzig Jahre sind vergangen. Dieser Kurt hat sich mit Sicherheit auf andere Verbrechen verlegt. Vielleicht sitzt er sogar im Gefängnis. Vielleicht ist er tot."

Sie massierte ihre deformierte Hand. „Das würde ich gern glauben. Ich habe aber das schreckliche Gefühl, er hat mich gefunden."

„Du musst zur Polizei gehen." Dalton sah Bill um Bestätigung bittend an und bekam sie. „Je eher, desto besser."

„Und was soll ich der Polizei erzählen? Dass jemand meine Romane mit seltsamen Botschaften an meine Freunde schickt? Die lachen sich ja schimmelig."

„Nein, du erzählst ihnen von deinem Verdacht. Bei deiner Vergangenheit und den letzten Ereignissen glaube ich kaum, dass sie lachen werden."

„Stimmt", sagte Bill. „Wenn es auch sonst nichts bringt, so werden sie doch wenigstens aufmerksam gemacht. Was hast du zu verlieren?"

Leider hatte sie wenig Vertrauen in die Polizei oder das FBI. Wenn die damals nicht versagt hätten, könnte Timmy noch leben. Das verschwieg sie jedoch und versprach leise: „Ich denke darüber nach. Okay?"

„Bestimmt", drängte Dalton. „Ich möchte nicht, dass dir etwas zustößt."

„Ich verspreche, darüber nachzudenken."

Sie redeten noch eine Weile, und als Anna ihnen versicherte, sie komme allein zurecht, verabschiedeten sie sich.

Auf dem Weg zur Tür blieb Bill stehen und sah sie noch einmal an. „Wie hat Jaye die Neuigkeit aufgenommen? Sie kann so empfindlich sein."

Anna erschrak. Bis zu diesem Augenblick hatte sie nicht an Jaye gedacht. Alle Menschen, die ihr wichtig waren, hatten inzwischen angerufen – außer Jaye!

Schuldbewusst schluckte sie trocken. Ausgerechnet Jaye, deren Vertrauen so schwer zu gewinnen gewesen war, die von jedem, dem sie Liebe und Vertrauen geschenkt hatte, belogen und betrogen worden war. Sie würde ihr die Unaufrichtigkeit schwer ankreiden und sie als weiteren Verrat in einer langen Liste vorangegangener einstufen.

Anna verabschiedete eilig ihre Freunde und lief zum Telefon. Sie prüfte den Anrufbeantworter, stellte fest, dass ihre junge Freundin sich nicht gemeldet hatte, und wählte ihre Nummer.

Jaye weigerte sich, ans Telefon zu kommen.

Besorgt kündigte Anna Jayes Pflegemutter an, dass sie zu ihnen kommen werde. Sie musste so schnell wie möglich ein klärendes Gespräch mit Jaye führen.

Anna schaffte es in Rekordzeit zu den Clausens. Doch ihre Hoffnung, Jaye verständlich machen zu können, warum sie ihre Vergangenheit geheim gehalten hatte, erfüllte sich nicht. Jaye blieb abweisend, und ihr Verhältnis war schwer gestört.

„Ich kann es erklären, Jaye", versuchte sie es erneut.

„Da gibt es nichts zu erklären." Jaye zog kurz die Schultern hoch. „Ich habe dir vertraut, und du hast mich belogen."

„Das habe ich nicht." Anna streckte bittend die Hand aus, doch Jaye schnaubte nur verächtlich. Die Sonne sank, und Abenddämmerung umgab sie auf der Veranda. „Hör mir zu, Jaye. Ich bin nicht mehr diese Harlow Grail. Sie existiert nicht mehr. Als ich herzog, habe ich sie abgelegt. Ich habe dir gesagt, wer ich bin. Anna North."

Jaye schlang fröstelnd die Arme um sich. „Das ist doch Quatsch! Anna North bist du nur zum Teil."

„Ich habe meinen Namen geändert, ich bin umgezogen. Ich habe wirklich alles hinter mir gelassen, auch meine Eltern."

„Erwachsene machen das immer so, was? Sie rechtfertigen ihre Fehler und tun so, als würden die Jugendlichen nicht klar denken können."

„So ist das nicht. Ich versuche dir nur etwas klar zu machen. Ich möchte, dass du verstehst, warum ..."

„Warum du mich angelogen hast? Ich bin erst fünfzehn, aber ich weiß, wie mies das ist." Ihre Verachtung traf Anna tief. „Wie oft habe ich gehört: ‚Du musst dich der Vergangenheit stellen, um sie zu bewältigen'. Wie oft hast du das gepredigt!"

„Ich habe nicht gelogen. Ich bin jetzt Anna North. Harlow Grail existiert nur noch in der Erinnerung der Menschen. Ich habe diese Identität zurückgelassen."

„Hast du nicht!" begehrte Jaye auf. „Das geht gar nicht. Ich weiß das, weil kein Tag vergeht, an dem ich nicht an meinen Dad und das zurückdenke, was er getan hat." Um Fassung ringend, hob sie trotzig das Kinn. „Wenn du Harlow Grail wirklich zurückgelassen hättest, würdest du dich nicht so sehr bemühen, dich zu verstecken."

Sie hat Recht, verdammt. Wie kann jemand in dem Alter so weise sein? „Unsere Situationen sind nicht vergleichbar."

Jaye spannte sich an, rötliche Flecken auf den Wangen. „Verstehe. Meine Meinung und meine Ansichten sind unbedeutend, weil ich ja nur ein dummes Kind bin."

„Nein, deine Situation ist anders, weil dein Dad im Gefängnis sitzt." Sie hielt ihre verstümmelte Hand hoch. „Der Mann, der mir das hier angetan hat, wurde nie gefasst. Ich verstecke mich nicht vor meiner Vergangenheit, ich verstecke mich vor ihm. Ich habe Angst."

Jaye schien für einen Moment milder gestimmt, und Anna glaubte schon, sie überzeugt zu haben. Doch der Moment verstrich, und Jaye schüttelte den Kopf. „Echte Freunde sind hundertprozentig ehrlich zueinander. Ich war es. Aber du ... ich weiß nicht mal, wer du bist."

„Tut mir Leid, Jaye. Verzeih mir." Sie streckte ihr wieder eine Hand hin. „Bitte."

„Nein." Jayes Augen füllten sich mit Tränen, und sie wich einen Schritt zurück. „Du hast mich angelogen. Ich kann und will nicht mehr deine Freundin sein!"

Sie drehte sich um, rannte ins Haus und schlug die Tür zu.

Es brach Anna das Herz.

10. KAPITEL

Mittwoch, 17. Januar,
French Quarter.

In den nächsten vier Tagen rief Anna Jaye mindestens zweimal täglich an, und jedes Mal weigerte sie sich, mit ihr zu sprechen.

Der Bruch ihrer Freundschaft hinterließ eine große Lücke in Annas Leben. Nur Bill und Dalton glaubten unerschütterlich daran, dass Jaye ihr bald verzieh und sich wieder bei ihr meldete.

Anna hoffte es, sie kannte Jaye jedoch zu gut. Wenn sie sich von einem ihr nahe stehenden Menschen hintergangen fühlte, beendete sie die Beziehung radikal, ja brutal. Das war eine Art Schutzmechanismus vor weiteren Kränkungen.

Allerdings hätte sie nie geglaubt, dass Jaye auch ihr gegenüber darauf zurückgreifen würde.

Seufzend ging sie durch die Eingangstür der „Perfekten Rose". Dalton war heute Morgen vor ihr da. Er stand hinter der Kasse und zählte das Geld in der Lade.

„Entschuldige, dass ich so spät bin", sagte sie, zog ihre Jacke aus und ging auf den Arbeitsraum zu.

Er sah lächelnd auf. „Guten Morgen."

„Was ist daran gut?"

„Ich vermute, Jaye will immer noch nicht mit dir reden."

„Da vermutest du richtig." Sie hängte ihre Jacke auf den Haken an der Tür und band sich die Schürze um. „Ihre Pflegemutter beginnt sich über meine Anrufe zu beschweren. Heute sagte sie mir klipp und klar, Jaye werde zurückrufen, wenn sie mit mir reden wolle."

Er zog die Stirn kraus. „Charmant. Sie scheint in dieser Sache nicht auf deiner Seite zu stehen."

„Kaum." Anna ging zur Kasse. „Irgendwie bin ich für alle der Feind."

„Jaye kriegt sich schon wieder ein. Wenn sie dir fehlt, fehlst du ihr auch."

Die Sache mit Jaye belastete sie sehr, und sie wechselte das Thema. „Mein Agent hat heute Morgen angerufen, deshalb komme ich so spät."

„Endlich! Was sagen sie zu dem neuen Buch?"

„Sie wollen es ...", sie hielt eine Hand hoch, um ihn an einer voreiligen Gratulation zu hindern, „... aber zu ihren Bedingungen."

„Zu ihren Bedingungen? Was heißt das?"

„Das heißt, sie wollen das Buch nur, wenn sie die Werbung dafür nach ihren Vorstellungen gestalten dürfen. Ihrer Ansicht nach ist mit Harlow Grail wohl sehr viel mehr Kasse zu machen als mit Anna North."

„Das verstehe ich nicht." Er furchte wieder die Stirn. „Deine neue Geschichte hat doch gar nichts mit deiner damaligen Entführung zu tun."

„Offenbar ist meine Vergangenheit aber genau der Haken, mit dem man die Medien ködern kann", erklärte sie bitter. „Wie mir mein Agent verdeutlichte, sind meine Bücher nur irgendwelche spannenden Geschichten. Zu etwas Besonderem macht sie lediglich die Tatsache, dass sie von der kleinen, gekidnappten Hollywoodprinzessin Harlow Grail geschrieben wurden."

„Das sitzt. Tut mir Leid, Anna."

„Es wird noch schlimmer. Wenn ich ihre Werbepläne nicht unterstütze, lassen sie mich fallen. Ich bin für sie nicht profitabel genug."

„Sie wollen alles oder nichts."

„Offensichtlich." Sie zählte das Geld in den Bankbeutel, froh, etwas tun zu können. „Mein Agent möchte meine Zustimmung. Er versteht mein Zögern nicht. Er sagt, die meisten Autoren würden für die Chance morden, endlich den großen Durchbruch zu erleben und viel Werbung zu erhalten. Außerdem sei die Katze jetzt sowieso aus dem Sack, und die Welt sei nicht stehen geblieben."

„Netter Bursche, so verständnisvoll."

„Ich habe mir immer eingebildet, er sei auf meiner Seite. Jetzt merke ich, dass er auf der Seite steht, wo das Geld zu holen ist."

Dalton drückte sie kurz an sich. „Was hast du vor?"

„Ich weiß noch nicht. Ich möchte das Angebot annehmen. Immerhin habe ich hart gearbeitet, um veröffentlicht zu werden. Du weißt, wie viel mir Schreiben bedeutet." Ihre Augen glitzerten feucht, und sie kämpfte gegen die Tränen an. „Aber ich kann mir nicht vorstellen, im Fernsehen und Radio über das zu reden, was mir widerfahren ist. Ich kann mir nicht vorstellen, Fremden mein Privatleben zu offenbaren. Ich weiß, was es für verrückte Typen da draußen gibt, Dalton. Ich weiß es." Sie presste eine Faust auf die Brust. „Und ich kann mich nicht so bloßstellen. Ich kann mich nicht so angreifbar machen."

„Und wenn du es nicht tust ..."

„Verliere ich alles, wofür ich gearbeitet habe." Tränenerstickt fügte sie hinzu: „Es ist so unfair."

Er gab ihr einen Kuss auf die Wange. „Ich bin für dich da, falls du mich brauchst."

„Ich weiß." Sie lehnte sich an ihn, die Wange an seiner Schulter. „Dafür bin ich dir auch sehr dankbar."

Die Türglocke läutete, und Bill trat ein. In seinem marineblauen Westenanzug mit weißem Hemd sah er aus wie ein Bankier.

„In flagranti ertappt", neckte er, „und ich dachte, ich könnte euch vertrauen."

Anna löste sich von Dalton und lächelte ihn liebevoll an.

„Wenn ich auch nur den Hauch einer Chance hätte, würde ich ihn dir sofort wegnehmen."

Bill legte gespielt schockiert eine Hand aufs Herz. „Und ich dachte immer, du wolltest mich."

Sie lachte kopfschüttelnd, dankbar, solche Freunde zu haben. „Was tust du so früh am Morgen hier? Du siehst so ..."

„Langweilig aus?" beendete er den Satz und blickte angewidert an sich hinab. „Treffen mit einer Gruppe von Leuten, die unsere Veranstaltung Kunst im Park finanzieren will. Aus irgendeinem Grund geben die ihr Geld lieber Männern in blauen Anzügen. Da mach sich einer einen Vers drauf." Er kam an den Tresen und fragte Dalton: „Hast du ihr den Brief gegeben?"

Anna warf einen Blick über die Schulter und erwischte Dalton dabei, wie er Bill ein Zeichen gab, den Mund zu halten. Sie fragte stirnrunzelnd: „Was für ein Brief, Dalton?"

„Sei mir nicht böse. Er kam gestern, während du beim Lunch warst."

„Er ist von deinem kleinen Fan", fügte Bill hinzu und rieb sich die Hände. „Die Saga geht weiter."

Dalton sandte Bill einen strafenden Blick und zog den Umschlag aus der Schürzentasche. Er hielt ihn Anna hin. „Ich weiß, wie ihr letzter Brief dich bedrückt hat. Und gestern warst du so niedergeschlagen, dass ich dir den Tag nicht noch mehr verderben wollte. Dann wollte ich ihn dir gleich heute Morgen geben, aber ..."

„Ich habe dir keine Gelegenheit gelassen. Ist schon okay, Dalton." Sie nahm den Brief, ein wenig besorgt, aber auch voller Hoffnung. Sie hatte viel über Minnie nachgedacht und ihre Briefe mehrfach gelesen. Allmählich war sie zu der Überzeugung gelangt, dass das Mädchen ein Entführungsopfer war.

In ihrer Sorge hatte sie schließlich eine Freundin beim Sozialdienst angerufen und ihr alle Briefe vorgelesen. Ihre Freundin hatte die Briefe ebenfalls für verdächtig gehalten und Annas Befürchtungen geteilt. Ohne konkrete Beweise, die Aussage eines Tatzeugen oder das geschriebene Eingeständnis des Mädchens, misshandelt zu werden, waren ihr jedoch die Hände gebunden.

Trocken schluckend öffnete Anna den Brief. Sie hoffte, ihre Sorge würde zerstreut, fürchtete aber, es kam anders.

Der Brief begann wie die vorangegangenen, mit Grüßen, einigen Sätzen über Tabitha und Erzählungen kleiner Ereignisse aus Minnies Leben. Doch dann folgte eine erschreckende Wende:

„Er plant etwas Böses. Ich weiß nicht, was, aber ich habe Angst. Um dich. Und um die andere. Ein anderes Mädchen. Ich versuche, mehr herauszukriegen."

Anna las die wenigen Zeilen erneut mit zunehmender Beklemmung. Sie hob den Kopf und sah ihre Freunde an. „Er wird es wieder tun."

Die Männer tauschten besorgte Blicke. „Was tun, Anna?" fragte Dalton.

„Ein anderes Mädchen." Mit zitternder Hand gab sie ihm den Brief. „Ich glaube, er will ein weiteres Mädchen entführen."

Bill sah Dalton über die Schulter, um den Brief ebenfalls zu lesen. Als er fertig war, stieß er einen Pfiff aus. „Gefällt mir aber gar nicht, wie das klingt."

„Mir auch nicht." Dalton furchte die Stirn. „Was willst du tun?"

Anna dachte einen Moment darüber nach. Sie hatte nur wenige Möglichkeiten. Schließlich traf sie die einzig sinnvolle Entscheidung, band die Schürze ab, holte ihre Jacke aus dem Arbeitsraum, zog sie über und sagte ihren besorgten Freunden: „Ich gehe zur Polizei."

Vierzig Minuten später schüttelte Anna Detective Quentin Malone die Hand. „Setzen Sie sich." Er deutete auf einen Stuhl vor seinem Schreibtisch. „Verzeihen Sie, dass Sie warten mussten. Wir sind heute unterbesetzt. Die halbe Mannschaft liegt mit Grippe flach."

Sie zog ihre Jacke aus und nahm Platz. „Das sagte man mir am Empfang. Der Beamte sagte mir auch, dass Sie sich meinen Fall anhören wollen, aber ein anderer ihn später bearbeiten wird."

„Ich gehöre eigentlich zum 7. Revier." Er setzte sich ebenfalls und faltete die Hände vor sich auf dem Schreibtisch. „Mein Partner und ich helfen hier heute nur aus."

„Und Sie hatten zufällig das Glück, mich zu erwischen."

„Ja, Ma'am, so ist das." Er maß sie schwach lächelnd mit einem wohlwollenden Blick. „Ich hatte das Glück."

Vermutlich sah er das so. Groß, breitschultrig und gut aussehend, war er vermutlich selten ohne willige weibliche Begleitung. Und so wie er sie ansah, erwartete er offenbar, dass sie ebenfalls auf ihn flog.

Bedaure, Junge. Nicht in diesem Jahrhundert. Männer, die sich für Gottes Geschenk an die Weiblichkeit hielten, waren ihr ein Gräuel. Aufgewachsen in der Filmbranche, war ihr dieser Typus häufiger begegnet, als ihr lieb war. Diese arroganten, narzisstischen Typen sahen lieber in den Spiegel als in die Augen einer Frau.

„Wenn Sie so unterbesetzt sind, bin ich ja direkt froh, Ihnen keinen Mord melden zu müssen."

„Darüber bin ich auch froh. Morde sind übel. Je weniger, desto besser."

Sie runzelte die Stirn, leicht aus der Balance gebracht. „Versuchen Sie, witzig zu sein?"

„Und versage offenbar jämmerlich." Wieder blitzte dieses Lächeln auf, das ihr Herz offenbar schneller schlagen lassen sollte. Er nahm einen Spiralnotizblock zur Hand und bat: „Erzählen Sie mir einfach, was Sie heute herführt."

Sie tat es, berichtete, wie sie einen Fanbrief von Minnie bekommen, ihn beantwortet und noch zwei weitere Briefe erhalten hatte.

Sie holte die Briefe aus der Handtasche und gab sie ihm. Während sie weitersprach, überflog er sie. „Etwas an der Situation dieses Mädchens erscheint mir sehr bedenklich. Zuerst war ich nur besorgt, aber nach dem letzten Brief habe ich Angst um Minnie."

„Deshalb sind Sie hier? Weil Sie Angst um das Mädchen haben?"

„Ja. Um sie und auch um das andere Mädchen, das Minnie in ihrem Brief erwähnt."

Er blickte auf, doch seine Miene blieb neutral.

Eindringlich fügte sie hinzu: „Ich glaube, Minnie wurde entführt. Ich glaube, der Mann, den sie mit Er bezeichnet, ist ihr Entführer. Und ich glaube, er plant die Entführung eines weiteren Mädchens."

Detective Quentin Malone schwieg einen Moment und lehnte sich dann in seinem Sessel zurück, dass die Federn quietschten. „Sie interpretieren eine Menge in diese Briefe hinein, Miss North. Diese Minnie schreibt nicht, dass sie gegen ihren Willen festgehalten wird oder in irgendeiner Gefahr schwebt."

„Das muss sie auch nicht. Lesen Sie die Briefe, lesen Sie zwischen den Zeilen. Es steht alles drin."

„Sie sind Krimiautorin, nicht wahr?"

„Ja, aber was hat das damit zu tun ..."

„Diese Art Geschichten sind Ihr Metier."

Zornesröte überzog Annas Wangen. „Glauben Sie, ich habe das erfunden? Halten Sie das hier für eine Art Recherche?"

„Das habe ich nicht gesagt." Er beugte sich wieder vor und sah sie unverwandt an. „Ich habe eine andere Theorie zu diesen Briefen. Eine, an die Sie vielleicht noch nicht gedacht haben."

„Nur zu, ich höre."

„Haben Sie nie in Erwägung gezogen, dass diese Briefe möglicherweise eine Finte sind?"

„Eine Finte? Wie meinen Sie das?"

„Ich meine, dass diese Briefe vielleicht nicht von einem elfjährigen Mädchen stammen. Vielleicht ist diese Minnie irgendein durchgeknallter Fan, der auf sich aufmerksam machen will und sein krankes Spiel mit Ihnen treibt." Er machte eine Pause, um die Wirkung seines Einwandes abzuwarten. „Oder jemand gibt sich als Minnie aus, um in Ihre Nähe kommen zu können."

„Das ist doch lächerlich."

„Ist es das?" Er sah sie skeptisch an. „Sie schreiben düstere Thriller. Es gibt eine Menge gestörter Leute, die sich, aus welchen Gründen auch immer, auf Sie und Ihre Geschichten fixiert haben könnten. So etwas geschieht."

Sie begann zu zittern und faltete die Hände im Schoß, um sie still zu halten. Das Kinn leicht vorgereckt, widersprach sie: „Das erscheint mir höchst unwahrscheinlich. Das kaufe ich Ihnen nicht ab."

„Das sollten Sie aber." Er beugte sich weiter zu ihr vor. „In Anbetracht Ihrer persönlichen Geschichte sollten Sie die Sache sehr ernst nehmen."

„Verzeihung", erwiderte sie verblüfft, „aber was wissen Sie über meine persönlichen ..."

„Denken Sie nach, Miss North. Bei Ihrer Vorgeschichte sind Sie ein leichtes Opfer, um auf eine solche Finte hereinzufallen. Offenbar verspüren Sie einen starken Drang, um nicht zu sagen, Sie sind besessen davon, Kindern in Not zu helfen ..."

„Besessen davon, Kindern in Not zu helfen? Da bin ich aber

anderer Ansicht. Und was wissen Sie überhaupt von meiner persönlichen Vorgeschichte?"

Er lehnte sich wieder zurück. „Verzeihen Sie, Ma'am, aber sogar große dumme Bullen wie ich können eins und eins zusammenzählen. Sie sind die Autorin Anna North, Sie schreiben Krimis für Cheshire House. Sie sind eine Rothaarige mit grünen Augen und ungefähr sechsunddreißig Jahre alt. Und Sie leben in New Orleans." Er deutete auf ihre im Schoß gefalteten Hände. „Außerdem fehlt Ihnen der rechte kleine Finger."

Sie kam sich albern und bloßgestellt vor und ärgerte sich, dass er die ganze Zeit gewusst hatte, wer sie war, ohne es zu sagen. Dieser miese Macho. Sie würde ihn als eitlen Dummkopf, der nie Erfolg bei Frauen hat, in ihren nächsten Roman einbauen.

Sie bedachte ihn mit einem frostigen Blick. „Und manchmal gucken große dumme Cops E!?"

Sein flüchtiges Lächeln besagte, ach, lassen Sie das, und er schloss seinen Notizblock. „Es ist tatsächlich ein Hobby von mir, mich mit berühmten, ungelösten Kriminalfällen zu befassen. Ihr Fall ist einer von den interessantesten."

„Ich fühle mich geschmeichelt", erwiderte sie sarkastisch. „Haben Sie ihn schon gelöst?"

„Nein, Ma'am, aber Sie werden es als Erste erfahren, wenn es so weit ist." Er gab ihr die Briefe zurück, stand auf und signalisierte so das Ende der Besprechung.

Sie erhob sich wütend. „Es wird mir nicht den Atem verschlagen."

Er wirkte nicht etwa gekränkt, sondern amüsiert, was sie noch wütender machte. „Sie irren sich, Detective. Diese Briefe wurden von einem Kind geschrieben. Man muss sie sich nur genau ansehen, um es zu erkennen. Und dieses Kind ist in Gefahr."

„Tut mir Leid, ich sehe das anders."

„Also werden Sie wegen dieser Sache nichts unternehmen?" fragte sie ungehalten. „Wollen Sie nicht mal das Postfach oder die Telefonnummer überprüfen?"

„Nein. Allerdings sieht Detective Lautrelle die Sache vielleicht anders. Er wird morgen zurückerwartet. Ich werde ihm Bericht erstatten."

„Zweifellos einen unvoreingenommenen."

Er ignorierte ihren Sarkasmus. „Natürlich. Und ich rate Ihnen, vorsichtig zu sein, Miss North. Melden Sie uns ungewöhnliche Ereignisse oder Begegnungen. Seien Sie zurückhaltend bei neuen Bekanntschaften." Er machte eine Pause. „Sie haben bei der Beantwortung dieser Briefe doch nicht Ihre Anschrift genannt, oder?"

Nein, aber eine Adresse, unter der ich sechs Tage die Woche anzutreffen bin. Wie konnte ich nur so dumm sein? „Meine Anschrift?" wiederholte sie ausweichend und wollte gegenüber diesem Besserwisser nicht eingestehen, wie sorglos sie gewesen war. „Nein, habe ich nicht."

„Gut." Er gab ihr Detective Lautrelles Karte. „Falls sich etwas Ungewöhnliches ereignet, rufen Sie Lautrelle an. Er wird Ihnen weiterhelfen können."

Sie steckte die Karte ein, ohne einen Blick darauf zu werfen. Dann ging sie zur Tür des kleinen würfelförmigen Büros und blieb dort noch einmal stehen. „Wissen Sie, Detective Malone, nachdem ich Sie kennen gelernt habe, wundert es mich nicht, dass es so viele ungelöste Kriminalfälle gibt."

11. KAPITEL

Quentin sah Anna North amüsiert, aber auch bewundernd nach, als sie davonging. Harlow Grail in seinem Büro, wer hätte das gedacht?

Bei ihrer Entführung war er vierzehn gewesen. Er erinnerte sich, wie sein Vater und seine Onkel zusammengesessen und den Fall diskutiert hatten. Er hatte Harlow Grails Bild in den Fernsehnachrichten und in der Zeitung gesehen und sie für das hübscheste Mädchen auf der Welt gehalten.

In seiner Fantasie hatte er ihren Fall gelöst und war ein großer Held geworden. Als er von ihrer Flucht hörte, hatte er gejubelt. Doch sein Vater und seine Onkel hatten geglaubt, etwas an der Sache stimme nicht.

Die Entführung der Harlow Grail hatte ihn wie den Rest des Landes immer wieder fasziniert. Ihr Fall war der Erste aus einer ganzen Reihe ungelöster Fälle gewesen, die er über die Jahre studiert hatte.

„He, Partner." Terry schlenderte heran und blieb neben ihm stehen. Er deutete in die Richtung, in die Anna gegangen war. „Wer war denn das Sahnestückchen?"

„Sie heißt Anna North."

„Hat sie jemand umgebracht?"

Quentin warf ihm einen Seitenblick zu. „Nur auf dem Papier. Sie ist Krimiautorin."

„Ohne Scherz? Was wollte sie von dir? Sollst du der Held ihres nächsten Buches werden?"

Angesichts ihrer Skepsis bezüglich seiner Fähigkeiten bezweifelte er das sehr. Eher würde sie ihn zu einem Opfer machen, das einen blutigen, grausamen Tod starb. „Ja", erwiderte er dennoch leise, „etwas in der Art."

Terry deutete zum Empfangstresen. „Wir können gehen. La-Pinto und Erickson sind gerade eingetrudelt."

Quentin sah zu den beiden hinüber. „Die sehen mitgenommen aus."

„Ich schlage vor, wir machen uns dünn, solange wir noch können."

Quentin stimmte zu. Sie trugen sich aus und traten in den grauen, frostigen Tag hinaus. Terry schloss fröstelnd den Reißverschluss seiner Lederjacke. „Diese verdammte Kälte geht mir langsam auf den Senkel. Um Himmels willen, wir leben hier in New Orleans."

„Es könnte schlimmer sein", meinte Quentin mit Blick zum Himmel. „Es könnte schneien."

„Mal den Teufel nicht an die Wand. Denk an den letzten Schneefall. Ein paar Flocken, und diese Stadt versinkt im Chaos. Wir würden rund um die Uhr im Einsatz sein."

Sie erreichten den Bronco, und Quentin schloss die Türen auf. Nachdem sie eingestiegen waren und sich angeschnallt hatten, wandte sich Terry ihm halb zu und fragte interessiert: „Also, was wollte der Rotschopf? Will sie dich wirklich in ihrem Buch erwähnen?"

Quentin lächelte bittersüß. „So wie unsere Begegnung ablief, bestenfalls als Leiche."

Terry lachte. „Du bist zweifellos ein Charmeur." Er rückte näher an Quentin heran. „Wenn sie dich nicht zu ihrem nächsten Helden machen will, was wollte sie dann?"

„Sie hat ein paar beunruhigende Fanbriefe erhalten."

„Drohungen?"

„Nicht gegen sie. Angeblich ist der Fan ein Kind, ein elfjähriges Mädchen."

„Angeblich?"

„Ich habe da meine Zweifel." Quentin erzählte ihm die ganze Geschichte. „Miss North glaubt, dieses Kind sei in Gefahr. Ich informiere Lautrelle, sobald er wieder zum Dienst erscheint. Er kann der Sache nachgehen, wenn er meint, da ist was dran."

Terry legte den Kopf gegen die Stütze und schloss die Augen. „Nachdem ich sie gesehen habe, steht mein Entschluss fest. Ich lasse mich ins 8. Revier versetzen und übernehme Lautrelles Fälle."

„Gib auf, Terror, bei der kannst du nicht landen. Die ist weit jenseits deiner Möglichkeiten."

Terry lächelte, ohne die Augen zu öffnen. „Bist du dir da so sicher? Ich habe schon Bräute flachgelegt, die mehr Klasse hatten als die."

„Bräute flachgelegt?" Quentin lachte. „Da bin ich mir sicher." Er überquerte die Poydras Street und fuhr Richtung Uptown. „Wie ist es gestern beim PID gelaufen?" Die „Public Integrity Division" war eine Art Abteilung für innere Angelegenheiten. Terry war am Tag nach dem Kent-Mord zur Befragung vorgeladen worden und gestern noch einmal.

„Sie haben mir eine ganze Wagenladung Fragen zu Nancys Ermordung gestellt und ließen mich dann gehen. Nicht zuletzt wegen deiner Aussage. Danke dafür."

„Ich habe nur meine Version der Ereignisse wiedergegeben." Er streifte ihn lächelnd mit einem Blick. „Keine große Sache. Du nennst die Verblichene beim Vornamen?"

„Nach der letzten Woche gehört sie praktisch zur Familie."

Sie fuhren schweigend weiter, bis sie das siebte Revier erreichten. Quentin parkte den Bronco, sie stiegen aus und gingen ins Gebäude. Nachdem sie sich eingetragen hatten, trennten sich ihre Wege. Während Quentin durch den Dienstraum ging, rief Johnson ihn heran.

„Was ist los?"

Er schob den Aktenordner über den Schreibtisch. "Wirf einen Blick darauf."

"Der Kent-Mord?" Er schlug den Ordner auf. "Was haben wir?"

"Offizielle Todesursache ist Ersticken. Wurde vorher vergewaltigt."

Quentin überflog den Bericht des Gerichtsmediziners. Abgesehen von Prellungen und Rissen im Schambereich war sie relativ unversehrt. Ein paar Hautabschürfungen am Hinterkopf, an Armen und Beinen, das war's.

"Eigenartig", sagte er leise.

"Was?"

"Sie hat sich nicht besonders heftig gewehrt."

"Denkst du, sie kannte den Typen?"

"Ja, vielleicht. Haben die Auskratzungen unter den Fingernägeln was gebracht?"

"Nichts. Der Bluttest ist zurück. Unser Täter ist 0 positiv. Wie fast die Hälfte der Bevölkerung von New Orleans."

"Außer mir", sagte Quentin und blätterte den Bericht weiter. "Ich bin A positiv." Er stutzte stirnrunzelnd. "Du und Walden, ihr habt keine Frauen in der Bar befragt?"

"Die Kellnerinnen. Ansonsten haben wir uns auf die Jungs konzentriert. Warum?"

"Denk mal nach, Johnson. Da ist diese hinreißende Frau, die mit ihrem exhibitionistischen Getanze die Aufmerksamkeit aller Männer in der Bar auf sich lenkt. Im Prinzip beschneidet sie damit die Chancen aller anderen anwesenden Frauen. Richtig?"

"Richtig." Der andere Detective kratzte sich am Kopf. "Also?"

"Also bleiben ein paar ziemlich frustrierte Hennen zurück. Und was passiert, wenn Hennen frustriert sind?"

"Sie hacken aufeinander ein."

„Nicht in diesem Fall. Sie beobachten Nancy Kent und ihr Treiben auf der Tanzfläche und ihren Erfolg bei Männern sehr genau. Wir müssen mit diesen Ladies reden."

Johnson nickte. „Das ergibt Sinn."

Quentin richtete sich auf. „Ich statte Shannon heute Nachmittag einen Besuch ab, hole mir eine Namensliste und beginne sie abzuarbeiten."

„Heiliger Bimbam", erwiderte Johnson, „ich glaube, er hat einen Plan."

12. KAPITEL

Mittwoch, 17. Januar,
15 Uhr.

Ben hielt vor dem Blumenladen an. Das Schild über der Tür versprach: „Die Perfekte Rose".
Der Arbeitsplatz von Anna North.
Es war nicht schwierig gewesen, sie zu finden. Sie hatte ihr letztes Buch der Organisation „Big Brothers, Big Sisters of America" und ihrer „kleinen Schwester" Jaye gewidmet. Die örtliche Direktorin der Organisation war eine Bekannte von ihm. Er hatte Kontakt zu ihr aufgenommen, und sie hatte vorgeschlagen, er solle Anna in der „Perfekten Rose" aufsuchen.

Ben räusperte sich. Vielleicht hätte er besser vorher angerufen. Es wäre höflich gewesen, andererseits aber auch leichter, ihn am Telefon abzuwimmeln. Er wollte sich jedoch nicht abweisen lassen. Dieses Interview für sein Buch war ihm wichtig, es war ihm ein wirkliches Anliegen.

Seit der Sendung über ungelöste Rätsel Hollywoods in E! dachte er viel über Anna North nach und hatte sogar ihre Bücher gelesen. Dabei hatte er zwischen den Zeilen eine Menge über sie erfahren. Auf Grund dieser Informationen und seiner Kenntnisse über ihre Vergangenheit und Gegenwart versuchte er ihre Reaktion auf sein Erscheinen einzuschätzen. Sie würde ärgerlich sein, dass er sie entdeckt hatte, und wenn er sie so gut verstand, wie er glaubte, würde es sie auch ängstigen. Er musste vermeiden, dass sie wie ein in die Enge getriebenes Tier reagierte, und sie für sich einnehmen.

Tief durchatmend schob er die Tür des Blumenladens auf. Anna erschien im Durchgang zum Arbeitsraum. Er erkannte sie an ihrer herrlichen roten Mähne, die der ihrer Mutter sehr glich.

„Guten Morgen", grüßte er und kam lächelnd an den Tresen.

Sie erwiderte sein Lächeln. „Wie kann ich Ihnen helfen?"

Der Augenblick der Wahrheit. „Ich bin Benjamin Walker." Er streckte ihr die Hand hin. „Dr. Benjamin Walker."

Etwas erstaunt, gab sie ihm die Hand. „Schön, Sie kennen zu lernen."

„Ganz meinerseits."

„Also, was kann ich für Sie tun? Wir haben schöne neue Hortensien bekommen. Und unsere Rosen sind immer ..."

„Perfekt?" Er lächelte. „Eigentlich bin ich Ihretwegen hier."

„Meinetwegen?"

„Lassen Sie mich zunächst einmal sagen, dass ich Ihre Arbeit bewundere."

„Meine Arbeit? Oh, Sie meinen die Blumenarrangements. Tut mir Leid, ich fürchte, ich kann dieses Lob nicht einheimsen, obwohl ich es gerne täte. Dalton Ramsey ist der Besitzer des Ladens und die künstlerische Kraft hinter unseren Kreationen."

„Sie missverstehen mich, Anna. Ich bin ein Fan Ihrer Romane."

Sie wurde bleich. „Meine Ro... Woher wissen ..."

„Justine Blank ist eine Bekannte von mir. Sie sagte mir, wie ich Sie erreichen kann."

Anna schien verwirrt und beunruhigt, deshalb erläuterte er rasch: „Ich bin Psychologe und ziemlich harmlos, wie Justine bestätigen kann. Mein Spezialgebiet sind die Auswirkungen von Kindheitstraumata auf Persönlichkeit und Verhalten von Erwachsenen. Ihr Fall hat mich immer interessiert, und als ich erfuhr, dass Harlow Grail und die Autorin Anna North ein und dieselbe Person sind, nahm ich mir die Freiheit, Sie aufzusuchen. Ich hoffe, Sie sind bereit, mit mir zu reden."

Sie schien darüber nachzudenken, und allmählich kehrte sogar etwas Farbe in ihre Wangen zurück. „Sie haben am Samstag die Sondersendung über ungelöste Rätsel Hollywoods gesehen und haben eins und eins zusammengezählt."

„Ja. Und ich entdeckte in Ihrem Roman *Killing Me Softly* Ihre Hingabe an die Organisation B.B.B.S.A. Da fiel mir ein, dass Justine mir bestimmt sagen konnte, wie ich Sie erreiche. Und ich hatte Recht."

Sie wandte kurz den Blick ab. Er sah jetzt deutlich, wie verärgert sie war. „Mein Fall, wie Sie es nennen, hat viele Leute interessiert. Aber mich nicht. Ich habe im Gegenteil alles getan, ihn zu vergessen. Wenn Sie mich jetzt bitte entschuldigen würden, ich habe zu arbeiten."

„Bitte, Miss North, hören Sie sich an, was ich zu sagen habe."

„Ich glaube kaum." Sie verschränkte die Arme vor der Brust. „Indem Sie mich aufgespürt haben, wie bei einer kindlichen Schatzsuche, haben Sie meine Privatsphäre verletzt. Das schätze ich nicht."

„Es macht Ihnen Angst. Das verstehe ich."

Stirnrunzelnd erwiderte sie: „Ich habe nicht gesagt, dass es mir Angst macht."

„Das war auch nicht nötig. Es macht Ihnen natürlich Angst. Sie haben etwas Furchtbares erlebt. Sie wurden entführt und gegen Ihren Willen festgehalten. Sie waren wehrlos und ausgeliefert. Sie wurden körperlich misshandelt und mussten hilflos zusehen, wie ihr Freund umgebracht wurde. Diese Tortur machte Ihnen klar, zu welchen krankhaften, bösartigen Taten Menschen fähig sind. Weil Sie das wissen, verstecken Sie sich vor der Öffentlichkeit, um nie wieder in so eine Situation zu geraten. Sie wollen keinem Fremden je wieder Macht über sich geben."

Nach einer kurzen Pause setzte er seine Analyse fort: „Deshalb änderten Sie Ihren Namen und ließen Ihre Vergangenheit hinter sich. In der Anonymität fühlen Sie sich sicher. Und mein Auftauchen heute nimmt Ihnen diese Sicherheit."

„Woher wissen Sie all das über mich?" fragte sie nach einem Moment mit bebender Stimme. „Wir sind uns nie begegnet."

„Aber ich kenne Ihre Vergangenheit. Und ich habe Ihre Romane gelesen." Er legte ihr seine Visitenkarte in die kalte Hand. „Ich schreibe ein Buch über die Auswirkungen von Kindheitstraumata auf die Persönlichkeit. Ich möchte Sie zu diesem Thema befragen und Ihre Geschichte hinzufügen, um aufzuzeigen, wie Ihre Tortur Sie und Ihr späteres Leben geformt hat. Das wäre eine große Bereicherung für das Buch."

Er sah ihr an, dass sie ablehnen wollte. Der angespannte Gesichtsausdruck sagte alles. „Denken Sie darüber nach. Bitte. Mehr verlange ich nicht."

Ohne ein weiteres Wort drehte er sich um und verließ den Laden.

13. KAPITEL

Donnerstag, 18. Januar,
8 Uhr 45 morgens.

Die nächsten vierundzwanzig Stunden vergingen für Anna wie im Schneckentempo. Sie war nervös, blickte sich ständig angstvoll über die Schulter und fürchtete, in jeder Menschenmenge lauere Gefahr. Sie achtete auf jedes Quietschen und Knarren ihres alten Hauses und hörte auf jeden Schritt im Flur vor ihrer Tür.

Schlaflos wälzte sie sich im Bett, dachte an ihre Vergangenheit und fürchtete, von ihr eingeholt worden zu sein. Als sie schließlich doch einschlummerte, erwachte sie sofort wieder mit einem entsetzten Schrei und Timmys Namen auf den Lippen. Timmys, nicht Kurts, das war seltsam und beängstigend.

Anna war unschlüssig, wem sie mehr die Schuld an ihrem Zustand gab. Ben Walker, weil er sie aufgestöbert hatte, oder Detective Malone, weil er den Keim des Zweifels an Minnies Briefen in ihr gesät hatte.

Vermutlich war es eine Kombination von beidem. Die größere Schuld gab sie jedoch Detective Malone. Bis zu dem Gespräch mit ihm hatte sie keinen Argwohn gegen den Briefeschreiber gehegt.

Leise schimpfend stieg sie aus der Dusche. Dieser verdammte Malone machte sie schreckhafter, als sie es ohnehin schon war. Erst machte er ihr Angst, und dann rührte er keinen Finger, um ihr zu helfen. Sie schüttelte leicht den Kopf. Nein, Minnie war kein besessener Fan, der irgendein Spiel mit ihr trieb. Sie war ein Kind. Sie schrieb wie ein Kind, und sie dachte wie ein Kind. Und sie brauchte ihre Hilfe.

Und sie würde ihr helfen, ob mit oder ohne die Polizei.

Anna sah auf die Uhr, trocknete sich ab und zog sich an. Sie musste erst gegen Mittag im Blumenladen sein. Damit hatte sie volle drei Stunden, ein paar Nachforschungen zu betreiben.

Sie zog die Schuhe an und band sie zu. Letzte Nacht hatte sie die Nummer angewählt, die Minnie in ihrem ersten Brief genannt hatte. Ein Mann hatte geantwortet. Das war eine Enttäuschung gewesen. Sie hatte gehofft, Minnie direkt zu sprechen. Ihren Mut zusammennehmend, hatte sie sich nach dem Mädchen erkundigt.

Der Mann hatte volle fünfzehn Sekunden geschwiegen und dann ohne ein Wort aufgelegt. Da hatte sie sicher gewusst, dass Minnie ihre Hilfe brauchte.

In der Hoffnung, Minnie doch noch zu sprechen, hatte sie die Nummer noch ein halbes Dutzend Mal angewählt, zuletzt heute Morgen, jedoch ohne Erfolg. Sie wollte heute über den See nach Mandeville fahren – eine Schlafstadt am Nordrand des Lake Pontchartrain –, um zu sehen, wo Minnie lebte. Sobald sie dort war, würde sie ihre nächsten Schritte erwägen.

Eine Stunde später wusste sie, dass sie mit dieser Adresse nicht viel anfangen konnte. Sie gehörte nicht zu einem Wohnhaus, sondern zu einem Post- und Kopierladen.

Anna überprüfte die Anschrift erneut und betrat den Laden. Lächelnd ging sie auf den Mann hinter dem Tresen zu und stellte sich vor. „Ich bin Schriftstellerin und korrespondiere mit einem weiblichen Fan. Sie gab diese Adresse als ihre Anschrift an." Sie reichte ihm den Briefumschlag. „Ich habe ihr geantwortet, und deshalb weiß ich, dass sie meine Briefe erhält. Aber jetzt frage ich mich, wie das sein kann."

Der Mann, der sich als der Ladenbesitzer zu erkennen gab, reichte ihr lächelnd den Umschlag zurück. „Einer der Vorzüge, bei uns ein Brieffach zu mieten anstatt bei der Post, ist es, dass Sie hier sogar eine Straßenadresse bekommen, anstatt nur einer Postfachnummer."

„Soll das heißen, diese Person hat hier bei Ihnen ein Brieffach gemietet?"

Der Mann lächelte wieder. „Das ist korrekt. Sehen Sie, eine Straßenanschrift suggeriert Beständigkeit. Das wiederum bedeutet Solvenz. Verlässlichkeit. Glauben Sie es oder nicht, eine Straßenanschrift ist nützlich, wenn man sich um einen Job oder einen Kredit bewirbt. Es gibt noch weitere Vorzüge unserer Brieffächer. Hierher liefern auch Zusteller, die an kein Postfach liefern, Federal Express, zum Beispiel. Außerdem bieten wir noch weitere Dienstleistungen an, wie einen Versanddienst. Das kostet natürlich extra."

Der Typ war von seiner Geschäftsidee überzeugt. Sie hatte Mühe, ihre Enttäuschung zu verbergen. „Klingt nach einer tollen Dienstleistung."

„Ist es." So wie er sie ansah, wollte er sie vermutlich sofort als Kundin eintragen. „Ich hole Ihnen einige Informationsblätter."

Ehe sie ablehnen konnte, hatte er schon einen kleinen Prospekt unter dem Tresen hervorgeholt. „Für den Fall, dass Sie ihn brauchen sollten."

Sie dankte ihm, steckte den Prospekt ein und kam auf den eigentlichen Grund ihres Besuches zurück. „Ich muss dieses Mädchen, das mir schrieb, unbedingt finden. Gibt es eine Möglichkeit, ihre richtige Anschrift von Ihnen zu bekommen?"

„Tut mir Leid." Ein Kunde betrat den Laden, und der Blick des Mannes schweifte hinüber zu ihm, dann zurück zu ihr. „Die kann ich Ihnen nicht geben."

„Auch nicht, wenn es sich um einen Notfall handelt?"

„Wir garantieren unseren Kunden völlige Verschwiegenheit. Es sei denn, ein Gerichtsbeschluss verpflichtet uns zur Nennung der Adresse."

Sie senkte vertraulich die Stimme. „Es ist wirklich sehr wichtig für mich herauszufinden, wer dieses Brieffach gemietet hat."

„Tut mir Leid, ich kann Ihnen keine Auskunft geben."

Sie senkte die Stimme noch mehr. „Ich weiß, es klingt verrückt, aber dieses kleine Mädchen ist in Gefahr. Könnten Sie Ihre Regeln nicht dieses eine Mal beugen? Bitte!"

Sein Ausdruck wechselte von hilfreich zu ärgerlich. Er kaufte ihr die Geschichte vom gefährdeten Kind offenbar nicht ab. Sie versuchte es trotzdem noch einmal. „Bitte! Ich schwöre Ihnen, es ist eine Sache von Leben und Tod. Ein elfjähriges Mädchen ..."

„Nein", entgegnete er scharf. „Ich mache keine Ausnahme. Wenn Sie mich jetzt bitte entschuldigen, ich habe einen Kunden."

Anna verließ frustriert den Laden und ärgerte sich erneut über Detective Malones nachlässige Haltung in dieser Sache. Wenn Malone den Ladeninhaber nach der Adresse des Brieffachmieters fragen würde, bekäme er sie. Da wäre bestimmt kein Flehen nötig.

Was sollte sie jetzt tun?

Der Name war immerhin ein Anhaltspunkt. Minnie hatte den Familiennamen Swell, ungewöhnlich in diesem Teil des Landes.

Jo und Diane, im Green Briar Shop!

Natürlich. Jo Burris und Diane Cimo kannten fast jeden am Nordufer. Falls jemand namens Swell jemals ihre Boutique betreten hatte, würden sie sich erinnern.

Anna stieg in ihr Auto und fuhr über den Highway 22 auf die Service Straße. Sie war den beiden Frauen seinerzeit bei ihrem ersten Besuch am Nordufer begegnet, als sie eher zufällig deren Boutique betreten hatte. Warmherzig, lustig und offen, wie die beiden waren, hatten sie ihr das Gefühl gegeben, eine alte Freundin zu sein. Als sie anderthalb Stunden später mit einem Packen neuer Kleidung, die sie sich nicht leisten konnte, die Boutique verlassen hatte, war sie um zwei Freundinnen reicher, die nicht mit Gold aufzuwiegen waren.

Jos Geschäft lag bei einem älteren Einkaufscenter, ein paar Minuten vom Zentrum Mandevilles entfernt. Anna parkte vor dem Laden, stieg aus und ging hinein. Die Glocke über der Tür läutete, und Jo, eine attraktive Frau unbestimmten Alters, sah vom Auspacken eines Paketes auf.

Sie lächelte warmherzig. „Anna, ich habe gerade an dich gedacht." Sie sprach mit sanfter, sinnlicher Stimme, die zweifellos schon manches Männerherz hatte schneller schlagen lassen. „Wir haben hübsche neue Sachen bekommen." Sie hielt eine rosa Chenillejacke hoch, die sie soeben auspackte. „Bei deinem Haar könnte dem kein Mann widerstehen."

Anna hielt sich die Jacke lachend an und trat vor den Spiegel. Sie betrachtete sich und gab die Jacke bedauernd zurück. „Sie wäre schön, Jo. Wenn ich sie mir leisten könnte."

„Wir könnten sie dir zurücklegen, und du zahlst jede Woche etwas ab." Die Anhänger an Jos Armband schlugen klimpernd aneinander, während sie die Jacke wieder zusammenlegte. „Sie würde dir fabelhaft stehen."

Anna blieb standhaft, obwohl sie die Jacke gern anprobiert hätte. Stattdessen kam sie auf den Grund ihres Besuches zu sprechen.

„Swell?" wiederholte Jo und zog nachdenklich die Brauen zusammen. Nach einem Moment schüttelte sie den Kopf. „Tut mir Leid, der Name ist mir nicht geläufig."

Es war nur ein Versuch gewesen, aber Anna war dennoch enttäuscht. „Wie ist es mit dem Namen Minnie?" fragte sie. „Hast du mal jemand über ein Mädchen namens Minnie reden hören?"

Jo schüttelte erneut den Kopf. „Aber Diane weiß vielleicht etwas oder eine unserer Kundinnen. Wir können uns umhören, falls es wichtig ist."

„Ist es, Jo. Wirklich wichtig." Sie plauderten noch einen Moment, wobei Anna Jos unverhohlene Neugier, warum es so wichtig war, Minnie Swell zu finden, ignorierte. Nachdem sie die neuen Sachen auf den Kleiderstangen durchgesehen und gebührend bewundert hatte, versprach sie, ein andermal wiederzukommen und einzukaufen, wenn sie mehr Zeit hatte. Danach verließ sie den Laden, dem Ziel, Minnie zu helfen, nicht näher als am Morgen.

Als Anna fünfzig Minuten später auf ihrer Arbeitsstelle erschien, erwarteten sie dort drei Mitteilungen. Zwei von ihrem Agenten und eine von Dr. Ben Walker. Den Anruf ihres Agenten erwiderte sie sofort. „He, Will, was gibts?"

„Die haben das Angebot erhöht."

Ihr wurde mulmig. „Was sagen Sie da?"

„Sie haben mich verstanden. Madeline rief heute Morgen an. Cheshire House erhöht das Angebot."

„Aber warum sollten die das tun? Ich habe noch nicht mal offiziell abgelehnt."

„Ich hatte denen Ihre Befürchtungen erläutert und ihnen klar gemacht, was für ein enormes persönliches Opfer man von Ihnen verlange." Er gab einen Laut der Zufriedenheit von sich. „Ich freue mich, wenn ein Plan aufgeht."

Anna schluckte trocken. „Will", dämpfte sie seinen Enthusiasmus mit leiser Stimme, „es war keine Frage des Geldes. Es ging mir nie ums Geld."

„Anna, die bieten Ihnen fünfzigtausend."

„Sagen Sie das noch mal."

Er wiederholte die Zahl, und sie legte Dalton abstützend eine Hand auf den Arm. Das war natürlich immer noch weit von den Multimillionen Dollar Vorschüssen der großen Namen der Branche entfernt, jedoch gegenüber den zwölftausend, die sie für das letzte Buch bekommen hatte, geradezu ein Quantensprung.

„Wie viel?" flüsterte Dalton und tanzte fast vor Aufregung.

Den Hörer zwischen Ohr und Schulter geklemmt, öffnete und schloss sie die Hände fünf Mal. Er legte eine Hand an die Brust und mimte eine Herzattacke.

„Dieselben Vertragsbedingungen", fuhr ihr Agent fort. „Eine umfangreiche Werbetour und eine Publicity-Kampagne ohne Einschränkungen."

Ihre Freude verkehrte sich ins Gegenteil. „Und davon rücken die nicht ab?"

„Keinen Millimeter." Da sie schwieg, fügte er rasch hinzu: „Denken Sie darüber nach, Anna. Überlegen Sie mal, was das für Ihre Karriere bedeutet. Wir reden hier über Bestsellerlisten und Bekanntheitsgrad des Namens. Großer Werbeetat. Und wenn sich das Buch so gut verkauft, wie sie erwarten, gehören Sie in der Verlagsbranche zu den ganz Großen. Und dann machen Sie sich klar, was Sie verlieren, wenn Sie das Angebot ablehnen. Bei Ihren gegenwärtigen Verkaufszahlen ist es nicht leicht, Sie bei einem anderen Verlag unterzubringen. Sie werden als schlechte Investition und als Negativposten gelten."

Das tat weh. Umso mehr, da er ihr das so unverblümt, ohne Rücksicht auf ihre Gefühle sagte. „Ich dachte, Sie sind von meiner Arbeit überzeugt", erwiderte sie mit belegter Stimme.

„Bin ich. Aber in diesem Markt braucht man mehr als eine gute Story, um Bücher zu verkaufen. Man braucht etwas, um Aufmerksamkeit zu erregen, Anna. Genau das haben Sie. Nutzen Sie es."

„Ich verstehe Ihre Argumente sehr gut, aber ich kann mich darauf nicht einlassen. Es geht einfach nicht."

„Warum sabotieren Sie sich selbst?" fragte er unfreundlich. „Verstehen Sie denn nicht? Das ist die Chance Ihres Lebens, die wirft man nicht weg."

„Das möchte ich auch nicht, aber ..."

„Ich gehe zurück an den Verhandlungstisch. Ich kann mehr

Geld für Sie herausschlagen. Ich kann mir Garantien für den Werbeetat geben lassen. Ich ringe denen Ihre Zustimmung zu Einband und Titelgestaltung ab. Momentan sieht man in Ihnen eine mögliche Goldmine, und wenn Sie mit deren Plänen einverstanden sind ..."

„Will! Hören Sie auf! Und hören Sie mir endlich zu! Ich möchte zustimmen, aber ich kann nicht. Es ist mir unmöglich, so eine Werbekampagne durchzustehen!"

Ihr Agent schwieg lange, dann sagte er bitter und resigniert: „Ist das Ihr letztes Wort?"

„Ja", presste sie hervor, „das ist es."

„Sie sind der Boss." Nach einer Pause: „Wenn ich Sie wäre, Anna, würde ich mir wegen dieses Problems professionelle Hilfe suchen. Und es ist ein Problem, auch wenn Sie das nicht wahrhaben wollen."

Er legte auf, doch Anna behielt den Hörer am Ohr. Bemüht, sich nicht von Verzweiflung übermannen zu lassen, legte sie das Telefon schließlich auf die Station zurück. Sie war kein Narr. Zusammen mit einem neuen Verleger konnte sie sich nun auch einen neuen Agenten suchen.

Von vorn anfangen. Nach all der harten Arbeit und dem Kampf um Anerkennung muss ich von vorn anfangen!

„Hat er einfach aufgelegt?" fragte Dalton wütend und kannte die Antwort bereits. „Ich habe ihn nie gemocht, Anna, und Bill mochte ihn auch nicht. Er ist ein arroganter kleiner Arsch."

Sie wollte lächeln; es misslang jämmerlich.

„Ich habe dir das nie erzählt", fuhr Dalton fort, „aber er war einige Male ziemlich rüde zu mir am Telefon. Er ist nicht nur ein richtiges A-loch, sondern auch noch ein Homo-Hasser, da bin ich mir sicher."

Aber er war ein guter Agent, dachte sie. Einer, der im Verlagsgeschäft sehr respektiert war und wusste, wie man Bücher verkauft.

Die Ladentür ging auf, und eine Frau trat ein. Dalton warf einen Blick auf die Kundin und fragte Anna: „Kommst du zurecht?" Als sie nickte, drückte er ihr kurz die Schultern und eilte zu der Kundin.

Das Telefon läutete. Sie riss den Hörer ans Ohr und hoffte, es sei Will, der sich entschuldigen wollte. „Die Perfekte Rose."

„Anna, hier ist Ben Walker. Warten Sie! Hören Sie mir zu, ehe Sie auflegen."

Anna umklammerte den Hörer fester, sehr geneigt, das Gespräch ebenso rüde zu beenden, wie Will es getan hatte. Sie unterließ es jedoch, da sie selbst soeben erfahren hatte, wie demütigend das war. „Reden Sie. Aber beeilen Sie sich, ich habe zu arbeiten."

„Es tut mir Leid, dass ich so in Ihr Leben eingedrungen bin. Es war unhöflich und unsensibel. Ich wusste, wie Sie reagieren würden, aber in meinem Eifer, ein Interview zu bekommen, habe ich Sie trotzdem bedrängt. Bitte nehmen Sie meine Entschuldigung an."

Sie fühlte sich ein wenig beschwichtigt, aber nur ein wenig. „Ich möchte lieber nicht an meine Vergangenheit erinnert werden. Mein Leben geht weiter."

„Nicht so ganz, Anna. Solange Sie auf Grund Ihrer Vergangenheit so viel Angst mit sich herumschleppen, dass Sie sich verstecken, ist Ihre Vergangenheit nicht vergangen, sondern lebendige Gegenwart."

Jaye hatte fast dasselbe zu ihr gesagt. Ebenso ihr Vater neulich am Telefon. Und vor wenigen Minuten indirekt auch ihr Agent.

Holen Sie sich professionelle Hilfe wegen dieses Problems, denn es ist ein Problem, auch wenn Sie das nicht wahrhaben wollen.

Wer könnte ihr besser helfen als ein Psychologe mit dem Spezialgebiet Kindheitstrauma? Und wer war kenntnisreicher als jemand, der ein Buch zu diesem Thema schrieb?

Mach es. Was hast du zu verlieren?

„Erklären Sie es mir noch einmal", erwiderte sie leise. „Warum wollten Sie unbedingt mit mir reden?"

„Treffen Sie sich mit mir, und ich erzähle Ihnen alles über mich, meine Praxis und dieses Projekt. Ganz unverbindlich. Wenn Ihnen die Sache unbehaglich ist oder Sie nicht interessiert sind, werde ich Sie nicht mehr belästigen. Versprochen."

Sie hörte seiner Stimme die unterschwellige Begeisterung an und erwärmte sich für die Sache. Trotzdem zögerte sie noch. Andererseits, sie hatte bereits Jaye verloren, ihre Anonymität war dahin, und ihre Karriere als Autorin durfte sie wohl auch abschreiben. Was blieb ihr übrig, als die Flucht nach vorn anzutreten?

„Okay", stimmte sie zu. „Wir treffen uns. Wie wäre es mit heute Nachmittag, fünf Uhr im Café du Monde? Wer zuerst da ist, besetzt einen Tisch."

14. KAPITEL

*Donnerstag, 18. Januar,
16 Uhr 45.*

Anna war schon früh am Café du Monde. Am Jackson Square im French Quarter gelegen, war es berühmt für seine Spezialität: Beignets. Diesem Gebäck verdankte das eigentlich unauffällige Café, dass es zu einer Legende geworden war. Kein Touristenbesuch in New Orleans war komplett ohne zumindest eine Einkehr, um Beignets zu kosten. Auch die Bewohner der Stadt waren nicht immun gegen die Verlockungen des Cafés und kauften ihre Beignets kaum woanders. Schließlich war das Beste das Beste, und wenn man es einmal probiert hatte, warum sich mit weniger begnügen?

Trotz der Kälte wählte Anna einen Tisch draußen an der St. Peter Street. Sie liebte diese Tageszeit – das geschäftige Treiben, wenn die arbeitende Bevölkerung heimwärts strebte, den Wechsel von hell zu dunkel, von Tag zur Nacht, von hektisch zu gemütlich.

Sie bestellte einen Café au lait, lehnte sich zurück und beobachtete die Menschen. Sie sah in die Gesichter der Vorübergehenden, bemerkte Körpersprache und Ausdruck, fing Gesprächsfetzen auf und bewahrte alles in der Erinnerung, um es irgendwann als Szenen oder Typen in ihren Büchern zu verwenden.

Menschen faszinierten und ängstigten sie. Sie waren ständiger Quell der Freude, Neugier und Verteufelung. Sah ein Psychologe seine Patienten vielleicht ebenso? Besonders Dr. Walker?

Sie fröstelte plötzlich und war dankbar für den dampfend heißen Kaffee, der ihr gebracht wurde. Beide Hände um den warmen Becher gelegt, gestand sie sich ihre Nervosität ein. Seit ihrer Entführung hatte sie etliche Psychologen kennen gelernt. Den letzten, eine Psychologin, mit sechzehn. Damals war sie ein emotionales

Wrack gewesen – depressiv, argwöhnisch und misstrauisch. Ihre Eltern, deren Ehe zerbrochen war, hatten sie zu dieser Therapie gezwungen. Sie brauche jemand zum Reden, hatten sie beharrt, der ihre tiefsten, dunkelsten Geheimnisse teilte. Jemand, der sie verstand und ihr half, ihre Gefühle zu verarbeiten.

Doch die Psychologin hatte sie nicht verstanden. Wie sollte sie auch? Schlimmeres als eine schlecht sitzende Frisur war der nie widerfahren. Die Therapeutin war herablassend gewesen, und ihre bohrenden Fragen hatten von keinerlei Einfühlungsvermögen gezeugt.

Anna erinnerte sich an ihre Abneigung gegen die Frau. Und sie hatte ihren Eltern sehr verübelt, dass sie ihr diese Therapie aufzwangen. Als diese endlich Einsicht zeigten und ihr gestatteten, die Therapie zu beenden, hatte sie sich geschworen, sich nie wieder so einem Psychoterror auszusetzen.

Also, was zum Teufel tat sie dann hier? Anna sah auf ihre Uhr. Der Doktor verspätete sich bereits um zehn Minuten. Sie sollte sich vielleicht drücken. Einfach aufstehen und gehen.

Warum nicht? Durch seine Verspätung lieferte er ihr einen Vorwand, sich der Sache elegant zu entziehen. Sie konnte gehen und musste nicht mal ein schlechtes Gewissen dabei haben. Sie holte ihr Portemonnaie aus der Handtasche, um ihren Kaffee zu bezahlen. Dabei merkte sie, dass ihr die Hände zitterten.

„Tut mir Leid, dass ich mich verspätet habe." Ben Walker kam von hinten und nahm im Sessel ihr gegenüber Platz. „Ich konnte meine Schlüssel nicht finden. Heute Morgen hatte ich sie noch, und dann waren sie plötzlich fort. Was für ein Morgen", fügte er hinzu und lockerte sich die Krawatte. „Der Wecker klingelte nicht, und ich habe verschlafen. Was kein Wunder ist, wenn man bedenkt, dass ich die halbe Nacht im Internet recherchiert habe." Er lachte. „Ich sage Ihnen, es ist ein Glück, dass ich nicht unterrichte.

Ich wäre der klassische Fall des zerstreuten Professors." Er verstummte, nahm ihren Gesichtsausdruck wahr, das geöffnete Portemonnaie und die zwei Dollar neben dem halb vollen Kaffeebecher und fragte zerknirscht: „Um wie viel habe ich mich verspätet?"

„Nicht sehr", erwiderte sie, etwas beruhigt durch seine Selbstironie. Wie könnte sie sich von einem selbsternannten Tollpatsch einschüchtern lassen? Sie atmete tief durch und fühlte sich ertappt. „Offen gestanden, hatte ich plötzlich Bedenken wegen unseres Treffens. Meine Erfahrungen mit Psychologen sind nicht die besten."

„Sie haben Psychologen unter Ihren Bekannten?"

Sie zog die Stirn in Falten. „Ich kann Ihnen nicht folgen. Was hat ..."

„Haben Sie?"

„Nein, aber ..."

„Wie ist es mit Familienangehörigen? Freunden?" Sie verneinte wieder, und er zog die Brauen hoch. „Das heißt also, Sie hatten immer eine Therapeut-Patient-Beziehung zu Psychologen."

„Ja, allerdings. Mehrfach." Erklärend fügte sie hinzu: „Als ich noch um einiges jünger war."

„Nach der Entführung?"

„Das ist ja wohl logisch." Das Kinn leicht vorgereckt, bekräftigte sie: „Ja, nach der Entführung."

Die Kellnerin erschien. Ben bestellte Café au lait und einen Teller Beignets und blieb bei seinem Thema. „Das war nicht die Art Beziehung, die mir vorschwebte."

„Nein? Was für eine Beziehung genau schwebt Ihnen denn vor?"

„Eine von Autor zu Autor, Interviewer zu Interviewtem. Vielleicht sogar, und wenn ich Glück habe, von Freund zu Freundin."

Ein Lächeln zuckte um ihren Mund, und Anna erkannte fast erschrocken, dass sie Ben Walker mochte. Außerdem verspürte sie nicht mehr den Drang zu verschwinden. Sie schloss ihr Portemonnaie und steckte es in die Tasche zurück. „Sie sind gut."

Er lachte, bedankte sich und beugte sich, ernster werdend, vor. „Anna, ich bin wirklich nicht hier, um Sie zu analysieren. Ich hoffe, dass Sie schlicht und einfach über Ihr Leben und Ihre Gefühle mit mir reden, über die Entscheidungen, die Sie im Leben getroffen haben, und die Gründe dafür."

„Ich versichere Ihnen, meine Lebensgeschichte ist alles andere als faszinierender Lesestoff", erwiderte sie trocken.

„Da irren Sie sich. Für mich wird er faszinierend sein und für die Menschen, die zu meinem Buch greifen, auch. Ich möchte Ihnen ein wenig von mir und meiner Arbeit erzählen. Vielleicht verstehen Sie dann, warum ich es so wichtig finde, Sie zu befragen."

Er begann mit seiner Kindheit und Schulzeit. Als einziges Kind einer allein erziehenden Mutter, die er verehrte, war er aus einer kurzen Beziehung hervorgegangen, über die seine Mutter nicht sprechen mochte. Abgesehen von einem Onkel hatte er keine Verwandten. An seine frühe Kindheit erinnerte er sich kaum, außer dass sie häufig umgezogen waren.

„Ohne Freunde und Familie war ich meist einsam. Dann kam ich in die Schule und war begeistert. Ich lernte gern, und Bücher wurden meine ständigen Begleiter. Auch Schulwechsel machten mir nichts aus, weil ich ja überall weiterlernen konnte."

Anna stützte das Kinn auf die Faust und lauschte gebannt. Seine Stimme war melodisch und beruhigend. „Warum haben Sie sich für Psychologie entschieden?"

„Ich wollte Menschen helfen, aber ich ertrage den Anblick von Blut nicht." Er grinste. „Das ist nur ein Teil der Wahrheit. Menschen faszinieren mich. Ich will wissen, warum sie tun, was sie tun, und was sie zum Ticken bringt. Es interessiert mich, wie gravierende Ereignisse Menschen beeinflussen."

Sie musste zugeben, dass sie sich als Autorin von denselben Dingen fesseln ließ. Deshalb konnte sie in ihren Romanen abgerundete Charaktere mit Stärken und Schwächen schildern, deren manchmal tragische Vergangenheit weitreichende Auswirkungen auf ihre Gegenwart hatte. „Warum Kindheitstraumata?"

„Weil in unserer Kindheit alles anfängt, oder? Diese ersten formenden Jahre beeinflussen alles, was danach kommt." Er trank einen Schluck Kaffee. „In meinem ersten Jahr in der Praxis hatte ich einen interessanten Fall. Eine Frau litt unter einer Störung, die man multiple Persönlichkeit nennt."

Anna musste gestehen, wenig darüber zu wissen, und bat ihn um Erklärung.

Er presste kurz die Lippen zusammen. „Eine multiple Persönlichkeit bildet sich als Folge wiederholten traumatischen, sadistischen Missbrauchs in früher Kindheit. In dem Versuch, sich vor dem Unvorstellbaren und Unerträglichen zu schützen, spaltet sich die Psyche in neue Identitäten auf, die jeweils mit allem ausgestattet sind, die entsprechende Situation zu meistern." Nach einer Pause fügte er hinzu: „In meinem Fall hatte die Frau achtzehn verschiedene Persönlichkeiten, und jede erfüllte eine besondere Funktion im System."

Sie schwiegen eine Weile. Anna trank ihren Becher leer, den Blick auf den Puderzucker gerichtet, der auf ihrem Tisch verstreut war.

Nach einem Moment räusperte sie sich und sah auf.

Ben starrte auf ihre deformierte Hand. Sein Ausdruck war eigenartig leer. Leicht verlegen ließ sie die Hand in den Schoß sinken. „Sie wissen, wer ich bin, also wissen Sie auch, dass ich nicht mit einer vierfingerigen Hand geboren wurde." Da er nicht antwortete, fragte sie vorsichtig: „Ben?"

Er fröstelte leicht, blinzelte und sah sie an. „Was?"

„Meine Hand. Sie haben sie angestarrt."

Er wirkte erstaunt, dann verlegen. „Habe ich das? Tut mir Leid, ist mir nicht aufgefallen. Ich fange an, über meine Arbeit zu reden, und manchmal verliere ich mich in meinen Gedanken. Ich bin wirklich ein zerstreuter Professor. Es tut mir Leid."

Sie winkte ab. „Schon gut. Ich habe gelernt, damit zu leben."

„Mit der Deformierung oder mit Menschen, die Sie anstarren?"

„Wollen Sie eine ehrliche Antwort? Mit vier Fingern zu leben ist weitaus leichter als mit der Neugier der Menschen."

„Sie meinen mit ihrer Rücksichtslosigkeit."

„Manchmal auch das, ja."

Sie entspannten sich, und Ben erzählte mehr über den Fall der multiplen Persönlichkeit und über andere, von denen er gelesen hatte. Anna lauschte ihm aufmerksam.

„Ich verstehe, warum die Sache Sie so interessiert", sagte sie nach einer Weile. „Es ist wirklich faszinierend."

„Das wäre ein gutes Thema für einen Ihrer Romane."

„Können Sie Gedanken lesen? Ich dachte gerade dasselbe."

„Ich mache Ihnen einen Vorschlag. Sie helfen mir bei meinem Buch, und ich helfe Ihnen bei Ihrem."

Sie wollte schon zustimmen und ihn um Hilfe bei ihrem eigenen Problem bitten, fragte aber stattdessen nach seiner Praxis. Während er antwortete, hörte sie nur mit halbem Ohr zu und versuchte sich klar zu werden, warum sie gezögert hatte. Sie mochte ihn. Er war lustig und klug, bodenständig und in einer Weise offen, die sie nicht erwartet hatte. Sie glaubte, dass er mit seiner Arbeit anderen half. Wenn sie ihn darum bat, würde er auch ihr helfen.

Warum kostete es sie dann solche Überwindung, sich zu ihrem Fall befragen zu lassen?

„Etwas hält Sie zurück?"

„Ja."

„Falls es eine Entscheidungshilfe für Sie ist, ich hoffe, mein Buch wird nicht nur die Öffentlichkeit über die weitreichenden Folgen von Kindesmisshandlungen aufklären, sondern auch den Erwachsenen helfen, die als Kind misshandelt wurden. Ich glaube an die heilende Wirkung von Wissen. Mit dem Wissen entstehen Verständnis und Akzeptanz. Erst dann kann die Heilung beginnen."

„Körper heile dich selbst?"

„In gewisser Weise, ja." Er beugte sich ernst vor. „Da ist tatsächlich etwas dran. In uns allen stecken die Kräfte der Selbstheilung, vor allem bei mentalen Störungen. Wir brauchen nur Hilfe, Zugang zu diesen Kräften zu finden."

„Und da erscheinen Sie, der ausgebildete Profi, auf der Bildfläche."

„Richtig. Ich und Selbsthilfebücher."

„Wie Ihres."

„Genau." Er fingerte an seiner Serviette herum. „Verraten Sie mir, was ich sagen kann, um Sie geneigt zu machen."

Sie wandte kurz den Blick ab. „Ich bin nicht sicher, dass Sie etwas sagen können. Ich rede nicht viel über meine Vergangenheit, und ich mag auch nicht über sie nachdenken."

„Aber Sie träumen von ihr, Anna. Ich weiß es. Die Erinnerung ist da, sie lauert am Rande Ihres Bewusstseins und quält Sie. Sie flüstert Ihnen etwas ins Ohr und beeinflusst jeden Schritt Ihres Lebens. Das ist gefährlich und tut Ihnen überhaupt nicht gut."

Sie sah ihn verblüfft und mit leichtem Unbehagen an. „Ich könnte Ihnen jetzt sagen, dass das nicht stimmt."

„Aber das werden Sie nicht. Weil Sie ein ehrlicher Mensch sind."

Zu ihrer eigenen Überraschung musste sie tatsächlich lachen. „Sie wissen aber auch alles, was?"

„Was soll ich dazu sagen? Ich bin ein kluger Bursche." Er lächelte mit Grübchen in den Wangen. „Und ein reizender Bücherwurm."

Das war er wirklich: reizend, klug und lustig. Sie mochte intellektuelle Männer. Besonders, wenn sie Humor hatten. Ben Walker war der Typ Mann, mit dem sie gerne zusammen war. Sie ließ die Hände in den Schoß fallen. „Ich bin immer noch ein bisschen verwirrt darüber, wie Sie mich gefunden haben."

„Meine Freundin bei B.B.B.S.A ...?"

„Nein. Was ging dem voran? Sie haben zufällig die E! Sondersendung eingeschaltet und dann?"

Ben sah kurz auf seine Hände, ehe er den Blick wieder hob. „Ich stieß auf Ihr Buch *Killing Me Softly*. Alles andere ergab sich von selbst." Er verschränkte die Finger ineinander. „Seit meiner Kindheit interessiere ich mich für Ihre Geschichte. Und während ich die Sendung sah, kam mir der Gedanke, dass Ihre Geschichte ideal in mein Buch passt. Ihr Trauma war einzigartig und mit keinem meiner anderen Fälle zu vergleichen."

„Wo sonst findet man schon eine entführte Hollywoodprinzessin?"

Mit ernster Miene erklärte er: „Die meisten entführten Kinder kehren nicht nach Hause zurück. Sie sind eine Ausnahme."

Timmy hat es nicht nach Haus geschafft. Nur ich hatte Glück.

„Also, was sagen Sie? Es tut nicht weh, das verspreche ich."

Das bezweifelte sie. Der bloße Gedanke an ihre Vergangenheit verursachte ihr schon Magenschmerzen. „Ich denke darüber nach. Ernsthaft."

Er schien leicht enttäuscht. „Oft ist der erste Schritt der schwerste. Aber natürlich will ich Sie nicht drängen, Sie müssen es entscheiden."

Sie mochte ihn mit jeder Minute mehr und erwiderte lächelnd:

„Ich weiß. Doch ich brauche ein wenig Zeit. Ich hoffe, Sie sind nicht zu enttäuscht."

„Ich bin schon groß, ich werde damit fertig."

Nachdem sie bezahlt hatten und das Café verließen, sagte Anna: „Ich gehe hier entlang." Sie deutete Richtung St. Louis Kathedrale. „Wohin gehen Sie?"

„Ich parke bei der Jax Brauerei."

„Dann auf Wiedersehen." Fröstelnd schob sie die Hände in die Taschen, als der kalte Wind um sie fegte.

„Hoffentlich bis bald." Er beugte sich vor und berührte mit den Lippen flüchtig ihre Wange. „Es war schön, mit Ihnen zu reden, Anna. Rufen Sie mich an."

Ohne ihre Antwort abzuwarten, wandte er sich ab und ging davon.

15. KAPITEL

*Donnerstag, 18. Januar,
19 Uhr 15.*

Ben lag allein im Dunkeln auf seinem Bett. Er atmete bewusst tief ein und aus. Die warme Kompresse auf seiner Stirn kühlte rasch ab. Zu rasch.

Der Kopfschmerz, der ihn schon den ganzen Tag quälte, war bei seinem Treffen mit Anna wiedergekehrt und mit jeder Minute des Zusammenseins stärker geworden. Allerdings war er erträglich gewesen, bis er seinen Wagen erreicht hatte.

Es war ihm noch gelungen, die Tür aufzuschließen und sich auf den Sitz fallen zu lassen. Wie er es nach Hause geschafft hatte, wusste er nicht. Aber er hatte es, denn er war offensichtlich hier.

Er schloss die Augen. Die Tabletten, die ihm der Arzt verschrieben hatte, brachten gnädige Erleichterung. Er dachte an sein Treffen mit Anna und an den Abschied. Sie hatte ihm nachgesehen, als er davongegangen war. Er hatte ihren Blick deutlich im Rücken gespürt und sich umgedreht. Sie hatte dagestanden, eine Hand an der Wange, die er geküsst hatte. Dabei hatte sie erstaunt und erfreut gewirkt, jedenfalls hatte er es so gedeutet.

Er dachte noch einmal an ihre Unterhaltung. Anna war an seiner Arbeit interessiert gewesen, und er hatte sich mehr geöffnet und ihr mehr mitgeteilt, als er das gewöhnlich tat. Sie waren gut miteinander ausgekommen.

Alles war ungetrübt verlaufen, bis er auf ihre deformierte Hand gestarrt hatte. Das war beunruhigend für sie gewesen, doch sie war gut damit umgegangen. Und er hatte wahrheitsgemäß gesagt, dass es ihm gar nicht bewusst gewesen war.

Schon ein Leben lang litt er unter solchen Momenten, in denen er fast einen Blackout hatte. Jedoch hatte ihre Häufigkeit in den letzten Monaten zugenommen, genau wie seine chronischen Kopfschmerzattacken. Besorgt hatte er das mit seinem Arzt besprochen, der eine Testreihe vorgeschlagen hatte, inklusive Computertomographie und EEG.

Zu seiner Erleichterung hatten diese Tests nichts Ungewöhnliches ergeben. Natürlich hatte er das Schlimmste befürchtet.

Sein Arzt hatte ihn ausgiebig nach seinen Lebensgewohnheiten und seiner Stressbelastung befragt, die natürlich auf Grund des sich verschlimmernden Zustandes seiner Mutter und den daraus resultierenden Veränderungen in seinem Leben nicht unerheblich war.

Schließlich hatte der Arzt ihm empfohlen, auf Koffein zu verzichten und Entspannungstechniken wie Yoga und Meditation zu erlernen. Er war den Anweisungen gefolgt und hatte eine Verbesserung seines Zustandes festgestellt. Allerdings nur eine leichte.

Er widmete sich gedanklich wieder Anna. Sie hatte nicht zugestimmt, dass er ihre Geschichte in sein Buch aufnehmen durfte. Hoffentlich hatte er sie nicht zu sehr bedrängt und verschreckt.

Ich war nicht ehrlich zu ihr.

Der Druck in seinem Kopf wurde stärker, und er stöhnte auf. Er hatte immer die Meinung vertreten, dass man mit Ehrlichkeit am weitesten kam. Als Therapeut sah er ständig, wie viel Zerstörung Unehrlichkeit im Leben der Menschen anrichtete, und ermutigte seine Patienten zu emotionaler Offenheit.

Warum also hatte er Anna verschwiegen, wie er dazu gekommen war, am Samstag die Sendung zu sehen? Stattdessen hatte er den Eindruck erweckt, es sei ein Zufall gewesen, und er sei ein alter Fan.

Ich hatte Angst, dass sie sich dem Interview verweigert, wenn ich ihr die Wahrheit sage.

Er hätte sich dafür ohrfeigen mögen. Er mochte Anna. Sie war klug, mit einem subtilen Sinn für Humor und von einer emotionalen Integrität, die man heute nicht mehr allzu häufig antraf. Sie verdiente seine Ehrlichkeit.

Und wenn er aufrichtig war, dann mochte er sie vor allem als Frau, was nichts mit seinem Buch zu tun hatte.

Plötzlich war sein Schmerz auf wundersame Weise verschwunden. Erstaunt und erleichtert nahm er die Kompresse von der Stirn und richtete sich auf. Er lächelte, lachte und fühlte sich, als hätte er mal wieder dem Teufel die Stirn geboten und gesiegt.

Er würde Anna anrufen und einladen. Bei einem üppigen Fünf-Gänge-Menü würde er reinen Tisch machen und die Sache mit dem Päckchen beichten, das man ihm dagelassen hatte.

Wohin sie von da aus steuerten, blieb abzuwarten.

16. KAPITEL

Donnerstag, 18. Januar,
19 Uhr 50.

Vom Café du Monde aus war Anna zur Messe in die Kathedrale gegangen. Die Türen hatten offen gestanden, die Glocken hatten geläutet, und aus einer Laune heraus war sie eingetreten und hatte sich in die Arme von Mutter Kirche begeben.

Die vertraute Liturgie gab ihr Kraft und klärte ihre Gedanken. Beim Verlassen der Kirche fühlte sie sich innerlich im Gleichgewicht, gestärkt und für neue Wendungen im Leben gerüstet.

Jaye würde ihr verzeihen. Und sie würde einen neuen Verleger und Agenten finden. Die Sendung auf dem Unterhaltungskanal würde letztlich keine schlimmen Folgen haben, sondern ihr nur ein verstärktes Gefühl der Unabhängigkeit bescheren.

Trotz der Kälte machte sie einen Umweg nach Haus. Sie schlenderte an Geschäften und Restaurants vorbei und durch stille vertraute Seitenstraßen. In ihrer Wohnung erwarteten sie Aufgaben: Dinner vorbereiten, Anrufbeantworter abhören, Post durchsehen.

Doch die wenigen Minuten bis dahin wollte sie an Ben und ihr Treffen denken. Sie hatte ihn gemocht, seine Gesellschaft war ihr angenehm gewesen. Seine Arbeit war faszinierend, und er hatte interessant darüber gesprochen.

Sie legte eine Hand auf die Stelle der Wange, wo seine Lippen ihre Haut berührt hatten. Es war eine kühne, romantische Geste von ihm gewesen, die Nähe und Vertrautheit herstellen sollte.

Das hatte funktioniert. Ihr Puls hatte schneller geschlagen, und ein Wohlgefühl hatte sie durchströmt. Andererseits war sie verblüfft gewesen, weil die Geste nicht recht zu dem Bild passte, das sie von Ben Walker hatte.

Stirnrunzelnd überlegte sie, dass sie ihn gerade erst kennen gelernt und nur eine kurze Unterhaltung mit ihm geführt hatte. Das machte sie kaum zur Kennerin seines Wesens. Trotzdem hatte sie in gewisser Weise das Gefühl, ihn zu kennen.

Fröstelnd kuschelte sie sich tiefer in ihren Mantel. Mit Beginn der Abenddämmerung war die Temperatur gesunken, und die Feuchtigkeit machte die Kälte noch unangenehmer. Sie durchdrang die Kleidung und kühlte den Körper aus.

Genug gegrübelt, entschied sie fröstelnd, Zeit heimzukehren.

Keine zehn Minuten später betrat sie ihre Wohnung. Sie warf die Post auf den kleinen Tisch im Flur, zog ihren Mantel aus und hängte ihn auf. Immer noch frierend, eilte sie in die Küche, sich einen heißen Tee zu machen. Unterwegs drehte sie den Heizthermostat höher.

Während sie auf das Kochen des Wassers wartete, hörte sie den Anrufbeantworter ab. Ihre Mutter hatte sich gemeldet, sie hatte die Visitenkarte des Videofilmers gefunden. Er hatte den merkwürdigen Namen Peter Peters. Dalton fragte an, wie ihr Treffen mit Ben verlaufen war, und die Praxis ihres Zahnarztes erinnerte sie an ihren Termin am nächsten Tag.

Die letzte Mitteilung war die Bitte von Jayes Pflegemutter, Anna möge anrufen. Überrascht tat sie das unverzüglich.

Die Frau nahm schon beim zweiten Klingeln ab. „Hier ist Anna North. Sie hatten mich angerufen."

„Ja", erwiderte Fran Clausen aufgeregt. „Ich wollte nur wissen, ob Jaye bei Ihnen ist."

„Ich habe sie weder gesehen noch gesprochen. Ist sie nach der Schule nicht heimgekommen?"

„Nein. Zuerst habe ich mir keine Gedanken gemacht. Manchmal bleibt sie bei einer Freundin oder geht in die Bibliothek. Aber sie kennt die Regeln. Wenn sie nicht die ausdrückliche Erlaubnis hat wegzubleiben, ist sie gegen halb sechs zum Essen da."

Anna sah auf ihre Uhr. Es war fast acht und längst dunkel.

„Sicher ist sie nur bei einer Freundin und hat die Zeit vergessen", fuhr Fran fort, „aber als ihr gesetzlicher Vormund muss ich wissen, wo sie steckt."

Anna zog die Stirn in Falten. *Sie will es nur wissen, weil sie der gesetzliche Vormund ist? Nicht, weil sie Jaye mag oder aus Sorge um sie?* Sie schalt sich für diese Gedanken. Fran und Bob Clausen waren gut zu Jaye.

„Haben Sie eine Ahnung, bei wem sie sein könnte?" fragte Fran. „Ich fürchte, ich habe keine."

„Wissen Sie was? Ich höre mich um und versuche sie aufzustöbern. Ich rufe wieder an."

Nach zehn Minuten hatte Anna alle Kontakte, die ihr einfielen, überprüft. Sie hatte mit Jayes engsten Freundinnen Jennifer, Tiffany, Carol und Sarah gesprochen. Keiner hatte Jaye gesehen, weder in der Schule noch danach. Das beunruhigte Anna am meisten.

Habe ich dir von dem Kerl erzählt, der mir gefolgt ist?

Diese Erinnerung kam mit einem Anflug von Panik. Anna telefonierte noch einmal mit Fran, in der Hoffnung, dass Jaye inzwischen aufgetaucht war. Sie war es nicht. Sie berichtete Fran von ihren ergebnislosen Nachforschungen und schlug vor, alle Orte abzufahren, an denen Jaye sich gerne aufhielt. „Hat sie Ihnen erzählt, dass sie neulich auf dem Heimweg von der Schule verfolgt wurde?"

Fran schwieg einige Sekunden. „Nein, das ist mir neu."

„Jaye war deshalb nicht sonderlich besorgt, aber jetzt ..."

„Ziehen wir keine voreiligen Schlüsse, Anna. Wahrscheinlich kommt sie jeden Moment zur Tür herein."

Anna hoffte es. Nach dem Versprechen, in Kontakt zu bleiben, legte sie auf, nahm Tasche und Autoschlüssel und ging los.

Gegen halb zehn gab sie ihre Suche auf. Nicht vor Müdigkeit, sondern weil sie nicht mehr wusste, wo sie noch suchen sollte. Sie hatte in Spielsalons, im Rock'n Bowl, in CCs Coffeehouse und sogar in der Bibliothek nachgesehen. Alles Orte, die Jaye entweder allein oder mit Freunden aufsuchte. Niemand hatte sie tagsüber gesehen. Jaye war seit vierzehn Stunden verschwunden. In der Zeit konnte einer Fünfzehnjährigen eine Menge Schlimmes zustoßen.

Inzwischen mehr als beunruhigt, hielt sich Anna an der Carrollton Avenue links und fuhr zu den Clausens. Bestimmt war Jaye inzwischen wieder zu Hause und vermutlich stinksauer, weil die Clausens ihr eine angemessene Strafe aufgebrummt hatten. Vielleicht hatte Jaye geschmollt und beschlossen, die Schule zu schwänzen. Ihre Freunde waren möglicherweise eingeweiht und deckten sie.

Obwohl Jaye sich schon lange nicht mehr so unvernünftig aufgeführt hatte, durfte man diese Möglichkeit nicht außer Acht lassen. Schließlich war sie ein Teenager.

Fran Clausen öffnete die Tür, ehe Anna klopfen konnte. Ihre Miene war mutlos. „Sie haben sie nicht gefunden, oder?"

Anna schüttelte den Kopf. „Ich hatte gehofft, sie wäre inzwischen wieder da."

„Ist sie nicht", sagte Bob Clausen brummig. „Und sie wird auch nicht."

Anna wandte sich ihm zu. Er war ein großer kräftiger Mann mit einem groben Gesicht. „Wie bitte?"

„Sie ist weggelaufen."

Anna warf Fran einen entsetzten Blick zu. „Ist etwas vorgefallen, von dem ich nichts weiß?"

Fran wollte antworten, doch ihr Mann kam ihr zuvor. „Sie sind doch hoffentlich nicht überrascht. Das hat sie schon früher gemacht."

„Aber sie ist seither viel erwachsener geworden. Sie hat gründlich über sich und ihr Leben nachgedacht. Sie weiß, dass Weglaufen für sie keine Lösung ist."

Anna sah von Fran zu ihrem Mann. „Hat Fran Ihnen gesagt, dass Jaye auf dem Heimweg von der Schule von einem Mann verfolgt wurde?"

Er verdrehte die Augen. „Das ist doch Blödsinn. Wenn sie wirklich verfolgt worden wäre, hätte sie uns davon erzählt."

„Ich habe zuerst auch nicht glauben wollen, dass sie weggelaufen ist", sagte Fran leise. „Aber nachdem Sie von ihren Freundinnen erfahren haben, dass sie gar nicht in der Schule war ..."

Bob Clausen schnaubte verächtlich. „Die Katze lässt das Mausen nicht. Wer einmal ein egoistischer kleiner Nichtsnutz ist, bleibt es."

Zornesröte überzog Annas Wangen. „Jaye ist weder egoistisch noch ein Nichtsnutz!"

„Bob hat das nicht so gemeint", beschwichtigte Fran. „Aber Sie haben nicht mit Jaye gelebt. Sie war sehr starrköpfig, manchmal störrisch. Wenn sie sich zu etwas entschlossen hat, tut sie es, ungeachtet der Konsequenzen."

Anna hielt sich nur mühsam im Zaum. „Bei der Kindheit, die Jaye hatte, musste sie einen starken Willen entwickeln, andernfalls hätte sie nicht überlebt!"

Die Clausens warfen sich Blicke zu. Bob wollte etwas erwidern, unterließ es aber. Schweigend wandte er sich ab und kehrte in sein Arbeitszimmer und zu seinem Fernsehprogramm zurück.

Fran sah ihm nach und wandte sich an Anna. „Wir rufen Sie an, wenn sie auftaucht ... oder wenn wir etwas hören."

Mit anderen Worten, raus. Sie würde gehen, nachdem sie ein wenig weiter gebohrt hatte. Etwas an dieser Sache erschien ihr merkwürdig und ergab keinen Sinn.

„Hätten Sie etwas dagegen, wenn ich einen Blick in Jayes Zimmer werfe?"

„In ihr Zimmer?" Fran sah zum Fernsehraum. Anna war nicht sicher, ob sie die moralische Unterstützung ihres Mannes suchte oder nur prüfte, ob er mithörte. „Warum?"

„Vielleicht ... möchte ich mich selbst überzeugen, dass sie nicht da ist." Sie senkte die Stimme. „Bitte, Fran, es würde mir wirklich viel bedeuten."

Fran zögerte einen Moment und gab nach. „Also gut. Ich nehme an, das schadet niemand."

Fran ging voran und wartete im Flur, während Anna sich in Jayes Zimmer umsah. Wie bei vielen Teenagern sah es hier aus wie nach einem Wirbelsturm.

Anna ging mitten ins Zimmer und blieb stehen. Es roch nach Jaye, nach dem leichten blumigen Parfum, das sie bevorzugte. Über dem Sessel in der Ecke lag der orangefarbene Pullover, den sie bei ihrem letzten Treffen getragen hatte. Auf dem Nachttisch lagen drei leere Coladosen und ein Stapel CDs. Anna sah den Stapel durch und erkannte einige von Jayes Lieblingssongs. Warum hätte sie die hier lassen sollen, wenn sie wirklich weggelaufen wäre. Sie besaß einen tragbaren CD-Player, ohne den sie kaum das Haus verließ.

Außer sie ging zur Schule. Seit Beginn des Schuljahres war es verboten, CD-Player mit in die Schule zu bringen. Jaye war wütend gewesen und hatte der Schulleitung einen bösen Brief geschrieben.

Anna sah auf den Boden. Am Fuße des Bettes lagen ein Buch aus der Bibliothek, drei grellfarbene Knusperriegel, das Einwickelpapier eines Schokoriegels und die Doc Martens Schuhe, die sie von ihrem eigenen Geld gekauft hatte.

Sie liebt ihre Doc Martens und hat vier Monate darauf gespart. Sie hat auf alles andere verzichtet.

Anna sah sich noch einmal im Raum um und suchte einen Beweis, dass Jaye weggelaufen war. Oder einen für das Gegenteil.

Sie fand ihn unter Jayes Matratze. Eine dünne Blechdose mit Erinnerungsstücken: dem Trauring ihrer Mutter, einem Foto ihrer Mutter und einem Schnappschuss ihrer Mutter mit Baby Jaye auf den Armen. Dazu Jayes Geburtsurkunde und die zwei Gedichte, die sie letztes Jahr geschrieben hatte und die im jährlichen Literaturmagazin ihrer Zeitung erschienen waren. Anna entdeckte ein Bild von ihnen beiden, wie sie mit rosigen Wangen in die Kamera lächelten, die Arme um die Schultern des jeweils anderen gelegt.

Tränen in den Augen, nahm sie das Foto an sich. Sie erinnerte sich gut an den Tag, als es gemacht worden war. Sie hatten gerade Freundschaft geschlossen. Es war ein herrlich sonniger Frühlingstag gewesen, der schon die Wärme des Sommers ahnen ließ. Sie waren im Zoo gewesen, hatten über das ausgelassene Toben der Tiere gelacht, Fastfood in sich hineingestopft und das Zusammensein genossen.

Die Erinnerung tat weh. Anna legte den Schnappschuss in das Kästchen zurück. *Ausgeschlossen, dass Jaye all diese Dinge freiwillig zurückgelassen hat. Sie repräsentieren alles, woran sie sich erinnern möchte.* Mit dieser Erkenntnis wallte Angst in ihr auf. *Wenn Jaye nicht weggelaufen ist, wo steckt sie dann abends um halb zehn, an einem Wochentag?*

Anna klappte das Kästchen zu und nahm es mit hinaus zu Fran. „Haben Sie das gesehen?"

„Das?" Fran sah das Kästchen unsicher an. „Was ist das?"

„Jayes Kästchen mit Erinnerungsstücken." Anna schlug den

Deckel auf und zeigte ihr den Inhalt. „Es steckte unter der Matratze."

Fran machte eine fahrige, nervöse Geste. „Na und?"

„Jaye hätte diese Dinge niemals einfach so zurückgelassen. Sie ist nicht weggelaufen, Fran. Ihr ist etwas zugestoßen."

Fran wurde blass. „Das kann ich nicht glauben ..."

„Hat sie heute Morgen eine Tasche mitgenommen?"

„Nur ihre Büchertasche. Aber ..."

„Ich habe ihre Schulbücher nicht in ihrem Zimmer gefunden. Warum sollte sie Schulbücher mitnehmen und das hier zurücklassen? Wenn sie weggelaufen wäre, hätte sie ihre Schultasche dann nicht mit den Dingen gefüllt, die sie braucht: Kleidung, Schuhe, Zahnbürste und ihre Erinnerungsstücke? Kommen Sie, Fran, Jaye würde nicht weglaufen, ohne etwas mitzunehmen."

„Jetzt reicht es aber!" brüllte Bob Clausen und kam in den Flur. „Hören Sie endlich auf, meine Frau zu belästigen!"

Anna stellte sich ihm mit hämmerndem Herzen entgegen. „Ich belästige sie nicht, ich will nur, dass sie einsieht ..."

„Jaye ist abgehauen und hat uns sitzen lassen!"

„Haben Sie mit Paula gesprochen?" Anna bezog sich auf Paula Perez, Jayes Sozialarbeiterin. „Ich denke, sie muss erfahren, dass Jaye ..."

„Wir haben schon mit ihr gesprochen. Sie glaubt, Jaye ist weggelaufen. Sie kam schon vor uns zu dem Schluss. Wenn Jaye bis Mitternacht nicht aufgetaucht ist, wird Paula den Fall den Behörden melden."

„Aber sie weiß nichts von dem hier." Anna deutete auf das Kästchen in ihrer Hand.

„Rufen Sie sie an. Mir ist es egal."

„Ja", sagte Anna leise, als er sich abwandte, „es hat ganz den Anschein, dass Jaye Ihnen egal ist."

Bob Clausen erstarrte und drehte sich langsam zu ihr um. „Was haben Sie da gesagt?"

Mit hoch erhobenem Kopf überspielte sie, wie eingeschüchtert sie war. Bob war ein Bär von einem Mann, und im Moment schien er gute Lust zu haben, sie zu zerreißen.

„Sie sind Jayes Pflegeeltern, und ich finde es sehr ... seltsam, dass Sie nicht mehr um sie besorgt sind."

Sein Gesicht wurde fleckig. „Was fällt Ihnen ein, hier hereinzutanzen und uns zu maßregeln! Wie können Sie unterstellen ..."

„Bob", besänftigte seine Frau, „bitte!"

Er ignorierte sie und machte drohend einen Schritt auf Anna zu. „Begreifen Sie denn nicht? Wir haben das schon mal durchgemacht. Sie nicht. Mädchen wie Jaye bleiben nicht. Sobald ihnen etwas quer geht, hauen sie ab. Sie verschwinden ohne ein Wort zu den Menschen, die sich um sie gekümmert haben."

Er machte noch einen Schritt auf Anna zu, und sie wich instinktiv zurück. „Ich möchte, dass Sie jetzt gehen."

Anna sah flehentlich zu Fran. „Bitte ... ich kenne Jaye. Sie ist meine Freundin. Sie würde so etwas nicht tun. Ich weiß es!"

Fran wandte sich mit verschlossener Miene ab. „Wenn wir etwas hören, informieren wir Sie."

„Danke." Anna hielt Jayes Kästchen fester und mochte es nicht hergeben, obwohl sie nicht recht wusste, warum. „Darf ich das für sie aufbewahren?"

„In diesem Fall sind wir gehalten, alle Sachen von Jaye an den Sozialdienst zu übergeben."

Anna schluckte trocken. Das klang ominös und endgültig. Als sprächen sie über den Besitz einer Toten. „Bitte. Ich werde dafür sorgen, dass Paula es bekommt. Das verspreche ich."

Fran zögerte noch einen Moment und stimmte dann zu. Die Clausens brachten Anna zur Tür und sahen ihr nach, während sie davonging, das Kästchen an die Brust gedrückt. Als Anna ihr Auto erreichte und sich umsah, bemerkte sie, dass Fran und Bob verstohlene Blicke tauschten.

Voller Panik stand sie einen Moment an ihrem Auto und dachte: Was ist bloß mit Jaye passiert?

17. KAPITEL

Donnerstag, 18. Januar,
23 Uhr 50.

Jaye erwachte stöhnend. Kopf und Rücken taten ihr weh, und ihr Mund fühlte sich trocken und sandig an wie ein Wassergraben nach monatelanger Dürre. Stöhnend rollte sie sich auf die Seite. Ein säuerlicher Geruch stieg ihr in die Nase, und sie öffnete die Augen.

Sie erinnerte sich. Sie war zur Bushaltestelle gegangen und hatte über die Schulter nach dem alten Perversen Ausschau gehalten. Sie hatte gegrinst, weil sie ihm entwischt war. Hatte sie geglaubt. Im nächsten Moment war sie hinter eine Azaleenhecke gezerrt worden, und jemand hatte ihr etwas auf Nase und Mund gepresst. Sie erinnerte sich an ihr Entsetzen und den Drang zu schreien.

Dann war ihre Umwelt schwarz geworden.

Sie stemmte sich zum Sitzen hoch. Ihr Herz hämmerte, ihr Atem ging schnell und flach. Sie ließ den Blick durch den schwach erhellten Raum wandern, sie war allein.

Sie atmete tief ein und aus, sich zu beruhigen. Ihr Überlebensinstinkt meldete sich. *Bleib ruhig. Überleg, was zu tun ist.*

Sie saß auf einer Pritsche. Die Matratze war schmutzig vom vielen Gebrauch. Jaye presste die bebenden Lippen zusammen. Das einzige weitere Möbelstück im Raum war eine zusammenklappbare Sonnenliege, ein simples Gestell aus Aluminium und Nylongewebe. An der linken Schmalseite befanden sich ein Waschbecken und eine Toilette. Daneben stand eine Rolle Toilettenpapier, und auf dem Waschbeckenrand lagen eine Tube Zahnpasta, eine Zahnbürste und ein Handtuch.

Entsetzt ließ sie den Blick weiterschweifen. Die Gipswände waren geborsten. Was noch übrig war von der verblassten Tapete, war fleckig und blätterte ab. Das einzige Fenster war mit Brettern vernagelt, um dessen Ränder herum blasses Licht eindrang. Gegenüber dem Fenster war die Tür.

Sie stand auf und ging auf Zehenspitzen hinüber. Vorsichtig griff sie nach dem Knauf. Dabei zitterte ihr die Hand. Sie erinnerte sich an eine Szene aus einem Horrorfilm, den sie vor einigen Wochen gesehen hatte. Ein Mädchen in ihrer Lage hatte versucht zu fliehen, und als es den Türknauf berührte, hatte er sich in eine Schlange verwandelt.

Aber das war ein Film gewesen. Dieser Albtraum war echt, und sie musste einen Fluchtweg finden.

Sie schluckte trocken und packte den Knauf. Er war kühl und glatt – und blieb ein Knauf. Erleichtert sandte sie ein Dankgebet zum Himmel und versuchte, den Knauf zu drehen.

Er bewegte sich nicht. Tränen traten ihr in die Augen. Sie blinzelte sie fort und schalt sich, dass sie auf ein Wunder gehofft hatte. Welcher Entführer hätte schon die Tür unverschlossen gelassen?

Sie musste einen anderen Ausweg finden. Sie senkte den Blick und bemerkte erst jetzt, dass in eine der Türplanken eine Katzenklappe eingearbeitet war.

Sie kniete nieder und nahm sie genauer in Augenschein. Offenbar war sie erst kürzlich eingesetzt worden, denn sie sah noch unzerkratzt aus. Sie drückte gegen die Klappe, doch die schien von außen verriegelt zu sein. Sie drückte fester, und die Klappe gab ein wenig nach. Frustriert zog sich Jaye zurück. Sie könnte die Klappe zwar auftreten, sich jedoch niemals hindurchzwängen. Also, wozu der Aufwand?

Sie stand auf, drehte sich zum Fenster um und ging hin, um durch die Schlitze zwischen den Brettern zu blinzeln. Vielleicht konnte sie erkennen, wo sie war. Sie sah, dass es Nacht war. Das Licht, das zwischen den Brettern hindurchsickerte, war künstlich und kam von einer nahen Straßenlaterne. Sonst konnte sie nichts erkennen.

Allerdings hörte sie gedämpfte Geräusche: Musik, Verkehr und redende Menschen.

Menschen! Jemand könnte mich hören und nach mir sehen. Oder die Polizei holen.

„Hilfe!" schrie sie aufgeregt und schlug gegen die Bretter. Sie rief immer wieder und lauschte zwischendurch. Das Stimmengewirr von irgendwo außerhalb ihres Gefängnisses veränderte sich nicht. Niemand sah nach ihr. Niemand reagierte auf ihre Hilferufe.

Sie können mich nicht hören. Sie sind zu weit weg.

Hektisch wandte sie sich ab, lief zur Tür, rief und trommelte und trat dagegen. Ihre Stimme wurde heiser, die Hände wurden wund, und ihre Arme erlahmten. Trotzdem rief sie weiter, bis ihr Rufen in ein leises bittendes Wimmern umschlug.

Erschöpft sank sie schließlich schluchzend zu Boden.

18. KAPITEL

Freitag, 19 Januar,
French Quarter.

Ihr Name war Evelyn Parker gewesen. Schön und beliebt, war sie gern ausgegangen und eine regelmäßige Besucherin der Clubszene der Innenstadt gewesen. Sie hatte als Hygienikerin bei einem Zahnarzt in den Außenbezirken gearbeitet und im Stadtteil Bywater gelebt.

Sie war an ihrem vierundzwanzigsten Geburtstag umgebracht worden.

„Verteufelte Sache, am Geburtstag erledigt zu werden, was, Malone?" sagte Sam Tardo, ein Mitarbeiter der Spurensicherung. „Und rühren Sie nichts an, wir sind mit dem Leichnam noch nicht fertig."

Quentin gab als Antwort ein Brummen von sich und ging neben Evelyn Parker in die Hocke. Er ließ den Blick über das Opfer schweifen und suchte etwas, das den anderen entgangen sein könnte: einen Knopf, ein Schnipsel Papier, Blutspritzer, einen Fußabdruck.

„Denkst du, was ich denke?" sagte Terry und beugte sich hinunter, um besser sehen zu können.

Nancy Kent. „Ja." Quentin zog die Stirn in Falten. Evelyn Parker war rötlich blond. Sie war in ihrer Todesnacht durch die Clubs gezogen. Es sah aus, als sei sie zuerst vergewaltigt und dann erstickt worden. Genau wie Nancy Kent hatte man Evelyn Parker in der Gasse hinter einem Club gefunden.

„Der Captain wird ganz schön sauer sein." Johnson rollte zur Lockerung die Schultern. „Als wäre es unsere Schuld oder so."

„Wer hat sie gefunden?" fragte Quentin.

„Eine Joggerin."

Quentin sah stirnrunzelnd auf. „Was macht eine Joggerin in einer Gasse?"

„Die junge Frau joggt immer sehr früh und nimmt ihren Golden Retriever mit, zum Schutz, wie sie sagt. Am Eingang der Gasse machte der Hund plötzlich Theater. Sie beschließt, nachzusehen, und findet mehr, als sie wollte."

„Hat Walden ihre Aussage aufgenommen?"

„Ja." Johnson wies mit dem Daumen auf den Club. „Er ist jetzt bei dem Barbesitzer. Also, wo wart ihr Burschen? Walden und ich, wir haben den Fall praktisch schon gelöst."

„Du kannst mich mal." Terry schnaubte verächtlich. „Hast du's nicht gehört? Während ihr zwei euch noch im Bett geräkelt habt, waren Malone und ich in Desire. Drogenbedingter dreifacher Mord."

Die Siedlung Desire war die gefährlichste Ecke der Stadt. Die Lebenserwartung eines Polizisten, der sich allein dorthin wagte, war gering. Die der Bewohner war nicht viel höher.

„Ihr Glückspilze." Der Beamte zog sich tiefer in seinen Mantel zurück. „Jede Gasse im French Quarter ist mir lieber als das Desire."

Aus der Tür zur Bar rief Johnson nach seinem Partner. Walden entschuldigte sich, und Quentin widmete sich wieder dem Opfer. Im Gegensatz zu Nancy Kent hatte diese Frau sich heftig gewehrt. Sie hatte Prellungen im Gesicht, am Hals und auf der Brust. Ihre Jeans waren hauteng. Nach der verdrehten Haltung des Körpers zu urteilen, hatte der Täter Schwierigkeiten gehabt, sie am Boden zu halten, während er ihr die Jeans herunterriss. Sie waren in Kniehöhe heruntergeschoben, ihr Slip war weggerissen.

Quentin blickte zu Terry auf, um eine Bemerkung wegen der Jeans zu machen, unterließ es jedoch, als er sah, wie müde sein

Partner wirkte. Seine Augen waren blutunterlaufen, und er war sehr still. Ehe sie vor Stunden ins Desire fahren mussten, hatte er wenigstens im Bett gelegen und geschlafen. Wo war Terry gewesen? „Alles okay mit dir?" fragte er.

„So wie man es von jemand erwarten kann, der kein Zuhause mehr hat und nicht schlafen kann." Er rieb sich leise fluchend die Augen. „Ich habe diesen ganzen Scheiß verdammt satt."

Das Team der Spurensicherung rückte an, und sie traten beiseite, um den Männern Platz zu machen. Sie konnten hier ohnehin nichts mehr ausrichten. Als Nächstes mussten sie die Beweisstücke sichten und Evelyn Parkers Leben sowie die Nacht ihres Todes rekonstruieren.

Quentin sah Terry nachdenklich an. „Ich glaube nicht, dass sie vergewaltigt wurde, Terry. Bei den engen Jeans um die Knie konnte der Täter unmöglich zum Zuge kommen. Sofern er sich nicht die Zeit genommen hat, ihr die Jeans nach der Tat wieder halbwegs hochzuziehen, hat er vermutlich aufgegeben und sie einfach nur umgebracht."

„Adios, DNA-Test."

„Genau." Sie waren auf dem Weg aus der Gasse. „Was es weitaus schwieriger macht, die Fälle miteinander in Verbindung zu bringen."

„Sogar fast unmöglich." Terry schwieg einen Moment. „Was mir auch nicht weiterhilft. Mist. Ich hoffe, die versuchen mir diesen Scheiß nicht anzuhängen."

Quentin blieb verblüfft stehen. „Warum sollten sie?"

„Wegen Nancy Kent natürlich."

„Aber der Verdacht gegen dich wurde doch ausgeräumt."

Terry schob die Hände in die Jackentaschen und verzog verbittert den Mund. „Ja, aber das hier ändert alles. Sie werden sich den ersten Mord noch mal genau ansehen. Das weißt du. Richte dich darauf ein, dass wir vorgeladen werden, sobald wir im Revier sind. Scheiße."

Quentin hoffte, dass sein Partner sich irrte, musste jedoch zugeben, dass er wahrscheinlich Recht hatte. „Wenn dich der Captain fragt, wo du letzte Nacht warst, was wirst du ihr sagen, Terry?"

„Die Wahrheit. Dass ich in meinem beschissenen Apartment war. Allein und mit einer Flasche Bourbon. Davor war ich bei Penny."

Sie verließen die Gasse und schlugen den Weg zu ihren Autos ein, die nebeneinander am Straßenrand parkten. „Gibt es Fortschritte in der Richtung, dass sie dir vielleicht erlaubt, wieder bei ihr einzuziehen?"

„Wieder einziehen?" Terry lachte bitter. „Und ihr den Spaß verderben? Seit ich weg bin, ist das Leben eine einzige Party für sie. Sie vögelt einen Kerl nach dem anderen und macht die Zeit wett, die sie mit mir verplempert hat."

Nicht nur die hässliche Bemerkung schockierte Quentin, sondern auch der rachsüchtige Ton, in dem Terry sprach. „Ausgeschlossen", widersprach er leise und dachte an die Frau seines Partners. Er konnte sich Penny, die er nur als liebevolle Gattin und verantwortungsvolle Mutter kannte, nicht als Flittchen vorstellen.

„Verdammter Mist!" spie Terry geradezu aus. „Mich, ihren Ehemann, lässt sie nicht an sich ran. Aber jeder andere hergelaufene Heini darf."

„Hast du Beweise dafür? Das klingt nicht nach der Penny, die ich kenne."

„Ja, ich habe Beweise. Alex hat mir erzählt, dass sie oft abends weg ist. Großmutter Stockwell bleibt dann bei den Kindern. Er sagte, Penny kommt immer erst spät wieder."

„Und das ist alles?" Quentin schloss die Wagentür auf. „Das ist kein Beweis. Alex ist sechs und wohl kaum ein Detektiv."

„Warum sonst sollte sie so lange wegbleiben? Was sonst könnte sie aufhalten?" Er ballte die Hände. „Sie ist meine Frau, verdammt! Sie gehört nach Hause zu ihren Kindern."

„Sie könnte eine Freundin besuchen oder eine Veranstaltung. Du kannst nicht sicher sein, dass sie bei einem Mann ist."

„Ich weiß es aber." Terry drehte sich zu ihm um. „Du musst mit ihr reden, Malone. Sie mag dich und respektiert deine Meinung." Terry klang verzweifelt. „Bitte rede mit ihr! Überzeuge sie, dass sie mich zurücknehmen muss." Als Quentin zögerte, machte Terry flehentlich einen Schritt auf ihn zu. „Du musst mir helfen, Kumpel. Sie muss einsehen, dass es das Beste für alle ist, wenn ich wieder nach Hause komme." Er sah kurz über die Schulter, ob jemand mithörte. „Ich sage dir ehrlich, ich weiß nicht, wie lange ich das noch aushalte."

„Also gut", stimmte Quentin zu. „Entgegen besserem Wissen tue ich es."

19. KAPITEL

Freitag, 19. Januar,
Geschäftsviertel.

Vierundzwanzig Stunden vergingen ohne Nachricht von Jaye. Mit jeder Stunde wurde Anna sicherer, dass Jaye nicht weggelaufen war. Und sie bezweifelte, dass die Clausens die liebevollen, fürsorglichen Pflegeeltern waren, für die man sie hielt. Während sie sich deren Verhalten und ihre Äußerungen ins Gedächtnis rief, keimte in ihr der Verdacht, dass sie etwas verheimlichten.

Die Möglichkeiten, die ihr dazu einfielen, entsetzten sie.

In ihrer Verzweiflung suchte sie Paula Perez, Jayes Sozialarbeiterin, auf. Sie öffnete die Tür des winzigen, fensterlosen Büros und steckte den Kopf zur Tür herein. „Klopf, klopf."

Paula sah lächelnd auf. „Anna, kommen Sie herein."

„Die Empfangssekretärin war nicht an ihrem Platz, deshalb bin ich weitergegangen. Komme ich ungelegen?"

Paula deutete auf ihren Schreibtisch, der überfüllt war mit Akten, Memos, Büchern und Gerichtsunterlagen. „Beim Sozialdienst kommt man immer ungelegen. Wir sind hoffnungslos überlastet. Setzen Sie sich."

Anna nahm Platz, Jayes Kästchen mit Erinnerungsstücken in der Hand. „Ich wollte mit Ihnen über Jaye reden."

„Das habe ich mir schon gedacht. Aber es gibt nichts Neues."

„Ich weiß." Anna blickte auf das Kästchen und reichte es Paula. „Ich möchte, dass Sie sich das ansehen. Es gehört Jaye."

Paula nahm das Kästchen, öffnete es und sah den Inhalt durch. Nach einem Augenblick hob sie den Blick. „Wie sind Sie daran gelangt?"

„Durch die Clausens, am Abend, als Jaye verschwand."

„Ich muss es behalten. Als Mündel des Staates ..."

„Ich weiß. Aber ich hatte Angst ... ich befürchtete, dass das Kästchen verschwinden könnte, wenn ich es nicht an mich nehme."

Paula runzelte die Stirn. „Ich verstehe nicht."

„Der Inhalt dieses Kästchens beweist, dass Jaye nicht weggelaufen ist."

„Wir haben das schon am Telefon besprochen. Ich weiß, Sie wollen nicht akzeptieren ..."

„Sie hätte diese Dinge nicht zurückgelassen, Paula. Niemals. Es sind Erinnerungsstücke. Das ist alles, was sie aus ihrer Vergangenheit besitzt."

„Jaye ist ein kluges Mädchen, Anna. Sie weiß, dass wir verpflichtet sind, ihre Habseligkeiten für sie zu verwahren. Und sie weiß auch, dass es keine zeitliche Begrenzung für diese Aufbewahrungspflicht gibt. Sie taucht vielleicht in zehn Jahren auf und holt sich ihre Sachen ab."

Unberührt von dieser Logik versuchte Anna es auf andere Weise. „Wenn Jaye vorgehabt hätte wegzulaufen, warum hat sie ihre Büchertasche dann nicht mit Essen und Kleidung gefüllt? Warum hat sie ihre Schulbücher eingepackt? Warum hat sie ihre Lieblingssongs zurückgelassen? Das ergibt alles keinen Sinn."

„Fran und Bob haben mich heute Morgen angerufen. Wie es aussieht, fehlen aus ihrem Vorratsschrank einige Lebensmittel."

„Behaupten sie."

Paula erstarrte geradezu, und ihre Wangen überzog ein rosa Hauch. „Was soll das heißen, Anna?"

„Es soll heißen, dass Fran und Bob vielleicht nicht die ganze Wahrheit sagen. Etwas ist seltsam an ..."

„Um Himmels willen!" Paula sprang zornig auf. „Es sind nette Menschen, die seit fast zwanzig Jahren Pflegeeltern sind. Sie stehen allgemein in hohem Ansehen, auch bei mir. Was fällt Ihnen ein, sie eines ... Verbrechens zu beschuldigen?"

Anna stand auf. „Ich bitte lediglich darum, sich Jayes Verschwinden ein wenig genauer anzusehen. Befragen Sie die Clausens intensiver, schalten Sie die Polizei ein ..."

„Ich habe die Polizei bereits eingeschaltet und Jaye als vermisst gemeldet, wie das Gesetz es verlangt."

„Ich kenne Jaye, Paula. Sie würde so etwas nicht tun. Niemals. Ihr ist etwas zugestoßen." Anna beugte sich vor. „Sie hat mir erzählt, dass ihr von der Schule ein Mann gefolgt ist. Wenn Sie das der Polizei sagen ..."

„Fran hat mir das bereits gesagt, und ich habe es an die Polizei weitergegeben." Sie seufzte ungeduldig. „Sie kennen Jaye vielleicht nicht so gut, wie Sie denken. Sie hat einen komplexen Charakter und ist durchaus zu irrationalem Verhalten fähig. Das ist vielleicht schwer für Sie zu ertragen, aber es stimmt."

„Ich kenne ihre Vergangenheit. Ich weiß, dass sie ein halbes Dutzend Mal weggelaufen ist. Ich weiß von ihrem Angriff auf einen Lehrer und ihrem Selbstmordversuch. Aber sie ist in den letzten beiden Jahren viel reifer geworden, emotional und mental ..."

Die Sozialarbeiterin brachte sie mit erhobener Hand zum Schweigen. „Bevor Sie weiterreden, Anna, möchte ich, dass Sie ehrlich darüber nachdenken, inwieweit Ihr eigenes Schuldgefühl dafür verantwortlich ist, dass Sie nicht glauben wollen, Jaye sei weggelaufen."

„Mein Schuldgefühl? Weshalb sollte ich mich schuldig ..."

„Wie ich hörte, haben Sie sich kürzlich gestritten. Jaye fühlte sich von Ihnen hintergangen. Dass Sie ihr nichts von Ihrer Vergangenheit erzählt haben, wertete sie als Betrug."

„Das hat nichts damit zu tun."

„Nein? Haben Sie mal daran gedacht, dass sie weggelaufen sein könnte, weil Sie sie gekränkt haben? Es wäre dasselbe Verhaltensmuster wie die vielen Male davor. Vielleicht basierte die emotionale Reife, die Sie entdeckt zu haben glaubten, vor allem auf Vertrauen, das zerstört wurde, weil Jaye sich belogen fühlte."

Anna wollte das heftig bestreiten, doch der Vorwurf ging ihr nahe. „Ich wollte sie nicht verletzen", presste sie schließlich hervor. „Ich habe versucht, ihr zu erklären, warum ich meine Vergangenheit geheim gehalten habe."

„Ich weiß", erwiderte Paula sanft. „Aber ich bin ja auch kein verletzlicher Teenager, der von allen Menschen, denen er traute, betrogen worden ist."

„Ich wollte ihr nicht wehtun", wiederholte Anna bedauernd. „Ich habe Jaye lieb gewonnen."

Die Sozialarbeiterin sah sie mitfühlend an und gab ihr das Kästchen zurück. „Behalten Sie das vorerst. Jaye würde sicher wollen, dass Sie es für sie aufbewahren."

Anna nahm das Kästchen, wandte sich ab und ging. Als sie das Gebäude verließ, betete sie, dass es Jaye gut gehen möge und sie in Sicherheit sei. Sie hoffte inständig, dass sie tatsächlich weggelaufen war, irgendwann zur Vernunft kam und zurückkehrte.

20. KAPITEL

Freitag, 19. Januar,
Revier des 7. Distrikts.

Quentin entdeckte Anna North, sobald er das Revier betrat. Sie stand am Ende des vollen Raumes und presste ein Kästchen an die Brust. Er sah ihr Gesicht im Profil. Haltung und Miene, soweit er sie sehen konnte, drückten Verunsicherung aus. Das war nicht weiter verwunderlich, denn nur wenige Zivilisten suchten ein Polizeirevier unter glücklichen Umständen auf.

Den Kopf leicht zur Seite geneigt, betrachtete er sie. Was hatte diese Anna North nur an sich, das seinen Blick anzog wie ein Farbklecks auf tristem Hintergrund? Sicher, sie sah gut aus. Aber es gab etwa ein halbes Dutzend ebenso gut aussehender Frauen im Raum, die nicht seinen Blick fesselten.

An ihrer Kleidung, schwarze Jeans, hellblauer Pullover und dunkelbraune Lederjacke, lag es auch nicht. Und auch nicht an ihrem Haar, obwohl es so rot war und glänzte wie ein neuer Kupferpenny.

Also, woran liegt es?

Ein Lächeln zuckte um seinen Mund. Bei ihrer letzten Begegnung war sie seinen Fähigkeiten als Detective mit offenkundiger Skepsis begegnet. Sie würde sich bestimmt nicht freuen, wenn sie es wieder mit ihm zu tun bekam.

Aber er liebte nichts mehr als Herausforderungen, besonders so attraktive. Das war ein Charakterfehler, wie er sich eingestand, allerdings nicht zu ändern.

Er schlenderte zur Beamtin am Empfang. „Morgen, Violet." Er lehnte sich an den Tresen. „Ich muss schon sagen, du siehst heute wieder sehr einladend aus."

Violet DuPre, eine Frau über fünfzig mit genügend Schlagfertigkeit, auch den kessesten Beamten in seine Schranken zu verweisen, maß ihn mit einem hochmütigen Blick. „Verkauf den Käse jemand anders, Malone. Was willst du?"

„Das mag ich so an dir, Violet. Du bist jederzeit empfänglich für meinen Charme." Einen Ellbogen auf den Tresen gestemmt, beugte er sich zu ihr vor. „Was ist mit dem Rotschopf da hinten? Wartet sie auf jemand?"

„Das tun wir doch alle, Schätzchen. Leider schickt uns der liebe Gott nicht immer den Richtigen vorbei." Sie grinste. „Der Rotschopf wollte mit einem Detective sprechen."

„Hat sie namentlich nach mir gefragt?"

„Tut mir leid, Romeo. Das nächste Mal vielleicht."

„Du missverstehst mich. Sie war schon mal bei mir und erzählte eine wirre Geschichte von Entführung durch Außerirdische. Ich hatte mit ihr zu tun, als ich drüben beim achten aushalf. Ich möchte nicht, dass einer meiner Kollegen sich mit dem Senf befassen muss."

Sie grinste vielsagend. „Das ist wirklich großzügig von dir, Detective Malone."

„So bin ich eben, immer das Wohl der anderen im Auge."

Sie schüttelte tadelnd den Kopf. „Nach dem zweiten Frauenmord gestern Nacht sollte man meinen, du hättest Wichtigeres zu tun, als dich mit Entführungen durch Außerirdische zu befassen."

Er richtete sich auf und schenkte ihr ein überlegenes Lächeln. „Du unterschätzt mich, Babe. Alle Ermittlungsmaßnahmen, die mit den Morden zu tun haben, sind bereits erledigt." Das stimmte sogar. Er hatte ein halbes Dutzend Leute verhört und die Beschreibungen, Namen und wenn möglich Adressen der Männer erhalten, mit denen Evelyn Parker in der Nacht ihres Todes zusammen gewesen war. Er hatte mit ihrer Familie gesprochen und einige ihrer

Freunde und Kollegen aufgesucht. Aus diesen Informationen hatte er den Ablauf ihres letzten Abends rekonstruiert. Dabei war es noch nicht einmal Mittag.

Er beugte sich wieder zu ihr vor. „Also, Violet, schönste aller Frauen, kannst du mir irgendwie weiterhelfen?"

Sie griff kopfschüttelnd nach dem Telefonhörer, ein schwaches Lächeln um die Mundwinkel. „Da ihr zwei euch bereits kennt, sollte ich sie dir vielleicht zuteilen – aus Gründen der Bequemlichkeit."

„Du bist ein Zuckerpüppchen, keine Frage."

Sie schnaubte verächtlich. „Keine schwarze Frau mit einem Funken Selbstachtung ist ein Zuckerpüppchen. Spar dir das für die verweichlichten weißen Mädchen auf. Und du könntest die Krawatte ablegen, Schätzchen. So kalt ist es nicht."

Er warf ihr lachend eine Kusshand zu. „Bis dann."

Quentin durchquerte den Raum und wusste, dass Violet ihn beobachtete, zweifellos grinsend.

„Miss North?" fragte er gedehnt. „Was führt Sie in meinen Winkel der Erde?"

Sie drehte sich zu ihm um, und ein Ausdruck der Verzweiflung huschte über ihr Gesicht. Offenbar hatte sie gehofft, dass sich ihre Wege nie mehr kreuzen würden. „Ich muss mit einem Detective sprechen."

„Das bin ich."

Sie sah kurz zu Violet hinüber, von der sie lächelnd beobachtet wurden, dann richtete sie den Blick wieder auf Quentin Malone. „Wie ich sehe, hatten Sie schon wieder Glück. Dabei hatte ich gehofft, diesmal an einen anderen Detective zu geraten. Schließlich bin ich sogar in einem anderen Revier."

„Computer", erwiderte er achselzuckend. „Sobald Sie mal mit einem von uns im System gespeichert sind, gibt es nun mal kein Entrinnen mehr."

„Wie ein Fisch mit einem Angelhaken im Maul."

Er lachte. „Folgen Sie mir."

Er führte sie durch das hektische Getriebe des Dienstraumes an seinen Schreibtisch und wies ihr einen Platz an. Sobald sie saß, setzte er sich vor sie auf die Schreibtischkante. „Wie geht es mit dem Schreiben voran?"

„Sehr gut, danke." Sie schlug die Beine übereinander. „Nette Krawatte, so farbenfroh."

Er blickte schmunzelnd an sich hinab. „Danke."

„Nicht jeder erwachsene Mann traut sich, eine mit Krebsen und Chilisaucenflaschen bedruckte Krawatte zu tragen."

„Ihnen sind die Mardi-Gras-Masken doch nicht entgangen, oder?" Er neigte sich etwas vor. Dabei nahm er einen leichten Blumenduft wahr, ein wenig süß, ein wenig würzig. Genau wie sie, dachte er mit einem Anflug von Zuneigung.

„Wie könnte ich, Detective." Sie zog eine Braue hoch. „Hat diese Krawatte vielleicht etwas mit den Morden zu tun? Wollen Sie auf diese Art ein wenig Lebendigkeit in einen todernsten Job bringen?"

„Aber nein, meine Liebe", erwiderte er gedehnt und verfiel in Cajun-Dialekt. „Das hat nur mit unserer Lebenseinstellung zu tun. ‚Laissez les bon temps rouler'."

Sie schwieg einen Moment und fragte leicht gereizt: „Interessiert es Sie überhaupt, weshalb ich hergekommen bin? Oder wollen Sie den ganzen Tag über Ihre Krawatte plaudern?"

„Sie bringen es auf den Punkt." Er zog seinen Spiralnotizblock aus der Brusttasche. „Wie kann ich Ihnen helfen, Miss North?"

„Eine Freundin von mir wird vermisst. Sie ist meine kleine Schwester."

„Kleine Schwester?"

„Ich arbeite freiwillig bei der Organisation Big Brothers, Big

Sisters of America mit. Jaye ist seit zwei Jahren meine kleine Schwester."

Er fragte sie nach dem vollen Namen des Mädchens, Jayes Alter, wo sie lebte, mit wem sie lebte und schrieb alles auf. Dann blickte er auf. „Seit wann wird sie vermisst?"

„Donnerstagmorgen ging sie wie üblich zur Schule. Sie hatte ihre Tasche und einen Rucksack dabei. Sie verabschiedete sich von ihrer Pflegemutter und wurde seither von niemand mehr gesehen."

Anna strich mit der Hand über das Kästchen auf ihrem Schoß. „An dem Abend rief ich alle ihre Freunde an und überprüfte die Orte, wo sie sich gerne aufhielt. Niemand hatte sie den ganzen Tag gesehen."

„Was ist mit ihren Pflegeeltern? Warum sitzen die jetzt nicht hier vor mir? Und was ist mit dem Sozialdienst? Sie ist ein Mündel des Staates und als solches ..."

„Die denken, sie sei weggelaufen. Wenn Sie in Ihren Unterlagen nachsehen, finden Sie sicher eine Vermisstenanzeige. Aber wissen Sie ..." Sie strich wieder über das Kästchen. „Jaye war seit Jahren bei verschiedenen Pflegeeltern untergebracht. Sie hatte es ziemlich schwer. Sie ist immer mal wieder weggelaufen."

„Wie oft?"

„Sechsmal", gestand sie ohne Zögern.

Er machte sich einige Notizen und sah Anna in die Augen. „Aber Sie glauben, diesmal ist es anders."

„Ich weiß, dass es anders ist", bekräftigte sie. „Sehen Sie sich an, was ich unter ihrer Matratze gefunden habe." Sie öffnete das Kästchen und reichte es ihm. „Jaye hat mehr Schlechtes als Gutes im Leben erlebt. Sie hat jeden verloren, an dem ihr Herz hing, beginnend mit ihrer Mutter. In diesem Kästchen hat sie alle Erinnerungsstücke aufbewahrt, die mit den guten Dingen in ihrem Leben zu tun hatten. Das sind ihre heiligsten Güter, die würde sie nicht zurücklassen."

Er sah den Inhalt des Kästchens durch. „Ist das alles?"

„Nein. Vor einer Woche erwähnte sie, dass ein Mann sie auf dem Heimweg von der Schule verfolgt hat."

„Hat sie das angezeigt?"

Anna seufzte. „Nein."

„War das ein einzelnes Vorkommnis, oder ist das mehrfach geschehen?"

„Ich weiß nicht ... sie hat mir nur von diesem einen Mal berichtet."

„Das ist nicht viel, um sich aufzuregen."

„Aber sie ist gestern Morgen mit einer Schultasche voller Bücher weggegangen. Wenn sie vorgehabt hätte wegzulaufen, hätte sie ihre Tasche dann nicht mit Kleidung, Lebensmitteln und Toilettenartikeln gefüllt? Sie hat auch noch andere wichtige Dinge zurückgelassen. Ihre CDs und ihren CD-Player zum Beispiel. Ergibt das Sinn?"

„Und ihre Freunde wissen nichts? Könnte sie Kleidung und Toilettenartikel bei denen deponiert haben?"

„Ich glaube nicht. Ich habe mit ihren Freundinnen gesprochen. Dass sie nichts von ihr gehört haben, war nicht gelogen. Die hatten alle Angst, ich habe es ihnen angesehen. Außerdem erklärt das auch nicht die zurückgelassenen Erinnerungsstücke."

Quentin sah sich die Sachen noch einmal an und musste zugeben, dass er ihre Logik nicht widerlegen konnte. Diese Jaye hatte die Sachen offenbar eine lange Zeit aufbewahrt und laut Annas Aussage unter der Matratze versteckt. Was bedeutete, dass sie sie hütete.

„Ich kenne Jaye, Detective Malone." Ihre Stimme war belegt. „Ich weiß, dass sie nicht weggelaufen ist."

Er schloss das Kästchen und gab es ihr zurück. „Und was schließen Sie daraus? Dass sie gekidnappt wurde? Dass ein Verbrechen vorliegt?"

In ihren Augen glitzerten Tränen. „Ja. Ich wünschte zu Gott, sie wäre weggelaufen, dann ..." Ihre Stimme brach, und Quentin wartete, bis sie sie wieder in der Gewalt hatte. „Ich habe getan, was ich konnte", fuhr sie leise fort. „Ich habe mit ihren Freunden gesprochen und sie überall gesucht. Ich weiß nicht, was ich sonst noch tun kann. Deshalb bin ich hier."

Quentin stand auf, ging um den Schreibtisch, setzte sich dahinter und warf den Block auf die Platte. „Ich möchte Sie auf etwas aufmerksam machen, Miss North, nur der Vollständigkeit halber. Vor zwei Tagen suchten Sie ebenfalls die Polizei auf. Sie hatten einen Fanbrief erhalten und waren besorgt, dass dieser Fan, ein Kind, in Gefahr sei."

„Sie heißt Minnie, aber ja, das ist richtig."

„Sie glaubten nicht nur, dass Minnie, sondern auch ein weiteres, unbekanntes Mädchen in Gefahr sei."

„Das ist richtig, aber ich verstehe nicht, was das ..."

„Wie alt ist Minnie? Laut ihrem Brief?"

„Elf."

„Und wie alt ist Jaye?"

„Fünfzehn."

„Und wie alt waren Sie, als Sie gekidnappt wurden?"

Anna sprang auf, die Wangen hochrot. „Ich verstehe, worauf Sie hinauswollen, aber Sie irren sich!"

Er ignorierte ihre Empörung. „Könnte es sein, dass es Ihre fixe Idee ist, junge Mädchen könnten in Gefahr schweben?"

„Nein! Schauen Sie ..." Sie legte kurz eine Hand an den Kopf und ließ sie wieder sinken. „Jaye ist fort. Falls sie weggelaufen ist, hat sie Dinge zurückgelassen, die ihr sehr viel bedeuten. Ihre Pflegeeltern haben merkwürdig reagiert, Detective Malone. Ihre Reaktionen schwankten zwischen Gleichgültigkeit und Wut über meine Einmischung. Ich habe gespürt, dass sie etwas verbergen."

„Puh! Unterstellen Sie, dass ihre Pflegeeltern etwas mit Jayes Verschwinden zu tun haben?"

Sie hob den Kopf. „Etwas stimmt nicht an ihrer Reaktion auf Jayes Verschwinden. Bitte, würden Sie mit ihnen reden? Ich habe große Angst um Jaye."

Quentin antwortete nicht, sondern dachte einen Moment über das Gesagte nach. Einerseits war diese Jaye bekannt dafür, dass sie weglief, andererseits war an dem Argument, dass sie nicht ohne ihre Heiligtümer gegangen wäre, etwas dran.

Er stand auf. „Ich sehe mir die Sache an."

„Wirklich?" fragte sie erstaunt.

„Ich werde mir Jayes Akte kommen lassen und mit ihrer Sozialarbeiterin sprechen. Dann rede ich mit ihren Pflegeeltern und sehe mir deren Akten an. Fühlen Sie sich dann besser?"

„Viel besser." Sie seufzte erleichtert. „Danke."

Er begleitete sie aus dem Dienstraum, versprach, sich zu melden, und sah ihr nach, als sie davonging. Diese Frau interessierte ihn. Wegen ihrer Vergangenheit und ihren Erlebnissen. Und weil sie Autorin war.

Er verengte leicht die Augen. Zweimal in drei Tagen war sie mit halbgaren Theorien und haarsträubenden Verdächtigungen bei der Polizei aufgetaucht. Färbten ihre Bücher auf sie ab? Übermannte sie ihre Vergangenheit? Oder waren ihre Sorgen und Ängste begründet?

Terry schlenderte heran und schnalzte mit der Zunge. „Rotschöpfe haben etwas an sich, das meinen Motor auf Touren bringt."

Quentin wandte sich ihm ungläubig zu. „Um Gottes willen, Terry, denkst du jemals nach, bevor du den Mund aufmachst?"

„Was?" Er hielt in einer Abwehrgeste die Hände hoch. „Ich habe lediglich gesagt, dass Rotschöpfe mich anmachen."

„Ja, richtig. Dich und mindestens einen weiteren Typen da draußen."

Sein Freund wurde blass. „Oh Mann, ich meinte doch nicht ..."

„Natürlich nicht." Quentin sah kurz über die Schulter. „Aber du weißt so gut wie ich, dass es hier ein paar Leute gibt, die keinen Humor haben."

„Unser Captain zum Beispiel." Terry schnaubte frustriert. „Sie hat mir heute Morgen schon gehörig den Kopf gewaschen."

Sie drehten sich um und gingen an Quentins Schreibtisch. „Worum gings?"

„Sie brauchte wohl jemand, um ihr Mütchen zu kühlen, und ich war gerade da."

Die gute alte Tante Patti. Sie ist berüchtigt für ihre Standpauken. Und sie sieht nicht tatenlos zu, wie einer ihrer Leute vor die Hunde geht.

„Wie wars beim PID?"

„Ganz okay. Wäre einfacher gewesen, wenn ich zu Hause mit Penny im Bett gelegen hätte. Diese A-löcher wollten Jack Daniels nicht als Zeugen anerkennen."

Quentin setzte sich hinter seinen Schreibtisch. „Unser Captain war sauer, weil du gestern Nacht am Tatort warst."

„Oh ja." Terry fläzte sich in einen Sessel. „Ich soll mich von allem fern halten, was auch nur ansatzweise mit den Morden an Kent und Parker zu tun hat. Das stinkt mir gewaltig."

Das hatte er sich gedacht. „Die Auswertung der Spuren werden dich vom Verdacht reinwaschen."

„Ja. Aber wie ich gehört habe, gab es am Parker-Tatort nicht viel. Du hast es sofort erkannt. Sie wurde nicht vergewaltigt. Diese engen Jeans waren eine Art Keuschheitsgürtel."

„Umgebracht hat er sie trotzdem." Quentin zog die Stirn kraus. „Warum Rothaarige?"

„Vielleicht war seine Mutter rothaarig. Vielleicht hat ihn ein Irischer Setter gebissen, als er klein war. Oder er ist halb Stier, und Rot bringt ihn in Rage. Wer weiß?" Terry rieb sich die Wange. „Außerdem bellst du mit deiner Theorie vielleicht den falschen Baum an. Evelyn Parker wäre für viele als Blondine durchgegangen."

„He, Malone!" rief Johnson. „Der Captain will uns sehen. Bring deine Notizen über Parker und Kent mit."

„Das sitzt." Terry stand auf. „Ich komme mir vor wie der letzte Versager, der nicht gut genug für das Team ist. Wie ein Aussätziger."

Quentin stand ebenfalls auf und steckte sein Notizbuch ein. „Das geht vorüber."

„Halte mich auf dem Laufenden."

„Klar, keine Bange." Er gab seinem Partner einen Klaps auf die Schulter. „Ich habe so ein Gefühl, dass wir ohne deine Hilfe in der Sache nicht weiterkommen."

Quentin folgte Johnson und Walden in das Büro des Captain und schloss die Tür hinter sich. Er war sich bewusst, dass Terry sie beobachtete. Energisch trat er an den Schreibtisch seiner Tante, stemmte die Hände darauf und sah ihr in die Augen. „Ich will Terry mit im Team haben. Er ist ein guter Cop."

„Er war ein guter Cop", korrigierte sie ihn. „Er bricht bald zusammen, und er steht unter Verdacht. Ich kann ihn nicht einbeziehen."

„Unter Verdacht? Das ist doch Blödsinn! Und das weißt du auch. Ausgeschlossen, dass Landry etwas ..."

Sie schnitt ihm das Wort ab. „Ich habe meine Entscheidung getroffen. Und wenn du deinem Partner draußen nicht Gesellschaft leisten möchtest, schlage ich vor, du hältst den Mund und setzt dich. Haben Sie mich verstanden, Detective?"

Das hatte er, aber anstatt sich zu setzen, blieb er stehen und lehnte sich gegen den Türrahmen.

„Was haben wir?" fragte Captain Patti O'Shay und faltete die Hände vor sich auf dem Schreibtisch, der Ton forsch, die Konfrontation vergessen.

„Der Name des Opfers war Evelyn Parker", begann Johnson. „Vierundzwanzig, Weiße, gut aussehend. Arbeitete in der Innenstadt, lebte in Bywater."

„Ging gern auf Partys", fuhr Walden fort. „Genau wie die Kent. War auf Partys in der Nacht ihres Todes."

„Das wissen wir schon", sagte Captain O'Shay leise. „Gibt es etwas, worauf wir aufbauen können? Spuren? Theorien?" Sie zog eine Braue hoch. „Eine gute Vermutung?"

Quentin sprang ein. „Meiner Meinung nach ist das rote Haar die Verbindung zwischen den Taten. Wir müssen herausfinden, warum dieser Täter es auf Rothaarige abgesehen hat."

„Rote Haare?" Johnson sah Quentin an. „Wir haben eine gefärbte Burgunderrote und eine Blondine."

„Eine Rotblonde", korrigierte Quentin. „Eine Art von Rot."

Walden schüttelte den Kopf. „Beide Frauen waren in der Todesnacht auf einem Zug durch die Clubs. Beide waren große Partygängerinnen. Nach meinem Verständnis ist das die Verbindung, auf die es ankommt."

Quentin sah seinen Kollegen an und widersprach: „Die Clubs sind die Orte, an denen er sie findet. Sie erklären nicht, warum er sie aussucht."

„Mit wem haben Sie gesprochen?" fragte Captain O'Shay.

„Fragen Sie lieber, mit wem wir nicht gesprochen haben", erwiderte Johnson. „Wir haben ein paar gute Spuren. Bisher keine

Überschneidungen mit dem ersten Mord. Das heißt jedoch nicht, dass es keine gibt. Wir haben nur bisher keine gefunden."

Quentin meldete sich wieder zu Wort. „Nach meinem Gefühl hat der Täter ganz offen Kontakt zu den Frauen gesucht, jedoch nicht auffällig. Er ist vorsichtig, um keine Aufmerksamkeit auf sich zu lenken. Er spendiert ihnen einen Drink und tanzt vielleicht ein-, zweimal mit ihnen. Aber irgendwer hat sie zusammen gesehen und wird sich erinnern."

„Diese jungen Frauen wurden in Gassen getötet." Captain O'Shay ließ den Blick zwischen den Detectives hin und her wandern. „Also, womit erstickt er sie? Doch nicht mit einem Kissen."

„Mit seinen Händen?" vermutete Walden.

„Schwierig, wenn du an eine Kämpferin wie Evelyn Parker gerätst", sagte Quentin. „Es sei denn, er hätte verdammt große Hände. Außerdem gäbe es dann mehr Prellungen an Nase und Mund."

„Dann mit einer Plastiktüte. Von der Reinigung vielleicht oder eine Küchenabfalltüte. Leicht in der Jackentasche bei sich zu tragen."

„Es wurden keine Plastikpartikel am Tatort gefunden. Es hätten welche dort sein müssen, da unter den Köpfen beider Opfer Asphalt war." Johnson sah Walden an. „Hat die Durchsuchung der Abfallcontainer um den Tatort verdächtige Plastiktüten zutage gefördert?"

„Nicht beim Kent-Tatort. Die Sachen vom Parker-Tatort werden noch von der Spurensicherung gesichtet." Walden kratzte sich am Kopf. „Wenn so ein Beutel benutzt wurde, bleibt er gewöhnlich beim Opfer. Ihn wieder herunterzukriegen, kann schwierig werden, und der Täter riskiert, mehr Spuren am Tatort zu hinterlassen als nötig."

„Vielleicht haben wir hier einen ganz gewissenhaften Killer, der sich Sorgen um die Fingerabdrücke macht", vermutete Captain

O'Shay. „Er tötet die jungen Frauen, steckt die Mordwaffe ein und entledigt sich ihrer in sicherer Entfernung."

„Unkompliziert ist besser. Wir sollten von der Annahme ausgehen, dass unser Täter nicht dumm ist."

Johnson kicherte: „Du meinst, er ist nicht aus einem Container entwichen? Schade für uns."

„Wenn er nicht dumm ist, trägt er Handschuhe. Also macht er sich auch keine Sorgen wegen Fingerabdrücken. Außerdem, bei der derzeitigen Kälte, denkt sich niemand was dabei, wenn jemand Handschuhe trägt. Nicht mal die Opfer."

Quentin sagte stirnrunzelnd: „Hier ist eine einfache Theorie: Es ist kalt draußen, er benutzt seinen Mantel."

„Und was ist mit Faserspuren? Dann gäbe es zweifellos überall Fasern. Jedenfalls mehr, als wir gefunden haben, das ist mal sicher."

Quentin stemmte sich von der Tür ab. „Was ist mit einem Ledermantel?" Die Anwesenden tauschte schweigend Blicke. „Er hat ihn ständig bei sich", fuhr Quentin fort. „Es ist kalt draußen, also denkt sich niemand was dabei. Leder ist nachgiebig, aber nicht porös. Außerdem gibt es keine Fasern ab und ist leicht zu reinigen. Und das Beste daran, er kann sich mit der Mordwaffe am Körper entfernen."

„Das hat was", gab Johnson zu. „Aber die Plastikbeutel-Theorie auch. Sie ist zu griffig, um ihr nicht zu folgen."

Walden nickte. „Ergibt jedenfalls mehr Sinn als ein Typ mit einem Kissen."

Captain O'Shay lehnte sich in ihrem Sessel zurück. „Ich will diesen Fall gelöst haben. Zwei ähnliche Todesfälle in so kurzer Zeit haben die Medien aufgescheucht. Sie spekulieren schon, wo und wie Nummer drei passiert. Chief Pennington sitzt mir im Nacken, und das ist verdammt unangenehm."

Johnson räusperte sich. Walden hustete, und Quentin verengte leicht die Augen. „Wir haben eine Menge Spuren, Captain. Wir werden die Sache schnell abschließen. Garantiert."

„Darum möchte ich gebeten haben. Und ich möchte immer informiert sein."

Johnson und Walden erhoben sich und gingen zu Quentin an die Tür.

Captain O'Shay hielt Quentin zurück. „Malone?" Als er sich zu ihr umdrehte, fügte sie hinzu: „Kein Wort zu Landry. Er ist völlig außen vor. Verstanden?"

Er furchte die Stirn. Etwas an ihrer Miene verunsicherte ihn. *Was haben die gegen Terry, von dem ich nichts weiß?* „Möchtest du mir sagen, was gerade läuft?"

„Geht nicht. Noch nicht." Sie zog eine Braue hoch. „Kannst du kooperieren, oder möchtest du von dem Fall entbunden werden? Ich verstehe, wenn ..."

„Ich kooperiere", entgegnete er kurz angebunden. „Aber ich sage dir klipp und klar, der Verdacht gegen Terry ist ein Haufen Mist. Terry ist sauber."

21. KAPITEL

Freitag, 19. Januar,
French Quarter, 15 Uhr.

Anna saß vor dem eingeschalteten Computer, und der Monitor blieb leer. In den letzten beiden Stunden hatte sie ein Dutzend Abschnitte geschrieben und gelöscht, unzufrieden mit jedem Wort.

Für gewöhnlich genoss sie die Nachmittage, an denen sie nicht im Blumenladen arbeitete. Diese Zeit gehörte ganz ihrem Schreiben. Und in der Regel machte sie das Beste daraus.

Heute konnte sie sich nicht konzentrieren. Die Erinnerungen an das Gespräch mit Detective Malone plagten sie ebenso wie ihre Sorge um Jaye und der Stillstand ihrer Verhandlungen mit ihrem Agenten und Verleger.

Wenn sie ehrlich war, hatte sie nicht nur heute eine Konzentrationsschwäche. Sie hatte keine vernünftige Seite mehr geschrieben, seit ihr Verleger ihr den Vertrag mit den vielen neuen Bedingungen geschickt hatte. Wozu überhaupt der Aufwand? Wenn sie endgültig ablehnte, hatte sie keinen Verleger und auch keinen Agenten mehr, also wozu ein neues Buch schreiben?

Tränen der Enttäuschung brannten ihr in den Augen, und sie schimpfte leise vor sich hin. Wegen dieser Sache würde sie nicht weinen. Wenn schon weinen, dann um Jaye. Oder um Minnie. Die zwei brauchten sie. Die waren wichtig. Nicht ihre triviale Schriftstellerkarriere.

Trivial? Nein, ihr Buch, ihre Karriere waren ihr wichtig.

Aber nicht so wichtig wie Jaye. Nicht so wichtig, wie herauszufinden, was ihr zugestoßen war. Immerhin hatte Detective Malone versprochen, sich Jayes Verschwinden genauer anzusehen. Sie glaubte nicht, dass sie ihn überzeugt hatte, mit Jayes Pflegeeltern stimme etwas nicht, und vermutlich glaubte er auch nicht, dass Jaye etwas zugestoßen war, aber zumindest nahm er sich der Sache an.

Anna stützte das Kinn auf die Faust und dachte an ihre Unterhaltung mit ihm. Was sollte diese Schäkerei überhaupt? Sicher, er war ein unglaublich gut aussehender Mann mit diesem kecken Lächeln, das vermutlich Frauenherzen brach. Vorausgesetzt, man mochte solche Macho-Typen.

Sie mochte sie nicht. Punkt.

Resolut wandte sie sich wieder ihrem Monitor zu, schrieb einen Satz und dann noch einen. Die Sätze türmten sich zu Absätzen reinsten uninspirierten Wortgeklingels.

Stöhnend löschte sie alles wieder. Großer Gott, konnte sie keinen vernünftigen Text mehr zustande bringen?

Das Telefon läutete, und sie griff danach wie nach einem Rettungsanker. „Hallo?"

„Anna? Ben Walker."

Als sie seine Stimme erkannte, war sie erfreut und ein wenig schuldbewusst. Seit Jayes Verschwinden hatte sie weder an ihn noch an sein Anliegen gedacht. Obwohl das verständlich war, hatte sie ein schlechtes Gewissen. „Oh Ben, hallo", erwiderte sie leise.

„Wie geht es Ihnen?"

„Gut, danke. Ich habe ein schlechtes Gewissen. Ich sollte Sie anrufen, nicht wahr?"

„Machen Sie sich deshalb keine Gedanken."

„Es ist viel passiert in den letzten Tagen", erklärte sie bedauernd. „Und ehrlich gesagt, hatte ich keine Zeit über unsere Unterhaltung nachzudenken." Sie erzählte ihm von Jayes Verschwinden und ihrem Besuch bei der Polizei.

„Oh mein Gott! Kann ich irgendwie helfen?"

„Nein, außer Sie könnten mir sagen, wo Jaye ist. Der Detective hat mir zumindest versprochen, sich die Sache anzusehen. Obwohl ihn meine Theorie wohl nicht überzeugt hat."

Er schwieg einen Moment, räusperte sich und bat: „Rufen Sie mich an, falls Sie etwas brauchen. Und wenn auch nur, um ihren Frust abzulassen. Zögern Sie nicht, zum Telefon zu greifen, gleichgültig ob Tag oder Nacht."

„Auch nachts? Junge, Junge, das ist aber ein riskantes Angebot, wenn ich bedenke, wie wenig ich in letzter Zeit schlafe."

„Jederzeit zu Diensten, so bin ich nun mal." Er wurde wieder ernst. „Aber ehrlich, Anna, wenn etwas ist, rufen Sie mich an." Sie bedankte sich, und sie schwiegen wieder. Schließlich sagte er: „Nur eines noch: Sie haben mich und mein Anliegen doch noch nicht ganz abgeschrieben, oder?"

Seine Offenheit ließ sie schmunzeln. „Nein, ganz und gar nicht."

„Gut. Denn ich hatte gehofft, dass Sie mit mir zum Dinner ausgehen."

„Dinner?" wiederholte sie erstaunt.

„Ja. Heute Abend." Nach einer Pause versprach er: „Kein Drängen wegen irgendetwas. Nur Sie und ich, eine Flasche Wein und ein richtig gutes Essen. Was halten Sie davon?"

Sie zögerte nicht. Nach den letzten Tagen war ein ruhiges Essen mit einem interessanten Mann genau das, was sie brauchte.

Drei Stunden später kam Anna bei Arnaud's an, einem feinen alten Restaurant in kreolischer Tradition. Ben war bereits da und erwartete sie auf dem Gehsteig. In dunkelblauem Anzug mit weißem Hemd und Krawatte sah er sehr gut aus.

Er kam an den Straßenrand, öffnete ihr die Taxitür und half ihr beim Aussteigen. „Sie hätten im Lokal warten können", sagte sie. „Es ist eisig kalt hier draußen."

„Ich wollte Ihnen keine Sekunde Zeit lassen, es sich anders zu überlegen." Lächelnd zog er ihre Hand unter seinem Arm hindurch. „Sollen wir?"

Sie gingen hinein, und der MaŒtre d'Hotel hatte ihren Tisch bereits reserviert – an den Bleiglasfenstern zur Straße. „Ich liebe Arnaud's", sagte sie leise. „Abgesehen von der ausgezeichneten Küche ist das hier eines der schönsten Speiserestaurants der ganzen Stadt."

„Es ist schön, aber ... ach egal."

„Nein, sagen Sie's mir." Sie glättete die Serviette auf ihrem Schoß. „Aber was?"

„Ich wollte gerade sagen, dass ich gar kein Auge dafür habe, weil ich den Blick nicht von Ihnen wenden kann. Sie sind schön, Anna." Er wurde rot. „Ich kann nicht glauben, dass ich das gesagt habe. Wie plump."

„Es war süß." Sie langte über den Tisch und tätschelte ihm die Hand. „Danke, Ben."

Ihr Kellner erschien, stellte sich vor, nahm ihre Getränkebestellungen auf und entfernte sich wieder. Während sie auf die Getränke warteten, redeten sie über das Menü und tauschten Geschichten über das Essen aus – eine Lieblingsbeschäftigung aller echten New Orleanser.

„Wie geht es mit Ihrem Buch voran?" fragte sie, nachdem der Kellner die Getränke gebracht und ihre Essensbestellungen aufgenommen hatte.

„Oh nein, das tun Sie jetzt nicht." Ben drohte ihr spielerisch mit dem Finger. „Das letzte Mal habe ich die ganze Zeit geredet. Diesmal sind Sie dran." Er fragte lächelnd: „Wie geht es mit Ihrem Buch voran?"

Anna dachte an das runde Dutzend Absätze, die sie geschrieben und wieder gelöscht hatte. „Gar nicht", gestand sie leise und nahm einen Schluck Wein. „Gegenwärtig bin ich ohne Buchvertrag und bald vermutlich auch ohne Verleger."

„Wie kann das sein? Ihre Bücher sind fantastisch. Mindestens so gut wie die von Sue Grafton oder Mary Higgins Clark."

Sie dankte ihm für das Kompliment und erklärte: „Der Verlag glaubt, meine Vergangenheit sei der Hebel, mich in die Bestsellerlisten zu hieven. Sie haben mir ein mehr als großzügiges Angebot gemacht, und ich möchte es annehmen, aber ..."

„Was?" drängte er, als sie den Satz abbrach. „Fällt Ihnen das Schreiben oder die Arbeit zu schwer?"

„Gar nicht. Ich mag meine Lektorin sehr, und insgesamt hat der Verlag viel getan, meine Geschichten herauszubringen."

„Also, wo steckt das Problem?"

Sie senkte den Blick auf die fest im Schoß gefalteten Hände. „Sie wollen meine Bücher nur noch verlegen, wenn sie meine Vergangenheit vermarkten dürfen. Wenn ich ihr Angebot annehme, muss ich auf Werbetour gehen und Fernseh-, Radio- und Zeitungsinterviews geben. Meine Lektorin meinte sogar, sie würden mich in eine der großen Morgenshows bringen, in *Today* oder *Good Morning America*."

„Und die Vorstellung macht Ihnen Angst."

„Und wie." Sie sah ihm in die Augen. „Ich möchte das Angebot annehmen, aber ich fürchte, ich kann meinen Teil der Vereinbarung nicht erfüllen, im Fernsehen und Radio über mein Buch und meine Vergangenheit zu reden und mich vor jedem zu präsentieren, der ..." Sie schauderte. „Helfen Sie mir, Ben. Sagen Sie mir, was ich tun soll."

„Wegen des Angebotes?" Er lachte leise. „Sie wissen bereits, was Sie tun müssen. Es gefällt Ihnen nur nicht."

„Verflixt. Ich hatte befürchtet, dass Sie das sagen würden. Keine Wunderkur, Doc?"

„Tut mir Leid", erwiderte er mitfühlend. „Sie sind noch nicht bereit, an die Öffentlichkeit zu gehen, und das wissen Sie. Sie sind emotional nicht fähig zu tun, was Ihr Verleger erwartet."

„Warum passiert mir das?" Sie ballte frustriert die Hände. „Alles lief so gut. Meine Schriftstellerei, mein Leben, alles."

„Tatsächlich?"

„Was meinen Sie?"

„Eigentlich hat sich nichts in Ihrem Leben geändert, Anna. Man hat Sie nur vor die Wahl gestellt."

„Vor eine ausgesprochen gemeine, wenn Sie mich fragen."

„Nicht von deren Standpunkt aus. Die halten sich zweifellos für sehr fair. Nach dem, was Sie mir gesagt haben, bietet Ihr Verlag Ihnen nicht nur mehr Geld, sondern auch eine Chance auf Ruhm, von der die meisten Autoren nur träumen."

„Sie klingen schon wie mein Agent."

„Tut mir Leid." Er neigte sich zu ihr vor. „Tatsache ist nun mal, im Augenblick ist Ihre Angst größer als Ihr Wunsch, weiterhin verlegt zu werden. Und diese Angst ist verständlich, wenn man Ihre Vergangenheit in Betracht zieht. Deshalb ist sie aber nicht notwendigerweise rational. Und sie ist bestimmt nicht gesund."

Sie führte ihr Weinglas an die Lippen, trank und merkte erschrocken, dass ihr die Hände zitterten. „Sie glauben also, ich sollte mich zusammennehmen, mich meinen Ängsten stellen und es tun? Das Angebot annehmen?"

„Das habe ich nicht gesagt. Ich denke, Sie können Ihre Ängste mit Hilfe eines guten Therapeuten überwinden. Nicht wie Ihr Agent und Ihr Verleger glauben, durch schiere Entschlossenheit. Das Rezept führt in die Katastrophe."

Sie schwiegen, während der erste Gang serviert wurde. Gumbo aus Seefrüchten für sie und Shrimps Arnaud für ihn.

„Ich weiß, dass Sie Therapeuten satt haben, Anna", sagte er

und tauchte den Löffel in die dicke, würzige Suppe. „Aber wie wäre es, mit einer Gruppe von Menschen zu arbeiten, die im selben Boot sitzen? Ich habe donnerstagsabends eine Selbsthilfegruppe von Angstpatienten. Sie könnten dazukommen, sich das Ganze ansehen und schauen, ob Sie davon profitieren können. Falls es Ihnen unangenehm ist, mit mir zu arbeiten, gibt es auch noch andere Gruppen in der Gegend. Ich könnte mich für Sie umhören und Ihnen einige empfehlen."

Sie überlegte, ob sie sich Menschen mit demselben Problem, das sie hatte, eher öffnen würde als einem Therapeuten. Möglich.

Er sah sie forschend an. „Was halten Sie von dem Vorschlag?"

„Ich bin skeptisch." Sie nagte an ihrer Unterlippe. „Nervös, aber neugierig."

„Gut", erwiderte er lächelnd. „Das ist ein Anfang."

„Brauchen Sie sofort eine Antwort?"

„Keineswegs. Lassen Sie sich Zeit zum Nachdenken. Ihre Entscheidung muss freiwillig sein, fühlen Sie sich nicht gedrängt."

Freiwillig? Eine nette Vorstellung. Aber ihr mysteriöser Terrorist – wie sie ihn insgeheim nannte – ließ ihr keinen freien Willen mehr.

„Falls Sie sich entschließen, es mit uns zu versuchen, lassen Sie es mich wissen. Die Gruppe ist ein intimes Forum, das auf einem hohen Maß an gegenseitigem Vertrauen der Teilnehmer basiert. Falls Sie mitmachen möchten, muss ich Sie der Gruppe vorstellen und ein wenig von Ihnen erzählen und im Prinzip die Erlaubnis der Gruppe einholen, Sie mitmachen zu lassen."

Das klang vielversprechend, und sie sagte zu, sich zu melden, falls sie mitmachen wolle.

Von da an widmeten sie sich ihrem Essen, das so hervorragend war, wie Anna erwartet hatte. Ben erzählte von den verschiedenen

Orten, an denen er gelebt hatte, doch Annas Gedanken schweiften immer wieder ab zu Jaye und Detective Malones Versprechen. Was würde er finden, wenn er sich die Vergangenheit der Clausens genauer ansah? Jaye hoffentlich, gesund und munter.

„Anna? Alles in Ordnung mit Ihnen?"

Sie blinzelte, durch Bens Frage aus ihren Gedanken gerissen. „Tut mir Leid, ich fürchte, die letzten Tage fordern ihren Tribut." Sie lächelte reumütig.

„Kein Problem. Kann ich Ihnen irgendwie helfen?"

„Ertragen Sie mich einfach."

Er tat es, und für den Rest der Mahlzeit konzentrierte sie sich auf ihren Tischpartner.

Sobald die Rechnung beglichen war, erhoben sie sich, um das Restaurant zu verlassen. Ehe Anna den Kellner bitten konnte, ihr ein Taxi zu bestellen, erbot Ben sich, sie heimzufahren. „Das ist doch albern, ich wohne nur ein paar Blocks von hier. Und für Sie ist es ein Umweg."

„Aber ich habe Sie zum Dinner eingeladen. Und jeder Gentleman, der dieses Prädikat verdient, bringt die Lady sicher heim."

Sie zögerte nur einen Moment. „Also schön."

Wenige Minuten später hielt Ben in der zweiten Reihe vor ihrem Haus, stieg aus und kam auf ihre Seite, um ihr die Tür zu öffnen. Er half ihr beim Aussteigen und begleitete sie an das Hoftor, wo sie voreinander stehen blieben. „Es war ein wirklich schöner Abend, Ben. Danke." Sie lächelte leicht. „Es war genau das, was ich gebraucht habe."

Er berührte kurz ihre Wange und ließ die Hand wieder sinken. „Ich fühle mich ein bisschen schuldig", gestand er mit leiser Stimme. „Ich muss zugeben, dass ich einen Hintergedanken hatte, als ich Sie zum Dinner einlud."

Ben hatte den ganzen Abend auf sehr subtile Weise sein Interesse an ihr bekundet. Hatte er sich plötzlich zu einem Frontalangriff entschlossen?

Falls ja, wie sollte sie reagieren? Die Wangen wurden ihr warm, und ihr Herz schlug schneller. Forschend betrachtete sie sein Gesicht, das, nur vom schwachen Verandalicht des Nachbarhauses erhellt, nicht mehr das des sanften Doktors war, sondern das eines rätselhaften Fremden.

Er ist ein Fremder! Ich kenne ihn kaum, und seine Absichten kann ich nicht einschätzen.

Sie wartete gespannt.

„Ich muss Ihnen etwas beichten", fuhr Ben fort, „und ich hoffe, Sie sind mir nicht zu böse."

Anna runzelte verwirrt die Stirn. Seine Bemerkung entsprach nicht ihrer Erwartung. Was für einen Hintergedanken konnte er bei ihrer Verabredung gehabt haben?

Ben nahm ihre Hände. „Bei unserer letzten Begegnung war ich nicht ganz ehrlich zu Ihnen."

Jedenfalls scheint er etwas völlig anderes zu meinen, als ich dachte. Sie begann zu kichern.

Erstaunt fragte er: „Was habe ich gesagt?"

„Ich dachte ... Ihr Hintergedanke ..." Sie kicherte wieder.

Er brauchte einen Moment, um zu begreifen, und lächelte. „Ich möchte doch annehmen, dass Sie mir ein wenig mehr Finesse unterstellen."

„Ich bin froh über meinen Irrtum. Es hätte mir Leid getan, Sie als plumpen und fiesen Patron abschreiben zu müssen."

„Daraus darf ich wohl schließen, dass ich mir bei einem Annäherungsversuch eine Abfuhr eingehandelt hätte?"

Sie ignorierte die Frage, teils aus Koketterie und teils, weil sie die Antwort nicht wusste. „Vielleicht sollten wir auf Ihren Hintergedanken zurückkommen."

„Kaum zu glauben, ich habe die Beichte den ganzen Abend vor mir hergeschoben und bin sie immer noch nicht losgeworden, obwohl wir schon beim Abschied angelangt sind."

„Sagen Sie es mir einfach. Ich wette, ich kann es ertragen."

„Also gut." Er atmete durch, und sein Atem kondensierte in der kalten Nachtluft zu Dampfwölkchen. „Erinnern Sie sich, dass ich sagte, ich habe zufällig E! eingeschaltet an jenem Samstag, als die Rätsel Hollywoods gesendet wurden?"

Sie nickte. Eine leichte Gänsehaut bildete sich in ihrem Nacken und breitete sich über den Rücken aus.

„Das stimmte nicht. Und es stimmte auch nicht, dass ich bereits ein Fan Ihrer Romane war. Bis zum Vortag der Sendung hatte ich noch nie von Anna North gehört."

Ihre Lippen waren blutleer vor Beklemmung, denn sie ahnte, was jetzt kam. „Also wie ... wann haben Sie ..."

„Am Abend vor der Sendung fand ich ein Päckchen in meinem Wartezimmer. Es enthielt ..."

„Mein letztes Buch und eine Mitteilung, am nächsten Tag E! einzuschalten. Großer Gott." Sie fragte sich erschrocken, wie weit diese Kampagne ging? Was bezweckte der Täter eigentlich? Und warum hatte er auch Ben Walker einbezogen?

„Ja ... stimmt. Ich sehe, wie sehr Sie das aufregt. Es tut mir Leid, Anna. Sicher hat einer meiner Patienten das Päckchen hinterlassen, aber ich weiß nicht, welcher und warum. Ich habe alle sechs Patienten, die an jenem Freitag bei mir waren, befragt, und alle leugneten, mir das Buch dagelassen zu haben."

Einer seiner Patienten? Der Videofilmer! „Haben Sie einen Patienten namens Peter Peters?" fragte sie aufgeregt.

Er wiederholte den Namen und schüttelte den Kopf. „Nein."

„Sind Sie sich ganz sicher? Auch niemand, der ähnlich klingt wie Peter Peters?"

„Nein, ich bin sicher." Er zog besorgt die Stirn kraus. „Warum?"

„Weil Sie nicht der Einzige sind, der so ein Päckchen erhalten hat. Alle Menschen, die mir wichtig sind, bekamen eines: meine Eltern, meine Freunde, mein Agent und meine Lektorin ... und meine kleine Schwester Jaye."

Sie schlang die Arme um sich und stampfte mit den Füßen auf, sich warm zu halten, seltsam dankbar für die Ablenkung durch die Kälte. „Sie waren nicht der einzige Zuschauer bei E!, der eins und eins zusammenzählen konnte und herausfand, dass Anna North niemand anders ist als Harlow Grail."

Diesmal sah er sie forschend an. „Und wer wusste es davor?"

„Nur meine Eltern. Ich hatte alles daran gesetzt, mich von meiner Vergangenheit zu lösen und die entführte Hollywoodprinzessin hinter mir zu lassen."

Er seufzte tief. „Tut mir Leid, Anna. Auf diese Weise bloßgestellt zu werden, muss sehr beängstigend für Sie gewesen sein."

„Es war mehr als beängstigend. Es war schockierend, Dr. Walker", erwiderte sie ungehalten. „Ich war in Panik." Sie fragte leicht vorwurfsvoll: „Warum haben Sie es mir nicht gleich offen gesagt?"

„Weil ich glaubte, Sie würden sich ängstigen und irrtümlich unterstellen, Ihnen drohe Gefahr von einem meiner Patienten. Dann hätten Sie auf keinen Fall mit mir geredet."

„Sehr umsichtig, Ben. Danke."

„Bitte." Er nahm ihre Hände. „Ich habe nie angenommen, dass Sie in Gefahr sind, glauben Sie mir. Eine Therapie kann Besessenheiten und bizarres Verhalten von Patienten beheben, löst aber vorher manchmal Zorn, Verbitterung und sogar Wut aus. Doch die richten sich in der Regel gegen den Therapeuten. Deshalb glaube ich, diese Geschichte gelte in erster Linie mir."

Sie ließ seine Hände los und schlang wieder die Arme um sich.

„Warum erzählen Sie es mir jetzt? Wir hätten weitermachen können, ohne dass Sie es mir sagen."

„Weil ich weder ein Lügner bin noch zu den Menschen gehöre, die die Wahrheit beugen, um an ein Ziel zu gelangen." Nach einer Pause fügte er hinzu: „Und weil ich Sie mag."

Das besänftigte sie ein wenig, und sie zog den Mantel fester um sich. „Warum Sie? Es hat eine gewisse, wenn auch verdrehte Logik, dass meine Freunde so ein Päckchen bekamen. Aber wie passen Sie ins Bild?"

„Ich weiß es nicht. Ich halte es immer noch für wahrscheinlich, dass einer meiner Patienten dahinter steckt. Ich werde Ihnen helfen herauszufinden, wer, Anna. Und warum." Zum zweiten Mal strich er leicht mit der Hand über ihre Wange. Seine Finger waren eiskalt. „Wir finden es gemeinsam heraus. Das verspreche ich."

22. KAPITEL

*Samstag, 20. Januar,
2 Uhr morgens.*

Jaye erwachte aus tiefem Schlaf. Ängstlich lag sie stocksteif da und lauschte auf das, was sie geweckt hatte. Das leise Zuschwingen der Katzenklappe, das Knarren einer Bodendiele außerhalb ihres Gefängnisses. Diese Geräusche weckten sie nicht zum ersten Mal.

Ihr Entführer kam immer mitten in der Nacht und schob schweigend Lebensmittel, Getränke und frische Handtücher durch die Katzenklappe. Sie hatte gleich am ersten Tag gelernt, dass er Abfall und die Reste ihrer Mahlzeit mit wegnahm, wenn sie sie in der Nähe der Klappe abstellte.

Seine stumme Gegenwart machte ihr Angst. Sie hatte ihn in den unteren Etagen rumoren, kommen und gehen gehört. Sie hatte ihn auf der anderen Seite der Tür atmen gehört, als lausche er, abwartend.

Warten auf was? fragte sich Jaye und kauerte sich zusammen. Was wollte er von ihr? Er hatte sie nicht angerührt. Noch nicht jedenfalls. Aber er würde. Und was sollte sie dann tun?

Die Angst erstickte sie schier. Jaye zog die Decke ans Kinn. Schon diese kleine Bewegung ließ die Hände protestierend schmerzen. Sie waren geschunden vom Kratzen und Zerren an den Brettern vor dem Fenster und bläulich verfärbt vom Schlagen gegen die Tür.

Sie wollte nach Hause. Sie wollte Anna, ihre Pflegeeltern und ihre Freunde wiedersehen. Sie wollte in ihrem eigenen Bett aufwachen, umgeben von ihren eigenen Sachen.

Sie wollte keine Angst mehr haben.

Ein kleiner leiser Jammerlaut kam ihr über die Lippen, dann

noch einer. Weitere unterdrückte sie. Ihr Entführer sollte sie nicht hören und nicht erfahren, wie furchtsam und verletzlich sie wirklich war.

Aber er wusste es. Er wusste alles.

Nein! Er kann weder in meinen Kopf noch in mein Herz sehen. Ich lasse ihn nicht.

Jaye setzte sich auf und schluckte trocken. Sie konzentrierte sich auf das, was sie wusste. Wenn sie nicht völlig das Zeitgefühl verloren hatte, wurde sie hier seit drei Tagen festgehalten. Sie hatte festgestellt, dass ihr Gefängnis irgendein Dachkammerraum, mehrere Stockwerke über der Erde, sein musste. Gelegentlich hörte sie Fetzen von Jazzmusik oder das rhythmische Klappern von Absätzen auf dem Gehweg. Manchmal glaubte sie, einen Duft von gebratenen Seefrüchten und gekochten Shrimps wahrzunehmen.

Diese Eindrücke führten sie zu dem Schluss, dass sie irgendwo im French Quarter war, in einem Gebäude, weitab vom emsigen Getriebe der Bourbon Street oder dem Jackson Square. Vielleicht an der Grenze zwischen Geschäfts- und Wohnbezirken des Viertels.

Das war eine gute Nachricht. Sie war nicht weit weg von zu Hause oder den Menschen, die sie suchten. Sicher waren inzwischen die Polizei, der Sozialdienst und Anna eingeschaltet.

Als sie an ihre Freundin dachte, wurde ihr wieder weinerlich zumute. Sie bedauerte ihren Streit und wünschte von Herzen das Gesagte zurücknehmen zu können. Sie wünschte sich einen weiteren Tag mit ihr.

Bei dem Gedanken kehrten Angst und das Gefühl der Hilflosigkeit zurück, doch sie kämpfte dagegen an und konzentrierte ihre Gedanken auf eine Überlebensstrategie. So musste Anna es vor vielen Jahren gemacht haben. Wenn sie damals ihrer Angst nachgegeben hätte, wäre sie gestorben wie dieser kleine Junge.

Nach ihrem Streit mit Anna hatte sie nachgeforscht, wie die Entführung abgelaufen war. Das war nicht schwierig gewesen, denn sogar in New Orleans hatte der Fall seinerzeit für Schlagzeilen gesorgt. Entsetzt hatte sie gelesen, wie der Entführer den kleinen Jungen ermordet und dann Harlow niedergehalten und ihr den Finger abgeschnitten hatte.

Welche Panik und welche Schmerzen Anna überwinden musste, um zu überleben, überstieg ihr Vorstellungsvermögen. Das hatte ihr größten Respekt abgenötigt, trotzdem hatte sie ihr nicht verzeihen können.

Jetzt konnte sie es. Jetzt verstand sie.

Jaye schloss die Augen. Tief durchatmend schöpfte sie Kraft aus dem Mut ihrer Freundin. Was weiß ich von meinem Entführer? fragte sie sich. Sie hatte seine Hände gesehen, kräftig, aber nicht übermäßig groß. Die Haare auf Handrücken und Unterarmen waren schwarz. Daraus schloss sie, dass er ein dunkelhaariger Mann mittlerer Größe zwischen dreißig und fünfzig war.

Er hatte seine Tat gut vorbereitet. Die Katzenklappe war erst kürzlich eingebaut, das Fenster erst kürzlich vernagelt worden. Und er hatte vorausgeplant, was sie brauchen würde: Toilettenartikel und frische Kleidung zum Wechseln. Die hatte sie allerdings noch nicht angerührt.

Das hieß, er war sorgfältig und umsichtig. Und er hatte sie wahrscheinlich bewusst ausgewählt. Zweifellos war er es gewesen, der ihr von der Schule gefolgt war. Der alte Perverse, wie sie ihn genannt hatte. Er war ihr gefolgt, hatte ihren Tagesablauf ausgeforscht und den günstigsten Zeitpunkt für eine Entführung ausfindig gemacht.

Aber warum ich? Was erhofft er ausgerechnet durch meine Entführung zu bekommen? Ich bin nicht reich. Lösegeld kann nicht der Grund sein.

Also brauchte er sie für etwas anderes. Etwas Schreckliches, Krankhaftes? Jaye schluckte. Sie war nicht naiv. Sie wusste, was mit entführten Kindern meistens geschah.

Plötzlich hörte sie ein Rascheln von jenseits der Tür. Ein leises, zögerliches Geräusch, ganz anders als sonst. Ängstlich starrte sie auf die verschlossene Tür.

„Hallo? Bist du da?"

Die Stimme, obwohl leicht rau, gehörte einem Mädchen. Jaye erstarrte fast. *Noch ein Mädchen? Das kann doch nicht wahr sein!*

Sie stieg von der Pritsche und kroch, Herz hämmernd, zur Tür. Es könnte ein Trick sein. Vielleicht spielte ihr die eigene Fantasie vor Hilflosigkeit Streiche?

Das Kind fragte wieder mit bebender Stimme: „Bist du da? Ich habe nicht viel Zeit. Wenn er es merkt, wird er wütend auf mich."

„Ich bin hier", erwiderte Jaye, Tränen in den Augen. Sie war noch nie so dankbar gewesen, die Stimme eines anderen zu hören, wie in diesem Moment. „Mach die Tür auf! Lass mich raus!"

„Geht nicht. Sie ist abgeschlossen. Er hat die Schlüssel."

Jaye wehrte sich gegen die aufkommende Verzweiflung. „Kannst du ihn besorgen? Bitte, du musst mir helfen!"

„Ich kann nicht, ich ..." Das Mädchen wimmerte, offensichtlich hatte es Angst. „Ich bin nur hier um ... Er möchte, dass du still bist. Er wird sonst böse auf dich. Und dann macht er mir Angst. Er ..."

Jaye ergriff den Türknauf und rüttelte daran. „Hilf mir. Lass mich raus!"

Das Kind jenseits der Tür wimmerte wieder, und Jaye spürte, dass es sich entfernte. „Du musst still sein", flüsterte es. „Du verstehst nicht. Du weißt nicht ..."

„Wer bist du?" Jaye rüttelte wieder am Türknauf. Mit vor Entsetzen und Frustration schriller Stimme fragte sie: „Wo bin ich? Warum tut er mir das an?"

„Ich hätte nicht kommen sollen. Er wird es erfahren ... er wird merken ..."

Die Stimme des Mädchens wurde leiser, und Jaye trommelte verzweifelt gegen die Tür. „Geh nicht! Bitte, geh nicht ... verlass mich nicht!"

Stille. Sie war wieder allein.

23. KAPITEL

Samstag, 20. Januar,
8 Uhr 15.

Anna erwachte benommen nach einer weiteren unruhigen Nacht. Sie war erschöpft gewesen und hätte gut schlafen müssen. Stattdessen hatte sie Albträume von Kindern gehabt, die ein leichtsinniges Versteckspiel mit einem gefährlichen Monster trieben, das immer außerhalb ihres Blickfeldes blieb.

Sie stieg aus dem Bett, schlüpfte in ihren alten Chenille-Bademantel und Plüschslipper und ging zu den Doppeltüren, die auf den kleinen Balkon führten. Der Tag war sonnig und klar, der Himmel wolkenlos blau.

Unten im Hof saßen Dalton und Bill in ihre Mäntel gehüllt. Dampf stieg aus ihren Kaffeebechern auf. Zwischen ihnen stand ein Teller mit Croissants und Früchten. Lächelnd schob Anna die Tür auf und steckte den Kopf hinaus. „Morgen, Jungs!" rief sie. „Habt ihr den Verstand verloren? Es friert doch! Wie haltet ihr es da unten aus?"

Dalton drehte sich um, sah zu ihr hinauf und betupfte sich den Mund mit einer Serviette. „Der Wetterdienst hat uns eine Tendenz Richtung Wärme versprochen. Es soll noch recht angenehm werden heute."

„Ja, es sieht nach einer Hitzewelle aus", spottete sie fröstelnd. „Vergesst die Sonnenmilch nicht."

„Immer geht ihr Vernunft über Vergnügen", klagte Bill und winkte. „Komm runter. Wir haben noch ein Croissant und genügend Obst."

„So sehr ich euch liebe, Jungs, die Wärme liebe ich noch mehr. Mit anderen Worten: Ausgeschlossen, ihr spinnt ein bisschen."

Dalton zog einen Flunsch. „Aber wir wollen alles über deine Verabredung hören."

„Dann kommt herauf. Ich mache uns Café au lait."

Sie zog sich ins Zimmer zurück, ohne die Balkontüren zu verriegeln. Nach einem raschen Aufenthalt im Bad eilte sie in die Küche, um den Kaffee zu bereiten. Als sie die gefrorenen Kaffeewürfel in die Becher gab, hörte sie ihre Freunde bereits an der Tür.

Sie öffnete, und die beiden drängten geradezu herein, zogen die Mäntel aus und rieben sich die Hände.

„Heilige Mutter Gottes, ist das kalt draußen."

„Ich habe gar kein Gefühl mehr in den Händen."

Anna zog eine Braue hoch. „Was ist jetzt mit Vergnügen?"

„Hat sich den Arsch abgefroren", entgegnete Bill gereizt. „Ich habe dieses Wetter satt. Mensch, das ist doch New Orleans hier, Louisiana, praktisch die Tropen."

Dalton nahm seinen Partner kurz tröstend in den Arm. „Verzeih ihm, Anna. Er ist bloß angesäuert. Du weißt, wie gerne er im Freien isst."

„Und Shorts trägt. Was nützt mir ein knackiger Hintern, wenn ich ihn nicht zeigen kann." Bill reichte ihr den Teller mit Früchten und Gebäck. „Denkt mal nach. Schließlich ertragen wir die Hitze im Juli und August, um im Winter nicht unter dieser elenden Kälte zu leiden. Ist dieses Wetter vielleicht fair?"

„Äußerst unfair", stimmte Dalton zu. „Man könnte glatt gewalttätig werden."

„Genau." Bill rieb sich wieder die Hände. „Und als Killer zuschlagen, weil es kalt ist."

Dalton spann den Faden begeistert weiter. „Die Mordlust beginnt als Spiel, aus Langeweile. Und eskaliert, bis die Leute links und rechts reihenweise umfallen."

„Wie die Fliegen." Bill applaudierte. „Anna, das Thema solltest du benutzen. Es ist gut."

Anna goss die dampfende Milch in die Becher, ein Lächeln um die Mundwinkel. „Sehr inspirierend, Jungs. Spuckt nur weiter Ideen aus. Ich kann jede Hilfe gebrauchen."

Sie trugen ihre Kaffeebecher an den Küchentisch, setzten sich und tranken schweigend.

„Wie war dein Rendezvous?" fragte Dalton schließlich, die Hände um seinen Becher gelegt.

„Es war kein Rendez..." Sie verstummte, denn es war eindeutig ein Rendezvous gewesen. Also, warum leugnen?

Weil ich es nicht wie ein Rendezvous empfunden habe.

Sie nahm ein Croissant. „Es war nett, richtig angenehm."

Bill und Dalton tauschten Blicke und sahen sie wieder erwartungsvoll an. „Erzähl uns jedes schlüpfrige Detail."

Stattdessen berichtete sie von der überraschenden Eröffnung, die Ben ihr beim Abschied gemacht hatte.

„Verdammt und zugenäht", schimpfte Dalton.

„Kein Scherz." Sie schob den Teller mit den Croissantresten zurück. „Er ist sicher, dass einer seiner Patienten dahinter steckt. Aber er weiß nicht, welcher."

„Hast du ihm den Namen genannt, den deine Mutter ..."

„Ja. Er hat keinen Patienten mit diesem Namen." Sie seufzte resigniert. „Er hat versprochen herauszufinden, wer ihm das Päckchen hinterlassen hat."

„Ein echter Held." Dalton führte den Becher an die Lippen. „Ich mag solche Männer."

„Danke." Bill warf seinem Partner eine Kusshand zu und wandte sich wieder an Anna. „Magst du diesen Ben Walker?"

Sie zögerte nicht. „Ja. Er ist nett." Da ihre Freunde aufstöhnten, fügte sie stirnrunzelnd hinzu: „Nett ist doch gut. Sogar sehr gut."

„Heiß ist besser."

„Viel besser."

Sie lachte kopfschüttelnd, und alle schwiegen einen Moment. Aus den Augenwinkeln bemerkte Anna, dass Bill Dalton in die Seite stieß. Der warf ihm einen bösen Blick zu und formte mit den Lippen so etwas wie eine Warnung.

„Ihr zwei seht aus wie ein Katerduo, das gerade die Kanarienvögel verspeist hat. Was ist los?"

Die Männer tauschten Blicke.

„Wir wollten dich nicht aufregen."

„Wir wissen, wie viel Sorgen du dir wegen Jaye machst."

„Das Letzte, was du jetzt brauchst, ist wieder so ein Brief ..."

„Von deinem kleinen Fan."

Anna fragte voller Unbehagen: „Wann ist er gekommen?"

„Erst gestern Nachmittag", sagte Dalton. „Ich hätte ihn dir nach der Arbeit geben können ..."

„Aber du warst gestern verabredet und ..."

„Wir wollten dir nicht den Abend verderben."

„Ich danke für eure Rücksicht, Jungs, aber ich bin nicht aus Zuckerguss. Gebt ihn mir."

„Ich glaube, Dalton hat ihn in der ‚Perfekten Rose' gelassen", sagte Bill und wich ihrem Blick aus. „Ich bin mir sogar sicher."

„Netter Versuch, aber ich weiß es besser." Sie streckte die Hand aus. „Gebt ihn mir jetzt. Bitte."

Betreten zog Dalton den Brief aus seiner Hosentasche und reichte ihn ihr. „Du bist uns nicht böse, oder?"

„Nicht, wenn du und dein Komplize hier mir versprecht, mich zukünftig nicht weiter schonen zu wollen. Sonst werde ich wütend." Sie sah zwischen den beiden hin und her. „Abgemacht?"

Sie stimmten zu, obwohl sie nicht wirklich glaubte, dass sie sich an ihr Versprechen hielten. Aber damit konnte sie sich befassen, wenn es so weit war.

Sie öffnete den Brief mit leicht zitternden Händen. Am liebsten hätte sie *Zurück an Absender* auf den Umschlag gekritzelt und Minnie vergessen.

Aber das ging nicht. Zwar wusste sie nicht, wie sie dem Kind helfen konnte, jedoch wollte sie es wenigstens versuchen. Sie zog einen Bogen liniertes Papier aus dem Umschlag und begann zu lesen.

Liebste Anna,

es ist viel passiert, seit ich Dir das letzte Mal geschrieben habe. Er weiß, dass wir uns schreiben. Ob er es gerade herausgefunden hat oder es schon immer wusste, kann ich nicht sagen. Wenn er es von Anfang an wusste, warum hat er es mir dann erlaubt? Was hat er vor?

Ich habe Angst, er will mir was tun. Oder der anderen, die geweint hat.

Sei vorsichtig, Anna. Versprich es mir. Und ich verspreche auch, vorsichtig zu sein.

Wie immer hatte Minnie den Umschlag mit Herzen, Gänseblümchen und der Abkürzung für „mit einem Kuss versiegelt" verziert.

„Mein Gott, Anna." Bill legte ihr eine Hand auf den Arm. „Du siehst aus, als hättest du einen Geist gesehen. Was schreibt sie?"

Anna gab ihm schweigend den Brief. Beide lasen und sahen sie an.

„Meinst du, das ist echt?" fragte Dalton.

„Ja sicher. Meint ihr nicht?"

„Zuerst habe ich die Briefe für echt gehalten, aber jetzt ... ich weiß nicht." Dalton sah Bill an. „Dieser Detective könnte Recht haben, Anna. Das könnte ein übler Streich sein. Es klingt ein bisschen übertrieben."

„Das finde ich auch", pflichtete Bill bei. „Wenn dieser mysteriöse ‚Er' von eurem Briefwechsel weiß und sich darüber ärgert, warum lässt er ihn dann zu? Und wenn dieses Kind wirklich eine Gefangene ist, wieso kann sie dann Briefe schreiben und verschicken?"

„Und warum solltest du in Gefahr sein, Anna?" fragte Dalton und verzog skeptisch das attraktive Gesicht. „Für mein Gefühl ist das zu dick aufgetragen, um glaubhaft zu sein."

Bill gab zu bedenken: „Wenn dieser Mann in letzter Zeit in dieser Gegend ein Kind entführt hat, warum haben wir dann nichts davon gehört?"

„Richtig", pflichtete Dalton bei. „Kinder verschwinden nicht einfach so, ohne dass die Alarmglocken läuten. Das ergibt einfach keinen Sinn." Mitfühlend setzte er hinzu: „Tut mir Leid, Anna."

Sie sah von einem zum anderen, bedachte ihre Argumente und kam zu dem Schluss, dass sie Recht hatten. Das hier war einfach zu dick aufgetragen.

Jemand hatte sich einen Spaß daraus gemacht, sie in Angst zu versetzen. Und sie war darauf hereingefallen. Genau, wie er oder sie es geplant hatten, weil ihre Reaktion wegen ihrer Kindheitserlebnisse vorhersehbar gewesen war.

Sie zerknüllte den Brief und warf ihn auf den Tisch. „Ich komme mir vor wie ein Vollidiot. Mein Gott, ich bin wegen dieser Sache zur Polizei gegangen."

„Mach dir keine Vorwürfe. Bill und ich sind auch darauf hereingefallen."

„Aber ihr wart schließlich nicht das Ziel, ihr wart nicht das Opfer – wieder mal."

Dalton stand auf, kam um den Tisch und umarmte sie kurz. „Jedenfalls ist es vorbei. Du kannst die Angelegenheit vergessen und dich auf anderes konzentrieren."

„Zum Beispiel auf Jaye und meine nicht mehr existierende Schriftstellerkarriere. Ja, ich bin begeistert."

„Reg dich nicht auf", sagten beide wie aus einem Mund. „Wir mögen es nicht, wenn du dich aufregst."

„Darum möchten wir, dass du heute Abend mit uns ausgehst."

„Wir gehen ins Tipitina."

„Heute ist Zydeco Nacht."

„Die Zydeco Kings ..."

„... aus Thibodaux ..."

„... spielen. Außerdem ist Samstagabend. Also, warum nicht?"

„Ich weiß nicht, Jungs. Eigentlich bin ich nicht in der Stimmung."

„Genau deshalb musst du mitkommen. Das hebt deine Stimmung." Dalton nahm ihre Hände. „Außerdem hast du einen stabilisierenden Einfluss auf uns. Wenn du bei uns bist, essen und trinken wir nicht so viel, und wir kehren vor dem Morgengrauen heim."

„Du kannst deinen Doktor dazu einladen. Und ich gelobe feierlich, mich nicht an seinem Hintern zu vergreifen."

Anna lachte herzlich. „Ich liebe euch, Jungs."

„Heißt das, du kommst mit? Bitte!"

Sie kapitulierte. „Ja, das heißt es."

24. KAPITEL

Samstag, 20. Januar,
French Quarter.

Genau um 19 Uhr klopften Bill und Dalton an ihre Wohnungstür. Anna stolzierte heraus, strahlend, sexy und voller Vorfreude auf einen flotten Abend mit ihren Freunden. Sie hatte ihn sich verdient. Für heute wollte sie die Ereignisse der letzten Tage aus ihrem Gedächtnis streichen. Bills Vorschlag folgend, hatte sie auch Ben eingeladen, sich ihnen anzuschließen.

„Konnte dein hübscher Doktor sich nicht freimachen?" fragte Bill, als lese er ihre Gedanken.

„Er will versuchen zu kommen." Sie verschloss die Wohnungstür, steckte den Schlüssel in die Tasche und wandte sich ihren Freunden zu. „Er hat noch einige späte Termine."

„Sein Pech." Bill betrachtete sie in den engen Jeans, dem weichen schwarzen Pullover und der Lederjacke. „Du siehst heute Abend zum Anbeißen aus, Darling."

„Herzlichen Dank, Sir." Lachend hakte sie sich bei beiden ein. „Ein Jammer, dass die beiden nettesten und bestaussehenden Männer, die ich kenne, schwul sind. Und ein doppelter Jammer ist es, dass es die Männer sind, mit denen ich die meiste Zeit verbringe."

„Umso mehr Grund, ein bisschen auf den Putz zu hauen", neckte Dalton.

„Und sich was aufzureißen", fügte Bill teuflisch lächelnd hinzu. „Vielleicht beginnt heute Abend deine Reise ins Paradies."

Anna lachte mit ihnen, allerdings hatte sie nicht vor, sich heute Abend mit irgendwem einzulassen. Flüchtiger Sex war entschieden nicht ihr Stil.

Sie verließen das Haus und begaben sich auf den Weg ins Tipitina. Der Club, ein Fixpunkt in der lokalen Musikszene, lag nur ein Dutzend Blocks von ihrem Haus entfernt. Trotz der Kälte gingen sie zu Fuß, erwärmt durch die gegenseitige Gesellschaft und die Vorfreude auf den Abend.

Bei ihrer Ankunft ging es im Tipitina bereits hoch her. Die Zydeco Kings zogen bei jedem Auftritt die Massen an, jedoch besonders an einem Wochenende im French Quarter. Das Publikum war eine Mischung aus Einheimischen und Touristen, von jung bis alt.

Bill entdeckte einige Leute aus dem Kunstbeirat, und sie steuerten darauf zu. Sie belegten einen Tisch und zogen zusätzliche Stühle heran. Freunde aus der Nachbarschaft kamen und brachten weitere Freunde mit, und die zogen einen weiteren Tisch mit Stühlen heran.

Während der ersten Stunde hielt Anna eifrig nach Ben Ausschau, dann gab sie enttäuscht auf und ließ sich von der Karnevalsstimmung des Abends mitreißen.

Das Bier floss in Strömen, und die Musiker spielten flotte, rhythmische Stücke auf Gitarre, Waschbrett und Harmonika. Nach guter alter New Orleanser Tradition aßen und tranken Anna und ihre Freunde zu viel und lachten oft und laut. Mit Fortschreiten des Abends wurde die Gruppe lauter, dann übermütig. Anna hatte Spaß wie seit Jahren nicht mehr, ließ kaum einen Tanz aus und lachte, bis ihr die Seiten schmerzten.

Erhitzt und atemlos kehrte sie an ihren Tisch zurück. „Wasser!" keuchte sie, sank auf den Stuhl neben Dalton und fächelte sich Luft zu. Sie griff nach ihrem Glas und trank es auf einen Zug leer.

Dalton schob ihr seines hin. „Noch keine Spur vom guten Doktor?"

„Nein." Sie ließ sich seufzend gegen die Lehne sinken. „Ich habe Ausschau gehalten."

Er zog skeptisch eine Braue hoch. „Das sehe ich."

„Habe ich wohl!" beharrte sie und sah ihn böse an. „Zwischen den Drehungen."

„Klar. Wahrscheinlich ist es besser so."

Sie trank einen Schluck aus Daltons Glas. „Und warum bitteschön?"

„Weil", erwiderte er mit gesenkter Stimme, „dich gerade ein unglaublich gut aussehender Bursche anstarrt. Eine richtige Augenweide."

„Mich?" Sie drehte sich auf ihrem Stuhl um. „Wo?"

„Da drüben." Er deutete hin. „Aber warte, sieh jetzt nicht hin. Du willst doch nicht zu viel Interesse zeigen, oder?"

Sie hatte im Menschenmeer nichts Auffälliges bemerkt und sagte enttäuscht: „Wahrscheinlich starrt er dich an, Dalton. In dieser Stadt scheinen alle tollen Männer schwul zu sein."

„Ausgeschlossen. Diesmal nicht, meine Süße. Der Typ ist hundert Prozent hetero. Es sei denn, mein Homoradar funktioniert nicht mehr. Er sieht wieder her ... er kommt sogar her. Schweig, mein Herz, der Typ ist ja ein Traum."

„Er kommt her?" Sie drehte den Kopf. Ausgerechnet in dem Moment tanzte ein Paar im Two-Step in ihr Blickfeld. „Bist du sicher?"

Der Tänzer drehte seine Partnerin, die Menge teilte sich, und Anna blieb fast das Herz stehen.

Detective Malone! Und er kommt tatsächlich auf mich zu. Sie schluckte trocken, unfähig, den Blick abzuwenden. *Dalton hat Recht. In Jeans und weiß gemustertem Hemd ist er wirklich ein Traum.*

Vermutlich hatte sie zu viel getanzt und zu viel getrunken.

„Hallo, Anna", grüßte er und blieb neben ihrem Tisch stehen.

„Detective Malone", erwiderte sie, und das klang selbst für ihre Ohren nervös. *Was ist bloß los mit mir?*

„Nennen Sie mich Quentin." Er schenkte ihr ein flüchtiges Lächeln. „Oder einfach Malone, wie alle anderen auch."

Dalton stieß sie an. „Wirst du mich mit deinem Freund bekannt machen?"

Ihr wurden die Wangen warm. „Natürlich, Dalton. Das ist Detective Malone. Der Detective, von dem ich dir erzählt habe."

„Oh, der Detective." Dalton streckte ihm lächelnd die Hand hin. „Anna hat mir nicht erzählt, was für ein toller Hecht Sie sind."

Quentin gab ihm die Hand. „Eine Unterlassung, die ich zutiefst bedaure."

„Wenn Sie mit ihr tanzen, gibt sie Ihnen vielleicht Gelegenheit, Ihre Qualitäten unter Beweis zu stellen. Falls Sie Glück haben."

„Dalton!" Sie sah ihren Freund verärgert an. „Ich schlage vor, du wechselst zu Limonade über oder gehst nach Haus und schläfst dich aus!"

Quentin ignorierte ihre Bemerkung und hielt ihr die Hand hin. „Ich würde gern meine Qualitäten unter Beweis stellen. Tanzen Sie mit mir, Anna."

Sie wollte schon ablehnen, wurde aber von Dalton geradezu hochgeschoben. Dabei flüsterte er ihr „Paradies" ins Ohr.

„Lustiger Bursche", sagte Quentin, als er sie in die Arme zog. „Ein guter Freund?"

„Ja." Sie sah ihn an und schob leicht das Kinn vor. Eine herausfordernde Geste, er solle ja keinen Scherz über Homosexuelle machen.

Er hatte es nicht vorgehabt. Stattdessen zog er sie ein wenig fester an sich. „Sie riechen gut."

„Beruhigen Sie sich, Casanova", erwiderte sie. „Wenn Dalton mich nicht geradezu geschubst hätte, würde ich jetzt nicht mit Ihnen tanzen."

„Dann muss ich ihm später danken."

Er wirbelte sie herum, und ihre Schenkel berührten sich. „Lassen Sie das. Ich garantiere Ihnen, heute ist nicht Ihre Glücksnacht."

„Ach, Cher", flüsterte er im Cajun-Dialekt, den Mund nah an ihrem Ohr. „Sie brechen mir das Herz."

Sein Atem strich warm und sinnlich über ihr Ohr. Sie wappnete sich innerlich gegen die Gefühle, die sich zu regen begannen. „Tut mir Leid, Detective, so wirkungsvoll Ihr patentierter Charme auch bei anderen Frauen sein mag, bei mir funktioniert er nicht."

„Wirklich nicht?" raunte er. „Ich dachte, er funktioniert ziemlich gut."

Damit hatte er leider Recht. Sie sah ihn an und heuchelte kühle Verärgerung. „Männer, die unter Selbstüberschätzung leiden, finde ich, ehrlich gesagt, ziemlich langweilig. Ich schlage vor, Sie angeln sich ein williges kleines Ding, bei dem Ihre Masche zieht. Bei mir verschwenden Sie nur Ihre Zeit."

Sie wollte sich von ihm lösen, doch er legte sich ihre Hand in Herzhöhe auf die Brust. „Ach, Cher, haben Sie Mitleid mit einem guten alten Cajun-Jungen. Tanzen Sie mit mir."

„Bei dem Namen Quentin Malone bezweifle ich, dass Sie auch nur einen Tropfen Cajunblut in den Adern haben, eher einen guten Schuss irischen Whiskey."

Er zog sie lachend wieder an sich. „Sie schätzen mich falsch ein, Anna."

„Dalton sagte, Sie hätten mich beobachtet. Warum?"

„Was glauben Sie wohl?"

„Treiben Sie keine Spielchen mit mir, Detective. Und kommen Sie mir nicht mit dem Blödsinn, ich sei die Schönste im Saal. Ich bin weder naiv noch unkritisch genug, Ihnen das abzukaufen."

Sein Lächeln schwand. „Vielleicht bin ich der Ansicht, Sie brauchten Schutz."

„Vor wem? Vor Dalton etwa?" Sie schnaubte verächtlich. „Also bitte."

Er übte mit der Hand an ihrer Taille mehr Druck aus. „Vor der Sorte Mann, die sich in Lokalen wie diesen ihre Opfer suchen. Vor einem Raubtier, das nach Frauen wie Ihnen Ausschau hält, die sich auf der Tanzfläche ungeniert austoben, nicht ahnend, dass er sie belauert."

„Soweit ich weiß, waren Sie der Einzige, der mich belauert hat."

„Aber ich gehöre zu den Guten."

„Woher soll ich das wissen?" Sie hob das Kinn und ärgerte sich über seinen Versuch, ihr Angst zu machen. „Weil Sie eine Marke tragen?"

„Zum Beispiel, weil ich eine Marke trage."

„Verzeihen Sie, wenn das mein Vertrauen in Sie nicht gerade steigert." Sie löste sich wütend aus seinen Armen. „Und was soll das überhaupt heißen, ich tobe mich ungeniert auf der Tanzfläche aus? Was wollen Sie damit sagen? Dass ich eine Schlampe bin, die es darauf anlegt, Männer heiß zu machen?"

„Das habe ich nicht gemeint. Schauen Sie, Anna, zwei Frauen wurden umgebracht. Beide hatten rotes Haar. Beide verbrachten ihren letzten Lebensabend mit Freunden in Tanzlokalen und amüsierten sich. Daran ist gar nichts auszusetzen. Nichts, außer dass sie die Aufmerksamkeit eines Killers auf sich lenkten, der sie beobachtete."

Sie bekam Gänsehaut auf den Armen und fragte mit geröteten Wangen: „Versuchen Sie mir Angst zu machen?"

„Ja. Weil man vorsichtig wird, wenn man Angst hat."

Darauf hätte sie ihm gern etwas Bissiges erwidert, doch plötzlich musste sie an eine vertrauensselige Dreizehnjährige und ihren sechsjährigen Freund denken.

„Manchmal ist es witzlos, vorsichtig zu sein", erwiderte sie leise mit bebender Stimme. „Manchmal wird man nur deshalb zum Opfer, weil man zur falschen Zeit am falschen Ort ist. Ich komme schon klar, Detective Malone. Lassen Sie mich in Ruhe."

Sie ließ ihn stehen und ging davon, wich tanzenden Paaren aus und erntete neugierige und ärgerliche Blicke.

Er folgte ihrer Aufforderung nicht, holte sie am Rande der Tanzfläche ein, packte sie am Ellbogen und drehte sie zu sich herum. „Tut mir Leid, wenn ich Sie verärgert habe."

„Das haben Sie allerdings. Und nun zum zweiten Mal: Lassen Sie mich in Ruhe!" Sie entriss ihm den Arm und ging zu Dalton. „Ich will heim. Gib mir bitte meine Tasche."

„Was ist los?" Er sah verwirrt zu Malone. „Ich verstehe nicht. Was ist ..."

„Ich habe diese Wirkung auf Frauen", bedauerte der. „Große Füße, große Klappe. Der Fluch des Malone-Clans."

Anna blieb ernst und streckte die Hand aus. „Meine Tasche, Dalton. Und die Jacke bitte."

Dalton gab sie ihr. „Ich schnappe mir Bill, und wir gehen zusammen."

„Nicht nötig. Ihr zwei bleibt und amüsiert euch." Sie beugte sich hinunter und küsste ihn auf die Wange. „Sag Bill, dass ich mich verabschiedet habe. Wir sehen uns morgen früh."

Dalton zögerte, doch Quentin erklärte ihm: „Machen Sie sich keine Sorgen, ich bringe sie heim. Geben Sie mir nur eine Minute, damit ich meinem Partner Bescheid sagen kann."

Sie sah ihn ungläubig an. „Sie werden mich keinesfalls heimbringen. Wir verabschieden uns hier."

Anna ließ ihn wieder stehen, er folgte ihr. „Ich weiß, dass Sie wütend auf mich sind, aber seien Sie nicht dumm. Da draußen läuft ein Mörder herum."

Sie würde keine Angst haben, sie ließ sich keine Angst machen. Sie war im French Quarter zu Hause. Auf dem Heimweg lebten Dutzende Freunde, bei denen sie notfalls Hilfe fand. Auf Grund ihrer Kindheitserlebnisse waren für sie bereits zu viele Lebensbereiche mit Furcht behaftet. Aber nicht das Quarter, hier wollte sie sich sicher fühlen.

„Detective, ich entbinde Sie jeglicher Verantwortung für meine Sicherheit. Ich bestehe sogar darauf, dass Sie sich nicht um mich kümmern. Gute Nacht." Sie marschierte auf den Ausgang zu, Malone hinterher.

„Lassen Sie mich Ihnen ein Taxi rufen."

„Nein!"

„Anna, das ist kein Scherz. Da draußen gibt es einen Killer."

„Und Vergewaltiger und Verbrecher und Entführer." Sie zwang sich, ruhiger zu sprechen. „Ich kann nicht in ständiger Angst leben, Malone. Das Quarter ist mein Zuhause. Ich wohne ein Dutzend Blocks von hier entfernt. Auf dem Weg dorthin leben etliche Freunde, zu denen ich mich im Notfall jederzeit flüchten könnte. Außerdem bin ich schon Hunderte Male allein durchs Quarter gegangen, ohne Schwierigkeiten zu haben." Sie erkannte an seinem Mienenspiel, dass ihre Argumente auf taube Ohren stießen.

Sie versuchte es anders. „Also schön, ich gebe auf." Seufzend heuchelte sie Kapitulation. „Bringen Sie mich heim, wenn Sie danach besser schlafen können. Gehen Sie, sagen Sie Ihrem Partner Bescheid. Ich warte hier." Stirnrunzelnd fügte sie hinzu: „Aber halten Sie sich nicht zu lange auf, sonst bin ich weg."

„Okay, bin gleich zurück." Erleichtert ging er los und blickte noch einmal über die Schulter zurück. „Versprechen Sie mir, nicht abzuhauen."

Sie hielt zwei Finger hoch. „Pfadfinderehrenwort."

Sobald er in die Menge eintauchte, drehte sie sich um und verschwand durch die Tür. Sie lächelte über ihre List und hatte nur winzige Gewissensbisse wegen des Wortbruchs. Schließlich hatte er ihr seine Gesellschaft regelrecht aufgedrängt.

Und außerdem war sie nie Pfadfinder gewesen.

Sie ging rasch, denn Malone würde versuchen, sie einzuholen, sobald er ihr Verschwinden bemerkte. Was für ein dominanter, überheblicher Kerl. Zweifellos machte ihn seine verbissene Entschlossenheit zu einem guten Polizisten, aber auch zu einem Ärgernis.

Sie kuschelte sich tiefer in ihre Lederjacke. Ohne Bills und Daltons Begleitung war ihr kalt. Die Straßen des French Quarter mit ihren Geräuschen, Eindrücken und Gerüchen waren vertraut und behaglich.

Für gewöhnlich. Nicht so heute Nacht. Es hatte geregnet, während sie im Tipitina gewesen war. Einer jener kalten Güsse war niedergegangen, der auch die Hartgesottensten in die Häuser trieb. Die leeren Gehsteige waren eisig und glatt, und die feuchte Kälte durchdrang ihre Schuhsohlen und kroch an ihr hoch.

Sie bog auf den Jackson Square ein. Die Ladenfronten waren dunkel und für die Nacht geschlossen. Sie sah auf ihre Uhr. Nach eins, viel später, als sie gedacht hatte.

Zwei Frauen wurden umgebracht. Beide hatten rotes Haar. Beide sind an ihrem letzten Abend mit Freunden durch die Clubs gezogen.

Anna schlang die Arme um sich. Zur Hölle mit Detective Malone, dass er ihr solche Angst gemacht hatte. Was fiel ihm ein, sich ihr aufzudrängen und ihr den Abend zu verderben. Es ging ihr gut. Sie war in Sicherheit und schwebte in keinerlei Gefahr.

Doch der Gedanke an die zwei getöteten Frauen ließ sie nicht mehr los. Sie hatte in der *Times-Picayune* darüber gelesen. In dem

Artikel war die Haarfarbe jedoch nicht erwähnt worden. Und man hatte auch nicht besonders hervorgehoben, dass die Opfer am Abend ihres Todes zum Tanzen aus gewesen waren.

Man hatte lediglich die Todesumstände genannt.

Vergewaltigt. Dann erstickt.

Sie fröstelte. Plötzlich erschien ihr die Stille bedrohlich, die Leere der Straßen unnatürlich. Ihre flachen Slipper machten bei jedem Schritt ein leises klatschendes Geräusch. Nicht zu vergleichen mit den schweren Schritten hinter ihr.

Hinter mir?

Ihr Herz schlug schneller. Sie schalt sich für ihre blühende Fantasie und verfluchte Quentin Malone erneut, weil er den Keim der Panik gesät hatte.

Für alle Fälle beschleunigte sie ihre Schritte, um rasch heimzukommen.

Die Schritte hinter ihr wurden ebenfalls schneller.

Sie blieb stehen. Stille ringsum. Mit hämmerndem Herzen zwang sie sich, über die Schulter zu blicken. Der Gehweg hinter ihr war leer. Sie ließ den Blick schweifen. Schattige Winkel rings um den Platz, dunkle Ladeneingänge. Bedrohlich.

Am liebsten hätte sie einen Angstschrei ausgestoßen, doch sie beherrschte sich. Sie musste ihre lebhafte Fantasie in den Griff bekommen. Sie ging weiter, ruhigen Schrittes zunächst, dann schneller, sich der rascher werdenden Schritte hinter ihr angstvoll bewusst.

Zwei Frauen wurden umgebracht. Beide hatten rotes Haar.

In Panik begann sie zu laufen. Sie schnitt den hinteren Teil des Platzes ab, indem sie an der Kathedrale vorbeilief, deren langer Schatten vor ihr auf den Gehweg fiel. Sie bog in die St. Ann ab, dann in die Royal und lief schnell auf die Wohnbezirke des French Quarter zu.

Er ist immer noch hinter mir!

Die Slipper behinderten sie. Sie schüttelte sie ab, stolperte und schrie auf, als ihr etwas Scharfes in die weichen Fußsohlen drang. Sie atmete in kurzen, heftigen Stößen. Ihr Keuchen und das Pochen des Herzens waren so laut, dass sie kaum etwas anderes hören konnte.

Sie war fast zu Hause. Nur noch vier Blocks. Zu ihrer Linken führte eine kleine Seitenstraße an den Hinterseiten zweier Gebäudekomplexe entlang. Eine Abkürzung, die sie schon unzählige Male genommen hatte. Sie ersparte ihr die Hälfte des Weges.

Ohne einen weiteren Gedanken daran zu verschwenden, bog sie in die Gasse ein. Dunkelheit umgab sie, und sie konzentrierte alle Energie auf ihre Flucht.

Hinter ihr schlitterte eine Blechdose geräuschvoll über die Straße.

Er hat mich gefunden! Jetzt bin ich allein mit ihm! Großer Gott!

Anstatt ihn abzuhängen, hatte sie ihn in eine Gasse gelotst. Ihre Angst drohte sie zu ersticken, machte es unmöglich, klar zu denken. Sie stolperte und verlor wieder wertvolle Sekunden. Vor ihrem geistigen Auge sah sie ihn mit ausgestreckten Armen nah hinter sich.

Der Mörder ist aus seinem schattigen Versteck herausgekommen.

Das Ende der Gasse kam in Sicht, sie legte noch einmal Tempo zu ... und stieß frontal mit Quentin Malone zusammen. Er schloss sie in die Arme. Sie schrie erleichtert auf und klammerte sich schluchzend an ihn.

Er hielt sie etwas von sich ab und sah ihr forschend ins Gesicht, aus dem keine Spottlust mehr herauszulesen war, wie vorhin noch.

„Mein Gott, Anna, was ist passiert?"

Nach Atem ringend brachte sie kaum einen Satz heraus. „Verfolgt ... jemand war ..."

„Jemand hat Sie verfolgt? Wo?"

„Dort." Sie wies die Seitenstraße entlang. „Und vorher schon."

„Bleiben Sie hier. Lassen Sie mich nach..."

„Nein! Lassen Sie mich nicht allein."

„Anna, ich muss." Er schob sie zur Seite. „Sie sind hier in Sicherheit. Bleiben Sie im Licht stehen. Ich bin gleich zurück."

Sie befolgte seinen Rat und stand zitternd vor Angst unter der Straßenlaterne.

Quentin Malone kehrte bereits nach wenigen Minuten zurück, obgleich Anna das Gefühl hatte, es sei eine kleine Ewigkeit vergangen. „Die Gasse ist leer", sagte er. „Ich habe nichts Ungewöhnliches gefunden. Sind Sie sicher, dass Ihnen jemand gefolgt ist?"

„Ja." Sie schlang die Arme fester um sich. „Ich habe ihn gehört."

„Fahren Sie fort."

„Weil es so still war, habe ich seine Schritte hören können."

„Wann haben Sie ihn zuerst bemerkt?"

„Gleich, nachdem ich das Tipitina verlassen habe."

Er sah sie lange ruhig an, als versuche er ihre Aussage und die Nuancen in der Tonlage genau einzuschätzen. Schließlich nickte er und sagte: „Ich bringe Sie nach Haus."

Diesmal widersprach sie nicht, sondern ging, heilfroh über seine Begleitung, kleinlaut neben ihm her.

„Sie schnattern ja vor Kälte."

„Ich friere. Ich bin barfuß."

Er sah erstaunt nach unten. „Sie haben ja tatsächlich keine Schuhe mehr an."

„Ich habe sie abgeschüttelt, irgendwo da hinten."

„Ich suche sie Ihnen."

„Nein, lassen Sie. Ich ... ich will nur nach Haus."

Er zögerte. „Ich könnte Sie tragen."

„Nein, bitte, das ist nicht nötig. Wirklich nicht."

Offenbar lag ihm ein Einwand auf der Zunge, den er jedoch unterließ. „Erzählen Sie mir genau, was passiert ist", forderte er sie auf und blickte wieder nach vorn.

Sie begann mit dem Moment, als ihr der regennasse Gehsteig aufgefallen war, und endete mit der Landung in seinen Armen.

„Sind Sie sicher, das er Ihnen in die Gasse gefolgt ist?"

„Ja", beteuerte sie. „Als ich mich dem Ende der Gasse näherte, hörte ich ein Geräusch, als würde eine Blechdose aus dem Weg gestoßen."

„Aber Sie haben die Schritte nicht gehört."

Sie schüttelte den Kopf. „Ich rannte und hörte nur meinen keuchenden Atem und mein Herzklopfen."

Er überlegte einen Moment. „Könnte es sein, dass Sie meine Schritte hinter sich gehört haben?"

Sie blieb stehen und sah ihn an. „Wie bitte?"

„Nachdem ich merkte, dass Sie aus dem Tipitina abgehauen waren, fragte ich Ihren Freund Dalton, welchen Weg Sie vermutlich nach Hause nehmen würden, und folgte Ihnen. Haben Sie die St. Peter zur St. Ann genommen?" Sie nickte. „Bis Sie in die Gasse abgebogen sind, waren die Schritte, die Sie hörten, vielleicht meine."

„Und was ist mit der Blechdose?"

„Könnte eine Katze gewesen sein, die einen Abfallcontainer durchwühlt hat."

Sie gingen weiter. *Habe ich überreagiert, weil Malone mich vorher gewarnt hatte? Ist meine Fantasie mit mir durchgegangen, habe ich mir das Ganze etwa nur eingebildet?*

„Ich weiß nicht", erwiderte sie leise. „Ich hatte solche Angst, und es sieht mir nicht ähnlich, so in Panik zu geraten."

Außer nachts, wenn die Albträume kommen und Kurt mich holt.

„Ist das dort das Haus, in dem Sie wohnen?" fragte er und deutete auf das Gebäude vor ihnen.

Sie bestätigte es und stöhnte auf, als sie auf etwas Scharfes trat. „Autsch! Warten Sie."

Sie stützte sich auf seinem Arm ab und begutachtete ihre Fußsohle. Blutig. Und wie. Leicht schwindelig hob sie den Blick zu Quentin Malone. „Das muss Glas gewesen sein, eine große Scherbe."

„Lassen Sie mal sehen." Er besah sich den Schaden, stieß eine leise Verwünschung aus und nahm Anna auf die Arme.

„Malone! Setzen Sie mich ab!" beschwerte sie sich.

„Kommt nicht in Frage." Sie waren fast an ihrem Haus. „Das hätte ich schon zwei Blocks früher tun sollen."

„Ich komme mir albern vor. Wenn uns jemand sieht?"

„Dann hält man uns für frisch verheiratet. Außerdem kann ich nicht jeden Tag einer Lady in Not helfen."

„Sie sind doch Polizist."

Er grinste. „Ja, aber meine Spezialität sind nun mal Leichen. Haben Sie einen Schlüssel für das Tor?"

Sie kramte den Schlüsselring aus ihrer Handtasche und gab ihn ihm. „Der erste, der runde ist für das Hoftor, der zweite, eckige für meine Wohnung."

Minuten später saß Anna auf dem Rand ihrer Badewanne, und ihr Fuß lag auf einem Handtuch in Malones Schoß. Er hatte den Vorfall bereits telefonisch dem 8. Revier gemeldet und die Kollegen gebeten, sich die Gegend mal anzusehen. Außerdem schlug er vor, die Leute im Tipitina zu befragen.

Jetzt galt seine Aufmerksamkeit ihrer Fußsohle. „Eindeutig

Glas", bestätigte er. „Sieht aus wie die Scherbe einer Abita-Bierflasche. Typisch French Quarter."

Sie wurde ein wenig bleich. „Glauben Sie, dass es genäht werden muss?"

Da sie mit bebender Stimme sprach, sah er Anna besorgt an. „Bitte sagen Sie mir nicht, dass Sie ohnmächtig werden wollen."

„Ich werde versuchen, mich zu beherrschen." Sie nagte an ihrer Unterlippe. „Ich kann nicht gut Blut sehen. Seit ..." Sie atmete tief durch, um den Kreislauf zu stabilisieren. „Sie wissen schon."

„Ich kann es mir denken." Er stand auf, holte einen feuchten Waschlappen und säuberte ihr den Fuß. Danach prüfte er vorsichtig die Wunde. „Sieht nicht allzu tief aus. Ich denke, damit müssen Sie nicht in die Notaufnahme."

Sie ließ den angehaltenen Atem entweichen. „Danke."

„Nicht der Rede wert." Er stand auf und ging zum Medizinschränkchen. „Ich brauche ein Antiseptikum, sterile Gaze, Pflaster und eine Pinzette. Haben Sie so etwas?"

Sie zeigte ihm, wo die Sachen waren. So ausgestattet, bewies er ihr sein Geschick in Badezimmerchirurgie. „Okay", sagte er leise, „beißen Sie auf die Faust, das könnte jetzt wehtun."

Als er sich dem Fuß mit der Pinzette näherte, presste Anna die Augen zu und wartete auf den Schmerz. Der ließ nicht lange auf sich warten, und sie unterdrückte einen Schmerzlaut.

„Ich habe sie. Wollen Sie sie sehen? Eine richtig schöne Scherbe."

„Bloß nicht." Sie drehte den Kopf zur Seite, um das blutige Ding nicht zufällig zu sehen. „Sonst falle ich doch noch in Ohnmacht."

„Danke für die Warnung. Reißen Sie sich noch einmal zusammen, jetzt wird es richtig gemein."

Das war keine Übertreibung. Sie ging buchstäblich in die

Höhe, als er die Wunde mit Antiseptikum ausspülte. Es brannte höllisch. „He, vorsichtig mit dem Zeug!"

„Tut mir Leid, Baby. Das Schlimmste ist vorbei. Versprochen."

Er grinste sie jungenhaft an, und ihr Herz machte einen seltsamen kleinen Hopser. Natürlich aus purer Erleichterung. Nicht etwa wegen gegenseitiger Anziehung oder Zuneigung, und schon gar nicht wegen dieser irrationalen erotischen Gefühle, die einen in jede Menge Schwierigkeiten stürzten.

„Sie sind ein ziemlich guter Arzt, Malone. Vielleicht haben Sie Ihre Berufung verfehlt."

Er lachte. „Wohl kaum. Ich hatte schon genügend Mühe, die schulischen Voraussetzungen für meinen derzeitigen Beruf zu schaffen." Er verband ihr rasch und geschickt den Fuß. „Haben Sie irgendwo ein Schmerzmittel?"

„Im Schrank."

Er nahm das Fläschchen, schüttete sich eine blaue Kapsel in die Hand und reichte sie ihr mit einem Glas Wasser. „Sie werden eine Weile Wundschmerzen haben", prophezeite er, während sie die Kapsel mit Wasser hinunterspülte. „Ich schlage vor, dass Sie um das Tipitina eine Weile einen Bogen machen."

„Vielleicht für immer." Sie stand auf und stöhnte, als sie den verletzten Fuß belastete. „Tanzen ist für mich erledigt."

„Nehmen Sie sich das nächste Mal einfach ein Taxi, Cher. Oder gehen Sie in Begleitung."

„Das hatte ich ja vor", erklärte sie und machte einen vorsichtigen Schritt auf die Tür zu. „Mein Begleiter ist nicht gekommen."

„Ich kann nicht behaupten, dass ich darüber unglücklich bin." Er lächelte sie an. „Ich habe nicht oft Gelegenheit, Doktor zu spielen."

Ihr Herz machte wieder diesen eigenartigen Doppelschlag, und diesmal konnte sie es für nichts anderes halten als das, was es war: den Ausdruck heftiger Anziehung. Sie zog eine Braue hoch. „Warum finde ich das schwer zu glauben?"

„Weil Sie eine Zynikerin sind."

„Ja, richtig. Kommen Sie, ich bringe Sie zur Tür."

„Ich schlage vor, Sie belasten Ihren Fuß so wenig wie möglich." Er lächelte, dass sich kleine Fältchen in den Augenwinkeln bildeten. „Wenn Sie möchten, bringe ich Sie zu Bett."

Möchte ich? Und ob. Wäre es klug? Großer Gott, nein!

Quentin Malone in der Nähe meines Bettes ist keine gute Idee. Der Knabe verströmt mehr Charme, als mir gut tut.

„Lieber nicht", lehnte sie ab. „Aber es war ein guter Versuch."

„Freut mich, dass Sie es so sehen. Ich werde es wieder versuchen."

Sie ignorierte das – ebenso wie die Vorfreude auf den nächsten Versuch.

Sie erreichten die Tür. „Danke für alles, Malone. Ich bin Ihnen wirklich ... sehr dankbar."

„Die Polizei ist stets zu Ihren Diensten."

„Was Sie heute Nacht getan haben, ging weit über Ihre Dienstpflichten hinaus." Sie öffnete die Tür. „Die Wahrheit ist, Sie haben mich vielleicht ger... Wer weiß, was ohne Sie passiert wäre?"

„Ich gehe dem Vorfall nach, Anna. Und ich lasse es Sie wissen, falls wir etwas ermitteln." Er blieb an der Tür stehen. „Übrigens, ich habe mir die Akten von Jaye Arcenaux' Pflegeeltern genauer angesehen."

„Und?"

„Dabei hat sich nichts Verdächtiges ergeben. Die Clausens scheinen eine blütenreine Weste zu haben."

Anna war teilweise erleichtert, aber trotzdem nicht froh. „Sind Sie sicher?"

„So sicher, wie man sein kann. Sie haben über ein Dutzend

Pflegekinder gehabt. Ich habe das überprüft und mit einigen ihrer ehemaligen Pfleglinge gesprochen. Die hatten nur Gutes über sie zu berichten, und laut den Unterlagen des Sozialdienstes wurde aus den meisten ihrer Pflegekinder später etwas."

„Sind Kinder weggelaufen?"

„Das habe ich auch überprüft. Ja. Und alle sind später gesund und munter wieder aufgetaucht." Mitfühlend fügte er hinzu: „Es sieht so aus, als wäre Ihre kleine Freundin tatsächlich weggelaufen. Wenn das so ist, wette ich darauf, dass sie irgendwann putzmunter wieder auftaucht. Das ist immer so."

„Ich wünschte, ich könnte das glauben", erwiderte Anna leise. „Ich möchte es glauben. Es ist in jedem Fall besser als die Alternative."

„Sicher." Er ließ einen Daumen über ihren Wangenknochen gleiten. „Ich melde mich. Schlafen Sie gut, Anna."

25. KAPITEL

*Samstag, 20. Januar,
mitten in der Nacht.*

Jaye erwachte durch ein Weinen. Es klang hoffnungslos in der Stille. Das Weinen einer ebenso verlorenen Seele, wie sie es war.

Das kann nur das Mädchen sein, das an meiner Tür war.

Sie stieg aus dem Bett, schlich auf Zehenspitzen zur Tür und presste das Ohr dagegen. Sie sehnte sich danach, mit dem anderen Mädchen zu reden. Es war mitfühlend und verständnisvoll gewesen. Sicher war es auch eine Gefangene.

Jaye fragte sich, ob ihr Entführer der anderen mehr Freiheiten ließ als ihr. War sie auch von der Straße entführt worden so wie sie? Wie lange war die andere schon bei ihm? Monate? Vielleicht Jahre?

Sie bedauerte die Kleine und sich selbst. Die Handflächen gegen das harte Türblatt gepresst, rief sie leise: „Hallo!" Dann lauter: „Ich bin es. Hier oben. Hör auf zu weinen. Komm herauf, und rede mit mir."

Das Weinen hörte auf. Stille ringsum. Die Sekunden verstrichen. Jaye rief wieder: „Komm herauf, ich werde mit dir reden! Wir haben uns, wir können Freundinnen sein!"

Jaye wartete – wie ihr schien, ewig – und betete mit Herzklopfen, jemand möge antworten. Schließlich versuchte sie es wieder. „Bitte!" rief sie. „Bitte, komm und rede mit mir."

Irgendwo im Haus schlug eine Tür zu, endgültig und ohrenbetäubend. Die Augen geschlossen, ließ Jaye sich gegen die Tür sinken. Die andere würde nicht kommen. Sie wimmerte leise, als Hoffnungslosigkeit sie zu übermannen drohte.

Sie war allein, immer noch allein.

Plötzliches Gelächter durchdrang die Stille, brach in ihre Gedanken ein und löste die ängstliche Anspannung. Nein, sie würde nicht aufgeben wie dieses andere Mädchen. Sie würde immer wieder versuchen zu fliehen und ihn zu überlisten.

Das Gelächter einer Gruppe Menschen auf dem Gehweg wehte zu ihr hinauf.

Sie sind unter meinem Fenster! Menschen, die mir helfen können. Ich muss sie auf mich aufmerksam machen.

Jaye eilte zum Fenster und warf sich gegen die Bretter. Wie eine Verrückte schlug sie schreiend dagegen. Ihre geschundenen Finger platzten wieder auf und begannen zu bluten.

Blut rann klebrig an ihnen hinab. Schluchzend riss sie ein Stück der blätternden Tapete herunter und wischte es damit ab. Verdünnt durch ihre Tränen, bildete das Blut auf dem Blumendessin ein Muster wie Spinnengewebe. Fast sah es aus wie die krakelige Schrift einer sehr alten Frau.

Schrift? Natürlich!

Sie starrte auf die Linien, und ihre Tränen begannen zu trocknen. Auf der Suche nach einem weiteren Stück lockerer Tapete ließ sie den Blick über die Wand schweifen.

Sie fand eines und löste es sorgfältig ab. Das Papier, brüchig vom Alter, zerbröselte. Unverdrossen versuchte sie es erneut und dann noch einmal. Sie löste das Papier an den Ecken und zog es vorsichtig von der Wand.

Schließlich hatte sie ein festes Stück mit unregelmäßigem Rand, etwas größer als ein Notizzettel. Ihre Wunden hatten bereits aufgehört zu bluten. Sie drückte auf die Spitze des rechten Zeigefingers, um einen Schnitt wieder zu öffnen. Sobald sich ein Blutstropfen bildete, begann sie damit eine Nachricht zu schreiben. Die Minuten vergingen. Als der erste Finger schmerzhaft zu klopfen begann, nahm sie den nächsten. Sie wiederholte die Prozedur, bis sie *Hilfe! Ich bin gefangen! J. Arcenaux* geschrieben hatte.

Das Gebäude war alt. Die Fenster saßen schlecht im Rahmen. Vielleicht konnte sie das Papier durch den kleinen Schlitz zwischen Fenster und Rahmen schieben. Dazu musste sie aber zunächst eine Hand durch einen Spalt zwischen zwei Brettern quetschen. Es gelang, obwohl es qualvoll war und langsam ging. Hand und Finger waren verkrampft, und Schweiß rann ihr über Oberlippe und Rücken. Sie schob das Papier weiter, bis es ihr aus der Hand fiel und aus dem Fenster.

Erst da merkte sie, dass sie weinte. Stumme Tränen der Hoffnung – und der Hoffnungslosigkeit.

Sie zog die Hand zurück und sank zu Boden. Die Beine angezogen, legte sie die Stirn auf die Knie. Sie betete, dass jemand die Nachricht fand und zur Polizei brachte. Und dass die Polizei nach ihr suchte und sie fand.

Es musste so kommen. Es musste einfach!

26. KAPITEL

*Sonntag, 21. Januar,
French Quarter.*

Anna erwachte mit einem Kater. Nicht vom Alkohol, obwohl sie mehr getrunken hatte als gewöhnlich. Ihr Kater war psychisch. Sie mochte sich nicht bewegen und hatte keine Lust, aufzustehen und den Tag anzugehen. Kopf und Fuß pochten, ihre Augen brannten, und ihre Stimmung war mies.

Die Augen geschlossen, ließ sie den gestrigen Abend noch einmal Revue passieren. Ihre Ausgelassenheit in der Bar, Quentin Malones Warnung wegen der getöteten Frauen und wie die Panik auf dem Heimweg mit jedem Schritt größer geworden war.

Was war gestern Nacht passiert? War ihr wirklich jemand von der Bar aus gefolgt? Oder hatte ihre Fantasie ihre Wahrnehmung getrübt und ihr einen Streich gespielt?

Die Schritte hinter mir bewegten sich in meinem Tempo. Hörten aber auf, wenn ich stehen blieb. Wenn Malone hinter mir gewesen wäre – dann wäre er weitergegangen!

Sie verzog skeptisch das Gesicht. Es sei denn, sie hatte sich das Ganze eingebildet. In letzter Zeit hatte sie ziemlich unter Stress gestanden. Dann hatte Malone ihr auch noch Angst gemacht, und die Angst gewann eine Eigendynamik und überlagerte ihren gesunden Menschenverstand.

Anna stieg aus dem Bett. Die Lust auf Kaffee war letztlich größer als die Verlockung, sich noch einige Stunden unter der Bettdecke zu verkriechen. Sie stöhnte auf, als sie ihren verletzten Fuß belastete, und hinkte in die Küche. Die St. Louis Kathedrale hielt die letzte Messe um elf. Da blieb ihr genügend Zeit für Kaffee, die *Times-Picayune* und eine lange, genüssliche Dusche.

Sobald der Kaffee aufgesetzt war, ging sie hinunter, um die Zeitung zu holen.

Und stand Ben Walker gegenüber, der gerade auf den Klingelknopf drücken wollte. Er hatte einige Tüten von La Madeline im linken Arm und balancierte ein Tablett mit Getränken in der Rechten.

Glaubt der, er kann mich abends versetzen und sich morgens wieder lieb Kind machen? Denkste. „Ben", sagte sie kühl. „Was führt Sie so früh am Morgen her?"

Er fragte erstaunt: „Ich habe noch nicht mal geklingelt, woher wussten Sie, dass ich da bin?"

Sie drängte sich an ihm vorbei, beugte sich hinunter und nahm die Zeitung auf. Er verstand und wirkte verlegen.

„Ich habe Käse mitgebracht und frisches Baguette. Sie haben noch nicht gefrühstückt, oder?" Da sie nicht antwortete, wackelte er ein wenig mit dem Getränketablett. „Und Cappuccinos. Darf ich hereinkommen?"

„Ich glaube nicht. Mir ist heute Morgen nicht nach Gesellschaft."

„Sie sind mir böse. Wegen gestern Abend."

Sie sah ihn streng an. „Ich denke, wenn Sie den Abend mit mir hätten verbringen wollen, hätten Sie es auch ins Tipitina geschafft. Heute Morgen ist es zu spät."

Er beteuerte: „Ich wollte gern mit Ihnen zusammen sein. Es gab einen Notfall mit einem Patienten. Als ich mich endlich freimachen konnte, war ich fertig und keine gute Gesellschaft mehr. Das wollte ich Ihnen und Ihren Freunden nicht antun." Nach kurzem Zögern: „Es tut mir wirklich Leid, Anna. Ich wäre gern bei Ihnen gewesen."

Er sah sie mit seinen großen braunen Augen treuherzig an. Woraufhin sie seufzend beiseite trat und ihm den Weg frei machte. „Also meinetwegen, aber ich bin wirklich sauer."

Das schien ihn nicht zu überzeugen, denn er betrat lächelnd das Foyer und ließ den Blick durch den hohen Raum wandern: über den Stuck des Deckenmedaillons, die Wandfriese und das gedrechselte Geländer. „Ich liebe diese alten Häuser. Sie haben unendlich viel Charakter."

„Da stimme ich Ihnen zu. Kommen Sie. Ich muss meinen Fuß entlasten."

Er entdeckte den Verband und fragte besorgt: „Was ist passiert?"

Auf dem Weg in die erste Etage erzählte sie es ihm. Als sie fertig war, berührte er ihre Hand. „Ich hätte bei Ihnen sein sollen, dann wäre das nicht passiert."

Aber dann hätte ich keine Zeit mit Quentin Malone verbracht.

Da die Wohnungstür nur angelehnt war, traten sie gleich ein. „Es war nicht Ihre Schuld, Ben. Die Küche ist hier entlang."

Augenblicke später warf sie die Zeitung auf den Küchentisch. „Setzen Sie sich. Ich hole Teller und Servietten."

Die Tüten knisterten, als er sie öffnete. „Ich habe Brie, Gouda und Weichkäse mit Kräutern mitgebracht. Ich wusste nicht, was Sie am liebsten mögen."

Sein Versuch, sie in die Defensive zu drängen, amüsierte sie. „Sie wollen sagen, Sie wussten nicht, in wie großen Schwierigkeiten Sie stecken."

Er grinste. „Bin ich so leicht zu durch... Anna, haben Sie das gesehen? In der Zeitung?"

Sie kam an den Tisch. Er drehte die Zeitung, damit sie die Titelseite lesen konnte. Ihr Blick fiel sofort auf die Überschrift, die er meinte.

Frau im French Quarter überfallen.

Sie ließ sich ermattet auf den Stuhl fallen. „Ist das letzte Nacht passiert?"

„Ja." Er drehte die Zeitung wieder zu sich her. „Sie war auf dem Heimweg. Sie arbeitete als Kellnerin im Cats Meow. Der Täter griff sie von hinten an."

Anna legte eine Hand vor den Mund. „Was steht da noch? Was sagt sie über den Mann?"

Er überflog den Artikel. „Sie hat ihn nicht sehen können. Etwas verscheuchte ihn, aber sie weiß nicht, was es war. Um welche Zeit wurden Sie verfolgt, Anna?"

Sie dachte kurz nach. „Nach eins. Ich weiß noch, dass ich auf die Uhr gesehen habe."

„Das hier passierte kurz nach zwei. Nachdem der Club geschlossen hatte."

Sie schluckte trocken. „Glauben Sie, dass es derselbe war, der mich verfolgt hat?"

„Ich weiß nicht, aber der Zufall ..." Er ließ den Gedanken unausgesprochen.

Anna wusste auch so, was er meinte. Der Zufall ist zu groß, um einer zu sein. „Welche Haarfarbe hatte die Frau?"

Bei der Frage zog Ben die Augenbrauen zusammen. „Steht da nicht. Warum?"

„Egal. Ich rufe wohl besser Malone an."

„Malone?" Ben bebte leicht, als fröstele er. „Ach ja, richtig, Ihr Ritter in schimmernder Rüstung." Sie hörte einen unerwartet scharfen Unterton heraus, als sei er eifersüchtig. Anstatt geschmeichelt zu sein, war sie verärgert. „Wenn mich mein Gedächtnis nicht trügt, Ben, dann hatte ich Sie zu dem Abend eingeladen, aber Sie haben es nicht geschafft. Falls Sie ein Problem damit haben, dass Malone mich nach Hause gebracht hat ..."

„Ein Problem?" Er hielt ihr den Pappbecher hin. „Natürlich nicht. Cappuccino?"

Der Kaffee war nur noch lauwarm, aber sie trank ihn trotzdem. Der Geschmack von Espresso und Milch behagte ihr bei jeder Temperatur.

Auch Ben trank seinen kalten Cappuccino. Sie wählten Brie zu ihrem Baguette und aßen, wobei sie über nichts Gewichtigeres als das Wetter plauderten. Nach dem Essen schob Ben seinen Teller beiseite, räusperte sich und begann: „Seit unserer letzten Begegnung habe ich gründlich über unseren mysteriösen Mann nachgedacht und möchte Ihnen meine Gedanken mitteilen."

„Legen Sie los, ich höre."

„Wie Sie wissen, habe ich alle sechs Patienten, die am Freitag bei mir waren, als ich das Päckchen mit dem Buch und dem Hinweis auf die Sendung fand, befragt. Alle bestritten, es hingelegt zu haben. Natürlich könnten sie lügen. Angesichts der letzten Ereignisse kann man wohl nicht wirklich erwarten, dass sich der Schuldige meldet."

„Also, was sollen wir tun? Es aus ihnen herausprügeln?"

Der Vorschlag ließ ihn schmunzeln. „Das könnten wir, aber ich habe einen anderen Plan. Ich teste ihre Aufrichtigkeit."

„Und wie wollen Sie das machen?"

„Zunächst mal werde ich meine Befragung nicht auf die Patienten vom Freitag beschränken. Jeder Patient könnte das Päckchen hinterlassen haben, während ich in einer Sitzung war." Er richtete den Blick kurz auf seine auf dem Tisch gefalteten Hände, dann auf Anna. Ein keckes Lächeln umspielte seinen Mund. „Ich werde sie mit Psychologie überlisten."

„Das sollten Sie erklären."

Er beugte sich eifrig vor. „Als ich meine Patienten nach dem Päckchen befragte, habe ich nicht erwähnt, was es enthielt. Also lege ich das Buch an einem unverdächtigen Platz in meinen Praxisräumen aus, wo die Patienten es während der Sitzung sehen müssen. Die Psychologie sagt, dass der Schuldige das Buch nicht ignorieren kann. Ich erwarte, dass er nicht nur dauernd hinschaut, sondern auch noch einen Kommentar dazu abgibt."

Sie erwog das und nickte. „Klingt gut, aber ..."

„Was? Es funktioniert, da bin ich mir sicher."

„Sind Sie überzeugt, dass es einer Ihrer Patienten war? Sie haben selbst gesagt, dass praktisch jeder in Ihre Warteräume gehen kann, wenn Sie in einer Sitzung sind."

„Aber warum sollte das jemand tun? Ich habe lange darüber nachgedacht. Warum ich? Wie passe ich ins Bild? Und ich bin zu dem Schluss gelangt, dass ich eine späte Zugabe bin."

Sie zog die Stirn kraus. „Da kann ich Ihnen nicht folgen."

„Der Patient, wer immer er oder sie auch sei, begann mich aufzusuchen, weil er mich auf Sie aufmerksam machen und einen mir noch unverständlichen Plan umsetzen wollte. In der Frage, warum ich in die Sache einbezogen wurde, steckt der Schlüssel zu der ganzen Geschichte."

„Fahren Sie fort."

„Ich fragte mich, warum wurde ich ausgesucht? Wegen meines Spezialgebietes? Hat mich jemand auf einem Seminar reden gehört?"

„Ja, Ihr Spezialgebiet", bekräftigte sie, „das muss es sein."

„Ganz meine Meinung. Also, wie kam derjenige auf mich?" Er hob seinen Kaffeebecher, sah, dass er leer war, und stellte ihn wieder ab. „Mein Spezialgebiet, Kindheitstraumata, ist in den Gelben Seiten angegeben, und zweifellos könnte der Täter auch durch Mundpropaganda auf mich gestoßen sein, aber ich tendiere zu der Ansicht, dass er auf einem Seminar von mir hörte, an dem ich vor drei Monaten teilnahm. Ich habe die Organisatoren angerufen und um eine Teilnehmerliste gebeten. Es war einige Überredungskunst nötig, aber sie haben sich dazu bereit erklärt. Sie haben sie mir Freitag per Express geschickt. Morgen früh müsste ich sie haben."

„Sie sind erstaunlich."

„Danke." Er tippte sich an den imaginären Hut. „Sherlock, der Psychologe, stets zu Ihren Diensten."

Sie plauderten noch eine Weile, dann brachte Anna ihn hinaus. An der Haustür blieben sie noch einmal stehen. „Danke, Ben. Ich fühle mich schon viel besser."

„Es wird alles wieder gut, Anna. Wir finden heraus, wer Ihnen das antut, und legen ihm das Handwerk."

Bevor sie ihm noch einmal danken konnte, beugte er sich vor und küsste sie.

Einen Moment erstarrte sie vor Verblüffung, dann erwiderte sie den Kuss.

Gleich darauf war Ben fort. Verwirrt sah sie ihm nach und legte eine Hand an den Mund, wo sie noch den Druck seiner Lippen spürte. Was war nur aus ihrem ruhigen, sicheren, überschaubaren Leben geworden?

27. KAPITEL

*Montag, 22. Januar,
9 Uhr 20.*

Wie versprochen, kam die Liste der Seminarteilnehmer gleich am Montagmorgen. Ben öffnete den Umschlag und fand hundertzweiundfünfzig Namen.

Er sah auf die Uhr. Sein erster Patient kam in zehn Minuten. Beim eiligen Überfliegen der Liste entdeckte er weder den Namen eines seiner Patienten noch hieß jemand Peter Peters.

Zwar gab es einige Doppelnamen oder doppelte Nachnamen, aber keine Übereinstimmung beider Namen.

Verdammt. Enttäuscht ließ er die Liste auf den Schreibtisch fallen. Er hatte auf eine einfache und rasche Lösung des Rätsels gehofft und würde sie nicht bekommen. *Sie* würden sie nicht bekommen.

Anna. Seit ihrem Frühstück dachte er fast nur noch an sie. Er lächelte. Sein Kuss hatte sie überrascht, aber ihn selbst am meisten.

Er mochte sie sehr. Mehr, als klug und ungefährlich für ihn war. Sie konnte ihm das Herz brechen.

Er schüttelte leicht den Kopf. Nein, in diese Richtung wollte er nicht denken. Wenn es ihnen bestimmt war, zusammen zu sein, würden sie es sein. Sobald er herausgefunden hatte, wer hinter Anna her war, hatten sie genügend Zeit, sich unbelastet kennen zu lernen.

Beruhigt widmete er sich seinem Plan. Alles war hergerichtet. Er hatte Annas Buch unübersehbar auf den niedrigen Tisch vor der Couch gelegt. Die Nachricht mit dem Hinweis auf die Sendung steckte zwischen den Seiten. Der große Umschlag, in dem beides gekommen war, lag auf dem Beistelltisch direkt neben dem Kästchen mit Papiertüchern.

Die Türglocke läutete, und Ben sah auf seinen Terminkalender. Das musste Amy West sein, eine Hausfrau und dreifache Mutter, die unter Depressionen litt, deren Grund in ihrer Kindheit und der unglücklichen Ehe zu suchen war.

Er stand auf, ging zur Tür und begrüßte sie. Amy kam als Täterin kaum in Frage. Nicht nur, dass die Depression sie völlig lähmte, sie entsprach auch nicht dem psychologischen Profil, das er von Annas Verfolger erstellt hatte. Wer diese Kampagne gegen Anna geplant hatte, war nicht nur gerissen, sondern auch herrschsüchtig, hochintelligent, methodisch und gefühlskalt. Diese Person konnte lügen, ohne mit der Wimper zu zucken, und war auf Grund ihrer Gefühlskälte zu keinerlei Mitgefühl fähig.

Amy West war so ungefähr das genaue Gegenteil.

Trotzdem hielt er nichts für ausgeschlossen. Eines hatte er in diesem Jahr als Therapeut gelernt: Die wahre Natur eines Patienten eröffnete sich erst im Laufe der Zeit und entsprach nicht selten dem Gegenteil des ersten Eindrucks. An der menschlichen Psyche überraschte ihn gar nichts mehr.

28. KAPITEL

Montag, 22. Januar,
11 Uhr 30.

Quentin betrat „Die Perfekte Rose". Die Glocke über der Tür läutete, doch Anna sah nicht in seine Richtung. Sie saß auf einem hohen Hocker hinter dem Tresen und starrte gedankenverloren ins Nichts.

Wieder fiel ihm ihre natürliche Schönheit auf. Ihr Anblick war belebend und verursachte ein Wohlgefühl in ihm, wie ein Biss in einen saftigen Apfel oder ein tiefer Atemzug frischer Morgenluft.

Zuerst war ihm das bei Tanzen im Tipitina aufgefallen und später, als er ihr in ihrem Bad den Fuß verbunden hatte. Es war eine sehr intime Atmosphäre in dem engen Raum gewesen. Fast unerträglich, weil er keinesfalls tun konnte, wonach ihm der Sinn stand. Hätte sie ihm nur das kleinste Signal gegeben, er wäre mit ihr ins Bett gegangen, ungeachtet der Konsequenzen.

Als spüre sie seine Gegenwart, sah sie ihn an. Ihre Miene verriet Erstaunen und, wie er glaubte, Freude.

„Hallo."

„Ich wollte Sie heute Morgen anrufen, Malone."

„Und warum haben Sie es nicht getan?"

„Ich wurde abgelenkt." Sie deutete auf den Beutel, den er unter dem linken Arm trug. „Was haben Sie da?"

„Für Sie." Er reichte ihn ihr, ein Lächeln um die Mundwinkel.

Sie sah kurz hinein und hob den Blick. „Meine Schuhe! Sie haben meine Schuhe gesucht?"

„Da ich Schwestern habe, weiß ich, wie Frauen an ihren Schuhen hängen." Er lehnte sich gegen den Tresen. „Also, warum wollten Sie mich anrufen? Bin ich Ihnen nicht mehr aus dem Kopf gegangen? Wollten Sie mir mit einem selbst gekochten Essen für Ihre Rettung danken?"

„Raten Sie weiter."

„Sie haben von dem Überfall auf die Frau im French Quarter gelesen und sind besorgt, es könnte derselbe Täter gewesen sein, der Ihnen gefolgt ist."

„War sie ... hatte sie rote Haare?"

„Nein."

„Gott sei Dank. Glauben Sie ..."

„Dass es derselbe war, der Ihnen gefolgt ist?"

„Ja."

„Könnte sein. Ich kann es weder bestätigen noch ausschließen. Einige Zeugen aus dem Cats Meow wollen gesehen haben, dass ein Mann sie die ganze Nacht beobachtet hat. Einer hat ihn angeblich noch in der Nähe gesehen, nachdem die Bar geschlossen hatte."

„Demnach kann es nicht der sein, der mir gefolgt ist."

„Wenn die Aussagen stimmen, nein."

„Ich weiß nicht, warum ich darüber so erleichtert bin, aber ich bin es." Sie lachte nervös. „Ich hatte letzte Nacht etwas Schwierigkeiten zu schlafen."

„Kann ich mir denken." Sein Blick glitt über sie hinweg. „Und wie fühlen Sie sich jetzt?"

„Ganz okay. Der Typ, der diese Frau überfallen hat, ist das Ihrer Meinung nach derselbe Täter, der die anderen umbrachte?"

„Ich glaube kaum. Seine Vorgehensweise ist anders. Diese Frau arbeitete in dem Club, sie feierte nicht. Und sie hatte kein rotes Haar."

„Vielleicht hat er seine Vorgehensweise geändert. Vielleicht war es nur Zufall, dass die ersten Opfer rothaarig waren."

„Vielleicht, Anna, aber ..."

Er verstummte, als Dalton und Bill von ihrer Kaffeepause zurückkehrten. Sie kamen lachend zur Tür herein, wurden jedoch ernster, als sie ihn sahen. „Hallo." Quentin lächelte sie an.

Dalton wandte sich an Bill. „Er ist es. Der Mann, der unsere Anna gerettet hat. Unser Held!"

Bill kam strahlend auf Quentin zu und gab ihm die Hand. „Bill Friends, ich stehe ewig in Ihrer Schuld."

„Wir werden Anna nie mehr allein nach Haus gehen lassen, Detective." Dalton sah sie streng an. „Nie mehr, Anna!"

Quentin gab beiden die Hand. „Quentin Malone, schön, Sie zu sehen."

„Haben Sie den Typ erwischt, der hinter Anna her war?" fragte Bill.

„Tut mir Leid, Sie zu enttäuschen. Und um ehrlich zu sein, die Chance, ihn zu erwischen, ist nur klein. Wir haben einfach nicht genügend Hinweise."

Sie schwiegen einen Moment, und Quentin sah auf seine Uhr. „Ich muss wieder an die Arbeit." Er lächelte Anna zu. „Böse Jungs fangen und so."

„Und so", wiederholte sie leise. „Ich begleite Sie zur Tür."

Obwohl das unnötig war, lehnte er es nicht ab. Er sah kurz zu ihren Freunden, die ihm und Anna vielsagend nachschauten. „War schön, Sie wiederzusehen."

Sie antwortete mit einer Höflichkeitsfloskel. Dann standen sie nebeneinander an der Tür, und Anna schlang die Arme um sich. „Ich möchte Ihnen noch einmal für Ihre Hilfe danken."

„Nicht nötig, wirklich nicht."

„Und für die Schuhe natürlich. Ich meine, weil Sie sie mir gebracht haben."

„Ich konnte sie nicht gut anziehen." Nach kurzer Pause fügte er hinzu. „Sie passen mir nicht."

Sie lachte und blickte kurz über die Schulter zu ihren Freunden. „Rufen Sie mich an, falls sich etwas ergeben sollte?"

„Sicher." Er lächelte. „Und Sie tun dasselbe, okay?"

Sie versprach es, und er ging. Er wünschte sich, einen Grund zu haben, noch zu bleiben. Aber er hatte Terry versprochen, mit seiner Frau Penny zu reden.

Er hatte das immer wieder vor sich her geschoben, bis seine Entschuldigungen nur noch wie Vorwände klangen, die sie auch waren.

Also hatte er Penny heute Morgen endlich angerufen und gefragt, ob er vorbeikommen dürfe. Sie war genervt gewesen, weil die beiden Kleinen mit Grippe zu Hause lagen, und hatte erwidert, sie freue sich, mal wieder mit einem Erwachsenen zu reden.

Quentin stieg in seinen Bronco, der im Halteverbot stand, und ließ den Motor an. Das Haus von Terry und Penny lag im Stadtteil Lakeview, der hauptsächlich in den vierziger und fünfziger Jahren entstanden war. Eine reine Wohngegend mit viel schattigem Grün und den besten öffentlichen Schulen von New Orleans. Hier lebten hauptsächlich Familien aus dem Mittelstand. Lakeview war eine der wenigen bezahlbaren schönen Gegenden der Stadt, in denen man Kinder aufziehen konnte.

Quentin genoss die fünfzehnminütige Fahrt dorthin und legte sich bewusst nicht zurecht, was er Penny sagen wollte. Auf Grund seiner Partnerschaft mit Terry war er auch mit Penny gut befreundet. Er hatte verfolgt, wie Terry um sie geworben hatte, war auf ihrer Hochzeit gewesen, und er war der Pate ihres ersten Kindes. Penny würde eine einstudierte Rede nicht nur durchschauen, sie verdiente auch etwas Besseres.

Als er vor dem zweigeschossigen Gebäude anhielt, stand Penny in der Tür. Sie sah ihn, winkte und kam heraus.

„Ich habe mich über deinen Anruf gefreut", begrüßte sie ihn. „Du hast mir gefehlt."

Er bedauerte, dass er sie so vernachlässigt hatte, hielt sie ein Stück von sich ab und betrachtete sie. Mit ihrem schönen braunen Haar, der samtigen Haut und der kurvigen Figur war sie eine sehr hübsche Frau, woran auch die Linien der Müdigkeit um Augen und Mund nichts änderten.

„Wie geht es dir, Penny?"

„Ich halte mich wacker." Sie deutete ihm an, ins Haus zu gehen. „Komm herein, ich habe uns gerade eine Kanne Kaffee gemacht." Sie legte einen Finger auf den Mund. „Die Kinder schlafen, Gott sei Dank. Also sprich bitte leise."

Er folgte ihr in die Küche. Hier herrschte immer ein leichtes Chaos, ähnlich wie in der Küche seiner Mutter.

„Setz dich. Trinkst du deinen Kaffee immer noch süß?"

„Je süßer, desto besser."

Sie lachte. „Ich rede von deinem Kaffee, Malone. Nicht von deinen Freundinnen."

Er lächelte. „Ich sagte süß, Penny. Nicht heiß."

Lachend stellte sie ihm den Kaffee hin und setzte sich zu ihm. So war ihre Beziehung von Anfang an gewesen, unkompliziert und unverkrampft.

„Da wir gerade davon reden, was macht dein Liebesleben?"

Annas Bild erschien vor seinem geistigen Auge, und er musste schmunzeln. „Was heißt hier Liebesleben? Ich bin die meiste Zeit mit Cops und Kriminellen zusammen."

„Ja, sicher." Ihre Miene wurde ernst. „Wie geht es Terry? Geht es ihm gut?"

Er zuckte eine Schulter. „Du kennst ihn ja."

„Ja", betätigte sie voller Bitterkeit. „Ich kenne Terry."

Das lief gar nicht gut. Penny war gekränkt und unglücklich und wütend auf ihren Mann. Aber er hatte seinem Freund versprochen, ein gutes Wort für ihn einzulegen, und das würde er tun.

„Penny, ich bin heute nicht nur gekommen, um zu sehen, wie es dir geht."

Sie wandte den Blick ab. „Terry hat dich geschickt."

Quentin beugte sich vor. „Es geht ihm schlecht ohne dich und die Kinder. Er möchte nach Hause kommen."

Ein kurzes gebrochenes Lachen kam ihr über die Lippen. „Es geht ihm immer schlecht, Malone. Und das hat nichts mit mir oder den Kindern zu tun."

Er langte über den Tisch und ergriff ihre Hand. „Er liebt dich, Pen. Ich weiß das. Seit du ihn hinausgeworfen hast, ist er einfach ... verrückt. Unglücklich. Er trinkt zu viel und schläft nicht. Ich habe ihn noch nie so erlebt."

Ihre Augen füllten sich mit Tränen. „Du Glücklicher."

„Pen ..."

„Nein!" Sie schob den Stuhl zurück, stand auf, ging ans Spülbecken und sah durch das Fenster darüber in den winterlich kahlen Hof. Stumm starrte sie eine Weile in den grauen Tag hinaus.

Schließlich drehte sie sich zu ihm um. Der Schmerz stand ihr ins Gesicht geschrieben. „Ich habe mir immer wieder einzureden versucht, dass Terry mich und die Kinder liebt. Ich sagte mir, dass wir mit ihm besser dran sind, dass ich froh sein sollte, weil er ein harter Arbeiter und guter Ernährer ist. Ich sagte mir, ich sollte bei ihm bleiben, weil ich es vor Gott versprochen habe, und ihm verzeihen, weil er eine schwierige Kindheit hatte."

Sie holte schluchzend Atem. „Aber all das kann ich mir nicht mehr mit Überzeugung sagen. Er ist weder gut für mich noch für die Kinder. Ich glaube nicht, dass Gott das für mich oder die Kinder will." Um Fassung ringend, legte sie kurz eine Hand vor den Mund und ließ sie wieder sinken. „Er ist selbstzerstörerisch, Malone, und ich kann ihn nicht aufhalten. Aber ich will nicht, dass er sich vor den Augen von Matti und Alex zerstört."

„Selbstzerstörerisch, Pen?" fragte er stirnrunzelnd. „Ist das nicht ein bisschen übertrieben? Sicher, er macht eine harte Zeit durch, aber ..."

„Kein Aber", entgegnete sie hitzig. „Hör auf, ihn zu entschuldigen. Das hilft ihm nicht. Ja, er macht eine schwere Zeit durch, doch tun wir das nicht alle? Ja, er hatte eine schwierige Kindheit. Aber das ist nicht mehr zu ändern. Er ist ein Erwachsener und kein Kind mehr. Ein Erwachsener mit Verantwortung und einer Familie, um die er sich kümmern muss. Er sollte anfangen, sich wie ein Erwachsener zu benehmen." Ihr Ärger schien zu verpuffen, und sie wirkte jung und verletzlich. „Ich habe nicht mehr die Kraft, gegen das anzukämpfen, was ihn bedrückt."

Quentin stand auf, ging zu ihr und nahm sie in die Arme. Nach einer Weile hielt er sie ein Stück von sich ab. „Was weißt du von seiner Mutter, Pen? Ich weiß nur, dass sie ein wirklich schlechtes Verhältnis zueinander hatten."

Pennys Augen glitzerten feucht. „Ich verabscheue sie, obwohl ich sie nur einige Male gesehen habe. Ich verabscheue sie, weil sie ihn so fertig gemacht hat, dass er voller Selbsthass steckt."

„Aber was hat sie gemacht? Wie ..."

„Wie sie ihn so tief verletzt hat? Ich kenne keine Details. Er spricht nicht darüber. Aber er wollte nicht, dass sie Kontakt zu unseren Kindern bekommt. Sie durften nicht mal die Karten behalten, die sie schrieb." Penny seufzte und fuhr fort: „Ich weiß nur, dass sie ihn ständig lächerlich machte und erniedrigte. Sie sagte ihm, er sei zu nichts nütze, und sie wünschte, ihn nie geboren zu haben. Sie hätte ihn abtreiben lassen sollen. Dinge in der Art."

Sag das einem Kind oft genug, und es beginnt es zu glauben. Das erklärte einiges. Quentin schluckte trocken. „Es tut mir Leid, Penny."

„Mir auch. Verdammt Leid. Ich ..."

„Mom!"

Matti, der Jüngste, rief sie. Penny sah kurz zur Tür. „Ich muss zu ihm."

Er hielt sie am Arm fest. „Ich muss dir noch eine Frage stellen, weil ich es Terry versprochen habe. Triffst du dich mit einem anderen? Gehst du aus? Alex hat Terry erzählt ..."

Sie schnaubte ungläubig. „Fragst du mich, ob ich Rendezvous habe? Wann sollte ich denn bitte die Zeit dazu aufbringen? Zwischen Hausarbeit, Balltraining und göbelnden Kindern?" Sie entriss ihm den Arm, offenbar gekränkt, dass er gefragt hatte. „Halt mal die Luft an, Malone. Terry hatte immer Zeit, sich herumzutreiben, ich nicht. Und bitte sag ihm das."

29. KAPITEL

*Montag, 22. Januar,
21 Uhr.*

Ben kam am Abend spät heim. Der Tag war hektisch gewesen. Er hatte nicht nur einen Termin nach dem anderen gehabt. Er hatte auch auf sein Mittagessen verzichtet, um einem Patienten in einer Krise zu helfen. Obwohl erschöpft, hatte er Popeyes würzige Brathähnchen besorgt – das Lieblingsessen seiner Mutter – und war ins Pflegeheim gefahren, um wie versprochen mit ihr zu Abend zu essen.

Seufzend suchte er nach seinen Schlüsseln. Sein Plan, Annas Verfolger eine Falle zu stellen, war gescheitert. Nicht ein Patient hatte dem Buch mehr als einen flüchtigen Blick geschenkt.

Er ließ sich nicht entmutigen. Zwar hatte er den Täter nicht entlarvt, aber er hatte einige Verdächtige von der Liste streichen können. Das war gut und immerhin ein Anfang. Morgen würde er weitermachen.

Ben schloss die Tür auf, trat ein und blieb mit einem unbehaglichen Gefühl stehen.

Etwas war nicht in Ordnung. Sein Blick wanderte durch das Foyer in den Wohnraum und das dahinter liegende Esszimmer. Er zog die Stirn in Falten. Die Tür zwischen den beiden Räumen war geschlossen, und Licht sickerte darunter hindurch.

Er schloss diese Tür nie.

Mit Herzklopfen ging er langsam auf den Wohnraum zu. Seine Gummisohlen machten auf dem Holzboden kein Geräusch. Am Kamin nahm er den eisernen Schürhaken mit und ging zur Verbindungstür.

Vorsichtig schob er sie auf, und die Tür gab leise nach. Den Schürhaken erhoben, trat er ein.

Der Raum war leer, und nichts schien verändert zu sein.

Vom hinteren Teil des Hauses kam ein Geräusch wie leises Stimmengemurmel. Seine Nackenhaare stellten sich auf. *Hör auf, Rambo zu spielen, Benjamin, ruf die Polizei.*

Stattdessen ging er weiter, von Adrenalin getrieben.

Die Geräusche kamen aus seinem Schlafzimmer. Er langte nach dem Türgriff, atmete tief durch, öffnete die Tür und trat ein.

Das Schlafzimmer war leer. Der Fernseher lief, auf den Discovery Channel eingestellt. Ben senkte das Schüreisen und musste fast lachen. Er konnte sich zwar nicht erinnern, den Fernseher angelassen zu haben, aber es musste wohl so gewesen sein. Er ließ oft den Fernseher laufen, wenn er sich anzog, mehr als Hintergrundgeräusch denn zur Unterhaltung. Er ging zum Gerät, schaltete es aus und drehte sich um.

Sein Lächeln erstarb. Auf dem Bett lag ein großer Umschlag. In die linke obere Ecke war sein Name geschrieben.

Erschrocken konnte er sich kaum überwinden, näher zu treten. Zögernd ging er zum Bett, nahm den Umschlag und öffnete ihn. Zum Vorschein kam ein acht mal zehn großes Schwarzweißfoto von Anna und ihm im Café du Monde. Die angehängte Notiz lautete kurz und bündig:

Ich wusste, dass sie dir gefällt.
Ich beobachte euch weiter.

Mit zitternder Hand schob er Foto und Notiz in den Umschlag zurück. Er sollte die Polizei und Anna anrufen.

Sein Kopf begann zu schmerzen, und er legte eine Hand an die Schläfe. Nein, wenn er die Behörden einschaltete, würden sie als Erstes eine Liste seiner Patienten verlangen, die er ihnen nicht geben konnte. Sie würden mit Anna reden wollen, die der Polizei nicht traute. Sie würde sich aufregen und Angst bekommen.

Ihr gemeinsames Frühstück war schön gewesen, der Kuss ... erregend. Noch nie hatte er für eine Frau empfunden wie für Anna. Er wollte sie nicht verlieren.

Sie schien dasselbe für ihn zu empfinden.

Also, warum das hier? Und warum jetzt?

Erschöpft sank er auf sein Bett. Der Kopf tat ihm entsetzlich weh, der Schmerz brannte hinter den Augen. Er sollte ein paar von den Tabletten nehmen, die sein Arzt ihm verschrieben hatte. Er legte sich auf die Matratze und starrte gegen die Decke.

Wer tat so etwas? Und warum?

Stöhnend legte er einen Arm über die Augen. Wie war diese Person in sein Haus gelangt? Die Haustür war abgeschlossen gewesen. Und was war mit der Hintertür und den Fenstern? Er musste es überprüfen, obwohl es ihn überraschen würde, wenn sie offen wären. Das Leben in Atlanta hatte ihn zu einem Sicherheitsfanatiker gemacht.

Meine Schlüssel! Die waren vierundzwanzig Stunden verschwunden.

Ben setzte sich auf. Natürlich. Am Tag, als sie verschwunden waren, hatte er am Morgen das Haus aufgeschlossen und war dann hinübergegangen in seine Praxis. Dort hatte er sie wie jeden Morgen auf den Schreibtisch geworfen.

Als er sie später nehmen wollte, waren sie weg gewesen.

Um dann vierundzwanzig Stunden später wieder aufzutauchen. Er war regelrecht über sie gestolpert.

Offenbar hatte er sie nicht fallen lassen, wie er zunächst angenommen hatte, oder versehentlich vom Tisch gewischt. Der Einbrecher von heute, vermutlich derselbe, der zuvor das Päckchen für Anna hinterlassen hatte, musste sie ihm gestohlen haben. Dann hatte er Kopien angefertigt und sie zurückgebracht.

Die Umgebung verschwamm vor seinen Augen, ein Zeichen,

dass sich sein Kopfschmerz von schlimm nach unerträglich entwickelte. Nicht bereit, dem Schmerz nachzugeben oder das Rätsel ungelöst zu lassen, schleppte er sich von Fenster zu Fenster und zur Hintertür. Er vergewisserte sich, dass alles abgeschlossen war und seine Theorie stimmte.

Alles war geschlossen. Tabletten in der Hand, ging er zum Telefon und rief den Schlüsseldienst an. Sobald der wieder fort war, würde er in seinem Terminkalender in der Praxis nachsehen, welche Patienten an dem Tag, als der Schlüssel verschwand, bei ihm waren und wer vierundzwanzig Stunden danach noch einmal kam. Dieser krankhafte Typ hatte ihn vielleicht dieses eine Mal überlistet, ein zweites Mal sollte ihm das nicht gelingen. Er würde dem Spuk ein Ende machen.

30. KAPITEL

*Dienstag, 23. Januar,
1 Uhr nachts.*

Ein leises Pochen weckte Jaye. Die tiefe Dunkelheit und die Stille ringsum verrieten, dass es mitten in der Nacht war. Es klopfte wieder, gefolgt vom Miauen einer Katze.

„Schsch, Tabby, ich glaube, sie schläft."

Jaye krabbelte vom Bett und eilte zur Tür. „Nein", flüsterte sie, sobald sie dort war. „Ich bin wach, geh nicht!"

Einen Moment lang ertönte kein Laut, plötzlich sagte das andere Mädchen: „Ich wollte nur hören, ob alles in Ordnung ist mit dir."

„Ich bin okay, aber bitte geh nicht." Sie presste sich enger an die Tür. „Bleib und rede mit mir."

„Ich weiß nicht." Die Stimme des Mädchens bebte. „Er wäre sehr böse, wenn er wüsste, dass ich hier bin."

„Er wird es nicht erfahren", beruhigte Jaye sie rasch. „Ich bin leise, das verspreche ich."

Das Mädchen zögerte und gab nach. „Okay, aber wir müssen wirklich leise sein."

Jaye ging vor der Katzenklappe in die Hocke. „Sag mir, wie du heißt?"

„Minnie. Und meine kleine Katze heißt Tabitha. Sie ist meine beste Freundin."

„Tabitha ist ein schöner Name. Wie sieht die Katze aus?"

„Sie ist getigert. Ihre Augen sind grün, und sie hat langes, weiches Fell."

Jaye lächelte. „Wie alt bist du, Minnie?"

„Elf. Tabitha ist zwei."

Jaye drängte sich enger heran und hörte die Katze schnurren.

„Ich heiße Jaye, und ich bin fünfzehn."

„Ich weiß. Er hat es mir gesagt."

Jaye schauderte. „Wer ist er, Minnie? Dein Dad, oder ..."

„Er ist Adam. Ich kenne seinen Nachnamen nicht."

„Wie lange bist du schon bei ihm?"

„Lange", erwiderte sie und klang verwirrt. „Ich glaube schon immer."

Das konnte nicht sein, wie Jaye wusste. Dieser Adam hatte Minnie genauso gekidnappt wie sie. „Wir müssen zusammenarbeiten, Minnie. Ich habe hier Freunde in der Nähe. Hilf mir hier heraus, und ich verhelfe uns zur Flucht."

„Das kann ich nicht. Er wäre sehr böse auf mich und würde Tabitha was tun. Er hat ... meinen Freunden schon früher was getan."

Jaye presste die Augen zusammen. „Du könntest heimgehen, Minnie." Ihre Stimme bebte, und sie bemühte sich, ruhig zu sprechen. Minnie hatte sicher mehr Vertrauen zu ihr, wenn sie selbstsicher klang. „Ich werde dafür sorgen, dass du heimgehen kannst."

„Heim", wiederholte sie in kaum hörbarem Flüstern. „Ich kann mich nicht an zu Hause erinnern."

Hass flammte in Jaye auf, weil dieses Monster von einem Mann einem Kind die Familie gestohlen hatte. Das machte sie umso entschlossener, sie beide zu befreien und ihn für seine Tat büßen zu lassen.

Sie behielt ihre Überlegungen für sich, weil sie fürchtete, das verzagte Mädchen sonst in die Flucht zu schlagen. „Erzähl mir mehr von dir, Minnie. Gehst du zur Schule?"

Das tat sie nicht, aber sie konnte lesen und schreiben. Diese Frage führte zu weiteren, und nach kurzer Zeit glaubte Jaye, eine gute Vorstellung von dem Mädchen auf der anderen Seite der Tür zu haben. Die Kleine war blond, zart und ziemlich schüchtern. Sie wurde hier schon seit einiger Zeit gefangen gehalten, vielleicht seit sie fünf oder sechs war.

Jaye erzählte Minnie von ihrem Leben, von den Menschen, die ihr fehlten, und von Anna.

Minnie begann zu weinen.

„Weine nicht", bat Jaye rasch. „Was immer ich gesagt habe, ich wollte dich nicht ..."

„Es geht nicht um dich. Es ... er hat mich gezwungen, es zu tun, Jaye. Er hat mich gezwungen, die Briefe zu schreiben. Und es ist meine Schuld, dass du hier bist."

Ihre Stimme wurde schriller, und Jaye versuchte Minnie zu beruhigen. Sie wollte nicht, dass sie Adam weckte. „Wovon sprichst du, Minnie? Was für Briefe?"

„Die an deine Freundin Anna. Er hat mich gezwungen. Er hat gesagt, er würde Tabitha was tun, wenn ich nicht gehorche."

Jaye merkte besorgt auf. „Anna? Ich verstehe nicht." Doch im selben Moment ging ihr ein Licht auf. Die Fanpost, die Anna von einem kleinen Mädchen bekommen hatte! *Minnie! Oh lieber Gott, nein!*

Ein Rascheln von der anderen Seite der Tür. Als Minnie sprach, klang es, als presse sie den Mund gegen die Katzenklappe. „Deine Anna ist in Gefahr. Er spricht die ganze Zeit von ihr. Er hat was vor. Ich habe zugehört." Minnie senkte die Stimme noch mehr, und Jaye presste ihr Ohr an die Tür, um sie zu verstehen. „Deshalb hat er dich geholt. Er will Anna kriegen."

Eisige Furcht übermannte Jaye. Sie dachte an ihren Streit mit Anna, an die schrecklichen Dinge, die sie ihr gesagt hatte, und bedauerte es zutiefst.

Anna hatte völlig zu Recht all die Jahre Angst gehabt. Es war richtig gewesen, ihre wahre Identität geheim zu halten. Jaye machte sich Vorwürfe, dass sie sich nicht in Annas Lage versetzt und Verständnis gezeigt hatte.

Jetzt war sie auf seltsame Weise in Annas damalige Lage geraten.

Sie musste ihre Freundin warnen und eine Möglichkeit finden, ihr zu helfen. „Minnie", flüsterte sie, „was hat er mit Anna vor? Du musst es mir sagen! Wir müssen sie irgendwie warnen."

Doch als Antwort kam nur Schweigen, und Jaye erkannte enttäuscht, dass das Mädchen fortgegangen war.

31. KAPITEL

*Dienstag, 23. Januar,
19 Uhr.*

Anna kehrte nach einem langen, arbeitsintensiven Tag aus dem Blumenladen heim. Gewöhnlich gab es an Dienstagen nicht viel zu tun, doch heute war es anders gewesen. Wenn sie nicht gerade Aufträge angenommen hatte, war sie Dalton zur Hand gegangen, sie auszuführen. Sie hatte letzte Dekorationen angebracht und Geschenkanhänger ausgefüllt.

Als Dalton sichtlich müde wurde und über seine schmerzenden Finger klagte, hatte sie ihn regelrecht heimgescheucht und sich erboten, den Laden abzuschließen, überzeugt, dass in der letzten Stunde nicht mehr viel los sein würde. Sie hatte den Laden aufräumen und alles für den nächsten Tag vorbereiten wollen. Stattdessen waren noch zwei Ehemänner in Nöten erschienen. Der eine brauchte Blumen für den Geburtstag seiner Frau, der zweite für den Hochzeitstag.

Glücklicherweise hatten beide Rosen gewollt, mit denen sie ganz gut zurecht kam. Allerdings hatten die beiden Aufträge ihre restliche Stunde aufgezehrt. Deshalb war sie noch länger geblieben, um aufzuräumen. Falls es morgen wieder so hektisch wurde, mussten sie und Dalton einen ordentlichen Arbeitsplatz vorfinden.

Anna schloss ihre Wohnungstür auf und trat ein. Hungrig und erschöpft schleppte sie sich geradezu dahin.

Ihr Agent hatte heute angerufen. Cheshire House hatte ihr ein letztes Angebot gemacht. Ein gutes, etwas höher als das letzte, und sie wollten sofort eine Antwort haben.

Sie hatte abgelehnt.

Seufzend warf sie ihren Schlüssel auf den Tisch im Flur. Sie hätte von Herzen gern angenommen, doch um ihres Seelenfriedens willen musste sie ablehnen. Es wäre ihr unmöglich, die verlangte Werbekampagne unbeschadet durchzustehen. Sie konnte so etwas eben nicht, basta.

Deprimiert überlegte sie, sich ein Sandwich zu machen und dann an den Computer zu gehen. Vielleicht hob es ihre Stimmung, wenn sie wieder arbeitete. Wenn sie nur ein, zwei gute Seiten schrieb, war ihre Lust am Schreiben vermutlich wieder geweckt.

Sie zog Leggings und einen dicken Pullover an und ging in die Küche. Ein Blick auf den Anrufbeantworter verriet ihr, dass keine Mitteilungen eingegangen waren. Sie schaltete das Radio ein und ging zum Kühlschrank.

Den „Mardi Gras Mambo" mitsummend, öffnete sie die Tür und nahm alles heraus, was sie für ihr Lieblingssandwich brauchte.

Sie trug Truthahnfleisch, Gemüse, Mayonnaise, eingelegte Gurken und einige Chips zur Arbeitsplatte und ging zurück, um einen Krug Wasser zu holen. Da entdeckte sie es. Auf einem gläsernen Dessertteller lag auf einem herzförmigen Deckchen ein Finger. Ein kleiner Finger.

Entsetzt aufschreiend sprang sie zurück.

Der Wasserkrug entglitt ihrer Hand und zersplitterte auf dem Boden. Kaltes Wasser spritzte ihr über Knöchel und Füße.

Kurt! Er hat mich gefunden!

Geradezu hysterisch wandte sie sich ab und rannte los. Aus der Wohnung heraus, den Flur entlang zum Nachbarapartment von Dalton und Bill.

Schluchzend und rufend schlug sie gegen die Tür. *Bitte seid zu Hause! Bitte, bitte!*

Sie waren da. Eine halbe Stunde später saß sie zusammengekauert auf der Couch, und Dalton hatte schützend einen Arm um sie gelegt. Sobald sie wieder zusammenhängend reden konnte, um ihren Freunden zu erzählen, was sich ereignet hatte, hatten sie Malone informiert. Der war im Augenblick mit Bill nebenan in ihrer Wohnung und machte sich ein Bild von der Situation.

Sie holte zittrig Atem, und Dalton drückte sie kurz an sich. „Es wird alles wieder gut, Anna."

Das klang nicht überzeugend. Seine Stimme schwankte leicht, und sie wünschte, ihm Mut machen zu können.

Kurt hat mich gefunden. Er war in meiner Wohnung. Er will mich umbringen!

Fröstelnd schmiegte sie sich enger an Dalton. „Ich habe Angst."

„Ich weiß." Er seufzte tief. „Ich auch."

Malone kehrte zurück, Teller, Deckchen und Finger im versiegelten und beschrifteten Beweisbeutel. Annas Blick wanderte von dort zu Bill, der kreidebleich hinter Malone herging. Sie schluckte. „War es ... ich meine, konnte man erkennen, wer ..."

„Der Finger ist eine Attrappe", unterbrach Malone sie und kam zu ihr. „Eine sehr gute. Eine Prothese."

Er legte den Beutel auf den Tisch, und Anna wandte den Blick ab. Attrappe oder nicht, der bloße Anblick verursachte ihr Übelkeit.

Malone ging vor ihr in die Hocke, so dass sie ihn ansehen musste. „Anna, war Ihre Tür abgeschlossen, als Sie nach Haus kamen?"

Sie dachte nach und nickte. „Der Sicherungsriegel schnappte zurück wie immer. Ich trat ein und warf meine Schlüssel auf den Tisch im Flur."

„Und Sie haben nichts Ungewöhnliches bemerkt? Sie hatten nicht das Gefühl, dass etwas verändert war oder nicht in Ordnung sein könnte?"

Sie schüttelte den Kopf. „Nein, nichts."

„Wussten Sie, dass Ihre Balkontür unverschlossen war?"

„Sind Sie sicher?" Sie zog die Stirn in Falten. „Das kann nicht sein."

„Es war aber so", bestätigte Bill. „Ich habe es mit eigenen Augen gesehen."

„Neulich morgens, als Bill und ich im Innenhof gefrühstückt haben, hast du uns hereingerufen", sagte Dalton. „Vielleicht hast du da vergessen, die Tür wieder abzuschließen."

Das war möglich, obwohl es gar nicht ihrer Art entsprach. Sie rieb sich die Stirn. „Ich kann mich nicht erinnern."

„Alle anderen Fenster waren verschlossen", erklärte Malone. „Und ich habe keine Spuren für gewaltsames Eindringen gefunden."

„Sie glauben, er ist über den Balkon gekommen?"

„Wäre möglich." Er zog sein Notizbuch hervor und sah Anna in die Augen. „Es gibt noch eine andere Möglichkeit. Hat außer Ihnen noch jemand einen Schlüssel zu der Wohnung?"

„Nur Dalton."

Malone sah ihn an, und Dalton errötete. „Mir gehört dieses Haus, also habe ich logischerweise den Hauptschlüssel zu allen Wohnungen."

„Was aber nicht heißt, dass er ihn benutzen würde", verteidigte Anna ihn. „Außerdem sind Dalton und Bill meine Freunde. Sie würden nie ..."

„Natürlich nicht", lenkte Malone leise ein und konzentrierte sich wieder auf sie. „Was ist mit früheren Freunden oder Lebensgefährten?"

Ihre Blicke begegneten sich, und Anna spürte Röte in ihre Wangen kriechen. Obwohl es im Rahmen der Ermittlungen eine logische und legitime Frage war, erschien sie ihr zu intim. Sie fühlte sich bloßgestellt. „Nein, keine."

„Haben Sie hier mal mit jemand zusammengelebt?" Sie verneinte, und er notierte die Antwort auf seinem Block. „Haben Sie einen Verdacht, wer dahinter stecken könnte?"

Die Frage erschreckte sie, und die Antwort machte sie fast hysterisch. „Kurt", presste sie hervor.

„Kurt? Sie meinen doch nicht den Mann, der Sie vor dreiundzwanzig Jahren entführt hat?"

„Doch, den meine ich. Er hat mich gefunden, ich weiß es."

Malone ließ den Blick kurz zu ihren Freunden schweifen und räusperte sich. „Haben Sie Beweise dafür?"

Sie lachte freudlos. „Ist das, was heute Abend passiert ist, nicht Beweis genug?"

Malone schwieg einen Moment. Als er wieder das Wort ergriff, sprach er sanft und in vorsichtiger Wortwahl. „Ihr Verdacht ist verständlich, Anna. Wahrscheinlicher ist allerdings, dass jemand anders es auf Sie abgesehen hat. Jemand, der Ihre Geschichte kennt und auf Sie fixiert ist."

„Na, großartig", erwiderte sie leise. „Sie behaupten, dass mehr als ein Psychopath hinter mir her ist. Manche Leute haben wirklich nur Glück."

Ein Lächeln zuckte um seinen Mund, doch sie wusste, es galt nicht ihrer Situation. Sein Blick schweifte über Bill und Dalton hinweg wieder zu ihr. „Sehr wahrscheinlich ist es jemand, der mit Ihrem gegenwärtigen Leben zu tun hat. Ein Freund oder Bekannter. Ein Geschäftspartner. Ein regelmäßiger Kunde in der ‚Perfekten Rose' oder jemand, den Sie nur ganz flüchtig kennen." Er sah von einem zum anderen. „Dieser Anschlag beweist ein hohes Maß an Planungsvermögen und Entschlossenheit. Außerdem ist der Täter mit Ihren Lebensumständen vertraut und besitzt eine Menge Sachkenntnis. Denken Sie nach. Fällt Ihnen dazu jemand ein?"

Anna faltete die Hände. „Nein. Nur Kurt. Ich kann mir einfach nicht vorstellen, wer mir so etwas antut."

Sie sah Bestätigung suchend zu Dalton und Bill.

„Dazu fällt mir auch niemand ein, Detective Malone", sagte Bill versonnen. „Ich wünschte, es wäre anders."

Da auch Dalton ihm keinen Tipp geben konnte, erklärte Malone stirnrunzelnd: „Ich will ehrlich sein. Bestenfalls haben wir es mit jemand zu tun, der einen abartigen Sinn für Humor hat. Jemand, dem es Spaß macht, andere in Angst zu versetzen. Er macht das aus der Ferne und bleibt unerkannt, das ist Teil seines Vergnügens. Gefahr an Leib und Leben droht Ihnen von ihm nicht, weil er keine direkte Konfrontation möchte, dazu fehlt ihm der Mut."

„Und schlimmstenfalls?" fragte Anna und hatte Mühe, mit ruhiger Stimme zu sprechen.

„Schlimmstenfalls haben wir es mit jemand zu tun, der psychisch krank und gefährlich ist. Sie aus der Ferne zu terrorisieren, ist nur der Beginn seiner Schreckenskampagne. Sie wird eskalieren, und er kann Ihnen gefährlich werden."

„Allmächtiger!" stöhnte Dalton auf.

Bill setzte sich. „Ich glaube, ich brauche was zu trinken."

Anna fühlte sich schwach. „Was soll ich machen?"

„Vor allem können Sie mir bei meiner Arbeit helfen. Hat sich in letzter Zeit etwas Ungewöhnliches in Ihrem Leben ereignet? Haben Sie neue Bekanntschaften geschlossen? Sind Sie mit jemand aneinander geraten?"

„Nein, keine Konfrontationen, aber ..."

„Aber was?" Malone verengte die Augen.

„Es begann vor gut einer Woche", erklärte sie und kam sich töricht vor, es nicht eher erwähnt zu haben. „Ich bekam ein Päckchen ohne Absender. Es enthielt ein Video mit einem Interview meiner Mutter, von einem unabhängigen Filmemacher aufgenommen. Dieses Interview erschien auch in E! *Ungelöste Rätsel Hollywoods.*"

„Der Name des Filmemachers?" fragte Quentin.

Sie nannte ihn, erzählte, wie sich die Dinge weiterentwickelt hatten, und endete mit ihrer letzten Unterhaltung mit Ben Walker. „Er war sicher, dass sein Päckchen von einem seiner Patienten zurückgelassen worden war. Allerdings wusste er nicht, von wem und aus welchem Grund. Ich fragte ihn nach dem Namen Peter Peters, aber er hat keinen Patienten dieses Namens."

Quentin zog eine Braue hoch. „Und dieser Dr. Walker hatte früher keinen Kontakt zu Ihnen?"

„Nein. Er machte mich durch die Direktorin von B.B.B.S.A. ausfindig."

„Haben Sie das überprüft?"

„Nein", erwiderte Anna überrascht. „Ich hatte keinen Grund anzunehmen ... ich meine, er ist ein wirklich netter ..."

„Typ?" fügte Quentin trocken hinzu. „Das sind viele von diesen Verrückten."

Hitzig verteidigte sie Ben. „Rufen Sie ihn doch an. Sie werden feststellen, dass er genau das ist, wofür er sich ausgibt."

„Da bin ich sicher. Haben Sie seine Telefonnummer?"

„Nein, aber seine Praxis ist hier in der Nähe. Sein voller Name ist Dr. Benjamin Walker. Er ist Psychologe."

Malone notierte das. „Sonst noch was?"

„Die Briefe", sagte Dalton.

„Die, von denen Sie mir erzählt haben?" fragte Malone. „Die von dem kleinen Mädchen?" Sie nickte, und er runzelte die Stirn. „Glauben Sie, dass die etwas mit dem Ereignis heute Abend zu tun haben?"

„Ich weiß nicht." Sie sah ihre Freunde um Unterstützung bittend an, und die nickten aufmunternd. „Nach dem letzten Brief waren auch wir der Meinung, jemand spiele mir einen üblen Scherz. Genau wie Sie gesagt hatten."

„Der Brief war übertrieben", erklärte Bill. „Viel zu dick aufgetragen, um glaubhaft zu sein."

„Haben Sie den Brief noch?"

„Ja. Ich ..."

„Ich hole sie dir, Anna." Dalton stand auf. „Sind sie in deinem Schreibtisch?"

„Ja. Obere rechte Schublade."

Kurz darauf kehrte er mit dem Bündel zurück und gab es ihr. Sie nahm den letzten Brief heraus und überreichte ihn Malone. Er sah auf den Umschlag und hob erstaunt den Blick. „Sie weiß, wo Sie arbeiten?"

Verlegen erklärte sie: „Ich habe den ersten Brief auf dem Geschäftspapier der ‚Perfekten Rose' beantwortet. Ich habe nicht darüber nachgedacht."

Quentin sah sie einen Moment an und widmete sich Minnies Brief. „Haben Sie seither noch weitere Briefe erhalten?"

„Nein." Sie verschränkte die Finger ineinander. „Denken Sie, wir hatten Recht, dass es ein übler Scherz ist?"

„Könnte sein." Er verzog nachdenklich die Lippen. „Jemand treibt ein Spiel mit Ihnen, Anna, und kein sehr schönes."

„Ich brauche was zu trinken. Sonst noch jemand?" Bill erhob sich und ging in die Küche. „Ich werde mir einen Doppelten genehmigen."

Malone ignorierte ihn. „Kann ich den Brief behalten und mit aufs Revier nehmen?"

„Sicher. Möchten Sie die anderen auch haben?"

Er bejahte, sie gab ihm das Bündel, und er verstaute es in der Innentasche seines Jacketts. „Sonst noch etwas, das ich wissen müsste?"

„Ich glaube nicht." Anna sah Dalton fragend an, und der schüttelte den Kopf. „Nein, nichts."

„Okay." Malone erhob sich. „Ich schreibe einen Bericht und schicke die Spurensicherung her. Fingerabdrücke und so."

„Glauben Sie, Sie finden welche?" fragte sie hoffnungsvoll.

„Wollen Sie eine ehrliche Antwort? Nein, aber es gibt immer eine Chance. Ich melde mich."

32. KAPITEL

*Dienstag, 23. Januar,
22 Uhr 35.*

Quentin blieb auf dem Gehweg vor Annas Haus stehen und blickte stirnrunzelnd zu den hell erleuchteten Fenstern hinauf. Was ging da vor? Offenbar hatte irgendein Wahnsinniger es auf Anna abgesehen – wegen ihrer Vergangenheit oder wegen ihrer Bücher?

Wie gefährlich war der Typ? Würde er jetzt zur nächsten Stufe seiner Kampagne übergehen? Und welche Rolle spielte dieser Dr. Walker in der ganzen Sache? Anna war rasch und hitzig für ihn eingetreten. Sie kannten sich bestenfalls einige Tage. Wie wichtig war dieser Mann ihr bereits?

Das sollte ihm eigentlich gleichgültig sein, doch das war es nicht. Er spürte einen kleinen Stich der Eifersucht. Er fühlte sich zu Anna North hingezogen, sehr sogar. Er war neugierig auf sie, und es missfiel ihm, dass sie sich mit jemand anders abgab.

Vielleicht sollte er Dr. Benjamin Walker einen späten Überraschungsbesuch abstatten.

Während er zum Fenster hinaufsah, erschien Anna im hell erleuchteten Rechteck und sah auf ihn hinunter. Ihre Blicke begegneten sich. Sekundenlang sahen sie sich reglos in die Augen, und Quentin empfand heftige Sehnsucht nach ihr. Während er im Lichtkegel des Fensters stand, stellte er sich vor, wieder zu ihr hinaufzulaufen, sie in die Arme zu nehmen und mit ihr ins Bett zu gehen.

Sie hob die Hand in einer kleinen Geste des Erkennens und zog die Vorhänge zu. Das Licht schwand, und mit ihm seine lebhafte Fantasievorstellung.

Leicht den Kopf schüttelnd, wandte er sich ab und ging zu seinem Bronco, der halb auf dem Gehweg parkte, um die enge Straße im French Quarter nicht zu versperren.

Quentin stieg ein, ließ den Motor an und fuhr los. Seine Gedanken wanderten zu den Ereignissen der letzten Woche und blieben bei seinem Besuch bei Penny stehen.

Sie hatte ihm nachgeschaut, als er davongefahren war. Ihm war elend gewesen, weil er etwas getan hatte, von dem er vorher wusste, dass es falsch war. Mit peinlichen Fragen, deren Antworten er eigentlich kannte, hatte er sie unnötig aufgeregt, obwohl sie es schon schwer genug hatte.

Laut Penny hatte Terry schon lange die Kontrolle über sich verloren und verhielt sich selbstzerstörerisch. Warum war ihm das nicht aufgefallen? Sah er seinen Freund, wie Penny behauptete, durch die rosarote Brille?

Er dachte darüber nach. Nein, Terry war es gut gegangen, bis seine Ehe scheiterte. Sicher trank er manchmal zu viel und feierte zu lange. Aber das hing mit dem Job zusammen. Jeder brauchte irgendwo ein Ventil, um Dampf abzulassen und all das Hässliche zu verkraften, mit dem ein Cop sich tagtäglich herumschlagen musste. Einige fanden das in ihren Familien, andere in der Kirche oder bei Frauen, wieder andere beim Trinken. Und manche wurden einfach nicht damit fertig. Es gab auch die, die anscheinend keinen Ausgleich brauchten. Auf die hatte der Job gar keine Wirkung.

Quentin wählte das Revier an. Der Beamte vom Nachtdienst nahm ab. „Hallo, Brad, Malone hier. Du musst mir eine Adresse heraussuchen, ein Seelenklempner namens Benjamin Walker. Privat, nicht die Praxis."

„Ich habs. Constance Street. Wohnung und Praxis." Der Beamte nannte ihm die ganze Adresse, und Quentin dankte ihm. „Alles ruhig bei dir?"

„Wie ein Grab, Malone. Halte dich warm."

„Du dich auch." Quentin legte auf. Er überquerte die Canal Street und kam am Canal Place vorbei.

Terry würde ruhiger werden, sobald er sich an seine neue Situation gewöhnt hatte und einsah, dass Penny ihre Meinung nicht änderte. Seine eigenartigen Stimmungsumschwünge und sein irrationales Verhalten würden sich legen, und dann kam der alte Terry wieder durch.

Sobald der Killer von Nancy Kent und Evelyn Parker gefasst war, würden sie alle aufatmen.

Die Medien hatten ihr Fest mit diesen Morden. Ein verantwortungsloser Journalist hatte den Täter sogar den Bourbon Street Schlächter genannt. Die Touristen wurden nervös, die Öffentlichkeit verlangte Taten, und Chief Pennington wollte Resultate – am besten gestern.

Das Merkwürdige war, dass niemand etwas gesehen hatte, obwohl beide Frauen am letzten Abend ihres Lebens von Menschen umgeben gewesen waren. Das Barpersonal, die Gäste und die Männer, die mit den Opfern getanzt hatten, waren verhört und ihre Alibis überprüft worden. Aus alledem war nicht ein Verdächtiger hervorgegangen.

Am Lee Kreisel hielt Quentin an. In seiner Mitte, angestrahlt von mehreren Scheinwerfern am Fuß der Statue, schimmerte das Denkmal für General Robert E. Lee geisterhaft weiß. Malone betrachtete es einen Moment und blickte wieder auf die Straße.

Zusammen mit seinem Team hatte er alle ungelösten Vergewaltigungsfälle der letzten beiden Jahre überprüft. Alle mit einem ähnlichen Modus Operandi waren genau unter die Lupe genommen worden. Sie hatten die Zeugen noch einmal befragt und Blutgruppen und andere Spuren verglichen.

Der Erfolg war gleich null gewesen.

Frustriert streckte er die Finger am Lenkrad. In der Nacht von

Nancy Kents Ermordung war er im Shannon gewesen. Durch diesen Zufall hatte er sie als einer der Letzten lebend gesehen. Ihr Mörder war in jener Nacht auch dort gewesen, davon war er überzeugt. Der Täter hatte sie beobachtet und vermutlich mit ihr getanzt. Dass er ihn wahrscheinlich sogar selbst gesehen hatte, bereitete ihm großes Unbehagen.

Die Ampel sprang um, und er fuhr wieder an. Beide Opfer waren beraubt worden. Das erste war eine wohlhabende junge Frau gewesen, die am Abend ihres Todes mit großen Geldscheinen gewedelt hatte. Als man sie fand, war ihre Brieftasche leer gewesen.

Plötzlich stand ihm das Bild vor Augen, wie Terry Shannon fünfzig Dollar zusteckte. Seine unwillkürliche Schlussfolgerung erschütterte ihn so sehr, dass er den Wagen am Straßenrand anhielt.

Großer Gott im Himmel, was denke ich denn da?

Dass Terry sie umgebracht hat? Dass die fünfzig Dollar Nancy Kent gehörten? Quentin schüttelte ungläubig den Kopf. Terry war zu keinem Mord fähig. Ausgeschlossen. Außerdem waren sie an dem Abend die ganze Zeit zusammen gewesen. Und als sie sich getrennt hatten, war Terry so sturzbetrunken gewesen, dass er kaum gehen, geschweige denn einen Mord begehen konnte. Was war nur los mit ihm? Wie hatte er auch nur einen Moment erwägen können, Terry sei zu so einer Tat fähig?

Quentin fuhr weiter. Nach wenigen Minuten erreichte er Ben Walkers Adresse und hielt langsam vor dem Haus an. Kein Licht aus den Fenstern, die Zufahrt war leer. Quentin sah auf seine Uhr. Es war nach elf. Er schmunzelte. Was für ein Jammer, den guten Doktor aufzuwecken. Wirklich jammerschade.

Er stellte den Motor ab, stieg aus und ging zur Haustür. Er läutete, wartete und läutete wieder. Kein Hundegebell, kein Licht ging an. Er klopfte laut, erhielt keine Antwort und ging zur Rückseite. Dort war es ebenso dunkel wie vorne. Er stieg die Stufen zur Hintertür hinauf und klopfte, wartete und klopfte wieder.

Interessant, dachte er, wandte sich ab und ging wieder zu seinem Wagen. Nach elf Uhr abends an einem Werktag, und der Doktor war aus. Offenbar war der Gute eine Nachteule.

Vielleicht hat Anna ihn angerufen. Vielleicht ist er zu ihr gefahren, um sie zu trösten.

Die Vorstellung gefiel ihm nicht, und er verdrängte sie. Er würde dem Psychologen am Morgen einen Besuch abstatten.

Quentin stieg in seinen Bronco, startete und fuhr Richtung St. Charles Avenue. Seine Gedanken schweiften ab, als er durch die stillen Straßen unter einem Baldachin jahrhundertealter Eichen fuhr, vorbei an Herrenhäusern der Jahrhundertwende und den Universitäten Loyola und Tulane. Das alles war ihm so vertraut wie seine Westentasche.

Er lebte in einem kleinen Haus im Stadtviertel Riverbend, genau dort, wo der Mississippi einen Bogen machte und zwei der größten Boulevards der Stadt, St. Charles und Carrollton Avenue, auf die River Road mündeten.

Es war ein buntes Völkchen in seinem Viertel aus jungen Familien, berufstätigen Paaren und Studenten, die in restaurierten Bungalows, Doppelhäusern und Cottages in unterschiedlichen Stadien der Renovierung lebten.

Quentin bog in seine Straße, in seine Zufahrt und hielt im Carport an. Er schaltete den Motor aus, stieg aus und verharrte in der Bewegung, als ihn ein erschreckender Gedanke durchzuckte.

In jener Nacht im Shannon war er nicht die ganze Zeit mit Terry zusammen gewesen. Kurz nach Terrys Streit mit Nancy Kent hatte er ihn für eine Weile aus den Augen verloren.

33. KAPITEL

Mittwoch, 24. Januar,
6 Uhr 50 morgens.

Quentin stieg die Stufen vor Dr. Benjamin Walkers Haustür hinauf. Er tat das langsam und bemerkte den frischen Anstrich des Gebäudes und den gepflegten, wenn auch karg bepflanzten Garten. Details, die ihm gestern Nacht entgangen waren. Die rechte Seite des Doppelhauses bewohnte der Doktor, links lagen seine Praxisräume, das verriet das glänzende Messingschild neben dem Eingang.

Er überquerte die schmale Veranda zur Tür des Privathauses und läutete. Einmal, dann noch einmal. Es war früh am Morgen, noch nicht einmal sieben. Also bestand eine gute Chance, dass er den Psychologen weckte, zumal er gestern Abend aus gewesen war.

Quentin lächelte vor sich hin. Er wollte den Mann überraschen und seine volle Aufmerksamkeit und Kooperation erzwingen. Falls er gewartet hätte, bis Ben Walker seine Praxis öffnete, hätte er sich damit begnügen müssen, zwischen Patiententerminen eingeschoben zu werden.

Schritte auf der anderen Seite der Tür, dann wurde der Sicherheitsriegel zurückgeschoben. Die Tür schwang auf, und es schien Quentin als wäre der Mann vor ihm gerade unter der Dusche hervorgesprungen. Er hatte ein Handtuch um den Hals geschlungen, und sein Haar war noch nass. Aus dem Haus kam klassische Musik.

„Benjamin Walker?" Quentin hielt seine Marke hoch. „Detective Malone, Polizei New Orleans."

Der Mann wirkte sehr erschrocken. „Sie suchen wirklich Dr. Benjamin Walker?"

„Ja, allerdings." Er steckte seine Marke ein. „Sieht so aus, als hätte ich Sie bei der Morgentoilette gestört. Ich entschuldige mich."

„Kein Problem." Er trocknete sich die Hände am Handtuch. „Wie kann ich Ihnen helfen?"

„Es gab gestern Nacht einen Zwischenfall bei Anna North, und soweit ich hörte ..."

„Anna? Ist alles in Ordnung mit ihr?"

„Darf ich hereinkommen?"

„Natürlich."

Der Doktor trat beiseite, und Quentin folgte ihm ins Haus, durch das Foyer in den vorderen Wohnraum. Die spartanische Einrichtung verriet ihm sofort, dass Ben Walker Single war, keine Kinder und nur wenig Verwandtschaft hatte. Er besaß nur wenige Möbel, allerdings von guter Qualität. Kaum Kunst oder Familienfotos an den Wänden. Dafür hingen etliche Spiegel im Haus, was einem fast den Eindruck vermittelte, in einem Spiegelkabinett zu sein.

Ben deutete ihm an, sich zu setzen, und nahm selbst Platz. „Erzählen Sie mir von Anna. Was ist ihr zugestoßen?"

„Außer, dass sie etwas durcheinander ist, geht es ihr gut." Quentin sah ihm durchdringend in die Augen und hoffte, ihn zu verunsichern. „Jemand hat ihr einen hässlichen Streich gespielt. Er drang in ihre Wohnung ein und legte ihr einen kleinen Finger in den Kühlschrank. Sie fand ihn bei ihrer Rückkehr."

Ben wirkte erschrocken. „Arme Anna. Das muss ein Schock für sie gewesen sein. Wer ... ich meine, wissen Sie, wer ..."

„Es war eine Attrappe."

„Gott sei Dank." Ben Walker wandte den Blick ab, dachte einen Moment nach und sah Quentin wieder an. „Ich muss Ihnen etwas zeigen, ich bin gleich zurück."

Augenblicke später kehrte er mit einem großen Umschlag zurück und überreichte ihn. „Sehen Sie sich das an."

Quentin öffnete ihn und nahm eine Notiz und ein Foto heraus. Es zeigte den Doktor und Anna im Café du Monde. Er las die Notiz und hob den Blick zu Ben. „Wann haben Sie das erhalten?"

„Vorgestern Abend. Als ich heimkam, war jemand in mein Haus eingedrungen und hatte das auf meinem Bett hinterlassen."

Quentin verengte die Augen, leicht beunruhigt durch diese neue Wendung. „Was bedeutet das Ihrer Meinung nach, Doktor?"

„Ich weiß nicht. Wer dieses Foto gemacht hat, ist mir oder Anna offenbar gefolgt. Da treibt jemand ein irres Spiel mit mir ... mit uns."

„Genau aus dem Grund bin ich hier."

Ben merkte auf. „Wirklich?"

„Anna sagte mir, dass Sie glauben, einer Ihrer Patienten sei verantwortlich für die Bücher und Videobänder, die man ihr und ihren Freunden geschickt hat."

„Es ist nur eine Vermutung", schwächte er vorsichtig ab. „Aber immerhin habe ich so ein Päckchen erhalten, obwohl ich zuvor keinerlei Verbindung zu Anna hatte."

„Außer durch Ihre Arbeit."

„Wie bitte?"

„Ich meine Ihr Fachgebiet."

„Ja, natürlich. Allerdings gibt es eine Reihe Psychologen in der Gegend, die auf diesem Gebiet arbeiten."

„Also, warum Sie, Doktor?"

„Ich wünschte, ich wüsste es, Detective. Dann hätte ich vielleicht auch eine Ahnung, wer für all das verantwortlich ist."

„Vielleicht?"

„Ich bin Psychologe, kein Hellseher."

„Ich brauche eine Liste Ihrer Patienten."

„Sie wissen so gut wie ich, dass ich Ihnen die nicht geben kann."

„Einer von denen will Anna North schaden."

„Das können wir nicht mit Sicherheit sagen."

„Können wir nicht? Er brach letzte Nacht in ihre Wohnung ein und hinterließ ihr ein grausames Geschenk. Jemand versucht sie zu terrorisieren."

„Ich kann Ihnen die Liste nicht geben." Er stand auf und gab damit zu verstehen, dass die Besprechung beendet war. „Es tut mir Leid."

Quentin erhob sich ebenfalls. „Tut es das wirklich?"

„Es gibt einen Verhaltenskodex in meinem Beruf, an den ich mich halten muss. Genau wie Sie in Ihrem Beruf. Wenn Sie von jemandes Schuld überzeugt sind, es aber nicht beweisen können, was tun Sie dann? Prügeln Sie ein Geständnis aus ihm heraus? Fälschen Sie Beweismittel? Oder halten Sie sich an Ihren Eid, das Gesetz zu achten?"

Quentin betrachtete ihn aufmerksam, unbeeindruckt von seiner ruhigen Rechtfertigungsrede. „Was wollen Sie damit sagen, Dr. Walker? Dass einer Ihrer Patienten schuldig ist?"

„Ist das angewandte Haarspalterei, Detective?"

Quentin lächelte schwach. „Berufskrankheit." Er deutete auf das Foto. „Darf ich das behalten?"

„Nehmen Sie es. Ich habe allerdings eine Bitte. Anna weiß noch nichts davon, und ich möchte es ihr selbst sagen. Ich befürchtete ... ich wollte ihr keine Angst machen." Als erkenne er, wie lächerlich das nach den Ereignissen des gestrigen Abends klang, fügte er hinzu: „Ich werde sie sofort anrufen und ihr davon erzählen."

„Tun Sie das. Sonst kann ich für nichts garantieren." Quentin gab ihm seine Karte. „Rufen Sie mich an, falls Sie Ihre Meinung wegen der Patientenkartei ändern."

„Natürlich." Er nahm die Karte und begleitete Quentin zur Tür.

„Warum so viele Spiegel?" fragte Quentin, da er noch einige mehr bemerkte. „Sind das Fenster zur Seele oder so etwas?"

„Das sagt man von den Augen." Ben ließ den Blick über seine Spiegel schweifen. „Ich kann gar nicht genau sagen, warum sie mir gefallen, aber sie tun es. Ich habe irgendwann angefangen, sie zu sammeln, und besitze jetzt etwa zwanzig."

„Interessantes Hobby. Was machen Sie, wenn Sie keinen Platz mehr zum Aufhängen haben?"

„Ich weiß nicht. Umziehen vermutlich." Sie erreichten die Tür, und Ben öffnete sie. „Tut mir Leid, dass ich Ihnen nicht mehr helfen konnte. Ehrlich."

„Mir auch. Ehrlich." Quentin trat auf die Veranda hinaus, blieb stehen und drehte sich zu Ben um. „Übrigens, ich habe gestern Abend noch spät versucht, Sie zu erreichen. Nachdem ich bei Anna war. Sie müssen aus gewesen sein."

Ben wirkte verblüfft. „Ich war zu Hause, die ganze Nacht."

„Ich habe geläutet und geklopft, an der Vorder- und an der Hintertür."

„Ich habe einen festen Schlaf."

„Merkwürdig, Ihr Wagen stand nicht in der Zufahrt."

Ben Walker wurde leicht ungehalten. „Werfen Sie mir etwas vor, Detective?"

„Keineswegs. Es war nur eine Beobachtung."

„Wenn möglich, parke ich auf der Straße. Dann ist die Zufahrt morgens für meine Patienten frei, und ich muss den Wagen nicht umsetzen." Er deutete auf die am Straßenrand geparkten Autos. „Meiner ist der silberne Taurus."

„Gute Planung, Dr. Walker."

„Danke." Er sah auf seine Uhr. „Ich kürze unsere Unterhaltung nur ungern ab, aber wenn Sie keine weiteren Fragen haben ... mein erster Patient kommt in einer halben Stunde."

„Ich danke Ihnen, dass Sie sich die Zeit genommen haben, mit mir zu reden." Quentin wandte sich ab und ging. An seinem Wagen angelangt, blickte er zurück. Warum hatte er eine Abneigung gegen diesen Doktor? Er war freundlich und so hilfreich gewesen, wie er seiner Meinung nach sein durfte.

Nicht hilfreich genug und vielleicht zu freundlich. Die Sorte Mann, auf die Anna hereinfallen könnte. Ein Akademiker.

„Ist noch etwas, Detective?" rief er.

„Ja", erwiderte er stirnrunzelnd. „An Ihrer Stelle würde ich dafür sorgen, dass immer funktionstüchtige Batterien im Rauchmelder sind, wenn Sie so fest schlafen. Man weiß ja nie."

34. KAPITEL

*Freitag, 26. Januar,
3 Uhr 30 nachts.*

"Minnie!" rief Jaye leise, neben der Katzenklappe hockend. "Bist du wach? Komm, rede mit mir. Ich kann nicht schlafen."

Schweigen auf der anderen Seite. Jaye setzte sich auf die Hacken und wartete. In den letzten Nächten waren sie und Minnie heimlich Freundinnen geworden. Sie versuchte sonst nicht, Minnie zu rufen, aber heute Nacht fürchtete sie sich und fühlte sich einsam. Sie brauchte jemand zum Reden, sie brauchte Minnie.

Fröstelnd rieb sie sich die Arme. Minnie war das ängstlichste und eingeschüchtertste Kind, das sie kannte. Alles machte ihr Angst: jedes Geräusch, jeder Vorschlag und jede Bitte. Jaye verabscheute ihren Entführer umso mehr, weil er diesem Kind so sehr den Schneid abgekauft hatte.

Sie fragte sich, ob Minnie noch von ihrer Familie gesucht wurde. Vermutlich war sie schon als kleines Mädchen entführt worden. Wie würde ihre Familie reagieren, wenn sie Jahre später zurückkam? Ob sie sie immer noch haben wollten?

Früher oder später würden sie es herausfinden, denn sie war entschlossen, mit Minnie zu fliehen und sie wieder nach Hause zu bringen.

Wieder spürte sie einen Anflug von Hoffnungslosigkeit und wehrte sich dagegen. In den letzten Tagen war ihr klar geworden, dass niemand nach ihr suchte. Da sie schon früher weggelaufen war, glaubten wahrscheinlich alle, sie hätte es wieder getan – sogar Anna, wegen ihres Streites.

Seufzend lehnte sie die Stirn an ihre Gefängnistür und wünschte, die Zeit zurückdrehen und den Streit ungeschehen machen zu können. Wenn noch alles in Ordnung wäre zwischen ihnen, würde Anna sie jetzt suchen und nicht eher Ruhe geben, bis sie sie gefunden hatte. Das war ihr eine Lehre.

Verzweifelt rief sie noch einmal nach ihrer Freundin. „Minnie, bitte ... kannst du mich hören?"

„Ich bin hier", flüsterte das Mädchen. „Alles in Ordnung mit dir?"

„Ich bin okay." Sie schluckte weinerlich. „Ich dachte gerade an meine Freundin Anna."

„Denk nicht an sie", riet Minnie, „das macht dich nur traurig."

„Aber wie soll ich damit aufhören? Ich mache mir solche Sorgen um sie. Und ich will ... ich möchte sie einfach wiedersehen."

„Das wirst du vielleicht eines Tages."

„Ist das dein Trick?" fragte Jaye und drängte sich enger an die Tür. Sie hörte Minnie atmen und Tabitha schnurren. „Denkst du einfach nicht an die Menschen, die du liebst?"

„Es funktioniert. Und nach kurzer Zeit ... vergisst du sie."

Tränen brannten Jaye in den Augen. „Aber ich will Anna nicht vergessen, Minnie. Ich will nach Hause."

„Aber ... wenn du gehst, bin ich wieder allein. Außer Tabitha bist du meine einzige Freundin."

„Ich gehe nicht ohne dich, Min. Wir gehen zusammen."

„Das ist nicht wahr. Du gehst ohne mich. Sie hat das auch gemacht. Sie sagte, sie würde nicht, aber dann ist sie ohne mich gegangen."

Jaye merkte auf. „Wer? Wie ist sie entkommen? War sie auch hier, in diesem Haus? Wer war sie?"

„Sie eben. Ein anderes Mädchen. Ich kann mich nicht an ihren Namen erinnern. Ich kann mich an gar nichts erinnern."

„Du musst, Minnie! Du hast einfach nur Angst. Versuch es. Vielleicht ... vielleicht hilft es uns." Minnie schwieg, und Jaye drängte weiter: „Bitte, Minnie. Wenn du dich erinnern könntest ..."

„Ich sagte schon, ich kann mich nicht erinnern." Sie hob die Stimme. „Ich will auch nicht."

Besorgt legte Jaye den Kopf an die Tür. Wenn Minnie sich aufregte, lief sie weg. „Tut mir Leid, Minnie. Es ist okay. Du musst dich nicht erinnern, wenn du nicht möchtest. Aber hör mir zu: Ich verspreche, nicht ohne dich zu gehen. Niemals."

Minnie seufzte zittrig. „Du lässt mich wirklich nicht zurück?"

„Wirklich nicht."

„Ich möchte dir glauben, aber ich habe Angst."

„Ich weiß, Min. Aber du musst mir vertrauen. Wenn ich entkomme, nehme ich dich mit."

Minnie beruhigte sich, und sie beredeten noch eine Weile, was sie tun würden, wenn sie frei wären, und wohin sie gehen würden. Jaye versprach Minnie abermals, dass sie zusammenbleiben würden, und schwor sich, dieses Versprechen in jedem Fall zu halten.

Jedoch brauchte sie Minnies Hilfe.

„Minnie", flüsterte sie, „du musst einen Fluchtweg für uns ausfindig machen. Es muss einen geben."

„Ich kann nicht. Er wird es merken und böse werden. Ich habe Angst, wenn er böse wird."

„Aber er kann doch böse sein, wie er will. Was macht das schon, wenn wir weg sind? Dann kann er uns doch nichts mehr tun. Richtig?"

„Ich glaube, ja. Er ... er versteckt den Schlüssel für deine Tür. Er lässt mich nicht sehen, wo."

„Vielleicht gibt es einen anderen Ausweg", versuchte Jaye sie zu ermutigen. „Du könntest ohne mich gehen und Hilfe holen."

„Ich gehe nicht ohne dich, niemals!"

„Es muss hier irgendwo ein Telefon geben. Ich habe es klingeln hören. Ruf den Notruf an, wenn er schläft oder ausgegangen ist. Erzähl ihnen von uns, dann kommen sie und holen uns. Das müssen sie, das ist Gesetz. Du musst das machen, Minnie. Unbedingt."

„Oh nein! Er kommt!"

Jaye erschrak. „Bist du sicher? Vielleicht ist es nur ..."

„Ja, er ist es!" stöhnte Minnie auf. „Oh Gott, er weiß, dass ich hier bin. Was macht er mit mir? Ich kann ihn nicht aufhalten ... ich ..."

„Weg von der Tür!" donnerte die Stimme eines Mannes durch die Dunkelheit. Erschrocken krabbelte Jaye zurück.

Er lachte wie das personifizierte Böse. „Jetzt bist du nicht mehr so mutig, was? ‚Minnie, du musst uns einen Fluchtweg suchen. Ich nehme dich mit, ich verspreche es'", äffte er ihre Stimme nach. In einem drohenden, grollenden Ton fügte er hinzu: „Als ob ich zulassen würde, dass du sie mitnimmst. Sie gehört mir, sie ist ein Teil von mir." Und dann beinah neckend: „Wir sind unzertrennlich, Jaye. Und sie geht nirgendwo hin. Aber du ja auch nicht."

„Was wollen Sie von mir?" schrie sie und nahm ihren ganzen Mut zusammen. „Was wollen Sie von Anna?"

„Das ist mein Geheimnis. Finde es heraus. Aber du wirst es bald erfahren."

Schaudernd wich sie weiter von der Tür zurück. *Minnie, wo bist du? Ist alles in Ordnung mit dir?*

Als lese er ihre Gedanken, sagte er: „Minnie ist weggehuscht, die kleine Maus. Sie hat vor allem Angst, sogar vor ihrem eigenen Schatten." Er lachte wieder. „Hast du wirklich geglaubt, sie könnte dir helfen? Glaubst du, dir könnte irgendjemand helfen? Bist du wirklich so dumm?"

Jaye hörte, wie er den Schlüssel ins Schloss steckte, und hätte fast aufgeschrien. Sie wich zurück und sah sich fieberhaft nach einem Versteck oder einer Verteidigungswaffe um.

Doch ihr Entführer kam nicht durch die Tür. Stattdessen ging die Katzenklappe auf, und ein Stück Papier flatterte auf den Boden.

Mit heftigem Herzklopfen nahm sie es auf und stieß einen leisen Schrei aus, als sie es erkannte.

Der Zettel, den ich mit meinem Blut geschrieben habe!

„Du wirst genau das tun, was ich dir sage, oder ich räche mich an Minnie. Hast du verstanden?" Sie bejahte wimmernd, und er fuhr fort: „Es ist bald so weit, dass ich mich mit deiner Freundin Anna treffe."

„Nein! Bitte, lassen Sie Anna in Ruhe! Sie hat Ihnen nichts getan."

„Was weißt du schon von Annas Sünden? Gar nichts." Er hob die Stimme, bis sie schrill und unnatürlich klang. Es war beängstigend. „Du bist nur ein dummer kleiner Niemand."

Die Katzenklappe ging wieder auf. Ein Lippenstift fiel zu Boden, gefolgt von einem Bogen Papier. „Versiegele ihn mit einem Kuss, und schieb ihn zurück", befahl er.

Es war ein Brief an Anna. Ein Brief von ihrem jüngsten Fan in kindlicher Handschrift, in Minnies Handschrift.

Er wollte Anna hereinlegen und sie in eine Falle locken. Er wollte ihr etwas antun, sie vielleicht sogar umbringen.

„Nein!" rief sie und schlang die Arme um sich. „Das mache ich nicht. Sie sind ein Ungeheuer, und ich helfe Ihnen nicht, meiner Freundin zu schaden!"

„Tu es, oder Minnie stirbt." Er machte eine Pause, um seinen Worten Nachdruck zu verleihen. „Versiegele ihn mit einem Kuss. Sofort!"

Zitternd vor Verzweiflung färbte sie sich die Lippen mit dem

Stift blutrot, presste sie auf das Papier und schob den Brief zurück.

„Tun Sie es nicht!" flehte sie. „Lassen Sie mich und Minnie gehen, lassen Sie Anna in Frieden. Bitte ..."

Er schnitt ihr das Wort ab, und es klang amüsiert, als er sagte: „Wusstest du es nicht? Du hast soeben Annas Todesurteil besiegelt."

35. KAPITEL

*Montag, 29. Januar,
14 Uhr.*

Anna starrte auf den Brief und den blutroten Lippenabdruck an seinem Ende. Lieber Gott, das darf nicht wahr sein! dachte sie entsetzt. Bitte, lass es nicht Jaye sein!

Eilig beugte sie sich hinunter, holte ihre Tasche unter dem Verkaufstresen hervor und riss geradezu ihre Brieftasche heraus. Sie suchte ein bestimmtes Foto und fand es. Eine Nahaufnahme von Jaye mit verträumtem Blick. Das schräg auf ihr Gesicht fallende Sonnenlicht betonte die diagonal über ihre Lippen laufende Narbe.

Sie ist identisch mit der Narbe auf dem Lippenabdruck!

Fast hätte sie aufgeschrien vor Angst um Jaye und Minnie.

„Ich bin zurück, Anna, Darling", verkündete Dalton gut gelaunt und kam zur Tür herein. Er schüttelte seinen Mantel ab und nahm ihn über den Arm. „Der Lunch war absolut göttlich. Einen so guten Salat mit gebratener Ente habe ich noch nie ..." Er hielt inne. „Mein Gott, Anna, was ist passiert?"

Seine Frage klang schon fast komisch. Ihr Leben schien zu einer Abfolge bizarrer Ereignisse zu verkommen. Doch der Humor war ihr vergangen, sie hatte Angst.

„Es ist Jaye", flüsterte sie. „Er hat sie."

„Wer hat sie?"

„Der Mann aus Minnies Briefen." Den Tränen nahe, hielt sie ihm den Brief hin.

Dalton kam an den Tresen und nahm ihn ihr ab. Er entdeckte sofort, was ihr aufgefallen war, und wurde bleich. „Du hattest von Anfang an Recht, was Minnie und den Mann aus ihrem Brief anging. Und Jaye ist wirklich nicht weggelaufen. Allmächtiger Gott, was glaubst du, hat er ..."

Dalton ließ den Satz unbeendet. Es war nicht nötig, auszusprechen, was sich beide fragten: Was muss Jaye derzeit durchmachen?

Dalton sah elend aus. „Was hast du vor? Ich glaube, wir sollten ..."

„Malone anrufen. Ich mache das sofort."

Eine halbe Stunde später waren Anna und Quentin Malone, ausgerüstet mit dem Brief und einem Bild von Jaye, bereits auf halbem Weg über den Damm des Lake Pontchartrain nach Mandeville.

Glücklicherweise war Malone im Revier gewesen, als sie angerufen hatte, und er war sofort gekommen. Nach einem kurzen Blick auf den Brief und das Foto hatte er gefragt, ob sie Lust auf eine Fahrt über den See habe. Sie hatte nicht lange überlegt. Zu Hause auf eine Mitteilung von ihm zu warten, ob er etwas herausgefunden hatte, wäre die reine Qual gewesen.

Nachdem Malone seine beruflichen Fragen gestellt hatte, wechselten sie kaum noch ein Wort miteinander. Es gab auch nichts zu sagen. Anna saß da, den Blick starr auf die Straße gerichtet, die Hände fest im Schoß gefaltet.

Nach einer Weile langte er hinüber und bedeckte ihre Hände mit seiner Hand. „Es gibt immerhin etwas Positives, Anna."

Obwohl ihre Augen in Tränen schwammen, sah sie ihn geradezu trotzig an. „Und was sollte das wohl sein? Dass wir die Gewissheit haben, Jaye befindet sich in den Händen eines Irren oder Perversen?" Sie konnte nicht weitersprechen und rang einen Moment um Fassung. Schließlich fuhr sie fort: „Sie wird schon seit dem 18. vermisst, und niemand hat nach ihr gesucht. Sie können sich einfach nicht vorstellen, wie schuldig ich mich dabei fühle, wie viel Angst ich um sie habe."

„Sie haben nach ihr gesucht." Er drückte ihr kurz die Hände und ergriff wieder das Lenkrad. „Sie haben nicht locker gelassen und nicht aufgegeben."

„Wirklich nicht? Ich hätte mehr tun können. Ich hätte beharrlicher sein müssen."

Er warf ihr mitfühlend einen Seitenblick zu. „Und wie, bitte? Sie waren bei Jayes Pflegeeltern, beim Sozialdienst und bei der Polizei. Sie haben mit Jayes Freunden gesprochen und sind jeder Spur gefolgt. Was hätten Sie noch tun können?"

Sie wandte den Blick ab. Irgendwie hatte er Recht, doch das Gefühl, Jaye im Stich gelassen zu haben, ließ sich nicht einfach verdrängen. „Ich habe mein Leben normal weitergelebt", flüsterte sie. „Das hätte ich nicht tun dürfen. Ich fühle mich so schuldig."

„Ich weiß. Aber Sie dürfen sich da nicht hineinsteigern. Das hilft ihr nicht." Er sah sie noch einmal kurz an. „Also, was ist nun mit dem Positiven? Muss ich es hervorheben? Sie sehen aus, als könnten Sie Aufmunterung gebrauchen."

„Das ist eine Riesenuntertreibung."

Er zog lächelnd einen Mundwinkel hoch. „Das Positive ist, dass wir eine Spur haben. Etwas Konkretes."

„Ich bin überwältigt."

Ihr Sarkasmus wunderte ihn. „Verglichen mit der Lage von gestern ist das eine deutliche Verbesserung, Anna. Jeder gelöste Fall beginnt mit einer Spur." Zur Unterstreichung seiner Aussage hob er den Zeigefinger. „Eine Spur, mehr brauchen wir nicht. Wenn alles gut läuft, wird der Brieffachvermieter uns die Adresse geben, unter der Jaye gefangen gehalten wird."

„Und wenn nicht?"

„Dann versuchen wir es weiter." Sie verließen den Damm, und Malone sah sie wieder kurz an. „Ich lasse jetzt nicht mehr locker.

Wir werden Jaye finden. Wenn nicht heute, dann in den nächsten Tagen. Das verspreche ich Ihnen."

Unter dem Druck der Polizei gab der Betreiber des „Mail & Copy Store" tatsächlich den Namen des Brieffachmieters preis. Das Fach war von einem Adam Furst angemietet worden. Er wohnte in der Lake Street in Madisonville.

Madisonville war eine kleine Gemeinde etwa fünf Meilen westlich von Mandeville. Die charmante Enklave am Fluss Tchefuncte mit ihren renovierten viktorianischen Cottages, den Fischrestaurants, Kaffeehäusern und Millionen teuren Villen am Flussufer lag seit einigen Jahren im Trend.

Adam Fursts Adresse gehörte jedoch nicht zu einer der Luxusvillen, sondern zu einem verfallenen Doppelhaus in einer Straße, die von den stadtmüden Yuppies, die vor Hektik und Kriminalität aufs Land flüchteten, noch entdeckt werden musste.

Quentin hielt vor dem Gebäude, schaltete den Motor aus und sah Anna an. „Ich möchte, dass Sie hier warten." Sie wollte protestieren, doch er fiel ihr ins Wort. „Lassen Sie es mich anders formulieren: Sie warten hier. Basta."

Sie stimmte widerwillig zu und sah ihm nach, als er den überwucherten Weg entlang zur halb verfallenen Veranda ging. Er läutete, wartete und klopfte. Da sich niemand meldete, sah er zu Anna zurück und machte eine Geste, dass er hinter das Haus gehen werde.

Sobald er ihrem Blick entschwunden war, kletterte sie aus dem Wagen. Sie wollte keinesfalls hier sitzen und abwarten. Jaye war vielleicht in dem Haus. Und wenn das so war, würde sie sie finden.

Sie betrat die Veranda, deren Dielen knarrten, als sie zur Tür ging. Auch sie läutete, legte ein Ohr an die Tür und lauschte auf Geräusche.

„Kann ich Ihnen helfen?"

Mit einem kleinen Schreckenslaut fuhr Anna überrascht zurück und drehte sich in Richtung der Stimme. Eine mit Einkaufstüten beladene Frau kam den Weg herauf. Eine zarte Frau, mit kurzen dünnen grauen Haaren und Armen wie Zahnstochern, die unter der Last zu brechen schienen.

Anna ging ihr entgegen. „Lassen Sie mich helfen." Sie nahm ihr einige Tüten ab und ließ der Frau den Vortritt zur Tür. Die Frau schloss auf und warf Anna aus verengten Augen einen argwöhnischen Blick zu. „Bin gleich wieder da. Gehen Sie nicht mit den Einkäufen weg!"

Anna versprach es, und die Frau kehrte nach wenigen Augenblicken zurück, um ihre restlichen Tüten zu holen. Sie brachte sie ins Haus und kam im selben Moment zurück, als auch Malone wieder auf der Veranda erschien.

„Hatte ich Ihnen nicht gesagt, Sie sollten im Auto bleiben?" raunte er Anna zu.

„Wer ist der denn?" erkundigte sich die grauhaarige Frau gleichzeitig.

Anna entschloss sich, Malone zu ignorieren, und antwortete nur ihr: „Polizei", erklärte sie. „Wir suchen nach Ihrem Nachbarn, Adam Furst."

Die Frau schnaubte skeptisch. „Können Sie sich ausweisen?"

Malone hielt ihr seine Marke hin, die sie ausgiebig prüfte, ehe sie ihren Blick wieder auf Anna richtete. „Es überrascht mich überhaupt nicht, dass die Polizei nach ihm sucht. Das war vielleicht ein komischer Typ. Ich hatte immer den Eindruck, dass er was plant."

„Hatte?" fragte Malone. „Haben Sie den Eindruck jetzt nicht mehr?"

„Er ist vor ein paar Wochen ausgezogen. Hat keinem was gesagt. Schuldet mir außerdem noch Miete."

„Sind Sie die Vermieterin?"

„Ja, richtig. Das Haus ist das Einzige, was mein nichtsnutziger Ehemann nicht vertrunken hat." Sie bekreuzigte sich. „Jesus, Maria und Josef sei Dank dafür."

„Was war denn so komisch an ihm?" fragte Anna und wollte sich nicht anmerken lassen, wie sehr sie an diesem Mann interessiert war.

„Er kam und ging zu jeder Tages- und Nachtzeit. Meistens aber nachts. Manchmal habe ich ihn eine Woche und länger nicht gesehen. Er redete mit keinem und hatte nie Besuch. Die Vorhänge waren die ganze Zeit zu. Nicht dass ich einem meiner Mieter je nachspionieren würde."

„Natürlich nicht", pflichtete Anna rasch bei und lächelte die Frau an.

„Ein paarmal habe ich ihm ein Bier angeboten und versucht, mit ihm ins Gespräch zu kommen. Der hat mich so kalt abgefertigt, dass ich Gänsehaut bekam."

„Wann ist er ausgezogen?" fragte Malone. „Können Sie sich genau erinnern?"

„Sicher." Die Frau nickte zur Bestätigung. „Am Tag, als ich seine Miete eintreiben oder ihn rauswerfen wollte. Am achtzehnten."

Der Tag, an dem Jaye verschwand.

Anna spürte, wie sie blass wurde, und sah Malone an. Als er ihren Blick erwiderte, merkte sie, dass auch ihm die Bedeutung des Datums klar war.

„Lebte er allein?"

„Soweit ich weiß, ja."

„Er hatte kein Kind bei sich?" Anna fügte hinzu: „Ein kleines Mädchen, vielleicht zehn, elf Jahre alt?"

„Ich habe nie ein Kind bei ihm gesehen." Die Frau blickte versonnen zum Himmel hinauf und blinzelte gegen die Helligkeit.

„Wenn ich so darüber nachdenke, war mir allerdings manchmal, als hörte ich ein Kind weinen. Spätnachts. Ich habe mir damals nichts weiter dabei gedacht. Sie wissen, wie weit Geräusche nachts getragen werden. Glauben Sie ..."

„Ich muss mir die Wohnung ansehen, Mrs. ..."

„Blanchard. Dorothy Blanchard. Aber die meisten Leute hier nennen mich Dottie."

Malone nickte. „Ich muss mir heute Nachmittag die Wohnung ansehen, Dottie, zusammen mit einigen Beamten."

Sie lächelte breit und entblößte einen Goldzahn. „Verdammt, werden Sie nach Fingerabdrücken suchen und so?"

„Ja, Ma'am. Und so."

Malone begann zurückzugehen, und Anna folgte ihm. Sie hatte Mühe, Schritt zu halten.

„Was hat Furst getan?" rief Dottie ihnen nach. „Hat er jemand umgebracht? Eine Bank ausgeraubt? Was für eine Sorte Verbrecher hatte ich zur Miete?"

36. KAPITEL

*Montag, 29. Januar,
22 Uhr 20.*

Ben erwachte, und seine Mutter starrte ihn an, wie sie es manchmal tat, das Gesicht aschfahl, die Lippen blutleer. So beunruhigend das war, hatte er gelernt, diese Symptome ihrer Krankheit zu ignorieren. Da Alzheimer-Patienten die Realität nur noch sporadisch wahrnahmen, waren sie leicht zu erschrecken und zu verunsichern.

Er richtete sich auf, und das Buch in seinem Schoß glitt zu Boden. „Entschuldige, Mom", sagte er leise, rollte die Schultern und griff nach dem Buch. „Ich sollte es besser wissen, als dir nach einem so langen Tag noch etwas vorlesen zu wollen. Der Klang meiner Stimme macht mich jedes Mal schläfrig." Er verzog ironisch das Gesicht. „Ich kann nur vermuten, wie einschläfernd sie erst auf meine Patienten wirkt."

„Er war da", sagte sie plötzlich. „Dieser Mann."

Ben war hellwach und betrachtete sie aufmerksam. „Wer? Welcher Mann?"

Sie schüttelte den Kopf. „Dieser Teufel, er war hier, als du geschlafen hast."

Ein Mann war hier, in diesem Raum, während ich geschlafen habe? Er bezweifelte das. Ausgeschlossen war es jedoch nicht. Einmal eingeschlafen, war er kaum noch zu wecken. Ben sah seine Mutter forschend an und bemerkte den Ausdruck echter Angst in ihren Augen. „Ich weiß nicht, von welchem Mann du sprichst. Ist es jemand, den du von hier kennst?"

Leicht zitternd erwiderte sie: „Nein. Er ist ein böser Mann."

„Ein böser Mann", wiederholte Ben besorgt. „Warum ist er böse, was meinst du damit?"

„Er will dir was antun. Und er will mir was antun. Er hat es gesagt."

Ben erhob sich stirnrunzelnd. Alle Besucher mussten sich am Empfang eintragen. „Du bleibst hier sitzen, Mom. Ich werde mich ein bisschen mit der diensthabenden Schwester unterhalten."

„Ich habe ihm gesagt, du würdest nicht zulassen, dass er mir was antut. Aber er hat nur gelacht und gesagt, du könntest ihn nicht daran hindern." In wachsender Erregung begann sie an den Revers ihres Bademantels zu zupfen. „Er sagt, er ist stärker als du und mächtiger."

Ben beugte sich hinunter, küsste ihr den Scheitel und lächelte sie aufmunternd an, ohne seine Besorgnis zu zeigen. „Das werden wir noch sehen. Bleib sitzen, ich bin gleich zurück."

Er verließ das Zimmer und ging auf die Schwesternstation am Ende des Flures zu. Dort fand er eine Schwester und ihre beiden Hilfskräfte im Gespräch. Eine hatte die Schuhe ausgezogen und rieb sich die Füße.

„Hallo, Ladies", grüßte er lächelnd. „Ich habe eine Frage. War heute Abend außer mir jemand bei meiner Mutter?" Da sie ihn verwirrt ansahen, fügte er lächelnd erklärend hinzu: „Ich war beim Vorlesen eine Weile eingeschlummert. Als ich wach wurde, sagte meine Mutter, ein Mann wäre in ihr Zimmer gekommen und hätte sie bedroht."

„Einer der Bewohner?"

„Nein. Sie sagt, es sei niemand, den sie von hier kennt."

Die Frauen sahen sich untereinander verblüfft an, dann erklärte Schwester Wanda: „Seit acht ist niemand gekommen oder gegangen."

Ben schürzte nachdenklich die Lippen. „Was ist mit den letzten Wochen? Sie sagte, der Mann war schon früher bei ihr."

„Lassen Sie mich im Buch nachsehen." Wanda stand auf, ging

an den Schreibtisch und nahm das Buch mit den Eintragungen. Sowohl die Namen der Besucher als auch die der Heimbewohner, die sie besuchten, waren aufgeführt. Es verging eine Weile, bis sie die Seiten umgeblättert und überflogen hatte. „Letzte Woche war Pater Ray bei ihr. Am Tag davor Dr. Levine. Einige Schülerinnen, Freiwillige aus der ‚Sacred Hearts Academy', haben sie besucht." Sie blätterte noch einige Seiten zurück und hielt inne. „Das waren jetzt zwei Wochen. Und außer Ihnen, Pater Ray, Dr. Levine und den Mädchen war niemand bei Ihrer Mutter. Ach ja, und am Montag bekam sie die Haare gemacht. Shelley hat das übernommen."

Ben runzelte die Stirn. „Sie ist ziemlich aufgeregt und ..."

Vom Ende des Flures erklang ein Krachen, dann ein Jammern. Ben drehte sich besorgt in die Richtung des Geräusches, dann sah er Wanda an. „Das ist Mom!"

Wie der Blitz kam Wanda um den Tresen herum, und beide eilten zum Zimmer seiner Mutter.

Sie fanden sie auf dem Boden neben ihrem Bett. Die Knie angezogen, wiegte sie sich weinend vor und zurück. „Ich habe versucht, ihn aufzuhalten!" rief sie, als sie Ben sah. „Ich habe es versucht, schau ..." Sie wies nach vorn.

Ben blickte in die angegebene Richtung. Sie hatte eine Vase zur Kommode geworfen. Das Krachen, das sie gehört hatten, war der Aufprall der Vase gegen die Dinge gewesen, die auf der Kommode standen: Toilettenartikel, gerahmte Fotos und eine Porzellanfigur.

Ben ging zu ihr, hockte sich hin und nahm sie in die Arme. Zart und gebrechlich, zitterte sie in seinen Armen wie ein kleiner Vogel.

„Ich sehe es, Mom", raunte er mit belegter Stimme. „Es ist gut, Liebes. Alles wird wieder gut."

Eine halbe Stunde später überquerte Ben auf dem Weg zu seinem Auto den Parkplatz des Pflegeheims. Seufzend blickte er mit schwerem Herzen zum dunklen Himmel hinauf. Es tat ihm weh, seine Mutter so rasch verfallen zu sehen.

Er begann sie zu verlieren. Eines Tages, in nicht allzu ferner Zukunft, würde er sie besuchen, und sie würde ihn nicht mehr erkennen. Ihre Welt würde nur noch aus Fremden bestehen. Aus Pflegepersonal und bedrohlichen Gestalten, wie dem Mann von heute Abend.

Warum sie? fragte er sich. Sie hatte ein Leben lang hart gearbeitet, um ihm, obwohl er vaterlos aufwuchs, ein gutes Zuhause, eine normale Kindheit und Liebe zu geben. Sie war nicht nur seine Mutter gewesen, sondern auch sein Vorbild und seine Freundin. Sie verdiente das nicht.

Ben schluckte trocken. Sein Onkel war vor einigen Jahren gestorben. Obwohl sie sich nicht sehr nahe gestanden hatten, war er immerhin ein Familienmitglied gewesen. Wenn seine Mutter auch noch starb, würde er allein sein. Keine Familie, niemand, der zu ihm gehörte.

Plötzlich dachte er an Anna. Ihr Bild stand ihm deutlich vor Augen, und er lächelte. Er hatte sie neulich morgens angerufen, gleich nachdem Detective Malone gegangen war, und ihr von dem Einbruch in seinem Haus und dem Umschlag mit dem Foto erzählt.

Sie war erschrocken gewesen und auch wütend. Nicht auf ihn, sondern auf die ganze Situation. Er hatte versprochen, nicht zu ruhen, bis er den Patienten ausfindig gemacht hatte, der hinter alledem steckte, und sie über seine bisherigen Ermittlungen auf dem Laufenden gehalten.

Seither hatte er nicht mehr mit ihr gesprochen, und sie fehlte ihm.

Ben sah auf seine Uhr und stellte fest, dass es zu spät war, um sie anzurufen. Er bedauerte das sehr. Ihm war danach, sich bei ihr das Herz auszuschütten, mit ihr über seine Mutter und über seine Gefühle zu reden. Sie würde ihn verstehen, so war sie nun mal.

Er begann sich in sie zu verlieben. Da sie sich erst wenige Wochen kannten, schien das fast unmöglich zu sein, doch es war so. Die Erkenntnis versetzte ihn in einen Gemütszustand, der zwischen heiter und ängstlich schwankte. Er verspürte den Drang, in Deckung zu gehen, und zugleich hätte er auf Wolken tanzen mögen.

An seinem Auto angelangt, entdeckte er eine Notiz unter dem Scheibenwischer und riss sie darunter hervor. Die Botschaft lautete:

„Du verliebst dich in sie. Sie wird heute Nacht sterben."

Ben wurde heiß und kalt vor Angst.

Nicht Anna! Das darf nicht sein!

Eilig schloss er den Wagen auf und stieg ein. Er rammte den Schlüssel ins Zündschloss und griff nach seinem Handy. Der Motor brüllte auf, während Ben Annas Nummer eingab.

Es läutete, einmal, zweimal, dreimal. Mit heftigem Herzklopfen wartete er, zählte weiter und betete. Anna nahm nicht ab, und der Anrufbeantworter schaltete sich ebenfalls nicht ein.

Da stimmte etwas nicht.

Sie wird heute Nacht sterben!

Leise fluchend legte er den Gang ein und preschte vom Parkplatz, dass Kies aufspritzte und das Heck des Wagens ins Schlingern geriet. Er musste Anna warnen und beschützen. Wenn sie nicht zu Hause war, würde er an ihrem Tor Wache stehen, bis sie heimkam. Er würde nicht zulassen, dass dieser Irre ihr auch nur ein Haar krümmte. Und falls er das doch tat, würde er ihn in der Luft zerreißen.

37. KAPITEL

Montag, 29. Januar,
23 Uhr 50.

Anna erwachte aus tiefem Schlaf, schlug die Augen auf und hatte sofort Angst. Ihre Nachttischlampe war aus, das Schlafzimmer lag völlig im Dunkeln. Sie blickte in die Ecken des Raumes – und ihre Fantasie ging mit ihr durch –, entdeckte ein Monster und gab ihm einen Namen.

Kurt!

Wie gelähmt vor Angst, lag sie still mit wild pochendem Herzen und lauschte. Die Stille war erdrückend. Mit größter Willensanstrengung drehte sie vorsichtig den Kopf zum Nachttisch und sah auf das Leuchtzifferblatt ihres Weckers. Fast Mitternacht.

Von irgendwo aus der Wohnung kam ein Geräusch, unerwünscht und nicht zu identifizieren.

Ich bin nicht allein!

Entsetzen legte sich auf sie wie ein bleiernes Gewicht und drohte sie zu ersticken. Schweiß brach ihr aus, ihr Puls raste. Sie schloss die Augen und zwang sich zu ruhiger Atmung, um ihre Angst zu beherrschen.

Nach wenigen Augenblicken begann ihr Körper zu reagieren. Die Anspannung ließ ein wenig nach. So leise wie möglich drehte sie sich auf die Seite und griff nach dem Telefon.

Es war nicht da!

Jetzt erinnerte sie sich. Kurz vor dem Zubettgehen hatte sie noch einen Anruf von Dalton erhalten, das Telefon mit ins Bad genommen und dort liegen gelassen.

Am liebsten hätte sie aufgeschrien. Doch das war irrational.

Diese Nacht war nicht anders als Hunderte zuvor, in denen sie aufgewacht war, überzeugt, Kurt habe sie gefunden.

Er hatte es nicht. Wie in all den anderen Nächten war sie durch einen Traum geweckt worden, durch eine hässliche Erinnerung an den erlebten Terror, verdrängt, aber nicht vergessen.

Steig aus dem Bett, geh ins Bad und hol das Telefon, sagte sie sich.

Danach würde sie sich sicherer fühlen und sie konnte wieder einschlafen. Sie schlug die Decke zurück, richtete sich auf und stellte die Füße auf den Boden. Der war kalt unter ihren nackten Sohlen, und sie fröstelte.

Er ist eiskalt, fiel ihr plötzlich auf und sie blickte zu den Balkontüren. Die Gardine bewegte sich. Sie starrte auf den dünnen Stoff. Wieder dieses Rascheln. Zugleich umwehte ein kalter, feuchter Luftzug ihre Füße und Knöchel.

Die Balkontür ist offen!

Entsetzt sprang sie auf und rannte zur Schlafzimmertür. Doch die schlug zu, ehe sie sie erreichte, und zwei kräftige Arme umschlangen sie von hinten, einer in Taillenhöhe, einer an der Kehle.

Der Arm an der Kehle drückte ihr die Luft ab. Sie wehrte sich und kratzte, bis Lichtblitze vor ihren Augen tanzten. Durch Sauerstoffmangel geschwächt, schlug und trat sie weiter, so gut sie konnte.

Der Angreifer lockerte den Griff, doch während sie gierig nach Luft schnappte, wurde sie, Gesicht nach unten, auf ihr Bett geworfen. Sofort war er auf ihr, presste ihr eine Hand ins Genick und das Knie in den Rücken. Sie war bewegungsunfähig. Er begann an ihrem Nachtzeug zu zerren, als könne er es nicht erwarten, und stieß dabei gierige, kehlige Laute aus.

Eine Litanei verzweifelter Bittgebete schoss ihr durch den Kopf. Er wollte sie vergewaltigen wie seine anderen Opfer. Danach würde er sie umbringen, genau wie die anderen Frauen mit roten Haaren.

Das Nachthemd zerriss im Rücken, und das Geräusch zerrte an ihren Nerven. Anna begann zu schluchzen, Tränen strömten ihr über das Gesicht. Er griff nach ihrem Slip, die Finger in das Taillenband gekrallt, riss er ihn weg.

Mit einer einzigen kraftvollen Bewegung warf er sie auf den Rücken und spreizte ihr die Beine. Sie sah jetzt, dass er eine Maske trug. Sie spürte sein Lächeln und seine Lust an ihrem Entsetzen und ihrem Schmerz. Sie spürte das pure Böse in ihm.

„Bereit oder nicht", raunte er, „es geht los."

Annas Gedanken rasten in die Vergangenheit, dreiundzwanzig Jahre zurück. *Timmy liegt als regloser Haufen auf der Pritsche. Jetzt ist sie an der Reihe. Kurt kommt auf sie zu, Kabelschneider in der Hand, die Lippen zu einem kalten Lächeln verzogen. Bereit oder nicht, es geht los.*

Anna schrie aus tiefster Seele, dass es von den Wänden widerhallte. Sie schrie und schrie, immer wieder. Der Angreifer erschrak und verschob die Maske. Sie sah seine Augen, sie waren orange wie die des Teufels.

Sie schrie wieder. Er sprang zurück und floh, wie er offenbar gekommen war, über den Balkon nach unten.

Immer noch schreiend, rappelte sie sich auf und rannte ungeachtet ihrer Nacktheit aus der Wohnung. Dalton war auf dem Flur, und sie fiel ihm in die Arme.

38. KAPITEL

*Dienstag, 30. Januar,
0 Uhr 45.*

Vierzig Minuten später hockte Anna zusammengekauert und zähneklappernd auf der Couch, die Hände um einen Becher Kräutertee gelegt. Dalton saß neben ihr, Bill stand schützend dahinter, und beide machten grimmige Mienen. Aus ihrem Schlafzimmer kamen Geräusche, während Malone mit einigen Kollegen und der Spurensicherung seiner Arbeit nachging. Sie würden nach Fingerabdrücken suchen, hatte er gesagt und nach anderen Beweisspuren.

Malone war als Erster zur Stelle gewesen, nur Minuten nach Daltons Anruf. Immer noch hysterisch, hatte sie erzählt, so gut sie konnte. Immerhin genug, dass er eine Vorstellung von den Ereignissen bekam. Daraufhin hatte er weitere Detectives und die Spurensicherung herbeordert.

Anna sah an sich hinab. Sie trug Daltons Pullover und eine Trainingshose von ihm. Ihr Blick glitt zu ihrer Schlafzimmertür. Dahinter lag ihr zerrissenes Nachthemd in einem obszönen Haufen auf dem Boden, daneben, irgendwo näher am Bett, auch ihr Slip.

Nackt! Sie war nackt gewesen, als sie die Tür aufgerissen und Dalton in die Arme gestolpert war! Ein Fremder hatte ihr die Kleidung heruntergerissen und sie angefasst. Er hatte versucht, ihr Gewalt anzutun!

Vielleicht hatten ihre verzweifelten Gebete sie gerettet, trotzdem fühlte sie sich besudelt. Sie fürchtete, sich in den eigenen vier Wänden nie mehr sicher zu fühlen.

Schaudernd kam ihr ein leises Wimmern über die Lippen. Als lese er ihre Gedanken, legte Dalton tröstend einen Arm um sie und drückte sie sacht an sich. Sie sah ihn stumm an, und er erwiderte den Blick ohne ein Wort. Reden war überflüssig, sein Mitgefühl war offenkundig.

Quentin Malone kam aus dem Schlafzimmer, gefolgt von den anderen Detectives. Bei seinem Anblick befiel sie eine eigenartige Ruhe, als könne ihr nichts geschehen, solange er bei ihr war. Sie wäre gern zu ihm gegangen, hätte sich gern tröstend von ihm umarmen lassen.

Sobald er den Raum betrat, suchte er Blickkontakt zu ihr, kam näher und ging vor ihr in die Hocke, Hände auf den Knien. „Alles in Ordnung mit Ihnen?"

Sie nickte, obwohl nichts in Ordnung war.

„Gut." Er deutete auf die anderen Detectives. „Agnew und Davis suchen jetzt das Gebäude ab und befragen die Nachbarn, ob sie was gehört oder gesehen haben."

Sie nickte wieder, sah auf seine Hände und bemerkte deren Form, die langen Finger und die kurzen gepflegten Nägel. Er hat schöne Hände, dachte sie, maskulin und sicher geschickt.

„Anna?"

Leicht verlegen hob sie den Blick. „Entschuldigung, wie bitte?"

„Er kam über den Balkon in Ihre Wohnung. Ich glaube, er ist über die Mauer im Hof geklettert und hangelte sich die Wand hinauf zu ihrem Balkon. Dann schlug er eine Glasscheibe ein, griff hinein und löste den Sicherheitsriegel."

„So viel zu den schicken neuen Schlössern", sagte Dalton.

Quentin sah ihn an. „Sie haben den Sicherheitsriegel installiert?"

„Ich habe ihn installieren lassen", berichtete er. „Nach dem Vorfall mit dem Finger. Ich habe diese Riegel an allen Außentüren des Gebäudes anbringen lassen."

„Und ich habe meine Schlösser austauschen lassen", flüsterte Anna. „Hat mir ja viel genützt."

Quentin widmete sich wieder ihr. „Ich muss Ihnen einige Fragen stellen. Sehen Sie sich in der Lage, sie zu beantworten?"

„Ja, ich glaube schon."

„Gut." Er zog seinen Notizblock aus der Tasche. „Gehen wir das Ganze von Anfang an durch. Erzählen Sie mir, woran Sie sich erinnern. Alles, auch wenn Sie es für unwichtig halten. Jede Kleinigkeit kann wichtig sein."

Sie nickte und begann mit stockender Stimme. Sie erzählte, wie sie erwacht war, Angst bekam, sich zu beruhigen versuchte und dann feststellte, dass die Balkontür offen stand.

„Dann bin ich zur Schlafzimmertür gelaufen", ihre Stimme begann zu zittern, „er packte mich und hat mich zum ... zum ..."

„Zum Bett gezerrt?" half er ihr weiter.

„Ja."

Dalton zog sie fester an sich, und Bill legte ihr in einer tröstenden Geste beide Hände auf die Schultern. Sie atmete zittrig aus, wollte fortfahren, konnte jedoch nicht. Die Worte blieben ihr im Halse stecken, während die schrecklichen Ereignisse wie ein Horrorfilm vor ihrem inneren Auge abliefen.

„Anna", drängte Malone sanft, aber entschieden. „Sehen Sie mich an. Nur mich." Sie tat es, und während sie sich in die Augen sahen, spürte sie wieder, dass sie ruhiger wurde. „Sie sind jetzt in Sicherheit", betonte er. „Ich werde dafür sorgen, dass Ihnen nichts geschieht. Aber ich brauche Ihre Hilfe. Atmen Sie tief durch, und versuchen Sie weiterzuerzählen."

Schließlich fand sie die Kraft dazu, obwohl die Worte manchmal eilig hervorsprudelten und ihr dann wieder nur stockend über die Lippen kamen. Ohne den Blick von Quentin abzuwenden, erzählte sie, wie der Angreifer ihr das Nachthemd heruntergerissen hatte, wie sie merkte, dass er sie vergewaltigen wollte, und wie sie geschrien hatte.

„Sie lagen die ganze Zeit mit dem Gesicht nach unten auf dem Bett?"

„Nein, er ... er drehte mich um."

„Sie haben sein Gesicht gesehen?"

Sie schüttelte den Kopf. „Er war maskiert. Eine von diesen Karnevalsmasken. Aber ich habe seine Augen gesehen. Sie waren orange."

Malone zog die Stirn in Falten. „Orange?"

„Ich weiß, es klingt verrückt, aber so war es." Sie öffnete den Mund, um noch mehr zu sagen, unterließ es aber und presste die Lippen zusammen.

Bereit oder nicht, es geht los.

Sie hatte diese Worte seit dreiundzwanzig Jahren nicht mehr ausgesprochen. Nicht seit dem Tag, da sie als traumatisiertes, sich an die Eltern klammerndes Kind vor den FBI-Agenten gesessen und ausgesagt hatte.

„Fahren Sie fort, Anna. Erzählen Sie mir alles."

Sie atmete tief durch. „Es war Kurt, Quentin, er war es."

Dalton drückte ihr die Hand. „Oh Anna ... Liebes ..."

„Er war es!" Sie sah, auf Beistand hoffend, über die Schulter zu Bill. „Er war es. Seine Stimme ... was er ..."

„Verzeihen Sie, Detective."

Leicht gereizt wegen der Störung, drehte Quentin sich zum Kriminalistenteam an der Schlafzimmertür um. „Was?" fragte er kurz angebunden.

Den Beamten schien seine offenkundige Verärgerung nicht zu beeindrucken. „Wir sind hier fertig. Wenn Sie sonst nichts für uns haben, fahren wir ins Labor zurück."

„Tun Sie das. Rufen Sie mich morgen früh an."

„Machen wir." Die Männer zogen ab und gingen durch den Wohnraum, ohne Anna anzusehen.

Sobald sie die Wohnung verlassen hatten, wandte Quentin sich ihr wieder zu. „Machen wir einen kleinen Zeitsprung nach vorn." Er blickte kurz auf seinen Notizblock und hob den Blick. „Sie haben geschrien, und der Angreifer ist geflohen: aus dem Zimmer, über den Balkon und über die Brüstung?" Sie nickte, und er fuhr fort: „Dann sind Sie aus dem Schlafzimmer zur Wohnungstür gerannt, haben sie aufgerissen, und da wartete Dalton bereits auf Sie. Ist das richtig?"

Ehe sie antworten konnte, warf Dalton ein: „Ich habe nicht gewartet. Ich war draußen ..."

„Er hat Judy und Boo ausgeführt", erklärte Bill.

„Unsere Hunde. Ich habe die Wohnungstür geöffnet und beugte mich hinunter, um die Babys loszumachen ..."

„Da hörte er Anna schreien."

„Richtig."

Malone richtete den Blick auf Bill. „Und wo waren Sie?"

„Vor dem Fernseher." Nach einer Pause. „In der Wohnung."

„Bleiben Sie immer zu Hause, wenn Dalton die ... Babys ausführt?"

Bill stutzte und fühlte sich angegriffen. Anna spürte es und sah ihn, um Entschuldigung bittend, an. „Eigentlich nicht. Aber *Geheimnisse und Skandale* lief gerade, und ..."

„Er liebt die Sendung", erklärte Dalton. „Es macht mir nichts, die Hunde allein auszuführen, und ..."

Malone ließ Bill nicht aus den Augen. „*Geheimnisse und Skandale* läuft auf E!, nicht wahr?"

„Stimmt." Bill war ungewöhnlich einsilbig geworden, und Anna rückte sich unbehaglich zurecht. „Schund mit Format."

„Zuckerwatte fürs Gehirn." Malone lächelte und fragte Anna:

„War das nicht auch der Sender, der das Interview mit Ihrer Mutter brachte?"

Anna erkannte, worauf Malone hinauswollte, und es missfiel ihr sehr. Dalton merkte es offenbar auch, denn sein Gesicht lief rot an. „Wollen Sie unterstellen, dass Bill ..."

„Ich unterstelle gar nichts", erwiderte Malone leise mit unbewegter Miene. „Ich versuche mir nur ein genaues Bild von den Ereignissen dieser Nacht zu machen. Ist das für irgendjemand ein Problem?"

„Natürlich nicht", entgegnete Bill mit scharfem Unterton. „Ich habe Anna sehr gern, und ich würde alles tun, um ihr zu helfen."

„Ich ebenso", pflichtete Dalton spröde bei.

„Dafür bin ich Ihnen dankbar." Malone wandte sich wieder an Anna: „Ich würde gern allein mit Ihnen reden. Ist das möglich?"

Sie zögerte. „Dalton und Bill sind meine engsten Freunde. Es gibt nichts, was ich vor Ihnen nicht erzählen würde."

„Natürlich nicht. Ich muss trotzdem darauf bestehen." Er sah die beiden Männer an. „Sie verstehen das doch hoffentlich."

Anna verstand es eindeutig nicht und zog die Stirn kraus. „Malone ..."

„Ist schon okay, Anna." Dalton drückte ihr die Hände, ließ sie los und stand auf. „Der Mann muss seine Arbeit machen. Wir telefonieren, okay?"

Bill beugte sich hinunter und küsste ihr Haar. „Wir sind gleich nebenan. Falls du Angst hast heute Nacht, kann ich auf deiner Couch schlafen. Das ist kein Problem."

„Oder du kommst rüber und schläfst auf unserer", bot Dalton ihr an. „Wir sind für dich da, Kleines."

Sie dankte ihnen, sah ihnen nach, als sie gingen, und fühlte sich allein gelassen.

„Sie können die beiden gleich zurückrufen", tröstete Quentin, der ahnte, wie sie sich fühlte. „Ich wollte nur, dass Sie die nächsten Fragen ohne Publikum und ohne mögliche Rücksichtnahmen beantworten."

„Warum?" fragte sie gereizt. „Sie unterstellen doch hoffentlich nicht, dass Dalton oder Bill mir etwas tun würden? Ich kann Ihnen versichern, nichts liegt den beiden ferner."

„Sind Sie sich dessen so sicher, dass Sie Ihr Leben darauf verwetten?"

Sie zögerte eine Sekunde. „Ja, ich verwette mein Leben darauf. Und ich möchte, dass Sie sie in Ruhe lassen."

„Tut mir Leid, Anna, das kann ich nicht versprechen, solange die Fakten nicht eindeutig besagen, dass die zwei unverdächtig sind."

„Das sind sie!" beharrte sie mit strengem Blick.

„Sie sind also sicher, dass nicht Bill heute Nacht in Ihrem Schlafzimmer war?"

„Bill?" Bei der Vorstellung lachte sie hysterisch auf. „Also bitte!"

„Sie haben meine Frage nicht beantwortet. Sind Sie sicher?"

„Ja. Absolut."

„So sicher, wie Ihre Eltern waren, dass Ihre Kinderschwester nichts mit Ihrer Entführung zu tun hatte?"

Ihr stockte einen Moment der Atem. „Hören Sie auf, mir Angst zu machen!"

„Bill ist in körperlich guter Verfassung. Er trainiert regelmäßig?"

„Ja. Und er joggt." Sie rieb sich fröstelnd die Arme. „Er war Leichtathlet auf dem College."

„Wirklich? Wie alt ist er?"

„Achtunddreißig."

„Nicht mehr zwanzig, aber immer noch in bester Verfassung."

„Sie irren sich, Malone." Sie schlang die Arme um sich. „Bestimmt."

„Denken Sie mal nach, Anna. Dalton stand im Flur vor Ihrer Wohnung. Warum?"

„Er hat Judy und Boo ausgeführt."

„Haben Sie die Hunde gesehen? Hatte er ihre Leinen?"

Sie wusste es nicht mehr. Mit geschlossenen Augen versuchte sie sich zu erinnern. Judy und Boo waren quirlige kleine Dinger, richtige Kläffer. Sie erinnerte sich nicht, sie gehört zu haben, aber das besagte nicht viel. „Ich weiß nicht ... ich war aufgeregt. Ich habe geschrien ... ich kann mich nicht erinnern."

„Wann erschien Bill auf der Bildfläche?"

„Ein... einige Minuten später."

„Wie viel später?"

„Ich bin mir nicht sicher. Zwei, drei, fünf Minuten."

„Hat Dalton ihn gerufen?"

„Nein. Dieses Haus ist relativ klein. Man hört Geräusche sehr weit."

„Ist sonst noch jemand gekommen? Andere Nachbarn vielleicht?"

„Ein paar Neugierige zeigten sich. Bill hat sie weggescheucht."

„Wann haben Ihre Freunde die Wahrheit über Ihre Vergangenheit erfahren?"

„Am selben Tag wie alle anderen Bekannten. Sie erhielten den Hinweis auf das E! Programm und das Buch."

„Sind Sie sicher?"

„Ja! Warum fragen Sie? An was denken Sie?"

„An gar nichts. Noch nicht." Er senkte kurz den Blick auf seinen Notizblock und sah sie wieder an. „Wie haben Bill und Dalton auf die Eröffnung reagiert, dass Sie Harlow Grail sind?"

„Sie waren überrascht und machten mir Mut. Sie hatten viel

Mitgefühl wegen meiner Vergangenheit." Mit Nachdruck fügte sie hinzu: „Ich war ihnen dankbar für ihre Unterstützung, und das bin ich immer noch."

„Das verstehe ich." Er klappte seinen Notizblock zu, steckte ihn in die Tasche und stand auf. „Sie müssen besonders vorsichtig sein, Anna. Vergewissern Sie sich, dass alle Fenster und Türen verschlossen sind. Gehen Sie nachts nicht allein aus. Beobachten Sie aufmerksam Ihre Umgebung, und merken Sie sich alles Ungewöhnliche, das um Sie herum geschieht."

Sie hob das Gesicht und sah ihn an. „Ich habe Angst."

„Ich weiß", erwiderte er, und seine Miene wurde sanfter. „Es wird alles gut."

„Haben Sie eine Theorie, wer ..."

„Nein, noch nicht." Er schwieg einen Moment. „Der Überfall könnte ein zufälliges Ereignis gewesen sein oder auch nicht."

Anna verschränkte die Finger im Schoß. „Die beiden Frauen, die getötet wurden ... die man ..." Sie holte tief Luft. „Sie hatten beide rote Haare."

„Ja."

„Glauben Sie, es könnte derselbe Täter ..."

„Der heute Nacht hier eingedrungen ist? Die Vorgehensweise stimmt nicht überein, aber ich schließe die Möglichkeit nicht aus."

„Wegen meiner Haarfarbe."

„Ja."

Sie schwiegen eine Weile, schließlich räusperte sich Malone und sagte: „Ich denke, das wars. Wenn Sie jemand anrufen möchten, der herkommen soll, kann ich bleiben, bis ..."

„Danke, es geht schon." Sie sah noch einen Moment auf ihre fest im Schoß gefalteten Hände und hob dann den Blick. „Ich kann schließlich von meinen Freunden nicht erwarten, dass sie hier ständig den Babysitter spielen."

Er ging wieder vor ihr in die Hocke und betrachtete sie forschend, voller Mitgefühl. „Sie müssen jetzt nicht stark sein, Anna. Sie müssen das Erlebte erst einmal verarbeiten. Lassen Sie sich Zeit."

„Wie lange?" Ihre Augen glitzerten vor Tränen. „Weitere dreiundzwanzig Jahre vielleicht?"

Er legte ihr eine Hand an die Wange. „Es tut mir Leid, für Sie, wirklich."

Bei seiner Berührung durchlief es sie heiß. Sie schmiegte die Wange in seine Hand und genoss deren tröstliche Wärme. Mehrere Herzschläge lang verharrte sie so, ohne ein Wort zu sagen. Sie konnte nicht anders, sie brauchte diese zärtliche Geste.

Quentin auch.

Ohne sich dessen recht bewusst zu sein, nahm sie seinen Geruch wahr: frisch geduscht, männlich.

Durch seine Nähe verlor das Entsetzen der letzten Stunden allmählich an Bedeutung. Die panische Angst, gegen ihren Willen genommen zu werden, wurde von dem Wunsch überlagert, Trost und Geborgenheit zu finden. Sie sehnte sich nach Zärtlichkeit, nach Nähe. Sie wollte sich geliebt und sicher fühlen, und sie wollte vergessen.

Ihre Gedanken verblüfften sie. Es konnte doch nicht angehen, dass sie in dieser Situation und nach allem, was sie durchgemacht hatte, an Sex dachte.

Genau das tue ich, gestand sie sich ein.

Sie wollte mit diesem Mann zusammen sein, ihn lieben und Leidenschaft erleben. Bei Quentin Malone fand sie Schutz und Geborgenheit. Er würde sie vergessen lassen – und wenn auch nur für einige Stunden –, dass der Killer sie gefunden hatte.

„Anna?"

Er flüsterte sanft ihren Namen, für sie klang es wie eine Aufforderung.

Als Antwort nahm sie sein Gesicht zwischen beide Hände und küsste ihn. Sacht zunächst, dann mit wachsender Intensität. Wenn sie ehrlich war, hatte sie sich schon lange danach gesehnt. Sogar als sie wütend auf ihn gewesen war, weil er ihr nicht helfen wollte, hatte sie sich zu ihm hingezogen gefühlt. Von Anfang an hatte sie nicht nur den Polizisten in ihm gesehen, sondern den Mann.

„Anna ..." Leicht zurückweichend, beendete er den Kuss. „Sie stehen unter Schock. Sie wissen nicht, was Sie tun."

„Ich weiß es sehr genau." Sie legte ihm die Finger auf die Lippen, die warm und feucht waren. „Bleib heute Nacht bei mir, Malone."

„Morgen wirst du es bereuen."

„Vielleicht." Sie machte eine Pause. „Aber ich will es trotzdem."

Sie sah ihm den inneren Zwiespalt an, und das nötigte ihr Respekt ab. Dass er nicht gleich begeistert mit ihr ins Bett fiel, sagte einiges über seinen Charakter aus. Er war ein Gentleman, ein wenig altmodisch, und er hatte Prinzipien.

Das gefiel ihr – solange er letztlich nachgab.

Sie küsste ihn wieder, sanft mit der Zunge neckend, wich leicht zurück und sah ihm in die Augen. „Ich will dich, Malone, und das hat nichts mit den Ereignissen von heute Nacht zu tun. Es geht nicht darum, mir die Angst zu nehmen oder mir Gesellschaft zu leisten. Jedenfalls nicht nur." Sie fuhr ihm mit den Fingern durch das dunkle Haar. „Ich will dich, Malone."

Leise aufstöhnend kapitulierte er, hob sie hoch und setzte sie sich rittlings auf den Schoß. Sie spürte seine Erregung und drängte sich an ihn, als sie sich wieder küssten.

Schließlich zog er ihr den Pullover aus, sie ihm das Hemd. Mit Händen, Lippen und Zungen begannen sie die nackte Haut zu streicheln, leidenschaftlich, hemmungslos.

Sie ließen sich zurückfallen und lagen halb auf dem Holzboden und halb auf dem Perserläufer. Unwillig, einander loszulassen, wanden sie sich aus der restlichen Kleidung.

Quentin Malone zu lieben, war so, wie Anna es sich erträumt hatte: aufregend, tröstlich und berauschend.

Seine Zärtlichkeiten ließen sie vergessen, wer sie war und was sie erlebt hatte. Sie spürte nur noch ihn, seinen Körper an und in ihr, hörte seinen rascher werdenden Atem und wie er auf dem Höhepunkt der Leidenschaft ihren Namen flüsterte.

So, wie sie seinen.

Als die Ekstase verebbte, presste Anna das Gesicht an seine Schulter und fragte sich, welches Wunder soeben geschehen war. Natürlich hatte sie ihre Liebeserfahrungen gemacht im Leben, aber noch nie hatte sie so heftige Gefühle erlebt wie eben.

Es wäre schön, wenn er es ebenso empfunden hätte, doch sie machte sich nichts vor. Sex war kein Fremdwort für Detective Quentin Malone. Er gehörte zu den Männern, die von Frauen umschwärmt wurden. Und wahrscheinlich war sie nur eine von vielen für ihn.

„Alles in Ordnung?" fragte er leise.

„Mir geht es gut", flüsterte sie, das Gesicht weiter an seiner Schulter. „Um nicht zu sagen, wunderbar."

Er kraulte ihr sanft die Haare im Nacken. „Bereust du es schon?"

Sie hob leicht den Kopf, damit sie ihn ansehen konnte. „Nein."

Er berührte ihre Lippen mit den Fingerspitzen. „Ich schulde dir eine Entschuldigung."

„Bestimmt nicht." Sie schüttelte entschieden den Kopf. „Es war meine Initiative. Ich habe ..."

„Du missverstehst mich." Ein flüchtiges Lächeln huschte über sein Gesicht. „Ich ... ich habe dir nicht widerstehen können ... ich entschuldige mich für den Verlust meiner Selbstbeherrschung."

Vor Freude stieg ihr das Blut in die Wangen. Dass sie ihn dazu gebracht hatte, seine Prinzipien über Bord zu werfen, empfand sie als schönes Kompliment. „Danke", flüsterte sie, „das habe ich gebraucht."

Er schien verwirrt. „Ich verstehe nicht."

Sie kuschelte sich an ihn. „Macht nichts."

Er zog sie in die Arme. „Anna?"

„Mm?"

„Was den Verlust meiner Selbstbeherrschung angeht ... ich hätte gern die Chance, es wieder gutzumachen."

Sie hob den Kopf und sah ihn an. „Möchtest du?"

Ein vielsagendes Lächeln breitete sich auf seinem Gesicht aus. „Allerdings."

„Und wann genau hattest du vor, es wieder gutzumachen? Jetzt?"

„Mm." Er stand auf und nahm sie auf die Arme. „Und die ganze Nacht hindurch."

39. KAPITEL

*Dienstag, 30. Januar,
7 Uhr 20.*

Der Pieper weckte Quentin. Die Morgensonne fiel auf das Bett, grell, aber ohne Wärme. Sofort hellwach, schnappte er sich das ärgerliche Gerät vom Nachttisch. Vorsichtshalber sah er noch auf die Anzeige, doch er hätte seinen Lohn verwettet, dass die Pflicht rief – außer den Leuten vom Revier piepte ihn niemand so früh am Morgen an.

Er sah, dass er Recht hatte, und stieg vorsichtig aus dem Bett, um Anna nicht zu wecken. Die Matratze gab nach, und die Bodendielen knarrten, als er den Fuß darauf setzte. Er verharrte und drehte sich zu Anna um. Sie stöhnte leise, regte sich und schlief weiter.

Er betrachtete sie noch einen Moment, und sein Herz schien einen kleinen Hüpfer zu machen. Letzte Nacht hatte er ihr gesagt, dass sie schön war, für ihn sogar die schönste Frau, die ihm je begegnet war. Dass sie seiner Ansicht nach zu gut, zu klug und zu talentiert für ihn war, hatte er allerdings für sich behalten.

Wer war er denn schon? Ein Polizist aus einer Gegend mit weit mehr Halunken als Helden. Ein Mann, der nicht durch eine brillante Karriere von sich reden machte, sondern wegen seines Erfolges bei Frauen.

Im Bett konnte er sie sicher glücklich machen.

Und er konnte noch etwas für sie tun, ihr Schutz geben. Wenn nötig, würde er sie Tag und Nacht bewachen. Der Täter bekam keine zweite Gelegenheit, sie anzufassen.

Er riss den Blick wieder von ihr los, ging in die Küche und rief endlich das Revier an.

„Morgen, Malone", sagte die Einsatzleiterin viel zu munter für diese gottlos frühe Stunde. „Erhebe dich, und mach dich an die Arbeit."

Quentin war nicht in der Stimmung für Freundlichkeiten. „Du kannst mich mal, Violet. Was hast du für mich? Was gibt es heute früh schon so Dringendes?"

Noch während er die Frage stellte, ahnte er die Antwort bereits mit einem mulmigen Gefühl in der Magengegend.

Eine weitere Frau ist vergewaltigt und getötet worden. Wieder eine mit rotem Haar.

Violets Auskunft bestätigte seine Ahnung. Am Morgen war eine Frauenleiche gefunden worden. In Flussnähe, etwas abseits der Esplanade Avenue und Decatur Street. Wie die vorherigen Opfer Kent und Parker war die Frau am Todesabend mit Freunden aus gewesen. „Anscheinend ist sie erstickt worden wie die anderen beiden", sagte die Einsatzleiterin. „Walden und Johnson sind schon auf dem Weg zum Tatort."

Quentin sah auf seine Uhr. „Wärs das?"

„Ja ... nein, das hätte ich fast vergessen. Der Täter trennte ihr den kleinen Finger ab."

Das schockierte ihn so sehr, dass er sich mit der Hand auf dem Tresen abstützte. „Was sagst du da?"

„Der Bastard hat ihr den kleinen Finger abgeschnitten. Kann man das glauben?"

Einen Moment später legte Quentin erschüttert das Telefon beiseite. *Großer Gott, wie soll ich Anna das beibringen?*

„Da ist ja ein nackter Mann in meiner Küche. Schnell, ruf die Polizei."

Er drehte sich um und sah sie in der Tür stehen, gegen den Rahmen gelehnt, in einen seidigen weißen Morgenmantel gewickelt. Sie wirkte zart, verschlafen und verletzlich und lächelte ihn an, dass ihm warm wurde ums Herz. Seine Gefühle für sie machten ihm Angst.

Er zwang sich, das Lächeln zu erwidern. „Der nackte Mann ist die Polizei."

„Wie praktisch." Sie schlenderte heran und öffnete den Morgenmantel. „Wer behauptet, dass die Polizei nie da ist, wenn man sie braucht?"

Als sie zu ihm kam, fuhr sie Quentin mit den Händen über die Brust und zu den Schultern hinauf. „Jetzt nicht, Anna." Er nahm ihre Hände und hielt sie fest. „Bitte nicht."

Sie wollte gekränkt zurückweichen, doch er hielt sie fest. „Es liegt nicht an dir. Es ..." Er fand nicht die richtigen Worte und stieß eine leise Verwünschung aus.

Nichts Gutes ahnend, sah sie ihn forschend an und wurde bleich. „Was ist passiert?"

„Ich glaube, du setzt dich besser."

„Nein. Sag es mir."

Er tat es, ohne Umschweife, in ruhigem Ton. Als er fertig war, zog er ihr einen Stuhl heran, und sie ließ sich zitternd und bleich darauf sinken.

„Das galt mir", flüsterte sie. „Gestern Nacht ... er war hier. Er wollte ..."

„Das wissen wir nicht. Wir wissen noch gar nichts."

„Warum passiert mir das?" begehrte sie auf. „Das alles ist doch so lange her. Warum lässt er mich nicht in Ruhe?"

„Es ist nicht Kurt, Anna." Er strich ihr sanft das Haar aus dem Gesicht. „Er ist es bestimmt nicht."

„Du irrst dich." Sie sah ihn mit tränennassen Augen ängstlich an.

„Nein, Anna. Wer über deinen Balkon geflüchtet ist, war nicht nur agil, sondern auch in ausgezeichneter körperlicher Verfassung.

Ich habe große Zweifel, dass dein Entführer von damals, ein Mann, der jetzt in den Fünfzigern oder Sechzigern sein müsste, das fertig brächte."

„Da ist noch etwas, das ich dir nicht erzählt habe. Er sagte etwas, das nur Kurt wissen kann. FBI und Polizei haben ein Detail aus jener Nacht ... in der Timmy starb, vor der Öffentlichkeit verheimlicht." Um Fassung ringend, fügte sie hinzu: „In jener Nacht ... als Timmy starb ... zwang er mich zuzusehen."

Davon habe ich gehört. Entsetzlich, aber da kommt noch mehr. „Fahr fort."

„Als er ... mit Timmy fertig war, wandte er sich mir zu und ... lächelte." Sie holte zittrig Atem. „Er lächelte und sagte: ‚Bereit oder nicht, es geht los'. Und dann hat er es getan."

Quentin schluckte vor Ekel. „Hat er dich auch mit dem Kissen ..."

„Nein. Er kam mit dem Kabelschneider und hat mir den Finger abgetrennt."

Es war ihm unerträglich, sich ihre Qualen auch nur vorzustellen. Er hätte sie gern mit einer Umarmung vor ihren Erinnerungen geschützt, doch das ging nicht, wie er wusste. Gewisse Traumata konnte man nur aus sich heraus überwinden.

„Ich kann mir gar nicht vorstellen, wie du überlebt hast. Dass du fliehen konntest, war ein Wunder. Schließlich warst du erst dreizehn."

„Ich dachte an Timmy", sagte sie schlicht. „Wie konnte ich aufgeben, wo Timmy so viel mehr erlitten hatte?"

„Du bist mutig, Anna, und du bist stark." Er hielt ihr Gesicht mit beiden Händen. „Stärker, als du glaubst."

Sie musste lachen. „Ich bin doch eine totale Memme, ein Hasenfuß reinsten Wassers. Was glaubst du wohl, warum ich mich all die Jahre versteckt habe?" Mit tränenerstickter Stimme setzte sie hinzu: „Aber er hat mich trotzdem gefunden."

„Wenn er dich gesucht hätte, hätte er dich schon vor langer Zeit aufgestöbert."

„Aber ich habe meinen Namen geändert."

„In den Mädchennamen deiner Mutter", entgegnete er nachsichtig. „Jeder halbgescheite Privatermittler hätte dich in einer Stunde entdeckt. Es ist nicht Kurt, Anna."

„Aber wie ..."

„Hat er wissen können, was Kurt in jener Nacht gesagt hat? Zu solchen Informationen haben unglaublich viele Menschen Zugang. Und die Leute reden, Anna, Polizisten, FBI-Agenten, Familienmitglieder. Das Verbrechen liegt über zwanzig Jahre zurück, da hütet niemand mehr die Fakten."

„Das glaubst du wirklich, was?"

„Das glaube ich." Er hielt ihr Gesicht fester. „Sieh mich an. Ich sage dir, was ich glaube. Jemand ist besessen von dir, wegen deiner Bücher, deiner Vergangenheit oder wegen beidem. Dieser Jemand hat seine Hausaufgaben gemacht, und im digitalen Zeitalter sind Informationen aus der Privatsphäre sehr leicht zu beschaffen. Bis gestern Nacht war er damit zufrieden, dir nur Angst zu machen."

„Aber das genügt ihm nicht mehr."

„Nein, offenbar nicht."

Sie stand auf und legte ihm eine Hand auf den Arm. „Warum hoffe ich nur so sehr, dass es nicht Kurt ist, der mich verfolgt? Wenn er es nicht ist, ändert das im Grunde gar nichts. Ein Monster, das ich kenne, ist auch nicht schlimmer als eines, das ich nicht kenne."

„Ich erwische den Kerl, Anna. Ich lasse nicht zu, dass er dir noch einmal nahe kommt." Sein Pieper auf dem Tresen neben dem Telefon meldete sich ein zweites Mal. Quentin wurde sich bewusst, wie viel Zeit seit dem Anruf vergangen war. „Ich muss gehen, Anna. Ich möchte nicht, aber ..."

„Geh." Sie trat einen Schritt zurück und schlang die Arme um sich. „Du hast einen Job zu erledigen."

„Ich lasse dich ja nicht allein", versuchte er sie zu trösten. „Ehe ich gehe, rufe ich noch das Revier an und lasse einen Beamten herkommen."

Sie lehnte ab. „Nein, ich will keinen Fremden hier haben. Ich rufe Dalton und Bill, sie kommen herüber." Da er die Stirn runzelte, betonte sie ungehalten: „Sie sind meine Freunde, Malone. Sie würden mir nie etwas antun."

Wenn er auch nur den kleinsten Hinweis darauf hätte, dass ihre Nachbarn nicht das waren, was sie zu sein schienen, würde er mit ihr streiten. Doch diesen Hinweis gab es nicht. „Ich ziehe mich an. Ruf die beiden an, ich warte, bis ..."

„Meine Babysitter kommen? Danke."

Er holte seine Sachen und verschwand im Bad, um sich zu waschen und mit Hilfe des Zeigefingers und Annas Zahnpasta die Zähne zu putzen.

Als er zurückkehrte, trug Anna Khakihosen und einen weißen Pulli. Sie hatte sich das Haar zurückgekämmt, das mit einer großen Spange im Nacken gehalten wurde.

Sie vermied es, ihn anzusehen.

„Anna", sagte er leise und streckte bittend die Hand aus. „Sei nicht böse. Ich möchte nicht gehen, aber ..."

„Ich bin nicht böse, und ich bin nicht enttäuscht. Du musst deinen Job machen."

Er spürte die Distanz zwischen ihnen größer werden. „Dann sieh mich an", bat er leise. „Ich möchte sicher sein, dass alles okay ist mit dir."

„Lass mich bitte. Wenn du mich berührst, breche ich in Tränen aus." Sie presste die Lippen aufeinander, damit sie nicht bebten. „Ich kann es mir nicht leisten zusammenzubrechen."

Es klopfte an der Tür, und Dalton gab sich zu erkennen.

„Ich rufe dich an, sobald ich mehr weiß", versprach Quentin auf dem Weg zur Tür, und Anna öffnete.

Dalton und Bill stand die Verblüffung ins Gesicht geschrieben, als sie Quentin sahen. Einen Moment starrten sie ihn nur sprachlos an. Daltons Wangen wurden rot, und Bill sah fragend von Anna zu Quentin und zurück.

Der Bursche wirkt ja nicht gerade glücklich, mich zu sehen.

„Morgen, Leute", grüßte er leichthin. Er wandte sich Anna zu und gestand sich ein, noch nie so ungern zu einem Tatort gefahren zu sein. „Ich rufe an."

Er beugte sich vor und küsste sie. Als sich ihre Lippen flüchtig berührten, meldete sich sein Pieper erneut. Zweifellos wollte das Revier endlich wissen, wo er steckte. Trotzdem nahm er Anna kurz in die Arme. „Sei vorsichtig heute. Falls du etwas brauchst ..."

„Geh", sagte sie, entzog sich ihm und presste kurz die bebenden Lippen zusammen. „Finde den Kerl und zieh ihn aus dem Verkehr. Tu es für mich."

40. KAPITEL

Dienstag, 30. Januar,
French Quarter.

Quentin erschien als Letzter am Tatort. Den anderen Detectives zunickend, bahnte er sich seinen Weg zu dem Opfer. Er blieb neben ihm stehen, und sein Herz schlug angstvoll.

Er musste ruhig, unbeeindruckt und professionell bleiben, doch diesmal ging das nicht. Er sah die Tote, und er sah Anna in ihr.

Der Täter hatte sie an Annas Stelle umgebracht.

Tief durchatmend, ermahnte er sich, vernünftig zu bleiben. Er konnte nicht mit Sicherheit sagen, ob der Killer tatsächlich Anna gemeint hatte oder nicht. Voreilige Schlüsse brachten ihn nicht weiter. Er musste sich auf den Tatort und die Beweise konzentrieren und durfte seine Schlussfolgerungen nicht von Emotionen bestimmen lassen.

Johnson schlenderte heran. „Hast dir ja ganz schön Zeit gelassen, Malone."

„Leck mich, Johnson."

Der Detective grinste. „Nein, danke. Ich lege Wert auf ein gewisses Niveau."

Quentin johlte. Johnson war berüchtigt für seinen schlechten Geschmack in puncto Frauen. „Was wissen wir bis jetzt?"

„Sie hieß Jessica Jackson, einundzwanzig, klug und hübsch. Studentin an der Tulane."

Einundzwanzig. Scheiße! „Zu jung", murmelte Quentin. „Viel zu jung, um zu sterben."

„Kann man wohl sagen. Der Kerl treibt mich langsam in den Wahnsinn." Johnson fuhr sich mit einer Hand über das Gesicht.

„Walden klappert die Umgebung ab. Vielleicht hat jemand was gehört oder gesehen."

Quentin betrachtete den gewöhnlich lakonischen Detective. Der wirkte müde und frustriert. „Du hast von dem anderen Überfall heute Nacht gehört?"

„Anna North? Ja, ich habs gehört." Er sah Quentin an. „Der Modus Operandi passt nicht. Anna North wurde zu Hause überfallen, und sie war nicht zum Tanzen aus."

„Sie hat rotes Haar. Vor einer Woche war sie im Tipitina, danach ist ihr jemand gefolgt. Er wurde verscheucht."

Johnson dachte nach und verengte dabei leicht die Augen. „Es lohnt sich, da nachzuhaken. Vielleicht ..."

„Da ist noch mehr. Ich denke, unser Täter hat für sie seine Vorgehensweise geändert."

Johnson zog verblüfft die Brauen hoch. „Wie kommst du denn darauf?"

„Anna North fehlt der rechte kleine Finger."

Johnson stieß einen leisen Pfiff aus. „Und diesem Opfer auch. Er hat ihn ihr abgeschnitten."

Quentin ging neben dem Opfer in die Hocke. Sein Blick wanderte über den Körper und die Umgebung. Dabei wurden ihm die Unterschiede zwischen diesem und den vorherigen Tatorten bewusst.

Das Offensichtlichste war die blutige rechte Hand. Quentin betrachtete sie mit gefurchter Stirn. Der Killer hatte den Finger nicht ordentlich abgetrennt, sondern darauf herumgehackt. Das Fleisch rings um die Wunde war zerfasert und eingerissen. Es sah aus, als hätte er mit einem Schweizer Armeemesser oder einem anderen, nicht tödlichen Instrument daran herumgesägt.

Der Täter war auf die Amputation nicht vorbereitet.

„Nach der Wunde und der Menge und Farbe des Blutes zu urteilen, hat er ihr den Finger nach dem Tod abgetrennt", meinte Johnson und ging neben ihm in die Hocke.

Quentin stimmte zu. Er betrachtete das Gesicht der Frau. Sie war hübsch gewesen, bildhübsch sogar. Ihr Haar war von Natur aus rot. Blaue Augen. Schöne ebenmäßige Gesichtszüge.

„Er hat hier nicht so sauber gearbeitet wie bei den anderen", stellte Quentin leise fest. „Sieh dir die Quetschungen in Gesicht und Nacken an." Er deutete auf das blutverklebte Haar an der Seite des Kopfes. „So etwas hatten wir bei den anderen Opfern nicht."

„Glaubst du, dass wir es mit demselben Täter zu tun haben wie bei Kent und Parker?"

„Ich vermute, ja. Aber gegenwärtig ist es wirklich nur eine Vermutung."

„Sieht so aus, als wäre sie vergewaltigt worden."

„Wenn es derselbe Täter war, war er offenbar über irgendetwas sehr aufgebracht, ja sogar in Rage. Deshalb ging er nicht mit der gleichen Sorgfalt vor wie sonst. War wohl gezwungen, in letzter Minute seinen Plan zu ändern."

„Du denkst, er wollte eigentlich Anna North umbringen? Als das nicht gelang, suchte er sich einen Ersatz?"

„Und schnitt ihr einen Finger ab, damit sie Anna North symbolisierte." *Vielleicht sollten alle Opfer Anna symbolisieren.* „Ja."

„Aber wieso hat er so schnell eine Rothaarige als Ersatz gefunden?"

Quentin dachte darüber nach. „Vielleicht musste er gar nicht lange suchen. Vielleicht durchstreift er die Clubs und merkt sich Frauen, die dort viel anzutreffen sind. Möglicherweise macht er sich eine Liste und lernt die Lebensgewohnheiten der Frauen kennen, wann und wie oft sie ausgehen und wohin. Wo sie parken, auf welchem Weg sie heimfahren und so weiter."

„Er macht eine Liste und überprüft sie immer mal wieder", setzte Johnson grimmig seine Theorie fort. „Als Anna North ausfällt, sucht er sich rasch eine andere von der Liste."

Er wird auf Anna zurückkommen.

Als lese er Quentins Gedanken, sagte Johnson leise: „Du denkst, er versucht es noch mal bei ihr?"

Quentin stand auf, ihm war elend. „Er will Anna North. Und er ist jetzt frustriert, weil sie ihm entwischt ist."

„Stellen wir ihr einen Uniformierten zur Seite. Falls unser Täter sich an sie ranmacht, haben wir ihn."

Quentin nickte. „Keine Risiken", entschied er, sah Johnson an und betonte: „Ich will bei Anna North nicht das kleinste Risiko eingehen."

41. KAPITEL

*Dienstag, 30. Januar,
Stadtmitte.*

Ben kam langsam zu Bewusstsein. Er hatte Kopfschmerzen, und der ganze Körper tat ihm weh. Voller Unbehagen wälzte er sich auf die Seite, und ein Schmerz schoss ihm durch die Brust, dass er keuchend die Augen aufriss.

Wo bin ich?

Er ließ den Blick durch das Zimmer wandern, sah das grelle Weiß der Wände, den Fernseher oben an der Wand, den Metallrahmen des Bettes und den Nachttisch.

Ich bin im Krankenhaus. Desorientiert legte er eine Hand an die Stirn. *Wie bin ich hierher gekommen?*

„Morgen, Dr. Walker." Eine lächelnde Schwester rollte einen Medizinwagen herein. „Willkommen in der Welt der Lebenden." Sie kam ans Bett und steckte ihm das Thermometer in den Mund. „Ich bin Schwester Abrams. Wie fühlen wir uns heute Morgen?"

Er konnte wegen des Thermometers nicht antworten, doch das schien sie gar nicht zu bemerken. An ihrem Namensschild las er, dass sie Schwester Beverly Abrams vom Baptist Mercy Hospital war. Sie maß Puls und Blutdruck und trug die Werte in seine Kartei ein. Das Thermometer piepste, sie nahm es ihm aus dem Mund und trug auch diesen Wert ein. „Normal", sagte sie forsch. „Alles normal. Der Doktor wird gleich ..."

„Warum bin ich hier?"

Sie unterbrach ihre Tätigkeit und sah ihn verwundert an. „Wie bitte?"

„Wenn alles normal ist, warum bin ich dann hier?"

„Sie erinnern sich nicht, was geschehen ist?"

„Offensichtlich nicht. Andernfalls ..." Plötzlich erinnerte er sich an etwas.

Du verliebst dich in sie. Sie wird heute Nacht sterben.

Anna, großer Gott! Ängstlich warf er die Decke zurück und setzte sich auf. Die Welt drehte sich, und er konnte sie nicht wieder anhalten.

„Was machen Sie da?" Die Schwester war wie der Blitz bei ihm und packte ihn sacht bei den Schultern. „Sie können nicht ..."

„Ich muss hier raus. Eine Freundin ... ein Unfall."

„Ja", bestätigte sie und drückte ihn in die Kissen zurück. „Sie hatten einen Unfall. Sie haben sich mehrere Rippen gebrochen, und Sie haben eine Gehirnerschütterung. Sie gehen nirgendwo hin, solange Dr. Wells es Ihnen nicht ausdrücklich gestattet."

Ben schloss die Augen, zu schwach, sich zu widersetzen. Er legte eine Hand an die Brust und ertastete Pflaster und Bandagen. *Unfall? Ich hatte einen Unfall!*

„Was ist passiert?" fragte er. „Ich erinnere mich nicht."

„Sie sind von der Straße abgekommen. Man musste Sie aus dem Wagen ziehen. Sie sind durch eine Hecke geschossen. Soweit ich gehört habe, hatten Sie Glück. Es hätte viel schlimmer kommen können."

Schlimmer? Anna! „Ich brauche die Zeitung von heute", bat er leise mit belegter Stimme. „Eine *Times Picayune*."

„Ich sehe, was sich machen lässt."

„Nein." Er hielt sie an der Hand fest und drückte ihr die Finger. „Es ist ... vielleicht können Sie es mir auch sagen. Ist gestern Nacht etwas Schlimmes passiert?"

Die Schwester sah ihn verwirrt an. „Sie hatten einen Unfall. Ich sagte Ihnen schon, dass Sie eine Gehirnerschütterung haben."

Er schüttelte unter Schmerzen den Kopf. „Ich wollte nicht

wissen, ob mir etwas passiert ist, sondern meiner Freundin Anna North. Ist alles in Ordnung mit ihr?"

Die Schwester furchte die Stirn. „Soweit ich weiß, waren Sie allein im Wagen, aber ich kann das über..."

„Sie war nicht in meinem Wagen. Sie war gestern Abend allein zu Haus. Ich wollte zu ihr fahren."

„Ich glaube, ich rufe besser den Doktor."

„Nein, bitte." Er umfasste ihre Hand noch fester und versuchte, sich verständlicher auszudrücken. Doch er konnte seine Gedanken nicht richtig ordnen, und seine Zunge fühlte sich geschwollen an. „Ist in den Nachrichten etwas gemeldet worden aus der Stadt? Was passierte, während ich bewusstlos war?"

Er sah an ihrem Mienenspiel, dass er ihr unheimlich wurde. „Ich weiß nicht, was Sie ... Man fand eine tote Frau im French Quarter. Ist das die Meldung, die Sie suchen?"

Er ließ stöhnend ihre Hand los. „Wie hieß sie?" fragte er und kämpfte gegen eine neue Schwindelattacke an. „Hieß sie Anna?"

„Ich weiß es nicht." Die Schwester ging zur Tür. „Es war in allen Nachrichten, auf jedem Sender. Aber ich kann mich nicht an ihren Namen erinnern."

In allen Nachrichten, natürlich.

Ben nahm die Fernbedienung vom Nachttisch, schaltete das Gerät ein und zappte durch die Sender, bis er die örtlichen 24-Stunden-Nachrichten fand.

... heutige Hauptmeldung: Wieder wurde eine Tote im French Quarter gefunden. Jessica Jackson aus River Ridge scheint das dritte Opfer in einer Reihe von Frauenmorden zu sein, die New Orleans in diesem Monat erschüttern ...

Das Bild einer hübschen jungen Frau mit Barett und Talar der High-School-Graduierung erschien auf dem Bildschirm, und Ben weinte fast vor Erleichterung. *Gott sei Dank, es ist nicht Anna.*

„Guten Morgen." Ben riss den Blick vom Bildschirm los. Ein schmaler, adrett wirkender Mann mit Stethoskop um den Hals betrat das Zimmer.

„Ich bin Dr. Wells." Er blieb neben dem Bett stehen und reichte ihm die Hand. „Ich habe Sie letzte Nacht wieder zusammengesetzt."

Ben gab ihm die Hand. Die Bewegung ließ ihn aufstöhnen. „Danke. Ich wünschte, ich könnte sagen, es geht mir besser."

„Ich bin Arzt und kein Wunderheiler." Er öffnete Bens Kartei. „Sie haben ganz schön was abbekommen, Dr. Walker. Außer vier gebrochenen Rippen und einer Gehirnerschütterung haben Sie noch eine Rippenquetschung und einige böse Schnitte, die genäht werden mussten."

Ben fragte stirnrunzelnd. „Ich bin doch hoffentlich nicht durch die Windschutzscheibe gegangen, oder?"

„Nein. Dafür durch eine Dornenhecke. Der Rettungstrupp musste Sie aus dem Wagen schneiden. Sie steckten mitten in den Dornen."

„Was für ein Glück." Ben sah zum Fernseher, wo man sich einem anderen Thema zugewandt hatte. Er musste Anna aufsuchen und sich mit eigenen Augen überzeugen, dass sie unversehrt war. „Ich muss hier raus, Doc. Können Sie mir meinen Entlassungsschein aushändigen?"

Der Arzt lächelte schwach. „Das braucht seine Zeit. Sie hatten einen ziemlich hässlichen Unfall."

„Das sagte Schwester Abrams mir schon."

Der Doktor sah ihn scharf an. „Sie erinnern sich nicht?"

„Nein, ich weiß nichts von dem Unfall." Er sah kurz auf die Uhr. „Ich war auf dem Weg zu einer Freundin. Sie brauchte meine Hilfe. Ich habe es nicht zu ihr geschafft. Offensichtlich."

„Als die Sanitäter Sie fanden, waren Sie bewusstlos. Und während meiner Behandlung verließen Sie uns auch immer wieder. Mit einer Gehirnerschütterung ist nicht zu spaßen." Danach horchte er Ben ab und befragte ihn nach Kopfschmerzen, gestörtem Sehvermögen und Schwindel.

Ben beantwortete alle Fragen und log nur, wenn nötig. „Ich fühle mich gut, Dr. Wells. Hundertprozentig okay." Er zwang sich zu einem Lächeln. „Kann ich hier verschwinden?"

„Innerhalb der nächsten Stunde, denke ich. Haben Sie zu Hause jemand, der Sie im Auge behält? Jemand sollte dafür sorgen, dass Sie sich nicht überanstrengen und Sie wecken, falls Sie einschlafen."

„Ich behalte ihn im Auge, Doc."

Beide Männer wandten sich der Tür zu, wo Detective Quentin Malone erschienen war. Er sah mitgenommen aus, wie Ben voller Unbehagen über den Besuch feststellte.

„Hallo, Ben."

„Detective Malone. Was führt Sie denn her?"

„Sie."

„Gute Neuigkeiten verbreiten sich offenbar rasch in der Stadt", scherzte er.

Quentin kam näher, blieb neben dem Bett stehen und stellte sich dem Arzt vor: „Detective Quentin Malone, NOPD. Kann ich mit Ihrem Patienten reden?"

„Ich denke, er hält es aus." Der Arzt schloss die Kartei. „Er könnte ein wenig verwirrt sein, er hat einen bösen Schlag auf den Kopf bekommen." Ben riet er: „Lassen Sie es heute langsam angehen. Keine Arbeit. Nicht Auto fahren. Es war mir im Übrigen ernst mit dem Babysitter. Besorgen Sie sich einen. Und rufen Sie mich an, falls es Probleme gibt. Kopfschmerzen, Schwindel, Müdigkeit."

„Mache ich." Ben gab ihm die Hand. „Danke, Dr. Wells."

Zum Abschied nickte der Arzt Quentin nur zu. „Detective."

Sobald er draußen war, sagte Quentin zu Ben: „Sie haben mich gestern Abend auf dem Revier angerufen. Ich möchte wissen, warum."

„Habe ich das?"

„Sie hinterließen Ihren Namen, aber keine Nachricht. Erinnern Sie sich nicht?"

Er legte eine Hand an den Kopf. „Ich weiß nicht mehr viel von gestern ..."

Er verstummte, als ihm plötzlich eine weitere Erinnerung kam. Es war dunkel, und er fuhr zu schnell, er war in Panik. Er hatte eine Telefonnummer in sein Handy eingegeben und nicht auf die Straße geachtet.

„Ich habe versucht, Anna anzurufen", erzählte er zögernd. „Ich konnte sie nicht erreichen. Ich war besorgt, ich hatte Angst um sie, ich war in Panik. Deshalb habe ich Sie angerufen."

Quentin zog sich einen Stuhl heran, setzte sich und beobachtete ihn. „Und warum hatten Sie solche Angst um sie?"

„Geht es Anna gut?"

„Körperlich ist sie unversehrt."

Ben merkte besorgt auf. „Was soll das heißen, Detective?"

„Reden wir erst über Sie, Ben." Er zog einen Notizblock aus der Tasche. „Was wollten Sie mir erzählen?"

Ben rieb sich die pochende Schläfe und begann: „Ich habe gestern Abend meine Mutter besucht. Sie hat Alzheimer und lebt im Crestwood Pflegeheim an der Metairie Road."

„Das tut mir Leid für Sie."

Ben nahm das nickend zur Kenntnis und fuhr fort: „Ich war länger bei ihr als üblich. Sie war schrecklich aufgeregt. Sie glaubte, jemand sei bei ihr gewesen und habe sie bedroht. Es dauerte eine Weile, um sie zu beruhigen."

„Sie glaubte, jemand habe sie bedroht?"

Ben sah seine zerkratzten Hände auf dem weißen Laken liegen. „Meine Mutter ... ist verwirrt. Sie vermischt die Realität mit Dingen, die sie im Fernsehen gesehen hat. Als ich zu meinem Wagen kam, steckte eine Notiz unter dem Scheibenwischer. Ich glaube, sie stammt von derselben Person, die mir Annas Buch geschickt und das Foto von uns beiden gemacht hat."

„Was stand auf dem Zettel?"

Leicht verlegen wandte er den Blick ab, denn er fühlte sich unbehaglich und bloßgestellt. „Da stand, dass ich mich in sie verliebe und dass sie heute Nacht sterben würde."

„Da stand, dass sie letzte Nacht sterben sollte?"

„Ja. Ich geriet in Panik. Ich rief sie sofort aus meinem Auto an. Ich konnte sie nicht erreichen und fuhr los. Offenbar habe ich mich nicht genug auf die Straße konzentriert."

„Sie haben nicht daran gedacht, das Revier im French Quarter zu alarmieren?"

„Ich habe überhaupt nicht gedacht, ich habe gehandelt. Ich wollte so schnell wie möglich zu ihr."

Quentin sah auf seinen Notizblock. „Und? Stimmt das, was auf dem Zettel stand? Verlieben Sie sich in sie?"

„Das ist meine Privatsache, Detective."

„Ich halte es aber in diesem Fall für wichtig." Quentin sah ihm fest in die Augen. „Ist es so?"

Ben hielt dem Blick kühn stand. „Ja, so ist es."

Ein seltsamer Ausdruck huschte über Quentin Malones Gesicht. In diesem Moment wusste Ben, dass er nicht der Einzige war, der starke Gefühle für Anna hegte. Da er ältere Ansprüche auf sie erhob, sich sogar einbildete, sie gehöre ihm, fühlte er sich durch einen Rivalen bedroht, ja beleidigt. „Ich bin der beharrliche Typ, Detective. Ich gebe nicht leicht auf."

„Das tut ein guter Gegner nie." Ein Lächeln zuckte um Quentins Mundwinkel. „Haben Sie die Nachricht noch?"

„Sie lag in meinem Wagen. Da ist sie wohl noch." Ein freudloses Lachen kam ihm über die Lippen. „Wo auch immer."

„Haben Sie eine Ahnung, wer Ihnen die Nachricht geschrieben hat?"

„Ich sagte schon, vermutlich die Person, die mir auch das Buch hinterlassen hat. Vielleicht ein Patient. Aber ich weiß nicht, welcher."

„Haben Sie den Namen Adam Furst schon mal gehört?"

„Nein."

„Bestimmt nicht? Sie haben keinen Patienten dieses Namens?"

„Bestimmt nicht."

„Gibt es einen Patienten, der entweder Adam oder Furst heißt?"

Ben dachte kurz nach und schüttelte den Kopf. „Warum? Wer ist das?"

Quentin ignorierte die Frage. „Als wir das letzte Mal miteinander sprachen, wollten Sie die Zahl der Verdächtigen unter Ihren Patienten eingrenzen. Offenbar hatten Sie nicht viel Erfolg."

„Das braucht Zeit, Detective", entgegnete er leicht pikiert. „Ich kann nicht einfach jemand beschuldigen. Bis auf eine Hand voll habe ich inzwischen alle Verdächtigen eliminiert. Falls nicht einige Termine abgesagt werden, habe ich bis Ende der Woche alle Patienten meinem Test unterzogen."

„Was für ein Test?"

Ben erklärte, wie er das betreffende Buch auslegte, in der Annahme, dass der Schuldige es nicht würde ignorieren können. „Gegen Ende der nächsten Woche kann ich Ihnen sicher einen Namen nennen."

„Bis dahin könnte noch eine Frau sterben. Ich schlage vor, Sie beeilen sich ein wenig. Oder Sie übergeben uns die Patientenliste und lassen uns unsere Arbeit machen."

„Sie wissen, dass ich das nicht tun kann. Es wäre unethisch von mir."

„Und einen Mörder zu decken ist ethisch?"

„Mörder? Sie machen einen ziemlich großen Sprung, Detective. Der Unterschied zwischen einer Notiz am Scheibenwischer und einem Mord ..."

„Anna wurde gestern Nacht in ihrer Wohnung überfallen."

Ben verschlug es kurz die Sprache. „Aber Sie sagten doch ... sie sei unversehrt."

„Er wurde verscheucht, ehe er seine Tat ganz ausführen konnte. Aber verständlicherweise hat der Vorfall sie erschüttert."

Ben lehnte sich in die Kissen und fühlte sich elend und schuldig, weil er Anna nicht eher erreicht und den Verdächtigen unter seinen Patienten noch nicht gefunden hatte.

„Da ist noch etwas. Letzte Nacht wurde eine Frau vergewaltigt und umgebracht."

„Im French Quarter. Ich habe es im Fernsehen gesehen." Ben räusperte sich. „Glauben Sie, der Mord hat etwas zu tun mit ... ich meine ..."

„Die Tote war rothaarig, Dr. Walker. Noch ein rothaariges Opfer. Und er hat ihr den rechten kleinen Finger abgeschnitten." Quentin machte eine Pause, um seinen Hinweis wirken zu lassen. „Halten Sie es immer noch für unethisch, Ihre Patientenliste herauszugeben?"

42. KAPITEL

Dienstag, 30. Januar,
Revier des 7. Bezirks.

Quentin manövrierte seinen Bronco in eine Parklücke auf der Straße vor dem Revier. Sein kleines Rendezvous mit Ben Walker war nur gelinde erhellend ausgefallen. Der gute Doktor war entsetzt gewesen über den Überfall auf Anna und über die Notiz an seiner Windschutzscheibe, aber vor allem über den Verdacht, einer seiner Patienten könne dahinter stecken.

Trotzdem hatte er sich geweigert, die Patientenliste herauszurücken. Quentin stellte den Motor ab. Immerhin hatte Ben Walker versprochen, den Schuldigen zu nennen, sobald er ihn kannte. Dass er sich hinter seiner Ethik versteckte, um die Patientenliste zu hüten, fand er mehr als bedenklich.

Für ihn war die Sache klar: Da hier ein Frauenmörder herumlief, der es auch auf Anna abgesehen hatte, musste er ausfindig und unschädlich gemacht werden. Also, zur Hölle mit der Ethik.

Ben Walker verliebt sich in Anna.

Die Tatsache machte ihm zu schaffen. Gereizt öffnete er die Wagentür und fragte sich, ob Anna auch mit Ben geschlafen hätte, wäre er zufälligerweise gestern bei ihr gewesen? Die Frage gefiel ihm zwar nicht, doch er musste sie sich stellen. Anna hatte Angst gehabt und unter Schock gestanden. Er war da gewesen, und sie hatte sich ihm Trost suchend zugewandt.

Dieses Verhalten war ihm wohlvertraut. Auch Cops hatten ihre Mechanismen, Schockerlebnisse zu verarbeiten: Alkohol, Frauen oder Sonstiges. Er wusste das aus Erfahrung.

Er schlug die Wagentür zu und betätigte die Verriegelung. Verdammt, er hatte gewusst, dass es ein Fehler war, mit Anna zu schlafen. Aber sie war so unglaublich verführerisch gewesen. Und verletzlich. Er hatte nicht die Kraft gehabt, ihr zu widerstehen.

Vermutlich ging es Ben Walker ebenso. Der war immerhin Doktor. Und was war er? Ein Cop. Jemand, dessen berufliche Träume jenseits seiner Fähigkeiten lagen.

„Detective Malone?"

Quentin drehte sich um. Einige Detectives vom PID standen hinter ihm. Sie hielten ihre Marken hoch, obwohl sie wissen mussten, dass er sie kannte. Es waren dieselben, die ihn nach dem Mord an Nancy Kent über die Vorkommnisse in Shannons Taverne befragt hatten.

In Gedanken stieß er eine Verwünschung aus. Der Tag nahm keinen guten Verlauf. Er zwang sich zu einem Lächeln. „Hallo, Jungs. Was gibts?"

Simmons, der Kleinere der beiden, ergriff das Wort. „Wir müssen Ihnen einige Fragen über Ihren Partner Terry Landry stellen."

„Wirklich? Ich dachte, wir hätten schon alles besprochen."

„Was alles, Detective?" fragte Carter, der zweite.

So soll das also laufen. „Über die Nacht bei Shannon, als der Kent-Mord geschah."

„Heute interessieren wir uns für etwas anderes, Detective."

Quentin lehnte sich mit verschränkten Armen gegen seinen Bronco. „Schießen Sie los."

„Wie wir hören, steckt Landry gerade in einer ziemlichen Krise."

„Kann man so sagen. Er lebt von seiner Frau getrennt. Aber darüber haben wir schon beim letzten Mal gesprochen."

„Dann ist es wohl verständlich, dass er schwer an der Flasche hängt."

Quentin merkte auf. „Tut er das? Ist mir nicht aufgefallen."

Simmons und Carter tauschten einen Blick. „Sie haben nicht bemerkt, dass er trinkt ... übermäßig sogar?"

Quentin stieß sich gereizt vom Wagen ab. „Hören wir auf, Katz und Maus zu spielen. Wenn Sie wissen wollen, ob Terry in letzter Zeit ausgegangen ist und zu tief ins Glas geblickt hat, ja, hat er. Aber das war in seiner Freizeit. Es beeinträchtigte weder seine Leistung noch kratzte es am makellosen Ruf der Polizei."

„Sie haben keine Veränderung in seiner Arbeitsleistung festgestellt?" fragte Simmons.

„Nein", bestätigte Quentin und sah ihn unverwandt an. „Keine."

„Finanziell muss das schwierig für ihn sein", bemerkte Carter. „Immerhin muss er für zwei Haushalte zahlen."

Quentin war auf der Hut. „Das wäre für jeden Cop schwierig."

„Hat er mit Ihnen darüber gesprochen?"

„Er hat gejammert, dass er pleite sei."

„Trotzdem scheint er nicht unter Geldmangel zu leiden." Das kam von Simmons. „Oder, Detective?"

„Ich weiß nicht, was Sie meinen."

„Sie haben also nicht bemerkt, dass Landry beträchtliche Geldbeträge ausgibt? Rundenweise Drinks spendiert, große Wetten abschließt?"

Die fünfzig Dollar, die Terry Shannon zugesteckt hat! Verdammter Mist, das ist übel. „Nein, habe ich nicht." Er sah Carter in die Augen. „Sie etwa?"

Der Detective ignorierte das. „Gibt es etwas an Landrys Verhalten oder seiner Leistung, was Sie uns mitteilen möchten?"

In was hat Terry sich da bloß reingeritten? Quentin hatte Mühe, seine Zweifel an seinem Kollegen zu verbergen. „Ich sagte Ihnen schon, Terry geht es gut. Er macht eine schwierige Phase durch, aber er schafft das." Er sah von einem Beamten zum anderen. „Möchten Sie mir jetzt mitteilen, worum es eigentlich geht?"

Ein Lächeln umspielte Simmons' Mundwinkel. „Danke für Ihre Hilfe, Detective Malone."

Carters Mienenspiel war nicht so subtil. „Wir bleiben in Kontakt."

„Damit rechne ich", erwiderte er leise und sah den beiden nach, ehe er sich abwandte und in das Polizeigebäude ging.

Ein paar Uniformierte, die auf den Eingangsstufen rauchten, nickten ihm grüßend zu. Er fragte sich verärgert, wie viele seiner Kollegen seinen Schwatz mit Simmons und Carter wohl gesehen hatten. Etliche offenbar, denn als er eintrat, verfolgten ihn neugierige Blicke. Innerhalb der nächsten Stunde würde es jeder in der Schicht wissen.

Die Jungs vom PID hatten absichtlich diesen Treffpunkt gewählt. Sie wollten darauf aufmerksam machen, dass eine Untersuchung lief, die entweder ihn oder jemand aus seiner Umgebung betraf. Sie wollten das siebte Revier und vor allem Terry nervös machen, damit er Fehler beging.

Was hatten die bloß gegen ihn in der Hand? Was wussten die, was er nicht wusste? Und wie tief hatte er sich soeben selbst mit hineingezogen, indem er Terry deckte?

Er war zornig auf Simmons, Carter und Terry und auch auf sich selbst, weil er sich aus Loyalität zu seinem Partner verpflichtet fühlte, ihn zu decken.

Dabei hatte Penny ihn darauf aufmerksam gemacht, dass es Terry nicht nützte, wenn er ständig Entschuldigungen für ihn fand.

Quentin ging am Büro seiner Tante vorbei und bemerkte, dass die Tür geschlossen war. Er überlegte, ob er ohne Rücksicht auf das Protokoll hineingehen und nach einer Erklärung für die Untersuchung des PID verlangen sollte, entschied aber dagegen. Tante oder nicht, eine solche Unverfrorenheit würde sie ihn büßen lassen.

Stattdessen ging er zur Kaffeekanne, schenkte sich eine Tasse von dem teerschwarzen, verbrannt riechenden Gebräu ein und gab ein Päckchen Zucker dazu.

„Hast du 'ne Minute?" fragte Terry von hinten.

Quentin blickte über die Schulter und zwang sich zu einem lockeren Lächeln. Terry hatte ihn mit den Jungs vom PID gesehen und stand offensichtlich unter Dampf, das merkte man ihm an. „Sicher. Ich gebe meiner Tasse Batteriesäure nur gerade den letzten Pfiff." Er probierte den Kaffee, gab noch ein Päckchen Zucker dazu, rührte um und wandte sich seinem Partner zu. „Was gibts?"

„Ich habe sie gesehen", zischte Terry mit rotem Gesicht. „Die Bastarde vom PID. Was wollten die?"

„Auch dir einen schönen guten Morgen, Partner."

„Hör auf mit dem Scheiß! Es geht hier um meinen Hintern. Ich will wissen, was läuft."

Quentin sah sich um, ehe er mit gesenkter Stimme antwortete: „Zunächst mal, werde nicht paranoid, denn das ist genau, was die wollen. Zum zweiten, warum sagst du mir nicht, was läuft? Bei allem, was mir unsere Partnerschaft bedeutet, es geht auch um meinen Hintern, und das gefällt mir nicht."

„Ich mache meinen Job, das läuft. Ich versuche, mit meinem beschissenen Leben klarzukommen, und schufte wie ein Tier."

Quentin sah seinem Freund streng in die Augen. „Sie haben mich nach deiner Trinkerei gefragt, Terry. Und sie haben sich nach deinen Finanzen erkundigt."

„Meine Finanzen?" fragte Terry erstaunt. „Zum Teufel auch, hier kommen die neuesten Nachrichten: Ich bin pleite!"

„Mach mal halblang." Quentin senkte die Stimme noch mehr. „Ich habe den Fünfziger gesehen, den du Shannon zugeschoben hast. Wenn du so pleite bist, woher kam der dann?"

„Du glaubst, ich bin käuflich? Glauben die das etwa auch? Hast du denen das gesagt?"

„Ich habe denen gar nichts gesagt." Er sah sich noch einmal kurz über die Schulter. „Ich habe dich gedeckt. Obwohl ich nicht weiß, warum."

Sein Freund wirkte erleichtert. Zu erleichtert. „Weil wir Kumpel sind", sagte er. „Wir passen aufeinander auf. Wir ..."

Quentin schnaubte frustriert: „Das ist vorbei, Terry. Penny hat Recht. Dass ich dauernd Entschuldigungen für dich suche, hilft keinem, am wenigsten dir."

„Penny?" Dunkle Röte überzog Terrys Gesicht. „Was hast du mit meiner Frau zu quatschen?"

„Du hast mich doch darum gebeten, mit ihr zu reden." Ein anderer Beamter kam auf sie zu, Kaffeetasse in der Hand. Ein Blick auf die beiden, und er änderte seinen Kurs. „Terry, lass uns ein anderes Mal darüber sprechen. Das hier ist weder der Ort noch die Zeit ..."

„Scheißdreck! Du hast mit meiner Frau gesprochen, und ich will wissen, was sie gesagt hat. Treibt sie sich herum? Mit wem trifft sie sich?"

Quentin seufzte. Seit seinem Besuch bei Penny vor über einer Woche fürchtete er sich vor dieser Konfrontation. Sie war wohl unausweichlich, und er konnte sie genauso gut gleich hinter sich bringen. „Sie treibt sich nicht herum, Terry. Im Gegenteil, sie sagte, dass du der Herumtreiber warst."

„Und du hast ihr geglaubt?"

„Ja. Ich habe ihr geglaubt."

Terrys Gesicht wurde zur hässlichen Fratze. „Wieso erfahre ich erst jetzt von deinem gemütlichen kleinen Plausch mit meiner Frau? Verheimlichst du mir etwas, Partner? Zum Beispiel, dass du was mit ihr hast?"

Quentin beherrschte sich mühsam. „Ich habe dir schon mal gesagt, dass Penny so etwas nicht verdient. Und ich auch nicht!"

„Was ist los? Tut es weh, die Wahrheit zu hören?"

Quentin sah ihn nur angewidert an. „Ich sage dir die Wahrheit, Terry. Penny wird dich unter gar keinen Umständen zurücknehmen, solange du dich nicht besserst. Sie und die Kinder möchten nicht zusehen, wie du dich selbst zerstörst. Ich dachte, du würdest das nicht so gerne hören, und deshalb habe ich es für mich behalten. Zufrieden? Ich habe dich verteidigt, aber im Moment frage ich mich, warum."

Terry ballte die Hände. „Ich hätte es besser wissen müssen. Man kann keinen Fuchs in den Hühnerstall schicken und erwarten, dass nichts passiert. Jeder weiß, was du für ein Weiberheld bist. Machst du mit ihr rum, Partner? Mit ihr und mit wem noch? Mit dieser rothaarigen Autorin? Vielleicht mit beiden zugleich?"

Blanke Wut nahm Quentin fast den Atem. Es erforderte seine ganze Selbstbeherrschung, um sich zurückzuhalten. „Lass Anna aus dem Spiel!"

Terrys Verblüffung verwandelte sich rasch in spöttisches Verständnis. „Anna ist das also. Wir nennen uns beim Vornamen. Wie süß." Er stieß ein hässliches Lachen aus. „Wie ich sehe, hatte ich Recht. Malone punktet wieder."

Quentin war schockiert über Terrys Bosheit. Terry war oft rüde gewesen, manchmal sarkastisch und auch verbittert. Aber diesen hässlichen, gemeinen Mann kannte er nicht wieder.

Diesen Terry hatte Penny Landry zweifellos viel zu häufig erlebt.

Quentin beugte sich zu ihm vor und roch Alkohol. „Du hast verdammtes Glück, dass ich dein Freund bin und weiß, welche Schwierigkeiten du im Moment hast. Andernfalls würde ich dir eine Tracht Prügel verabreichen. Die hättest du verdient."

Terry schwankte leicht, seine Augen waren blutunterlaufen, doch er hielt Quentins Blick stand. „Bleib besser in der Nähe deiner neuen Freundin, Kumpel. Wie ich höre, hat ein Mörder sein Auge auf sie geworfen."

Quentin atmete tief durch und zählte bis zehn. „Ich habe es satt mit dir, Terry", drohte er leise. „Kapiert?" Er kam einen Schritt näher. „Ich mache deinen Mist nicht mehr mit, und ich werde dich nicht mehr decken. Ich schlage vor, du reißt dich zusammen, ehe du bis zum Hals im Dreck steckst."

43. KAPITEL

*Dienstag, 30. Januar,
17 Uhr 10.*

Quentin stand volle fünf Minuten vor Annas Haus, ehe die Kälte ihn zur Haustür trieb. Nein, nicht die Kälte, korrigierte er sich, die Wärme ... ihre Wärme.

Es war ein fürchterlicher, frustrierender Tag für ihn gewesen. Zusätzlich zum Mord an Jessica Jackson, dem Besuch der PID-Leute und dem Streit mit Terry war noch eine von Chief Pennington einberufene Versammlung aller Beamten des 7. Distrikts gekommen, auf der man sie zusammengestaucht hatte.

Die Ermittlungen im Kent-, Parker- und Jackson-Mord gingen nicht schnell genug. Drei Morde in drei Wochen, und sie taten nicht genügend. Da war ein Verrückter am Werk, und O'Shays Team war einer Verhaftung nicht näher als am Anfang.

Er hatte seine Kollegen verteidigt und ihrem Chef erwidert, wenn er glaube, es besser zu können, solle er die Ermittlungen übernehmen. Sie hätten jeden Stein umgedreht, jede Spur verfolgt und nach Übereinstimmungen geforscht. Doch bisher war jeder Ermittlungsansatz in einer Sackgasse geendet.

Chief Pennington war wütend gewesen, hatte jedoch eingelenkt. Allerdings nicht, ohne die Warnung auszusprechen, sie stünden unter Beobachtung und sollten diesen Killer so schnell wie möglich festnageln.

Die ganze Zeit hatte er an Anna denken müssen und an die gemeinsame letzte Nacht. Dabei vergaß er nicht einen Moment, dass sie es hätte sein können, die jetzt im Leichenschauhaus lag.

Ben Walkers unlogisches Verhalten machte ihn wütend. Indem er sich weigerte, die Patientenliste herauszugeben, deckte er vielleicht einen Killer, der es auf die Frau abgesehen hatte, die er doch angeblich liebte. Wann gedachte der Doc seine ethischen Prinzipien zu überdenken? Wenn Anna tot war? Wenn sein eigenes Leben bedroht wurde?

Quentin blickte zu Annas Fenster hinauf. Die Vorhänge waren zugezogen, doch an den Rändern schimmerte Licht. Er hatte sie heute angerufen und ihr mitgeteilt, dass ein Uniformierter namens LaSalle zu ihr abgestellt war. Das hatte ihr Angst gemacht. Sie war wütend geworden, als er sich geweigert hatte, über den Stand der Ermittlungen mit ihr zu reden.

Sie hatten einige Minuten miteinander geplaudert, ohne auf die letzte Nacht einzugehen. Als sie auflegten, war eine deutliche Kluft zwischen ihnen spürbar gewesen.

Er sollte die Beziehung jetzt beenden und einfach gehen. Was verband sie schon, außer dass ihr beängstigende Dinge zugestoßen waren, mit deren Untersuchung er zu tun hatte? Nichts.

Lügner. Wir haben miteinander geschlafen. Es war so hinreißend schön, dass es einem schier den Verstand rauben konnte, es war einfach wundervoll.

Quentin schloss die Augen und erinnerte sich. Es war wunderbar gewesen, er hatte sich gefühlt wie ein Teenager im Testosteronrausch. Er schlug die Augen wieder auf, als Anna gerade an ihrem Fenster vorbeiging, ein schmaler Schatten hinter dem Vorhang. Woher war diese sexuelle Energie letzte Nacht gekommen? Wieso gerade bei Anna North?

Ich will sie auch jetzt wieder, am liebsten die ganze Nacht. Dabei komme ich mir vor wie ein Mistkerl, der ihre Notlage ausnutzt.

Er riss den Blick von ihrem Fenster los. Sie brauchte jetzt keine emotionalen Komplikationen in ihrem Leben. Was sie brauchte, waren seine nüchternen analytischen Fähigkeiten, um den dingfest zu machen, der sie terrorisierte. Einen vor sexueller Erregung blinden Detective, der, übermüdet von Liebesnächten, zu nichts taugte, brauchte sie zweifellos nicht.

Geh. Beende es gleich hier. Du kannst es nicht noch länger aufschieben. Also worauf wartest du?

Stattdessen klingelte er an ihrer Haustür, wartete und klingelte wieder. Sie antwortete über die Sprechanlage.

„Ja? Wer ist da?"

„Quentin." Stille. Er war verunsichert. „Darf ich raufkommen?"

„Kommt darauf an. Bist du hier, um LaSalle als Wachhund zu ersetzen, oder willst du mich besuchen?"

„Ich will dich besuchen." Nach einer Pause. „Wir müssen reden."

Sie zögerte einen Moment und erwiderte: „Ich drücke auf den Knopf."

Er schob die Tür auf und stieg die Treppe zu ihrer Wohnung hinauf. Officer LaSalle saß vor ihrer Tür, eine Thermoskanne mit Kaffee zu seinen Füßen und ein aufgeschlagenes Buch auf dem Schoß.

Er sah auf, als Quentin den oberen Treppenabsatz erreichte. „Hallo, Detective Malone."

„LaSalle." Er ging zu ihm. „Alles ruhig?"

„Wie ein Grab."

Er deutete auf das Buch. „Hoffentlich ist das nicht zu spannend."

Der junge Mann räusperte sich und schloss das Buch. „Nein, Sir. Überhaupt nicht."

„Freut mich, das zu hören." Quentin sah auf seine Uhr. „Ich bleibe einige Zeit bei Miss North. Wenn Sie inzwischen etwas essen möchten ..."

„Gerne." Der Neuling erhob sich dankbar. „Wenn ich schon

mal draußen bin, mache ich einen Rundgang durch die Nachbarschaft und überzeuge mich, dass alles in Ordnung ist."

„Gute Idee. Und guten Appetit."

Anna öffnete die Tür, zwei rote Flecken auf den Wangen. Sie sah LaSalle die Treppe hinuntergehen und sagte: „Ziemlich gerissen, so den Babysitter loszuwerden. Ich werde mir die Technik merken."

Sie wirkte blass in ihrem übergroßen Pulli, zu dem sie Jeans trug. Ungeschminkt, das schöne Haar zum Pferdeschwanz gebunden, war sie sehr anziehend.

„Lass dir nicht einfallen, ihn wegzuschicken", ermahnte Quentin sie ernst. „Er ist zu deinem Schutz hier."

Sie verschränkte die Arme vor der Brust. „Und warum bist du hier? Auch zu meinem Schutz?"

„Du bist verärgert."

„Sollte ich es nicht sein? Du bist heute Morgen mit dem Versprechen gegangen, mich zu informieren. Stattdessen fertigst du mich mit Sprüchen ab, und ich bekomme einen Babysitter vor die Tür."

„Ich bin um deine Sicherheit besorgt, und mein Captain ist das auch. Wir gehen keine Risiken ein."

„Der Kerl von gestern Nacht wird es wieder versuchen, nicht wahr?" Sie reckte das Kinn ein wenig vor und gab sich mutig. „Deshalb sitzt LaSalle vor meiner Tür."

Es wurmte ihn, dass sie seine vagen Erklärungen und den Polizeischutz nicht einfach akzeptierte. „Wir wissen nicht sicher, ob er es noch einmal bei dir versucht. Aber wenn er kommt, sind wir da."

„Und?"

„Und der Mord von gestern Nacht steht vielleicht mit den beiden vorangegangenen in Verbindung. Vielleicht auch nicht. Es gibt einige Unterschiede in der Tatausführung, einschließlich des Abschneidens des kleinen Fingers. Es könnte ein Nachahmungstäter gewesen sein. Ich neige zu dieser Annahme. Allerdings gibt es auch mit dieser Theorie einige Probleme. Zum Beispiel, dass wir nie an die Medien weitergegeben haben, dass alle Opfer rothaarig waren."

Der Mut verließ Anna, und sie sah Quentin ängstlich an. „Habt ihr einen Hinweis, wer ..."

„Nein. Tut mir Leid." Da sie niedergeschlagen wirkte, sagte er bedauernd: „Ich hatte gehofft, dir gute Nachrichten bringen zu können, aber das kann ich leider nicht."

Sie rieb sich die Arme. „Fälle wie diese werden nicht über Nacht gelöst."

Manchmal auch gar nicht. „Alles in Ordnung mit dir?" fragte er leise mit sanfter Miene und hätte sie gern umarmt. „Ich habe heute an dich gedacht."

Der Hauch eines Lächelns huschte über ihr Gesicht. „Ich bin okay." Sie öffnete die Tür weiter. „Komm herein."

„Wirklich?"

„Wirklich."

Er trat über die Schwelle. Sie schob die Tür hinter ihm zu und verschloss sie. „Was ist in der Tüte?"

Er sah auf die braune Papiertüte in seiner Armbeuge und reichte sie ihr. „Hühnersuppe. Für dich."

Sie lachte erstaunt. „Du hast mir Hühnersuppe gekocht?"

Die Vorstellung ließ Quentin schmunzeln. „Ich will dich ja nicht vergiften. Das ist ein Behälter mit Hühnersuppe von meiner Mutter. Sie hat alle unsere Tiefkühler damit gefüllt. Übrigens ist die Suppe noch gefroren."

Anna nahm ihm die Tüte ab. „Alle eure Tiefkühler?"

„Wir sind eine große Familie. Ich bin einer von sieben, der zweite Junge und der Zweitälteste. Fünf von uns sind Cops, wie schon mein Großvater, mein Vater, drei Onkel und eine Tante. Von meinen Cousins will ich gar nicht erst anfangen."

„Ach, du liebe Güte."

Quentin grinste. „Das sagen alle."

Sie stellte die Tüte mit dem Suppenbehälter auf den kleinen Tisch im Flur, und sie schwiegen sich einen Moment befangen an.

„Wie war dein Tag?" fragte er schließlich.

„Ungemütlich." Sie schlang die Arme um sich. „Ich habe mir ständig über die Schulter gesehen und bin bei jedem Geräusch zusammengezuckt."

„Warst du aus?"

„Ich habe mich hier verkrochen. Bis zum Nachmittag ... da bin ich in die ‚Perfekte Rose' gegangen. Dalton brauchte mich."

Quentin überlegte besorgt, dass sie sich natürlich nicht den ganzen Tag in ihrer Wohnung verkriechen konnte. Trotzdem missfiel es ihm, dass sie allein auf die Straße ging. Besonders so kurz nach dem Überfall. „Warst du vorsichtig?"

„Ja." Da er offenbar noch mehr fragen wollte, hinderte sie ihn mit erhobener Hand. „Ben hat mich hingebracht, und Dalton hat mich nach Hause begleitet. LaSalle hat mich nicht aus den Augen gelassen. Ich war die behütetste Frau in New Orleans."

Als sie den Psychologen erwähnte, furchte Quentin die Stirn. „Ben Walker war hier?"

„Ja, er hat mich besucht." Sie rieb sich wieder fröstelnd die Arme. „Er sah grässlich aus. Der Unfall ... wie das passiert ist ... Er sagte mir, ihr hättet schon miteinander gesprochen. Er erzählte mir von der Notiz auf seiner Windschutzscheibe und was darauf stand ..."

Ihre Stimme brach. Quentin legte ihr tröstend eine Hand an die Wange und zwang Anna, ihn anzusehen. „Wir finden den Kerl. Ich finde ihn. Dir wird nichts geschehen."

Sie stieß eine Mischung zwischen Schluchzen und Lachen aus. „Versprochen?"

Er beugte sich vor und drückte die Lippen sacht auf ihre. Sie bebten unter seinen. „Ich verspreche es."

Erleichtert seufzend schlang sie ihm die Arme um die Schultern und legte die Wange an seine Brust. Schweigend schloss er sie in die Arme ... locker, damit sie nicht merkte, wie heftig sein Herz schlug, und nicht ahnte, wie viel sie ihm bedeutete.

Nach einem Moment hob Anna den Kopf und sah Quentin an. „Diese Frau, die letzte Nacht gestorben ist ..."

„Jessica Jackson."

„Erzähl mir von ihr."

„Anna ..."

„Bitte." Ihre Augen glitzerten feucht. „Ich möchte sie kennen lernen. Sie ist für mich gestorben."

„Das weißt du nicht. Wir wis..."

„Ich weiß es." Wieder versagte ihr kurz die Stimme, und sie musste sich räuspern. „Sie war rothaarig, und er hat ihr den rechten kleinen Finger abgeschnitten. Sie starb in der Nacht, in der ich überfallen wurde, in der jemand Ben eine Notiz an die Windschutzscheibe klebte, ich würde in dieser Nacht sterben."

„Die Notiz lautete: ‚Sie wird heute Nacht sterben.' Du wurdest nicht namentlich erwähnt. Er könnte auch Jessica Jackson gemeint haben."

„Das glaubst du doch selbst nicht. Es ist so offenkundig, Quentin."

„Immer wenn ich glaubte, etwas sei offenkundig, habe ich mich geirrt."

„Erzähl mir von ihr."

Er gab widerwillig nach. „Sie hieß Jessica Jackson, war Studentin an der Tulane und arbeitete an der Bar im Omni Royal Orleans Hotel. Gestern Abend arbeitete sie bis elf und traf sich dann mit Freunden. Sie waren tanzen. Sie war ledig und hatte keine Kinder. Sie hinterlässt ihre Eltern und zwei Schwestern."

„Wie alt?" fragte Anna mit zitternder Stimme.

Er zögerte. „Einundzwanzig."

Anna stöhnte auf. „Ich fühle mich schrecklich. Mir tut ihre Familie so Leid. Und ich fühle mich schuldig, weil ich so erleichtert bin, dem Täter entkommen zu sein." Sie begann zu weinen. „Es ist meine Schuld, dass sie tot ist. Wie soll ich damit leben, Quentin? Wie?"

„Hör auf damit, Anna." Er wischte ihr die Tränen fort. „Du hast sie nicht umgebracht."

„Aber sie ist an meiner Stelle gestorben." Sie sah ihn verzweifelt mit feuchten Augen an. „Leugne es nicht, denn ich weiß, dass es so ist."

So gern er widersprochen hätte, er konnte es nicht. Auch er glaubte, dass Jessica an ihrer Stelle gestorben war, was ihn immer wieder erschütterte.

Er neigte den Kopf und küsste sie, sanft zunächst, dann mit wachsender Leidenschaft.

Anna schlang ihm die Arme um den Nacken und schmiegte sich an ihn.

Sie liebten sich gleich hier im Eingangsflur. Er hob sie hoch, schob sie gegen die Wand, und sie umschlang ihn mit den Beinen und klammerte sich an ihn, bis der Rausch vorüber war.

Erst da schmeckte er ihre Tränen und spürte ihre Lippen beben. Bedauernd nahm er sie auf die Arme, trug sie ins Schlafzimmer und legte sich zu ihr aufs Bett. „Ich habe das nicht gewollt", entschuldigte er sich. „Nicht so."

„Ich beklage mich nicht."

Sanft fuhr er ihr mit einem Finger über das Gesicht und die von seinen Bartstoppeln geröteten Wangen. „Tut mir Leid, ich habe dir wehgetan."

„Hast du nicht."

„Tut mir trotzdem Leid."

„Das muss es nicht." Schwach lächelnd legte sie ihm die Finger an die Lippen. „Du bist ein netter Mann, Quentin Malone, ein sehr netter."

Er lachte freudlos. „Glaubst du das wirklich? Viele würden mich einen opportunistischen Mistkerl schimpfen, der die Notlage einer Frau ausnutzt."

„Wirklich? Und warum sehe ich es dann nicht so?"

„Weil du unter Schock stehst. Und da tauche ich plötzlich vor deiner Tür auf."

„Mit Hühnersuppe."

„Und lande nackt in deinem Bett. Ziemlich gewitzt."

„Wenn ich mich recht entsinne, war ich die treibende Kraft. Vielleicht bin ich ja opportunistisch."

Er legte seine Stirn gegen ihre. „Wenn das so ist, kannst du jederzeit meine Notlagen ausnutzen."

„Versprochen?"

Er wollte etwas erwidern, doch ihr Magen knurrte so laut, dass sie die Hand darauf presste.

Quentin lächelte. „Hast du gegessen?"

„Nicht seit dem Frühstück." Ihr Magen knurrte wieder. Anna lachte. „Wie ich höre, macht deine Mutter eine passable Hühnersuppe."

„Die beste." Er rollte sich vom Bett. „Hast du Salzcracker?"

Sie ergriff seine ausgestreckte Hand und ließ sich hochziehen. „Hab ich. Und wenn du versprichst, ein netter Junge zu sein, bekommst du sogar ein großes Glas Milch."

„Hängt ganz davon ab, was du mit nett meinst", erwiderte er grinsend.

Einige Zeit später saßen sie sich auf dem Wohnzimmerboden gegenüber, jeder eine Tasse Hühnersuppe vor sich, dazu ein offenes Päckchen mit Salzcrackern.

Anna nahm einen Löffel der würzigen Suppe und sah Quentin an. „Die ist wunderbar."

„Danke", erwiderte er lächelnd. „Meine Mutter ist eine tolle Köchin. Wenn man sieben Kindermäuler zu stopfen hat, ist das ein großer Vorteil."

„Wie ist sie?"

„Ein Dynamo. Sie ist nur etwa einsfünfundfünfzig, aber ..."

„Eins ünfundfünfzig? Du machst Witze."

„Mein Dad ist groß. Sein Vater und Großvater waren sogar noch größer als er." Quentin nahm ebenfalls einen Löffel Suppe. „Wir Kinder überragen sie alle, auch meine Schwestern. Trotzdem ist Mom eindeutig das Familienoberhaupt. In unserer Jugend trug sie immer einen breiten Ledergürtel um die Taille. Wenn wir aus der Reihe tanzten, war Vorsicht geboten. Einige Male konnte sie den Gürtel nicht schnell genug abnehmen, da kam sie mit dem Besen hinter uns her."

Die Vorstellung ließ Anna schmunzeln. „Wart ihr schlimm?"

„Ich war grässlich."

Sie nahm sich einen Salzcracker. „Erzähl mir von deinen Geschwistern."

„Ich habe vier Brüder und zwei Schwestern. Ich bin der Zweite in der Reihe, was mich mein älterer Bruder John junior nie vergessen lässt."

Anna beugte sich fasziniert leicht vor. Es gefiel ihr, mit wie viel Zuneigung er von seiner Familie sprach. „Ich kann mir gar nicht vorstellen, wie es sich mit so vielen Geschwistern lebt. Erzähl mir von ihnen."

Er tat es, beschrieb Percy als offen und Spencer als Hitzkopf, Shauna als Freigeist und Patrick als stockkonservativ. John junior war ein großer Teddybär, der zum dritten Mal Vater wurde, und seine Schwester Mary plagte sich derzeit mit Eheproblemen.

„Wir sind alle Cops bis auf Patrick, der Buchhalter ist, und Shauna, die am College Kunst studiert. Das sind die schwarzen Schafe des Malone-Clans."

Dann erzählte er von seinen fünf Nichten und Neffen, seiner Tante Patti, die Captain des 7. Distrikts war, und seinen verschiedenen Schwägerinnen und Schwagern.

„Was für eine nette Familie", sagte Anna leise mit Wehmut in der Stimme.

„Als Kinder haben wir uns die meiste Zeit gestritten und unsere Eltern in den Wahnsinn getrieben."

Anna sah in ihre leere Suppentasse und nahm sich noch einen Cracker. „Wolltest du immer Polizist werden?"

„Der Beruf hat mich gewählt, nicht umgekehrt."

„Wegen deiner Familie." Sie betrachtete ihn neugierig mit schief gelegtem Kopf. „Was wolltest du denn lieber werden?"

„Wer sagt, dass ich lieber etwas anderes geworden wäre?"

„Dann wolltest du Polizist werden?"

„Du bist dran mit Reden." Er aß seine Suppentasse leer und schob sie zurück. „Sag mir, wie das war, in Hollywood aufzuwachsen."

„Vor der Entführung herrlich. Danach ... einsam."

„Tut mir Leid, das war eine dumme Frage."

Sie hob kurz die Schultern. „Kein Problem." Betretenes Schweigen, bis Anna aufstand. „Möchtest du noch etwas Suppe? Es ist noch genug da."

Quentin erhob sich ebenfalls. „Nein, danke." Er sah auf seine Uhr. „LaSalle wird jede Minute zurück sein."

„Dann solltest du gehen. Die Leute reden sonst."

„Lass sie. Wenn es dir nichts ausmacht, macht es mir auch nichts aus."

Sie beteuerte, dass es ihr gleichgültig sei, und sie trugen das Geschirr in die Küche.

Anna drehte den Wasserhahn über dem Spülbecken auf. „Ben hat mir erzählt, er hätte einen Plan, wie man den Schuldigen unter seinen Patienten herausfinden könnte."

„Hat er das?"

Sein Ton veranlasste sie, ihm über die Schulter einen kurzen Blick zuzuwerfen. „Du magst ihn nicht besonders, was?"

„Ich kenne ihn kaum."

Anna drehte das Wasser ab und drehte sich fragend zu Quentin um. „Und warum dann diese Abneigung? Leugne es nicht, ich höre es in deiner Stimme."

„Vielleicht habe ich nur eine Abneigung gegen seine ethischen Prinzipien. Vielleicht liegt es daran, dass ich versuche, einen Killer zu schnappen, während er mehr daran interessiert ist, ihn zu schützen."

„Er will dir die Patientenliste nicht geben."

„Das ist richtig."

„Und du glaubst, der Name Adam steht darauf."

„Ich hoffe es. Aber ich habe Ben gefragt, und er sagt Nein. Es ergibt allerdings Sinn, dass alle eigenartigen Ereignisse der letzten Zeit miteinander in Verbindung stehen: die Videobänder, die Botschaften, Minnies Briefe, Jayes Verschwinden, der prothetische Finger, dass du verfolgt wurdest und der Überfall letzte Nacht."

„Jessica Jacksons Ermordung und die zwei vorangegangenen

Morde vielleicht auch." Mit Tränen in den Augen stellte sie fest: „Meinetwegen müssen viele Menschen leiden. So viele schreckliche Dinge sind passiert."

„Nicht deinetwegen, Anna." Er ging zu ihr und nahm sie bei den Schultern. „Du bist in dieser Sache das Opfer, nicht der Täter." Er schüttelte sie leicht. „Vergiss das nicht."

„Ich bin eines der Opfer", korrigierte sie ihn. „Nur eines." Sie schluckte bewegt. „Ich muss etwas tun, Quentin. Ich kann nicht hier in meiner Wohnung hocken, beschützt von der Polizei, während vielleicht weitere Frauen sterben oder mit Jaye Gott weiß was passiert. Irgendwie ist das alles meine Schuld. Ich weiß nicht, was ich getan habe, das alles auszulösen, aber ich muss etwas tun, um es zu beenden."

„Wenn du helfen willst, überrede Ben, mir die Liste zu geben. Wenn es keinen Adam darauf gibt, dann bestimmt einen anderen Namen, den du kennst."

„Wie Kurt zum Beispiel?"

„Oder jemand anders aus deinem Leben."

Sie sah ihn herausfordernd an. „Wenn du an Bill oder Dalton denkst, bist du auf dem Holzweg. Ben sah die beiden das erste Mal in der ‚Perfekten Rose'."

„Bist du sicher?"

„Ja, verflixt!"

Einen Moment sahen sie sich nur gereizt an. „Verdammt, Anna, es ist mein Job nachzuforschen. Ich sehe mir die Fakten an und überlege, wer Möglichkeiten und Motive hatte. Bill und Dalton hatten die Möglichkeit."

„Aber kein Motiv. Sie sind meine Freunde, und ich traue ihnen absolut."

„Und dazu hast du vermutlich auch Grund. Aber bedenke bitte Folgendes: In der Mehrzahl der Gewaltverbrechen kannte das

Opfer den Täter. Ich nehme diese Tatsache nicht auf die leichte Schulter, und das solltest du auch nicht tun."

Sie verübelte ihm, dass er sie dazu brachte, flüchtig an ihren Freunden zu zweifeln. „Tu, was du tun musst, Malone, das ist okay. Aber ich werde diese Liste von Ben besorgen, und dann wirst du sehen, wie sehr du dich irrst."

Er zog sie an sich und küsste sie innig, fast verzweifelt. Eng an ihn geschmiegt, ging sie liebevoll auf den Kuss ein.

Quentin löste sich von ihr. „Einverstanden, besorg die Liste, aber dann halte dich bitte aus den Ermittlungen heraus. Lass mich und meine Kollegen die Arbeit machen. Dieser Bastard würde sich freuen, wenn du dich einmischst und zur Zielscheibe wirst. Mach es ihm nicht so leicht."

„Ich glaube, du irrst dich", widersprach sie versonnen und hatte plötzlich eine Eingebung, was in ihrem Feind vor sich ging. „Er will mich isolieren und in Panik versetzen wie vor dreiundzwanzig Jahren."

44. KAPITEL

Mittwoch, 31. Januar,
1 Uhr 52, nachts.

„Minnie?" flüsterte Jaye. Sie setzte sich auf und wandte sich der Tür und dem leisen schniefenden Geräusch zu, das von dort kam. Sie hatte nichts von ihrer Freundin gehört, seit der Entführer sie beim Reden überrascht und sie gezwungen hatte, den Brief an Anna mit einem Kuss zu besiegeln.

Sie hatte sich große Sorgen um Minnie gemacht und befürchtet, er könne sie bestraft haben. Außerdem hatte sie Angst um Anna. Ob sie den Brief erhalten hatte? Was hatte sie gedacht? Hatte sie den Lippenabdruck erkannt?

So verunsichert und angstvoll abwarten zu müssen, war quälend. In den letzten fünf Tagen hatte sie kaum geschlafen, war hin und her gelaufen, hatte gebetet und geplant.

Sie musste hier raus! Sie musste Minnie retten und Anna warnen. Es musste einen Ausweg geben.

Das Geräusch kam wieder, und Jaye kletterte von ihrer Pritsche. „Minnie? Bist du das?"

„Ja."

Erleichtert schlich Jaye auf Zehenspitzen zur Tür, kniete nieder und ging mit dem Mund nah an die Katzenklappe. „Ich habe mir solche Sorgen um dich gemacht. Was hat er getan? War es schlimm für dich?"

„Er war sehr böse." Tabitha miaute, und Minnie brachte sie mit einem Zischlaut zum Schweigen. „Ich ... ich wäre heute Nacht fast nicht gekommen. Wenn er herausfindet, dass ich hier bin ... ich habe solche Angst, Jaye."

Die blanke Wut stieg in Jaye auf, und sie ballte die Hände. „Ich hasse ihn", sagte sie leise, aber heftig. „Für alles, was er uns angetan hat, und wegen Anna. Wenn ich hier rauskomme, wird er es büßen, das schwöre ich."

„Sag das nicht, Jaye. Er hört vielleicht zu." Minnie klang verzagt. „Du machst ihn nur noch wütender. Er wird dir was tun."

Am liebsten hätte Jaye geschrien, dass es ihr gleich sei. Sie wollte aus Leibeskräften brüllen, er solle kommen und sie holen, sie habe keine Angst vor ihm.

Aber sie musste an Minnie denken und an Anna. Sie durfte nichts tun, was die beiden noch mehr gefährdete.

„Minnie?" Jaye presste sich noch enger an die Tür. „Weißt du, ob Anna ... hat er ..." Die Frage, ob er Anna etwas getan hatte, blieb ihr im Halse stecken.

„Ich glaube, sie ist okay." Minnie machte eine Pause und lauschte offenbar, ob jemand kam. Als sie wieder sprach, klang es, als presse sie den Mund an die Tür. „Als er neulich abends kam, war er sehr aufgebracht. Etwas war schief gegangen. Es hatte mit Anna zu tun. Er murmelte vor sich hin. Er hat schlimme Sachen gesagt."

Sie sprach nicht weiter, und Jaye legte eine Hand an die Tür. „Was, Minnie? Was hat er Schlimmes gesagt?"

Sie zögerte und antwortete dann mit bebender Stimme: „Er will uns wegbringen, Jaye. Ich weiß nicht, wann und wohin, aber es hat mit Anna zu tun. Er will ihr was antun."

45. KAPITEL

Mittwoch, 31. Januar,
Revier des 7. Distrikts.

„He, Partner. Hast du 'ne Minute?"

Quentin hob den Blick. Terry stand mit reuiger Miene am Eingang zum Spindraum der Männer. Seit ihrem Streit waren vierundzwanzig Stunden vergangen, und er war offenbar wieder zur Vernunft gekommen und hatte sich abgekühlt.

Ungerührt schlug Quentin seine Spindtür zu und setzte sich zu einem Kollegen auf die Bank. „Ich habe es im Augenblick ein bisschen eilig."

Terry kam in den Raum und blieb vor ihm stehen. „Ich nehme dir nicht übel, dass du sauer bist."

Quentin ignorierte ihn, beugte sich hinunter und band sich die Laufschuhe zu. „Ich gehe eine Runde laufen, Terry, entschuldige mich." Er stieg über die Bank und ging zur Tür.

„Es tut mir Leid." Quentin blieb stehen, ohne sich umzudrehen. „Was ich gesagt habe, war falsch."

Quentin drehte sich um. „Nicht nur das. Es waren ausgemachte Gemeinheiten, die weder ich noch Penny verdient haben, das weißt du."

„Ich weiß, ich ..." Terry senkte den Blick. „Ich weiß nicht, wie mir geschieht, Malone. Um mich herum geht alles in die Brüche, und ich weiß nicht, wie ich es aufhalten kann."

Quentins Zorn verflog. „Du brauchst Hilfe, Terry. Du schaffst das nicht allein."

„Du meinst einen Therapeuten?"

„Ja, das Department hat einen ..."

„Kommt nicht in Frage." Terry sank auf die Bank. „Das wäre

sofort überall herum. Ich will nicht, dass die Kollegen was von meinen Problemen mitkriegen."

„Glaubst du, das tun sie nicht längst?" Quentin ging zu ihm. „Denkst du, die sehen nicht, was mit dir los ist? Komm schon, Terry, so dumm bist du nicht."

Terry ließ den Kopf in die Hände sinken. „Ich will keinen Mist mehr machen, Malone. Ich will niemandem mehr wehtun."

„Such einen Therapeuten auf, Terry. Mach es. Lass dir helfen."

Terry hob den Kopf und sah ihn an. „Wirst du mir helfen, Partner? Wenn ich das mache, hilfst du mir dann, Penny und die Kinder zurückzubekommen?"

Quentin hatte ernste Zweifel, dass Penny ihn zurücknehmen würde, gleichgültig, was er tat, doch das behielt er für sich.

„Ja, dann helfe ich dir."

„Danke." Er nahm seine Brille ab und rieb sich die Augen.

Quentin bemerkte verwundert, dass Terry eine Brille trug. „Warum die Brille?"

„Ich habe die Kontaktlinsen zu lange getragen und bekam eine Augeninfektion. Der Optiker sagt, mindestens einen Monat pausieren mit Kontaktlinsen. Noch so'n Mist, den ich gebaut habe."

Ich habe seine Augen gesehen, Malone, hat Anna gesagt. Sie waren orange. Farbige Kontaktlinsen. Natürlich!

Quentin verzichtete auf sein Lauftraining, kehrte zu seinem Spind zurück und riss die Tür auf. „Hast du im Moment was vor?"

Terry schüttelte den Kopf. „Warum? Was ist los?"

„Eine kleine Nachforschung. Mehr kann ich im Moment nicht sagen. Bist du trotzdem dabei?"

„Ich bin dabei, Partner."

Zwanzig Minuten später waren sie in einem Brillengeschäft im

New Orleans Center. Quentin zeigte einem jungen Angestellten seine Marke und verlangte, den Geschäftsführer zu sprechen.

„Was soll das?" fragte Terry, während der Chef geholt wurde.

„Nur eine Ahnung", erwiderte Quentin. „Wirst schon sehen."

Nach wenigen Augenblicken kam eine elegant gekleidete Dame mittleren Alters lächelnd aus den hinteren Räumen und stellte sich als Pamela Bell vor. „Wie kann ich Ihnen helfen, Detectives ...?"

„Malone und Landry", erwiderte Quentin. Beide hielten ihre Marken hoch. „Wir hoffen, Sie können uns bei einer Untersuchung behilflich sein."

„Wenn ich kann."

Quentin erkundigte sich, ob es Kontaktlinsen nur in den üblichen Farben gab.

Pamela Bell zeigte ihm ein Tableau mit allen möglichen Farben. „An Halloween und über Karneval verkaufen wir recht bizarre Farben, Gelb, Orange und Rot. Auch an Leute, die etwas anders sein wollen. Leute aus der alternativen Musikszene beispielsweise oder aus den Clubs."

Quentin nickte, Terry schwieg. „Kann die jeder tragen?"

„Sicher, aber der Effekt ist bei Menschen mit hellen Augen besonders verblüffend. Diese farbigen Linsen sind überall erhältlich und eine populäre Neuheit, seit der Preis so heruntergegangen ist."

Malone bedankte sich und ging mit Terry hinaus. „Du bist auffallend ruhig", bemerkte er auf dem Weg zum Parkplatz.

„Was soll ich sagen, wenn ich nicht weiß, worum es geht?" Terry streifte ihn nur mit einem Seitenblick. „Da du dich ausschweigst, hat unser kleiner Auftrag wohl was mit den Kent-, Parker-, Jackson-Morden zu tun."

„Kann sein."

„Hast du einen Verdächtigen?"

„Kein Kommentar."

„Ich habe gehört, deine schriftstellernde Freundin hätte den Typen gesehen. Genauer gesagt, seine Augen. Angeblich hatten sie eine irre Farbe."

Malone schloss den Bronco auf und sah seinen Freund an. „Interessant, was du alles hörst, wenn du nur so auf dem Revier herumhängst. Hast du eine Meinung dazu?"

Sie stiegen ein und schnallten sich an. Als Quentin den Motor startete, sagte Terry: „Das könnte eine Spur sein, wenn sie sich nicht geirrt hat."

„Hat sie nicht." Er setzte aus der Parkbucht zurück. „Warum, glaubst du, hat unser Täter seine Augenfarbe verändert? Was ist sein Motiv?"

„Um unheimlicher zu wirken. Um einzuschüchtern." Terry zuckte die Achseln. „Wer weiß."

„Vielleicht tut er es auch für sich selbst, um sich mächtiger zu fühlen, allgewaltiger."

„Kann ich mir nicht vorstellen, Kumpel."

Sie fuhren schweigend zum Revier zurück und trennten sich. Quentin hatte einige Telefonate zu erledigen. Mitten im dritten kam ihm eine erschreckende Erinnerung. Zur Millenniumsparty an Silvester vor einem Jahr war Terry verkleidet gekommen. Er hatte sich die gefärbten Haare zu Stacheln geformt und eine Motorradkluft dazu getragen. Eine Gestalt wie aus dem alten futuristischen Film Mad Max.

Und seine Augen sind hellrot gewesen. Farbige Kontaktlinsen! Verdammt, Terry, warum hast du kein Wort gesagt?

Er beendete das Telefonat und legte auf. Vielleicht bedeutete Terrys Schweigen nichts, aber warum hatte er sich im Laden nicht geäußert? Er konnte es doch nicht vergessen haben.

„He, Partner."

Erschrocken schwang Quentin in seinem Stuhl herum und sah zur Tür. „Terry! Du bist zurück?"

„Einfacher Einbruch, rein und raus in fünfzehn Minuten. Keine Spuren, keine Verdächtigen, keine Chance, das kleine Wiesel zu finden."

Quentin zwang sich zu einem Lächeln und lehnte sich lässig im Stuhl zurück. „Jede Wette, die Geschädigten hörten das nicht gern."

Er zuckte die Schultern. „Dämliche Yuppies. Was haben die erwartet? Wenn man sich wenige Blocks von sozialen Brennpunkten entfernt ansiedelt, luxusrenoviert oder nicht, kriegt man was ab. Basta." Er streckte sich gähnend. „Was gibts bei dir? Als ich reinkam, sahst du aus, als hättest du einen Geist gesehen. Hast du eine neue Spur oder so was?"

„Nein, ich bin nur müde. Es war ein schrecklicher Tag."

„Was du nicht sagst."

Malone sah auf seine Uhr und überlegte, wie er Terry entlocken konnte, wo er vor zwei Nächten war, ohne ihn misstrauisch zu machen. Er räusperte sich und hasste sich für seinen Verdacht. „Was machst du heute Abend, gehst du zu Shannon?"

„Würde ich gerne, aber ich bin erledigt. Ich denke, ich haue mich aufs Ohr."

„Ausgeschlossen." Malone grinste. „Nicht unser Terror."

„Ich ziehe neue Seiten auf." Er hielt zwei Finger hoch. „Großes Indianerehrenwort."

„Das glaube ich erst, wenn ich es sehe. Also, warum bist du so erledigt? Anstrengende Nächte gehabt in letzter Zeit?"

Terry sah ihn skeptisch an. „Und das heißt?"

„Ich habe mich nur gerade gefragt, ob ich irgendwo eine gute Party versäumt habe." Quentin zog fragend die Brauen hoch. „Warum bist du so empfindlich?"

„Gestern Abend war ich mit den Kindern zusammen." Er verzog das Gesicht. „Wir sind zu Chuckie Cheese gegangen. Die Nacht davor war ich mit diMarco und Tarantino vom Fünften zusammen. Wir haben ein paar gekippt." Er fuhr sich mit der Hand durchs Haar. „Mein Gott, können die schlucken. Ich konnte nicht mithalten."

„Terror konnte nicht mithalten?" Quentin lachte erleichtert. „Dann gibt es Hoffnung für dich."

Terry ging davon und machte eine Geste, er solle ihm den Buckel runterrutschen.

„Schlaf dich aus!" rief Quentin ihm nach.

Terry winkte ab und verschwand um die Ecke.

Quentin wartete einen Moment, schnappte sich seine Jacke und stürmte los. Wenn er jetzt losraste, erwischte er diMarco und Tarantino vielleicht noch, ehe die ihr Revier verließen.

Er fing die beiden ab, als sie gerade aus dem Gebäude kamen.

„He, Malone, was führt dich her?"

„Ich dachte, ich sehe mal nach meinem kleinen Bruder. Damit er keinen Blödsinn anstellt."

Die beiden Detectives johlten vor Vergnügen. „Viel Glück, der Kleine ist ein noch größerer Hitzkopf als du."

„Das sage ich ihm." Er ging weiter, blieb stehen und drehte sich zu den beiden um. „Terry sagt, ihr drei hättet euch neulich einen hinter die Binde gekippt?"

„Wir haben ihn unter den Tisch gesoffen." Tarantino lachte. „Ein guter alter Cajun-Junge wie er, ich konnte nicht glauben, was er für ein Leichtgewicht ist."

„Wir mussten ihn raustragen", fügte diMarco hinzu.

„In welcher Bar war das?" fragte Quentin scheinbar beiläufig.

„Beim schnellen Freddy an der Bourbon."

Bourbon. Im French Quarter. „Ist das dieser neue Laden? Ich war noch nicht da."

„Ja. Immer gerammelt voll. Tolle Musik, jede Menge tolle Weiber."

„Komm das nächste Mal mit uns", schlug Tarantino vor. „Wir trinken dich unter den Tisch."

Quentin zwang sich zu einem Lachen. „Keine Chance."

„War schön, mit dir zu reden, Malone." Die zwei gingen davon. DiMarco blieb jedoch stehen und drehte sich noch einmal um. „Frag deinen Partner mal, wie jemand mit seinem Ruf als Schluckspecht so sturzbesoffen werden kann, ohne dass wir ihn ein Glas haben trinken sehen."

46. KAPITEL

Donnerstag, 1. Februar,
15 Uhr 45.

Die nächsten vierundzwanzig Stunden verbrachte Anna so, wie Quentin es vorgeschlagen hatte. Sie tauchte ab, blieb zu Haus und ließ andere ihre Probleme lösen. Unruhig lief sie hin und her und wartete auf einen Anruf, zuckte bei jedem unerwarteten Geräusch zusammen und machte sich Sorgen wegen Jaye und Minnie.

Am Ende gelangte sie zu der Überzeugung, dass Schluss sein musste mit der Opferrolle. Sie hatte sich dreiundzwanzig Jahre vor Kurt gefürchtet, das langte. Und sie hatte auch nicht vor, weiter untätig darauf zu warten, dass Malone und seine Leute Jaye fanden. Zumindest konnte sie versuchen zu helfen, indem sie Ben die Patientenliste abschwatzte. Allerdings würde einiger Aufwand nötig sein, denn Ben würde sie ihr nicht freiwillig geben.

Sie öffnete die Wohnungstür und sah zu LaSalle hinaus. „He, Joe, brauchen Sie etwas?"

Er lächelte. „Nein, aber danke, dass Sie fragen."

„Wer ersetzt Sie heute Abend?"

„Morgan, gegen sechs."

„Ich wasche mir jetzt die Haare. Also, wenn wir uns bis morgen nicht sehen, wünsche ich Ihnen einen schönen Abend."

Sie ging in die Wohnung zurück und schloss die Tür. Dann zog sie sich mit ihrem Handy ins Bad zurück, um ungestört zu telefonieren. Mit leichten Gewissensbissen wegen ihres hinterhältigen Planes wählte sie Bens Nummer. Er meldete sich sofort. „Ben", sagte sie leise. „Hier ist Anna."

„Anna, wie schön, von dir zu hören."

Seine Freude machte sie noch schuldbewusster. „Wie fühlst du dich?"

„Angeschlagen. Alles tut weh, aber hauptsächlich bin ich sauer auf meine Dummheit." Er machte eine Pause. „Und wie fühlst du dich?"

„Okay. Aber nicht gerade großartig."

„Was kann ich tun?"

„Schön, dass du fragst, denn ich wollte dich wirklich um Hilfe bitten."

„Die bekommst du. Leg los."

„Diese Therapiegruppe zur Behandlung von Ängsten, von der du mir erzählt hast, gibt es da immer noch einen Platz für mich?"

Er schwieg eine Weile. „Du überraschst mich."

„Ich muss etwas tun, Ben. Ich kann so nicht weitermachen. Mich in meiner Wohnung verstecken und bei jedem Geräusch zusammenfahren, ist keine Lösung. Ich dachte, die Gruppe könnte mir helfen."

„Anna, du hast inzwischen allen Grund, Angst zu haben. In der Gruppe befassen wir uns mit irrationalen Ängsten wie ..."

„Meine Befürchtung, dass Kurt nach dreiundzwanzig Jahren kommen könnte, um sich an mir zu rächen, weil ich seine Pläne durchkreuzt habe? Meine Neigung, auf wichtige Dinge zu verzichten, um nicht in der Öffentlichkeit aufzufallen?"

„Ja, zum Beispiel. Aber angesichts der Vorfälle in jüngster Zeit ..."

„Bitte, Ben!" Sie senkte die Stimme. „Ich habe es satt, so zu leben. Ich brauche Hilfe."

Er atmete tief durch. „Also schön. Gruppentreffen ist heute Abend, um sieben. Aber ich muss natürlich zuerst mit der Gruppe reden, bevor ich dich teilnehmen lasse. Sie müssen schließlich einverstanden sein."

„Ich warte in deinem Büro", bot sie an und fühlte sich elend wegen ihrer Hinterhältigkeit. „Solange es dauert."

„Es ist eine gute Gruppe", fuhr er fort. „Es würde mich wundern, wenn sie dich abwiesen."

„Danke, Ben", erwiderte sie aufrichtig. Sie war froh über ihre Freundschaft und sagte es ihm.

„Froh genug, um nach der Sitzung mit mir etwas trinken zu gehen?"

„Sehr gern." Sie lächelte. „Abgemacht."

Viertel vor sieben kam Anna nervös an Bens Praxis an. Ihre Hände schwitzten, und sie wich den neugierigen Blicken der im Warteraum Versammelten aus. Wie eine Betrügerin kam sie sich vor und fürchtete, durchschaut zu werden, sobald sie jemand in die Augen sah.

Bei Ben erging es ihr nicht anders, als er kurz vor sieben aus seinem Büro kam und seine Patienten begrüßte. Schließlich kam er auch zu ihr und ergriff lächelnd ihre Hände. „Wie fühlst du dich?"

Sie musste sich zwingen, ihn anzusehen. „Nervös." *Das zumindest ist nicht gelogen.*

„Es wird alles gut. Die Leute aus der Gruppe sind nett und sehr offen." Er deutete auf einen Raum zur Rechten seines Büros. „Die Gruppe trifft sich dort. Du kannst hier oder in meinem Büro warten, wo du dich am wohlsten fühlst."

„In deinem Büro. Wenn das möglich ist."

„Natürlich." Er lächelte warmherzig und wandte sich den zehn Männern und Frauen zu, die sich in kleinen Gruppen unterhielten. „Die Tür ist offen. Gehen Sie hinein, und machen Sie es sich bequem."

Ben geleitete Anna in sein Büro. Sofort fiel ihr Blick auf die Reihe niedriger Aktenschränke hinter dem Schreibtisch.

„Ich brauche etwa eine viertel Stunde, vielleicht mehr", erklärte er. „Mach dir keine Gedanken, es wird schon."

Sie versprach, sich in Geduld zu fassen, und sah ihm nach, als er ging und die Tür zuzog.

Sobald sie ins Schloss fiel, näherte sie sich den Aktenschränken.

„Anna?"

Sie fuhr herum, die Wangen heiß. „Ben! Das ging aber schnell."

Er zog die Stirn kraus. „Was ist los?"

Sie legte eine Hand an die Brust. „Du hast mich erschreckt. Ich bin in letzter Zeit furchtbar schreckhaft."

Stutzig geworden, sah er von ihr zum Schreibtisch und zurück. Als Geheimagentin bin ich eine Katastrophe, dachte sie. „Haben die etwa schon eine Entscheidung getroffen?" fragte sie mit leicht nervösem Lachen.

Seine Miene hellte sich wieder auf. „Nein, ich wollte dir nur sagen, dass ich wirklich froh bin über dein Kommen. Ich glaube, du tust das Richtige."

„Danke, Ben."

Diesmal wartete sie ganze zwei Minuten nach seinem Fortgehen, ehe sie sich wieder den Aktenschränken näherte. Sie fühlte sich schrecklich dabei, aber sie musste es tun, für Jaye.

Sie ging in die Hocke und zog am Griff einer Schublade. Verschlossen, genau wie die anderen drei.

Sie wandte sich dem Schreibtisch zu und durchsuchte Schubladen und Seitenfächer. Adressbücher, Blocks, Rezepte, keine Schlüssel.

Sich der verstreichenden Zeit bewusst, schloss sie frustriert die Tür des letzten Faches. Sie konnte versuchen, die Schlösser zu knacken, aber ... Ihr Blick fiel auf die Schreibtischplatte. Mitten darauf lagen die Schlüssel.

Sie schnappte sie sich und wandte sich wieder dem Aktenschrank zu. Mit zitternden Fingern probierte sie die Schlüssel aus. Erst beim vierten gab das Schloss nach, und die Lade schwang auf.

Gespannt ging sie rasch die Karteien A, B und C durch und suchte nach einem auffälligen Namen. Nichts. Sie suchte weiter, doch weder ein Kurt noch ein Adam oder Peter tauchten auf. Sie schob diese Lade zu, blickte kurz über die Schulter und wandte sich den letzten Buchstaben des Alphabets zu. Während sie die Namen unter T und U überflog, hörte sie Geräusche, Schritte und das leise Drehen des Türknaufes. Das war zu früh! Sie musste noch die letzten Namen durchsehen. Die Tür knarrte. V und W ...

„Gute Nachrichten, Anna, die Gruppe ist ein..."

Sie warf die Schublade zu und sprang auf.

„Was machst du da?"

Sie erzwang ein Lächeln und hatte Mühe, ruhig zu atmen. „Was meinst du?"

In seinem Gesicht zuckte ein Muskel, und Zornesröte überzog seine Wangen. „Warst du an meinen Akten?"

„Sei nicht albern, Ben. Ich war nur ... deine Diplome ..."

Sie verstummte, als er um den Schreibtisch herumkam. Ihr Mut sank. Das Schlüsselbund lag auf dem Boden, neben dem Aktenschrank. „Ich kann es erklären."

Er hob die Schlüssel auf, und ein Schauer schien ihn zu durchlaufen, als er sich Anna zuwandte. Seine Wut machte ihn zu einer einschüchternden Erscheinung. Sie wich einen Schritt zurück. „Bitte, Ben, lass mich erklären ..."

„Gib dir keine Mühe. Ich weiß, was du vorhattest. Ein bisschen Detektivarbeit. Du wolltest auf diese Weise meine Patientennamen einsehen." Er kam auf sie zu, und sie merkte, dass er vor Wut bebte. „Ist das richtig?"

Sie verschränkte die Finger ineinander. „Tut mir Leid, Ben, ich war verzweifelt."

„Und deshalb hast du mich und unsere Freundschaft benutzt."

„Versuch zu verstehen, ich war ..."

„Warum sollte ich dir glauben, Anna? Du bist eine Lügnerin."

Lügnerin Wie er das Wort ausspie, ließ sie zurückzucken. „Ich dachte, wenn ich mir deine Patientendatei ansehe, erkenne ich vielleicht einen Namen oder stoße auf Kurt."

„Hast du nicht eine Sekunde darüber nachgedacht, dass ich es dir oder Detective Malone gesagt hätte, wenn ich einen Patienten namens Kurt hätte?"

Sie streckte bittend eine Hand aus. „Tut mir Leid, Ben. Was ich getan habe, war falsch. Aber ich habe es aus triftigen Gründen getan. Jaye ist in Gefahr, und im Quarter sind schon drei Frauen gestorben. Ich wollte nur helfen."

„Bitte geh." Er drehte sich auf dem Absatz um und ging zur Tür.

Sie eilte ihm nach. „Warte, Ben. Versuch mich zu verstehen! Ich hatte das Gefühl, etwas tun zu müssen. Ich bin schon zu lange ein Opfer ..."

Er fuhr zu ihr herum, ein Muskel arbeitete in seinem Kiefer. „Ich dachte, wir wären Freunde. Ich dachte, wir würden einander etwas bedeuten."

„Wir sind Freunde, und du bedeutest mir etwas."

Er fuhr sich mit einer Hand über das Gesicht und wirkte verändert. Sein Zorn war verflogen, er sah nur gekränkt und müde aus. „Ist dir nicht in den Sinn gekommen, mich einfach zu fragen? Macht man das nicht so unter Freunden?"

Er hatte Recht. Sie presste die Lippen zusammen und kam sich schäbig vor. Schließlich erwiderte sie wahrheitsgemäß: „Ich war sicher, du würdest Nein sagen."

„Dann war deine Vorgehensweise noch unverzeihlicher." Er sah seufzend zur Tür, dann wieder zu ihr. „Du musst jetzt gehen. Meine Gruppe wartet."

47. KAPITEL

Donnerstag, 1. Februar,
19 Uhr 20.

Quentin musste immer wieder an Ben Walker denken. Etwas an diesem Mann verunsicherte ihn. Was war das nur?

Er hatte über ihre Unterredungen nachgedacht, um einen Grund für sein Misstrauen zu finden. Doch er entdeckte nichts. Trotzdem machte ihn etwas, das der Psychologe gesagt oder getan hatte, stutzig.

Er wurde das Gefühl nicht los, dass Ben Walker eine wichtige Rolle in diesem rätselhaften Fall zukam, doch er fand nicht heraus, wo er sich als Teilchen in das Puzzle einfügte.

Die Ampel sprang auf Rot. Quentin hielt den Bronco an, holte sein Handy heraus und wählte Annas Nummer. Nach fünf Klingelzeichen schaltete sich ihr Anrufbeantworter ein. Schon wieder. In der letzten Stunde hatte er es dreimal bei ihr versucht.

Stirnrunzelnd wählte er Morgan an. „Morgan? Quentin Malone hier. Sind Sie bei Anna North?"

„Klar. Ich warte vor der Praxis eines Doktors."

„Bei Dr. Ben Walker in der Constance Street?"

„Richtig. Sie ist seit dreißig Minuten bei ihm. Sie sagte, es würde ein paar Stunden dauern. Soll ich dran bleiben?"

Quentin bejahte und beendete das Gespräch, verärgert über seine Eifersucht.

Die Ampel sprang um, und er fuhr los. Plötzlich kam ihm eine Erinnerung, und er stutzte. Damals im Krankenhaus hatte Ben Walker erzählt, er habe spätabends noch seine Mutter im Pflegeheim besucht. Sie sei aufgebracht gewesen. Angeblich war ein Mann in ihrem Zimmer gewesen und hatte sie bedroht.

Quentin sah über die linke Schulter, wechselte auf die linke Fahrbahn und wendete an der nächsten Kreuzung. Laut Ben war seine Mutter im Crestwood Pflegeheim an der Metairie Road. Das war nur wenige Minuten von hier.

Vielleicht sollte er Ben Walkers Mutter einen kleinen Besuch abstatten.

Im Pflegeheim war es ruhig. Die Dinnerzeit war vorüber, aber die Besuchszeit noch nicht. Der Fernseher in der Lobby dröhnte. Eine Spielshow war eingeschaltet – in ohrenbetäubender Lautstärke. Einige Heimbewohner saßen um den Fernseher, etliche in Rollstühlen. Eine weißhaarige Frau im roten Bademantel sah Quentin zwinkernd an, als er vorbeiging. Er zwinkerte zurück.

Im Schwesternzimmer wies er sich aus. „Detective Quentin Malone", stellte er sich lächelnd vor. „Ich möchte mit einer Heimbewohnerin sprechen, Mrs. Walker."

Die Schwester fragte erstaunt: „Louise Walker?"

„Dr. Benjamin Walkers Mutter."

„Das ist Louise. Darf ich fragen, worum es bei diesem Besuch geht?"

Er hätte sich weigern können, Auskunft zu geben, sah jedoch keine Veranlassung dazu. „Ihr Sohn sagte mir, sie sei bedroht worden. Ich überprüfe das für ihn."

„Ach das." Die Schwester schüttelte den Kopf. „Louise ist verwirrt. Sie sieht diese nächtlichen Fernsehserien und verwechselt sie mit der Realität. Dabei regt sie sich dann sehr auf. Aber reden Sie nur mit ihr. Es beruhigt sie vielleicht, wenn sie sieht, dass sich die Polizei der Sache annimmt."

„Sie glauben also nicht, dass sie wirklich bedroht wurde?"

„Nein." Sie schob ihm das Eintragungsbuch über den Tresen. „Unterschreiben Sie bitte. Jeder Besucher muss sich eintragen."

„Kann trotz dieser Kontrolle jemand durchschlüpfen?"

„Bestimmt. Aber wir sind sehr sorgfältig."

„Davon bin ich überzeugt." Quentin trug seinen Namen ein, den Namen des zu Besuchenden und den Grund seines Besuches. Da er das Buch einmal vor sich hatte, überflog er die Namen, die auf den vorherigen Seiten standen, entdeckte jedoch nur einen bekannten: Ben Walker. „Ben besucht seine Mutter oft", bemerkte er und schob das Buch zurück.

„Er ist ein hingebungsvoller Sohn", bestätigte die Schwester und kam um den Tresen herum. „Ich wünschte mir, dass mehr Kinder der Heimbewohner so wären. Ich zeige Ihnen das Zimmer. Zum Glück ist sie noch auf. Sie ist eine Nachteule."

„Wie ich höre, hat sie Alzheimer."

„Das ist richtig. Hier entlang bitte."

„Wie klar ist sie noch?" fragte Quentin auf dem Weg den langen Korridor entlang, vorbei an meist offenen Türen. Die Heimbewohner waren noch wach, sahen fern oder lasen. Einer schnippte in seinem Rollstuhl mit den Fingern und trommelte mit den Füßen den Takt aus dem Kopfhörer mit.

Die Schwester blieb vor der offenen Tür des Raumes 26 stehen, klopfte an und trat ein. Natürlich sah Louise Walker, eine kleine grauhaarige Frau, fern, völlig gebannt von einem schnulzigen Gerichtsdrama. „Louise", sagte die Schwester leise, „hier ist jemand, der Sie sprechen möchte."

Die Frau richtete die blassen Augen auf Quentin. „Ich kenne ihn nicht", erklärte sie stirnrunzelnd. „Warum ist er hier? Was will er hier?"

„Er ist ein Freund von Ben. Er ist ein Detective von der Polizei. Sie beide sollten sich unterhalten. Ich bin im Schwesternzimmer, falls Sie mich brauchen."

„Sie sind ein Freund von meinem Ben?"

„Das stimmt. Ich bin Detective Quentin Malone von der Polizei in New Orleans."

Er hielt seine Marke hoch, und Louise winkte ihn heran. Als er weiter ins Zimmer ging, roch er Zigarettenrauch. Wie bei lebenslangen Rauchern üblich, haftete der Geruch ihrer Kleidung und allem, was sie umgab, an. Dass sie rauchte, wunderte ihn, da ein Schild am Eingang darauf verwies, dass Rauchen hier untersagt sei. Und zweifellos widersprach es auch den hohen Ansprüchen ihres Sohnes, der Raucher garantiert verabscheute.

„Ich weiß, dass er es getan hat", sagte sie, als er näher kam. „Er ist schuldig wie die Sünde."

Quentin sah auf den Fernseher. Eine Frau bat einen gewissen Jack, es nicht zu tun. „Es geht nicht um ihn", sagte er freundlich, „sondern um den Mann, der in Ihr Zimmer kam und Sie bedrohte."

Ihr Gesicht drückte plötzlich Angst aus. „Ben hat Ihnen davon erzählt?"

„Ja, er sagte, Sie hätten sich sehr aufgeregt."

„Keiner glaubt mir, nicht mal Ben." Sie senkte die Stimme. „Die denken, ich bin verrückt."

„Können Sie mir von diesem Mann erzählen?"

„Ich bin nicht verrückt", beharrte sie, seine Frage ignorierend. Dann lächelte sie. „Mir gefällt es hier. Die sind gut zu mir."

„Wie oft hat dieser Mann Sie besucht?"

Sie schien sich wieder auf ihn zu konzentrieren. „Ich weiß nicht. Oft." Ihr Kinn bebte. „Ich mag ihn nicht. Er ist ein böser Mann, schlimmer als Jack Crowley."

„Schlimmer?" Er zog sich einen Stuhl ans Bett und wollte sie weiter befragen, obwohl offensichtlich war, dass Louise Walker unter Realitätsverlust litt. Sie schien jedoch eine nette alte Dame zu sein, und mit ihr zu reden, nahm ihr vielleicht die Angst. „Wie kann er schlimmer sein als Jack?"

„Er ist bösartig." Plötzlich schaltete sie mit der Fernbedienung das Gerät aus. Die Stille war beunruhigend. „Er hat mir Angst gemacht."

„Ich würde Ihnen gern helfen. Aber Sie müssen mir alles sagen, was Sie über ihn wissen."

„Er will meinem Ben was tun." Sie sah ihn mit glasigen Augen an. „Er hasst ihn."

Quentin zog die Stirn in Falten. „Er hat Ben bedroht? Nicht Sie?"

„Er will, dass er stirbt."

„Warum?"

Sie blinzelte und wirkte zerstreut und verwirrt. Quentin formulierte seine Frage anders. „Warum wünscht er Ben den Tod?"

„Weil Ben viel, viel besser ist als er. Ben ist ein guter Junge. Ein guter Sohn. Adam ist ..."

Quentin merkte auf. „Sagten Sie, sein Name ist ..."

„Adam. Der Teufel in Person."

48. KAPITEL

*Donnerstag, 1. Februar,
20 Uhr 50.*

Quentin bekam nicht viel mehr aus Louise heraus. Je mehr er fragte, desto verwirrter und aufgeregter wurde sie. Die Schwester schlug vor, er solle am Morgen wiederkommen, dann sei Louise aufmerksamer.

Er stimmte zu. Ehe er ging, sah er noch einmal das Eintragungsbuch durch. Doch bis zum Herbst des Vorjahres war kein Adam zu finden. War das nur ein Zufall mit dem Namen? War Louises Bedrohung nur ihr Hirngespinst? Er glaubte es nicht. Die Schwester hatte zugegeben, dass Besucher durchschlüpfen konnten, ohne sich einzutragen.

Sobald Quentin in seinen Bronco gestiegen war, wählte er die Nummer seiner Tante. „Tante Patti, ich bins, Quentin."

„Neffe", grüßte sie freundlich. „Sag mir, dass dies ein Privatanruf ist und kein dienstlicher."

„Tut mir Leid, Tante Patti. Aber wenn du hörst, was ich zu sagen habe, bist du vielleicht froh, dass es dienstlich ist. Wir haben vielleicht unseren ersten Durchbruch in den French-Quarter-Morden."

„Fahr fort", sagte sie eifrig.

Quentin erzählte, erinnerte an die Briefe, die Anna von Minnie bekommen hatte, an Jayes Verschwinden, erklärte, wer Ben Walker war und was er mit der Sache zu tun hatte, und erwähnte den Überfall auf Anna. Zum Schluss berichtete er von seinem Besuch bei Louise Walker und dass sie von einem Mann namens Adam bedroht wurde.

Seine Tante schwieg einen Moment, als setze sie im Geist die

Stücke des Puzzles zusammen. „War Adam nicht der Name des Brieffachbesitzers, über den Anna Minnies Briefe erhielt?"

„Volltreffer."

„Kann die alte Dame dem Polizeizeichner den Mann beschreiben?" Seine Tante hatte Feuer gefangen wie er.

„Ich denke schon. Sie leidet an Alzheimer. Aber bei diesem Adam scheint sie sich sehr sicher zu sein. Ich schicke gleich morgen früh den Polizeizeichner zu ihr."

„Mach das. Und lass eine Wache bei Louise Walker aufstellen. Ich möchte nicht, dass dieser Typ dort auftaucht, ohne dass wir dabei sind."

Quentin wünschte ihr und seinem Onkel einen guten Abend und wählte sein Revier an. „Brad", grüßte er den Diensthabenden. „Malone hier. Ich habe gerade mit Captain O'Shay gesprochen. Wir brauchen einen Uniformierten für eine Bewohnerin im Crestwood Pflegeheim. Der Name ist Louise Walker."

„Machen wir", erwiderte er. „Was ist los?"

„Sie kann vielleicht den Mörder aus dem French Quarter identifizieren."

Der Officer stieß einen Pfiff aus. „Ich schicke sofort jemand rüber."

„Gut. Und schick gleich morgen früh einen Polizeizeichner dahin."

„Selbe Adresse?"

„Du hast es erfasst." Quentin sah auf seine Uhr und dachte an Anna und Ben ... zusammen. „Irgendwelche Anrufe heute Abend?"

„Eine Frau rief an und suchte dich. Sie wollte ihren Namen nicht nennen, aber ich glaube, es war Penny Landry."

„Penny? Für mich?"

„Ja, vor etwa einer halben Stunde." Brad senkte die Stimme. „Sie war außer sich, Malone. Richtig außer sich."

49. KAPITEL

Donnerstag, 1. Februar,
21 Uhr 15.

Quentin sah mit Herzklopfen auf seine Uhr. Von seinem Standort an der Metairie Road war es nur eine achtminütige Fahrt nach Lakeview. Mit eingeschalteter Sirene konnte er die Zeit auf die Hälfte verkürzen.

Er raste die Allee entlang, und das Warnlicht blinkte unwirklich durch die kahlen Äste. Er hatte ein halbes Dutzend Mal versucht, Penny anzurufen, doch ständig war besetzt.

Da stimmt was nicht, und es hat mit Terry zu tun, sonst hätte Penny mich nicht angerufen.

Mit quietschenden Reifen hielt er vor Terrys Haus, sprang aus dem Wagen und lief zur Tür. Obwohl es erst kurz nach neun war, lag das Haus völlig im Dunkeln.

Er klingelte. Das Geräusch hallte durch das Haus, doch es folgten keine Schritte.

Sie ist da und versteckt sich vor Terry.

Er wusste nicht, warum er sich dessen so sicher war, aber er war es. „Penny, ich bins, Malone!" Er schlug gegen die Tür. „Ich bin hier, um dir zu helfen. Mach auf!"

Ein erleichterter Ausruf von der anderen Seite. Dann wurde der Sicherheitsriegel zurückgeschoben. Die Tür ging auf, und Penny fiel ihm schluchzend in die Arme.

Er hielt sie fest, während sie sich ausweinte. Schließlich versiegten ihre Tränen, doch sie zitterte am ganzen Leib. Quentin strich ihr mitfühlend übers Haar und sagte leise: „Es war Terry, nicht wahr?"

Sie presste das Gesicht an seine Brust und nickte.

„Ist mit den Kindern alles in Ordnung?"

Sie nickte wieder. „Sie sind ... danach habe ich sie ... nach nebenan geschickt. Ich wollte nicht, dass sie hier sind ... falls er zurückgekommen wäre."

Grundgütiger Himmel. „Was ist passiert, Penny? Wie kann ich dir helfen?"

Sie rang zitternd um Fassung. „Er tauchte hier auf. Betrunken. Und er redete verrücktes Zeug. Ich sah, dass er ... den Kindern Angst machte. Deshalb bat ich ihn zu gehen. Da drehte er durch."

Sie presste die bebenden Lippen einen Moment zusammen, ehe sie weiterreden konnte. „Er schrie mich an ... und sagte schreckliche Dinge ... ich lief in unser Schlafzimmer. Er folgte. Er warf die Tür hinter uns zu und schloss ab." Sie schlug die Hände vors Gesicht. „Gott sei Dank, ich hätte es nicht ertragen, wenn Matti oder Alex gesehen hätten ..." Wieder kamen ihr die Tränen, doch diesmal unterdrückte sie sie. „Wir rangen miteinander, und er warf mich aufs Bett ..."

Sie konnte nicht weitersprechen. Quentin ahnte, was nun kam, und wünschte, er irre sich. „Was ist passiert, Penny? Hat er dir Gewalt angetan?"

„Er hat es versucht", flüsterte sie. „Er schob mir das Kleid hoch und riss den Slip weg. Die Kinder müssen mein Weinen und Bitten gehört haben. Sie schlugen gegen die Tür, riefen mich und baten ihren Daddy aufzuhören."

Sie verstummte schaudernd. Quentin schlang die Arme um sie, angewidert von seinem Partner. „Was dann? Hat er dich vergewaltigt?"

„Nein." Sie presste das Gesicht an seine Brust. „Die Kinder. Ihr Bitten drang zu ihm durch. Er begann ... zu weinen. Und dann ist er gegangen."

Quentin hielt sie fest, bis sie sich von ihm löste. Ihre Wimperntusche war verlaufen und hatte Flecken auf seinem Hemd hinterlassen.

„Ach herrje, sieh dir dein Hemd an. Tut mir Leid, Quentin." Wieder kamen ihr die Tränen. „Es war so schrecklich." Sie sah ihn an und beteuerte: „Ich habe ihn mal sehr geliebt. Aber ich kenne ihn nicht mehr. Er ist nicht mehr der Mann, den ich geheiratet habe." Sie holte zittrig Atem. „Ich habe Angst vor ihm, Malone. Und ich habe Angst um ihn. Er könnte jemandem was antun. Er war wie von Sinnen."

„Was soll ich deiner Meinung nach tun, Penny?" fragte er bedrückt. „Wie kann ich helfen?"

„Finde ihn, rede mit ihm. Vielleicht hört er auf dich." Sie weinte wieder, leise und hoffnungslos. „Er braucht Hilfe. Bitte, hilf ihm, Malone."

Quentin musste nicht lange suchen. Er fand Terry bei Shannon, zusammengesunken an der Bar, ein volles Glas vor sich. Quentin setzte sich neben ihn und gab Shannon ein Zeichen, dass er nichts trinken wollte.

Terry warf ihm einen stummen Seitenblick zu. Schließlich sagte er deprimiert: „Penny hat dich angerufen."

„Ja, und sie war hysterisch."

Terry ließ den Kopf hängen. Wenigstens versuchte er nicht, sein Ausrasten zu rechtfertigen. Immerhin schien er noch so klar bei Verstand zu sein, die Schwere seiner Tat einzusehen.

„Was ist bloß los mit dir, Terry?"

„Ich weiß es nicht." Er sah ihn aus rotgeränderten Augen gequält an. „Mein Leben hat sich in einen absoluten Albtraum verwandelt. Ich kann nicht mehr schlafen, ich kann nichts mehr essen. Ich bin nur noch wütend – auf Penny, auf meinen Job, auf mich selbst und auf die ganze Welt."

Er wandte kurz den Blick ab und fuhr leise fort: „Manchmal staut sich diese Wut in mir, und ich habe das Gefühl, sie frisst mich auf. Bald ist außer Hass und Verzweiflung nichts mehr von mir übrig." Er schlug die Hände vors Gesicht. „Dieser Hass ist lebendiger als ich."

Quentin verschlug es für Augenblicke die Sprache. Schließlich sagte er eindringlich: „Du musst dich von deiner miesen Kindheit lösen, Terry. Dass deine Mutter versucht hat, dich fertig zu machen, war nicht deine Schuld. Nimm Hilfe in Anspruch, ehe es zu spät ist."

50. KAPITEL

Freitag, 2. Februar,
Mittag.

Der Doktor drückte Ben versiert, aber vorsichtig in die Seite. „Tut das weh?" fragte er und übte Druck auf die bandagierten Rippen aus.

Ben zuckte zusammen. „Es tut weh, aber nicht unerträglich."

„Gut."

Der Doktor sah ihm prüfend in die Augen. „Probleme seit dem Unfall? Benommenheit, Schwindel?"

„Nein, nichts in der Art, nur ein paar Schmerzen."

„Das war zu erwarten, Sie hatten einen ziemlich hässlichen Unfall. Sie hätten sehr viel schlimmer verletzt sein können."

„Ein Segen, dass jemand vorbeikam und den Notruf gewählt hat. Ich bin an der Stelle vorbeigefahren. Ich hätte lange Zeit hinter dieser Hecke gefangen sein können."

Der Doktor stimmte zu. „Besonders zu dieser nächtlichen Stunde. Sie hatten viel Glück."

Ben stand auf und zog sein Hemd an. „So spät war es noch nicht, etwas nach elf."

Der Arzt sah ihn erstaunt an. „Sie machen Witze, oder?"

Ben hielt im Zuknöpfen inne. „Nein, ich habe das Pflegeheim gegen elf verlassen."

„Ben, Sie wurden um drei Uhr früh hier eingeliefert."

Er starrte den Arzt ungläubig an. „Sie müssen sich irren."

„Ich irre mich nicht. Es steht hier auf Ihrer Karte. Eingeliefert um 3 Uhr 13."

Was ist in der Zeit zwischen elf und drei passiert?

„Ben? Alles in Ordnung?"

Er blinzelte und konzentrierte sich wieder auf den Arzt. „Ja, danke." Er lächelte schwach. „Ich habe mich wohl geirrt. Ich bin gegen elf eingeschlafen, als ich meiner Mutter vorgelesen habe. Ich bin immer noch etwas verwirrt, was die Geschehnisse in jener Nacht angeht."

„Das ist kein Wunder." Der Arzt lächelte ihn an. „Rufen Sie an, wenn es Probleme gibt. Sie sollten Ihre Rippen in zwei Wochen noch einmal überprüfen lassen. Das kann Ihr Hausarzt machen."

Ben dankte ihm und verließ das Krankenhaus. Er stieg in seinen Wagen, ließ den Motor jedoch nicht an, sondern presste die Handballen auf die Augen und versuchte sich an die Nacht des Unfalls zu erinnern. Er hatte mit seiner Mutter zu Abend gegessen. Später hatte er sie zu Bett gebracht und ihr noch etwas vorgelesen.

Dabei war er eingeschlafen. Als er aufgewacht war, hatte sie Angst gehabt vor einem Mann, der zwischenzeitlich dort gewesen war und sie bedroht hatte. Eine Überprüfung hatte keinen weiteren Besucher ergeben. Ihre wachsende Verwirrtheit hatte ihn sehr beunruhigt. Er war zu seinem Wagen gegangen, wo er die Notiz gefunden hatte. Kurz vorher hatte er auf die Uhr gesehen.

Vielleicht hatte er sich in der Zeit geirrt. Oder er hatte auf die Uhr gesehen, als er aus dem Schlummer erwacht war. Aber warum war seine letzte Erinnerung dann, wie er mit durchdrehenden Rädern vom Parkplatz fuhr und versuchte, Anna anzurufen?

Seine Gedächtnislücken, sein unnatürlich tiefer Schlaf, seine Kopfschmerzen, das alles machte ihm plötzlich Angst. Hatten die Ärzte etwas übersehen? Etwas, das sein Leben bedrohte?

Er legte die Stirn gegen das Lenkrad. Seine Fantasie ging mit ihm durch. Vermutlich war es so, wie die Ärzte gesagt hatten. Er litt unter so heftigen Kopfschmerzen, dass er ohnmächtig wurde. Ursachen dafür waren Stress und Anspannung.

Und davon hatte er in letzter Zeit reichlich gehabt. Nicht zuletzt, weil ein Verrückter ein undurchsichtiges Spiel mit ihm und Anna trieb.

Anna. Er war wütend gewesen, dass sie seine Akten durchgesehen und ihre Freundschaft missbraucht hatte.

Inzwischen bedauerte er, so streng mit ihr gewesen zu sein. Sie wurde terrorisiert, war überfallen worden, und jemand, an dem ihr Herz hing, wurde vermisst. Sie war in einer Notlage und hatte nach Erklärungen gesucht. Seine Patientenliste könnte helfen.

Gib sie ihnen.

Nein, unmöglich. Er konnte nicht einfach die Liste aushändigen, das wäre unethisch. Ein Polizeiverhör würde bei einigen seiner Patienten schweren psychischen Schaden anrichten. Diese Menschen hatten ihm ihre Ängste anvertraut und ihr Innerstes nach außen gekehrt.

Andererseits waren drei Morde geschehen, und es geschahen vielleicht noch mehr. Anna war in Gefahr. Und er war auf der Suche nach einem Verdächtigen unter seinen Patienten in einer Sackgasse gelandet. Inzwischen hatte er fast alle getestet, und keiner hatte sich verräterisch verhalten. Entweder ihm entging etwas Entscheidendes, oder sein Plan, den Verantwortlichen mit Psychologie zu überführen, war nicht so gut, wie er geglaubt hatte. Vielleicht konnte er Malone das Versprechen abringen, sich nur bei dringendem Tatverdacht mit seinen Patienten in Verbindung zu setzen. Unter dieser Voraussetzung würde er die Namensliste übergeben.

Und wenn das alles vorüber war, konnten er und Anna vielleicht von vorn anfangen.

Er war froh, den Entschluss gefasst zu haben. Durch seine Mithilfe wurde der Fall vielleicht gelöst. Anna wäre ihm dankbar, und Malone könnte aus ihrem Leben verschwinden. Damit entfiele für ihn ein weiterer Stressfaktor.

Ben ließ den Wagen an und legte den Gang ein. Er wollte seinen Entschluss sofort in die Tat umsetzen, ehe er es sich anders überlegen konnte. Lächelnd stellte er sich Malones erstauntes Gesicht vor, wenn er die Liste im 7. Revier abgab.

Fünfunddreißig Minuten später betrat Ben das Revier und ging zum Empfang. Er wies sich aus und fragte nach Detective Malone.

„Er ist nicht im Haus", erwiderte der Officer, „aber sein Partner ist da. Reicht der Ihnen?"

Ben zögerte nur kurz und erklärte, er genüge. Ihm entging zwar das Vergnügen, Malones verblüffte Miene zu sehen, aber noch zu warten, wäre ein Fehler.

„Er heißt Terry Landry." Der Officer wies ihm den Weg ins Dienstzimmer zur Rechten. „Landrys Schreibtisch ist der vierte auf der linken Seite. Ein großer Bursche mit dunklem Haar. Er trägt ein Hawaiihemd."

Ben bedankte sich und ging in die angewiesene Richtung. Niemand beachtete ihn auf seinem Weg durch das hektische Getriebe des Dienstzimmers. Er erkannte Terry Landry an dem bunt gemusterten Hawaiihemd.

In eine angeregte Diskussion mit einem Kollegen vertieft, wandte Landry ihm den Rücken zu.

Ben ging auf ihn zu. Der Detective begann sich umzudrehen.

Ben blieb wie angewurzelt stehen. *Das ist nicht Terry Landry. Das ist Rick Richardsons, Angestellter beim Verkehrsamt!*

Rick ist einer meiner Patienten. Nein, korrigierte er sich, nicht mehr. Rick hat die Sitzungen vor etlichen Wochen abgebrochen. Er rechnete nach und erschrak. Das war etwa zu dem Zeitpunkt gewesen, als der Schlüssel verschwand und das Paket mit Annas Buch auftauchte.

Zu der Zeit, als die erste Rothaarige ermordet wurde.

Sein Pulsschlag beschleunigte sich, als er sich die Sitzungen mit

Rick durch den Kopf gehen ließ. Er war unzufrieden gewesen, hatte Zorn auf das System und die Bezahlung gehabt und litt unter den Respektlosigkeiten der Menschen, für die er arbeitete. Er hatte Wut auf seine Frau gehabt, weil sie ihn verlassen hatte und ihn nicht verstand. Und eine unterdrückte Wut auf seine kürzlich verstorbene Mutter, weil sie ihn ein Leben lang emotional gequält hatte.

Alles passt zusammen!

Ben machte auf dem Absatz kehrt und verließ das Dienstzimmer. Er glaubte nicht, dass Rick – Terry – ihn gesehen hatte. Wenn seine Befürchtungen stimmten, war Terry Landry nicht nur ein schwer gestörter Mensch, sondern ein Mörder. Und er würde nicht erfreut sein, dass jemand seine doppelte Identität aufgedeckt hatte.

Ben schaffte es mit zittrigen Knien zu seinem Auto. Erst als er sicher hinter dem Steuer saß, blickte er zum Revier zurück.

Terry Landry stand auf den Eingangsstufen, Hände auf den Hüften, und sah nach rechts und links, als suche er jemand.

Ben ließ den Motor aufheulen und preschte davon, um schnell Abstand zwischen sich und seinen ehemaligen Patienten zu bringen. Als er mehrere Blocks gefahren war, ohne dass der Detective ihm folgte, atmete er erleichtert durch. Nach einem letzten Blick in den Rückspiegel wählte er das siebte Revier an. Der Officer vom Empfang meldete sich.

„Hier ist Dr. Benjamin Walker. Ich muss Detective Quentin Malone erreichen. Sagen Sie ihm, es geht um den Überfall auf Anna North. Sagen Sie ihm, ich habe einen Namen."

51. KAPITEL

Freitag, 2. Februar,
14 Uhr.

Quentin parkte vor dem Revier, stellte den Motor ab und blieb noch einen Moment sitzen. Er starrte ins Leere und versuchte zu verstehen, was er soeben von Ben Walker erfahren hatte.

Terry war unter falschem Namen Patient von Ben Walker gewesen. Er brach die Therapie zu der Zeit ab, als jemand begann, Anna zu terrorisieren. Zur selben Zeit starb Nancy Kent.

Quentin umklammerte das Lenkrad, als ihm klar wurde, wie erdrückend die Indizien gegen seinen Partner waren. Terrys öffentlicher Streit mit Nancy Kent. Die farbigen Kontaktlinsen. Terrys selbst eingestandene Wut. Sein Angriff auf Penny. Die Zeit, als er aus Shannons Bar verschwunden war.

Die Liste ging weiter. Doch es waren nur Indizien. Er würde Terry damit konfrontieren, und gewiss konnte der alles erklären. Das schuldete er ihrer Freundschaft.

Quentin stieß eine leise Verwünschung aus. Nein, genau das konnte er nicht tun. Seine Marke verpflichtete ihn, mit den neuen Erkenntnissen zu seinem Captain zu gehen. Das schuldete er Nancy Kent, den anderen beiden Opfern und Anna.

Wenn Terry unschuldig war, würde es sich belegen lassen. Dann würden sie keine Beweisspuren finden, die ihn mit den Tatorten oder den Opfern in direkte Verbindung brachten.

Quentin stieg aus und betrat das Gebäude. Ohne auf die Begrüßungen einiger Kollegen zu achten, marschierte er auf das Büro des Captains zu. Sie war da, saß an ihrem Schreibtisch und sah auf.

„Wir müssen reden", sagte er.

Sie winkte ihn herein. „Schließ die Tür."

Er tat es und ließ sich schwer in den Sessel vor ihrem Schreibtisch sinken. „Es geht um die French-Quarter-Morde."

Sie faltete die Hände vor sich auf der Tischplatte. „Fahr fort."

Er wandte den Blick ab und stieß eine leise Verwünschung aus.

„Manchmal hilft es, wenn du es einfach ausspuckst. Je schlimmer es ist, desto schneller solltest du es hinter dich bringen."

Er folgte ihrem Rat. Als er fertig war, wirkte sie nicht sonderlich erstaunt. Quentin sah sie forschend an. „Was hast du gegen Terry vorliegen? Das PID war zu interessiert an ihm, als dass es nur um einen Streit in betrunkenem Zustand gegangen sein könnte. Es ist mein Recht, das zu erfahren."

„Reden wir erst über deine Indizien. Dieser Dr. Walker ist sicher, dass Terry derselbe Mann ist, der sich bei ihm als Rick Richardson vorstellte?"

„Absolut."

„Und du glaubst immer noch, dass Anna North die Verbindung zwischen den Opfern und dem Killer ist? Wegen ihrer roten Haare?"

„Dass dem letzten Opfer der kleine Finger abgetrennt wurde, beweist es, ja."

„Warum dann die vorherigen Morde? Warum hat er sich nicht gleich auf sein eigentliches Opfer gestürzt?"

Quentin machte sich Vorwürfe, dass er seinem Freund, der ein Mörder sein konnte, in bester Absicht auch noch ein Alibi gegeben hatte. „Er hat geübt und sich langsam an die Haupttat herangearbeitet. Er hat seine Wut zunächst an Ersatzopfern ausgelassen. Es wäre nicht das erste Mal, dass ein Killer so vorgeht." Seine Tante nickte, und er fuhr fort: „In der Nacht, als er Anna überfiel, wollte er sie vielleicht gar nicht umbringen. Vielleicht war der Überfall ein Vorspiel. Vielleicht genügt es ihm nicht mehr, sie nur aus der Ferne zu terrorisieren."

Quentin atmete tief durch und erzählte weiter: „Als ich noch mal über den Abend in Shannons Bar nachgedacht habe, fiel mir ein, dass ich Terry nicht die ganze Zeit im Auge hatte. Nach seinem Streit mit Nancy Kent habe ich ihn eine Weile nicht gesehen. Die Bar war sehr voll, und ich wusste, dass er viel getrunken hatte. Ich nahm einfach an, dass er irgendwo im Getümmel war."

„Fahr fort."

„In der Nacht des Jackson-Mordes war er mit diMarco und Tarantino vom Fünften im French Quarter auf Sauftour."

„Noch ein Alibi", sagte seine Tante leise.

„Eines mit Löchern." Quentin wischte sich die Handflächen an den Schenkeln ab. „DiMarco erwähnte, dass er Terry nicht habe trinken sehen, obwohl er sturzbetrunken war."

„Noch was?"

„Die farbigen Kontaktlinsen. Terry hat sie letztes Jahr Silvester zur Party getragen, stellte sich aber dumm, als ich Informationen über Kontaktlinsen einholte."

„Das ist eine ziemliche Latte an Indizien. Gibt es einen Grund dafür, dass du mir nicht eher was gesagt hast?"

„Es sind nur Indizien, Captain, und einige sind ziemlich dürftig. Wenn du mich einweihen könntest, was das PID gegen Terry hat, können wir das Puzzle vielleicht eher zusammensetzen."

Sie widersprach nicht. „Man hält es nicht für angebracht, dich einzuweihen."

„Die stellen meine Loyalität in Frage?"

„Logischerweise, bei deiner Beziehung zu Terry Landry."

„Ziehst du meine Loyalität auch in Zweifel?"

Sie schmunzelte. „Ich habe dir die Windeln gewechselt, Malone. Ich habe deine ersten Schritte gesehen und war bei deiner Kommunion dabei. Ich weiß, aus welchem Holz du bist. Nein, ich habe deine Loyalität nie in Frage gestellt."

Etwas von seiner Anspannung wich. „Also, was hat das PID gegen Terry vorliegen?"

„Aus dem Kent-Mord dieselbe Blutgruppe wie er. Wir warten noch auf die DNA-Analyse des Spermas."

„Scheiße."

„Es reichte nicht, einzuschreiten. Etwa 38 Prozent der Menschen hier haben die Blutgruppe O positiv. Aber zusammen mit dem Streit, den er mit der Toten hatte, reichte das für einen heftigen Verdacht gegen ihn."

„Und jetzt?"

„Das PID anrufen. Besorg dir einen Durchsuchungsbeschluss für seine Wohnung, sein Auto und sein Spind. Bring ihn zum Verhör her."

Davor graute ihm am meisten. „Lass mich das machen, Captain. Ich möchte ihn befragen."

„Ich glaube kaum ..."

„Es muss jetzt mein Fall sein."

„Aber es geht dich persönlich an. Ich kann nicht zulassen, dass du ..."

„Tue ich nicht, verdammt." Desillusioniert ballte er zornig die Hände. Terry war sein Freund, er hatte ihm vertraut. „Natürlich geht es mich persönlich an. Ich habe meinen Hals für ihn riskiert. Und wenn er das alles getan hat, was ihm zur Last gelegt wird, will ich ihn persönlich dafür zur Rechenschaft ziehen."

Sie dachte einen Moment nach und nickte. „Johnson sollte bei dir sein. In dieser Sache darf es nicht den Hauch einer Unregelmäßigkeit geben."

„Ganz meine Meinung." Quentin stand auf und ging zur Tür. „Soll ich das PID anrufen?"

„Ich mache das schon." Sie griff bereits nach dem Telefon. „Und, Malone?"

Er blieb stehen und sah sie an. „Gute Arbeit. Ich weiß, das ist nicht leicht für dich gewesen."

Er sah sie einen Moment mit schwerem Herzen an und nickte kurz. „Ich bin ein Cop, was hätte ich sonst tun sollen?"

52. KAPITEL

Freitag, 2. Februar,
16 Uhr.

Zwei Stunden später saßen sich Quentin und Terry auf Metallklappstühlen gegenüber. Ihre Knie berührten sich fast. Quentin hatte die Stühle absichtlich so eng zusammengestellt. Er wollte Terrys Unbehagen verstärken und ihm keine Chance lassen, seinem Blick auszuweichen.

So fertig, wie Terry wirkte, war es vermutlich nicht schwer, ihn aus der Reserve zu locken.

„Was soll das alles, Malone?" Terry blickte kurz zu Johnson, der linker Hand an der Wand lehnte, die Arme vor der massiven Brust verschränkt. „Wie offiziell ist dieses offizielle Verhör?"

„Es ist ernst, Terry."

„Noch mehr PID-Scheiße, meinst du?"

„Warum sagst du das?"

„Also bitte, warum wäre ich sonst hier?" Er sah direkt in die Videokamera und zeigte seine Verachtung. „Haben wir heute Publikum?"

„Was glaubst du wohl?"

Terry salutierte der Kamera und konzentrierte sich wieder auf Quentin. „Vielleicht sollte ich mir einen Anwalt nehmen?"

„Das ist dein Recht."

Terry lehnte sich in keck arroganter Haltung in seinem Stuhl zurück. Nur das leichte Zucken an seinem rechten Auge verriet seine Nervosität. „Befrage mich, Partner. Ich habe nichts zu verbergen."

„Hast du den Namen Benjamin Walker schon mal gehört?" fragte Quentin ohne Einleitung. „Dr. Benjamin Walker?"

„Sicher." Terry zuckte die Achseln. „Er ist Psychologe und Freund dieser Autorin, Anna, wie heißt sie noch? Was hat der mit mir zu tun?"

Quentin ignorierte die Frage. „Du weißt, dass er irgendwie mit den Morden im French Quarter in Verbindung steht?"

„Eigentlich nicht. Wie du weißt, hat man mich von dem Fall abgezogen." Er sah wieder in die Kamera.

„Du behauptest also, Dr. Walker lediglich im Zusammenhang mit diesem Fall zu kennen?"

Quentin hielt den Atem an. *Sei jetzt nicht dumm, Terry, versuch nicht, dich aus dieser Sache herauszulügen.*

„Das ist richtig."

Als die Lüge über seine Lippen kam, hatte Quentin keinen Zweifel mehr an Terrys tiefer Verstrickung in den Fall. Diese Lüge bedeutete, dass es noch andere Dinge gab, die er keinesfalls preisgeben wollte. Er verbarg die Enttäuschung über seinen Freund und wechselte das Thema.

„Reden wir einen Moment über Kontaktlinsen, Terry. Farbige, bizarre Kontaktlinsen."

„Zum Beispiel in Orange oder Rot", warf Johnson ein. „Die man zu Kostümpartys tragen würde."

Terry hob kurz die Schultern. „Na und, ich habe zu einer Party farbige Kontaktlinsen getragen. Du hast gehört, was die Frau in dem Laden gesagt hat, Malone, das machen viele Leute."

„Das beunruhigt mich nicht." Quentin beugte sich vor und senkte die Stimme. „Warum hast du dich an dem Tag beim Optiker nicht zu den Kontaktlinsen geäußert? Warum hast du keine Bemerkung gemacht, dass du auch schon solche Dinger getragen hast?"

Terry grinste. „Ha, muss ich denn alles für dich machen? Außerdem habe ich einfach unterstellt, du würdest dich daran erinnern."

Quentin lehnte sich zurück und maß seinen Freund mit einem skeptischen Blick. „Wenn das der Fall gewesen wäre, warum wäre ich dann wohl zu dem Laden gefahren?"

„Ich habe nichts mit den Ermittlungen zu tun. Ich dachte, du wolltest nicht, dass ich mich einmische."

„Das ist doch Blödsinn, Partner."

„Glaub es, oder lass es bleiben. Partner!"

Die Betonung auf dem letzten Wort kränkte Quentin. Terry scharf beobachtend, fragte er: „Hast du je den Namen Rick Richardson gehört?"

Terry wurde bleich. Schweißperlen traten ihm auf die Oberlippe. „Vielleicht."

„Vielleicht?" wiederholte Johnson. „Was soll das heißen, Terror?"

„Es heißt vielleicht. Es ist kein seltener Name. Ich glaube, ich habe mal jemand mit diesem Namen festgenommen."

Terry log gut, aber nicht gut genug. „Wie ist es mit dem Namen Adam Furst?"

Er zog nachdenklich die Brauen zusammen. „Nein, nie gehört."

„Wo warst du in der Nacht vom elften auf den zwölften Januar, als Nancy Kent ermordet wurde?"

„Das weißt du. Ich war mit dir in Shannons Bar."

„Wo warst du in den frühen Stunden des neunzehnten Januar, in der Nacht, als Evelyn Parker ermordet wurde?"

„Zu Hause und schlief einen Kater aus." Er schnitt der Kamera eine Grimasse. „Wie ihr Jungs sehr genau wisst."

„Wie ist es denn mit der Nacht vor vier Tagen, als Jessica Jackson umgebracht wurde? Die Nacht, in der man Anna North überfallen hat?"

„Da war ich mit diMarco und Tarantino vom Fünften aus."

„Ihr wart in der Bar vom schnellen Freddie an der Bourbon?"

„Klingt vertraut."

„Ist das ein Ja oder ein Nein?"

„Es ist ein Ja." Er sank ein wenig auf seinem Stuhl zusammen. „Was ist so wichtig daran?"

„Jessica Jackson war in der Nacht auch dort. Der letzten Nacht ihres Lebens."

„Die Bar ist ein heißer Tipp. Eine Partymieze wie sie kehrt sicher auch bei Freddie ein."

„Jessica Jackson war eine Partymieze?" Quentin zog fragend eine Braue hoch.

„Du weißt, was ich meine. Sie ging gerne aus und so."

„Wie du gehört hast." Quentin warf Johnson einen Blick zu, weil er wusste, dass es Terry verunsichern würde. „Du magst Rothaarige, Terry?"

„Sicher. Sie sind okay."

„Sagtest du nicht neulich, Rothaarige hätten was, das deinen Motor auf Touren bringt? Das ist ein Zitat, Partner."

Terry rückte sich auf seinem Stuhl zurecht. „Möglich, dass ich das gesagt habe."

„Du hast es gesagt. Über Anna North."

„Ich erinnere mich nicht."

„Bist du je mit einer Rothaarigen ausgegangen?"

„Ich bin mit vielen Frauen ausgegangen. Sicher waren auch Rothaarige dabei. Ich erinnere mich nicht."

„Das heißt also, ja?"

„Vermutlich, ja."

Quentin holte zum Schlag aus. „Hat sich deine Mutter die Haare gefärbt, Terry? War sie jemals rothaarig?"

Terry sprang auf. „Du Hurensohn! Ich dachte, du wärst mein Freund!"

Vor einer Stunde hätte dieser Vorwurf ihn noch getroffen, jetzt nicht mehr. Nicht wenn Terry dasaß und ihn, Johnson und die Offiziellen am Monitor belog, was das Zeug hielt. „Warst du jemals in Therapie, Terry? Oder soll ich dich besser Rick nennen?"

„Ich will einen Anwalt. Vorher sage ich kein Wort mehr." Er wandte sich der Videokamera zu. „Habt ihr kapiert, ihr Mistkerle? Kein Wort mehr!"

53. KAPITEL

Samstag, 3. Februar,
French Quarter.

Vierundzwanzig Stunden später wurde Terry wegen Mordes an Nancy Kent festgenommen. Er galt auch als Hauptverdächtiger in den Mordfällen Evelyn Parker und Jessica Jackson. Zusätzlich zu den Indizien und der übereinstimmenden Blutgruppe hatten die Ermittler Haare, die denen von Nancy Kent glichen, in seinem Wagen und an seiner Lederjacke gefunden. Zudem fanden sich Fasern des Kleides, das sie in der Mordnacht trug, an seiner Jacke. Beides war zur genauen Analyse ans Labor geschickt worden. Alle waren überzeugt, dass die Laborergebnisse den Verdacht gegen Terry bestätigten.

Terry war ein Mörder.

Quentin hatte sich bereit erklärt, Penny die Nachricht zu überbringen, hatte sich jedoch geweigert, Terry zu verhaften. Er konnte nicht mit ansehen, wie sein ehemaliger Freund und Partner in Handschellen abgeführt wurde. Sein Verstand sagte ihm, dass Terry in die Sache verwickelt war, die Tatsachen sprachen für sich. Doch sein Gefühl wollte nicht wahrhaben, dass er die Verbrechen begangen hatte.

Wenn er überzeugt gewesen wäre, täte es vielleicht nicht so weh.

Quentin verließ das Revier und fuhr ziellos durch die Gegend. Herrgott, was war nur los? Drei Frauen waren tot, und er hatte einen Freund verloren. Mitgenommen hielt er den Wagen am Straßenrand an und legte die Stirn auf das Lenkrad.

Er hätte die Frauen und Terry retten können, wenn er eher gemerkt hätte, was vorging. Warum war er so blind gewesen, schließlich war er Detective.

Er hob den Blick und merkte, wo er war, zu wem er automatisch gefahren war.

Zu Anna.

Er schnaubte resigniert. Was wollte eine Frau wie sie von einem Mann wie ihm? Dumme Frage. Das, was er am besten konnte. Vielleicht nannte sie es sogar Liebe ... für eine Weile.

Er ermahnte sich, die Sache zu beenden. Stattdessen stieg er aus und ging zu ihrem Haus. Das Hoftor stand offen, und jemand hatte die Haustür mit einem Stein aufgehalten. Er drückte sie weiter auf, ging hinein und stieg die Treppe hinauf.

Ehe er anklopfen konnte, riss Anna bereits die Tür auf. Er sah an ihrem Mienenspiel, dass sie von Terry wusste, entweder durch LaSalle oder aus den Nachrichten.

Angesichts ihrer Beziehung wäre es ihm lieber gewesen, er hätte ihr die Nachricht überbracht.

„Anna", presste er nur hervor.

Verständnisvoll nahm sie ihn bei der Hand, zog ihn in die Wohnung und machte die Tür zu. Wortlos führte sie ihn ins Schlafzimmer, zum Bett und legte sich mit ihm darauf. Sie nahm sein Gesicht zwischen beide Hände und flüsterte: „Es tut mir Leid, unendlich Leid."

Sie zog sich und ihn aus, streichelte mit Händen und Lippen, sanft, lockend und tröstete durch Zärtlichkeit. Sie zeigte ihm auf ihre Art, dass sie seinen Schmerz über den Verrat, seine Enttäuschung und seine Schuldgefühle verstand.

Er reagierte auf eine ihm ungewohnte Weise, indem er sich einfach hingab. Es war befreiend, ihr die Initiative zu überlassen, bis sein Körper verlangte, dass er die Führung übernahm und gab, was sie allein nicht konnte.

Nachdem der Rausch verebbte, lagen sie stumm nebeneinander, und Quentin betrachtete ihr Gesicht. Er bemerkte die bläulichen Flecken in ihren grünen Augen, den sinnlichen Schwung der Lippen und die feinen Härchen an Stirn und Schläfen.

Hier, bei ihr zu sein, war richtig. Obwohl sie sich erst einige Wochen kannten, vertraute er ihr wie keinem Menschen außerhalb seiner Familie.

Nein, auch Terry hatte er zehn Jahre lang vertraut. Aber der Mann, den er zu kennen geglaubt hatte, existierte nicht mehr. Vielleicht hatte es ihn auch nie gegeben.

Der Kummer über den Verrat und das Gefühl, einen großen Verlust erlitten zu haben, überwältigten ihn erneut, und er rollte sich auf den Rücken.

Anna legte ihm in Herzhöhe eine Hand auf die Brust, und er drehte ihr das Gesicht zu. „Sag mir, was dich bedrückt", bat sie leise. „Schließ mich nicht aus."

Er schloss die Augen und rang um Fassung. Nach einem Moment begann er mit brüchiger Stimme zu erzählen. „Ich war bei Penny, Terrys Frau. Es war ... schrecklich." Er atmete zittrig durch, als er sich erinnerte, wie verzweifelt sie um sich und die Kinder geweint hatte, als er ihr die Nachricht überbrachte. „Sie weiß nicht, wie sie es den Kindern beibringen soll", fuhr er fort. „Wie soll sie es ihnen erklären? Und ich konnte ihr in keiner Weise helfen. Selbst wenn er freikäme, hätten sie durch die Publicity und den Prozess mit Klatsch und Tratsch der Leute zu kämpfen. Kinder sollten so etwas nicht durchmachen müssen."

„Es ist nicht deine Schuld. Du hast ihnen das nicht angetan."

„Aber ich habe es auch nicht verhindert. Ich wusste, dass er zu viel trinkt und eine Wut auf die ganze Welt mit sich herumschleppt. Aber ich habe nie erwartet ... Mord? Ich kann es immer noch nicht glauben."

„Vielleicht ist er ja doch unschuldig. Vielleicht ist alles ein großer Irrtum und ..."

„Sie hatten genügend Beweis, um ihn festzunehmen, Anna", erwiderte er barscher als gewollt und beherrschte sich. „Eine Anklage ist ziemlich sicher."

„Gibt es viele Beweise?" Er hörte den Zweifel heraus und die Hoffnung. Beides tat wohl.

„Ja, sie haben eine ganze Ladung Beweise."

Sie seufzte leise, trotz allem erleichtert, dass der Fall fast aufgeklärt war. „Und was jetzt?"

„Wir warten auf die Ergebnisse vom kriminaltechnischen Labor. Und wir suchen nach Verbindungen zu den anderen beiden Morden."

„Und zu mir."

„Ja." Er blickte schweigend an die Decke.

„Warum ich, Quentin?" fragte sie nach einer Weile. „Warum hasst er mich so sehr?"

„Ich weiß es nicht. Er sagt nichts, also müssen wir nachforschen."

„Aber was, wenn ..." Sie verstummte, als wisse sie nicht recht, wie sie es sagen sollte. „Und wenn er nun nicht der ist, der die Videoaufnahmen gemacht und die Botschaften an meine Freunde geschickt hat? Was, wenn er nicht hinter Minnies Briefen und Jayes Verschwinden steckt?"

Er sah sie wieder an. „Wir glauben, dass er es ist, Anna. Denk nach. Terry ist die Verbindung zwischen dir und Ben Walker. Ben war immer der Joker in diesem Spiel. Er kannte dich nicht. Also, warum erhielt er das Buch und den Hinweis, die Sendung einzuschalten? Eine dritte Person zog ihn, vermutlich wegen seines Fachgebietes, in die Sache hinein. Ben hat immer geglaubt, einer seiner Patienten stecke dahinter. Er hatte Recht."

„Aber warum?"

„Das weiß nur Terry. Aber wir wissen es bald auch. Es braucht Zeit."

Sie sah ihn verzweifelt an. „Doch wo ist Jaye, Quentin? Ich fürchte, wir haben keine Zeit. Wir müssen sie finden!"

„Wir suchen ja." Noch während er das sagte, war ihm klar, dass ihre bisherigen Anstrengungen nicht genügten. „Wir finden sie bestimmt."

„Aber wie? Wie wollt ihr mit den Ermittlungen weiterkommen, wenn Terry nicht aussagt? Was, wenn sie davon abhängig ist, dass er ihr zu essen und zu trinken bringt? Was, wenn die Tage vergehen ..."

„Wir durchkämmen seine Wohnung, sein Auto und seine Vergangenheit. Wir finden sie." Er rollte sich auf die Seite und fuhr ihr mit einem Finger über die Wange. „Ich bin froh, dass du nicht mehr bedroht bist, Anna. Ich bin froh, dass es für dich vorbei ist."

„Ist es das?" flüsterte sie. „Wie kann es für mich vorbei sein, solange Jaye Gott weiß wo steckt, allein und ausgeliefert? Wie soll ich mich da erleichtert fühlen?"

Er hatte darauf keine Antwort. „Was wirst du jetzt tun?" Er fuhr mit dem Daumen ihre Kinnlinie entlang.

„Ich versuche, einen neuen Verleger und einen neuen Agenten zu finden." Sie lachte freudlos. „Und dann versuche ich wieder zu schreiben."

„Tut mir Leid, dass Terry dir das angetan hat."

„War nicht deine Schuld."

„Er war mein Freund."

„Trotzdem nicht." Sie nahm seine Hand und verschränkte ihre Finger mit seinen. „Geht es dir gut?"

„Mir geht es immer gut."

„Lügner."

Er führte ihre Hand an die Lippen und küsste sie. „Weißt du

denn nicht, Cher, dass für Quentin Malone, den Charmeur und Herzensbrecher, das Leben eine einzige große Party ist?"

„Du hast mehr zu bieten als Charme", erklärte sie mit leichtem Vorwurf in der Stimme wegen seines Sarkasmus.

Unter ihrem intensiven Blick fühlte er sich klein und verletzlich. Das missfiel ihm. Er küsste ihr noch einmal die Hand, stand auf und begann sich anzuziehen.

„Habe ich einen empfindlichen Nerv getroffen?"

„Das ist es nicht. Ich muss zurück. Die Arbeit ruft."

„Ich setze auf dich, Quentin."

Er sah sie nicht an, zog sein Polohemd über und nahm Waffe und Schulterholster. „Ich hoffe, du bist keine leidenschaftliche Spielerin, sonst stirbst du verarmt."

Er hörte das Rascheln des Bettzeugs, dann das Geräusch nackter Sohlen bei jedem Schritt. Anna hatte sich einen Morgenmantel übergeworfen und schlang Quentin von hinten die Arme um die Taille. „Ich glaube an dich. Rede mit mir, sag mir, was du denkst."

Der Verdacht, dass sie ihn auf ein Podest stellte, machte ihn gereizt. Er drehte sich in ihren Armen und wollte nur noch weg. „Das Einzige, wofür man mich jemals gerühmt hat, sind meine Fähigkeiten im Bett. Schön, dass ich nichts von meinem Talent eingebüßt habe."

Sie ließ sich nicht abweisen. „Tut mir Leid, dich zu enttäuschen, aber der Mensch, den ich in dir sehe, ist nicht in erster Linie Potenzprotz. Was ich an dir mag, hat nichts mit sexueller Potenz zu tun."

„Ich muss gehen."

Er wollte sich abwenden, doch sie hielt sein Gesicht mit beiden Händen und zwang ihn, sie anzusehen. „Du hast so viele gute Eigenschaften. Du bist klug und ehrlich, moralisch und freundlich. Fürsorglich. Lustig. Loyal."

„Klingt nach der Beschreibung eines Golden Retriever. Ich will niemandes Schoßhund sein, Anna. Nicht mal deiner."

Finster blickend, wich sie zurück. „Warum bist du so zornig? Was habe ich Falsches gesagt?"

Er beugte sich hinunter und nahm seine Hose auf. „Ich hätte heute nicht herkommen sollen."

„Aber du bist hier." Sie betrachtete ihn mit leicht zur Seite geneigtem Kopf und ahnte, was in ihm vorging. „Was hast du denn getan, was du nicht tun wolltest?"

Er schloss Hose und Gürtel. „Ich muss gehen."

„Läufst du weg? Vor was, Malone? Vor mir oder vor der Wahrheit?"

„Das klingt spaßig von einer Frau, die ihr Leben damit verbracht hat, wegzulaufen."

Das saß. Gekränkt wich sie weiter zurück. „Was wird das hier? Sagst du mir auf deine Art: ‚Danke für den Spaß, Baby. Wir sehen uns irgendwann'?"

„Wir hatten eine schöne Zeit. Ich habe dir das Gefühl von Sicherheit gegeben, und du gabst mir das Gefühl, ein Held zu sein. Niemand wurde verletzt, und wir sind beide gut dabei gefahren. Aber dir droht jetzt keine Gefahr mehr. Also sollten wir das Ganze beenden."

Sie sah ihn an, als hätte er sie geschlagen. „Du hast Recht, es wird wirklich Zeit, dass du gehst. Ich hole dein Jackett." Sie ging ins Wohnzimmer, schnappte sich sein Jackett von der Couch und warf es ihm zu. „Danke für die schöne Zeit."

„Ich habe nie versprochen, dass es eine Sache für immer wird, Anna."

„Nein, hast du nicht. Das enthebt dich natürlich jeder Verantwortung." Sie ging zur Tür und riss sie auf. „Geh. Ich möchte, dass du von hier verschwindest."

„Anna, ich wollte dich nicht kränken. Ich wollte nicht, dass es so ..."

„Du wolltest mich wegstoßen, weil ich dir emotional zu nahe gekommen bin. Nun, das ist dir gelungen, Detective Malone. Beglückwünsche dich zu einer ordentlich erledigten Aufgabe."

Er trat in den Flur hinaus. Sie folgte ihm und zog den Morgenmantel fester um sich. „Und nur zu deiner Information, ich wollte keine Verpflichtung für die Ewigkeit. Ich wollte nur ein bisschen Aufrichtigkeit. Aber dazu ist ein großer, harter Bursche wie du wohl nicht fähig."

54. KAPITEL

Samstag, 3. Februar,
14 Uhr, Uptown.

Ben schloss die Tür zu seinem Büro auf, trat ein und ging an den Schreibtisch. Er warf den Blumenstrauß in den Abfallkorb und ließ sich deprimiert in seinen Sessel fallen.

Er hatte Anna mit Blumen überraschen und mit ihr Terrys Verhaftung und das Ende ihrer Tortur feiern wollen. Er hatte sie fragen wollen, ob sie noch einmal von vorn beginnen und ihrer Beziehung eine zweite Chance geben könnten.

Das Hoftor und die Haustür hatten offen gestanden. Deshalb war er hineingegangen und hatte sie gesehen. Anna und Quentin Malone. Sie waren aus ihrer Wohnungstür gekommen, und es war offenkundig gewesen, was sie an diesem sonnigen, kalten Nachmittag getrieben hatten.

Ben schloss die Augen und sah Anna in ihrem seidigen Morgenmantel dastehen, das Haar wirr, die Augen funkelnd. Sie sah aus, wie eine Frau, die gerade Sex gehabt hatte. Wie eine verliebte Frau.

Es wunderte ihn selbst, wie sehr ihn das kränkte. Er stöhnte auf. Was für ein Narr war er gewesen. Er hatte geahnt, dass sie Gefühle für den Detective hegte, doch er hatte sich vorgemacht, dennoch eine Chance bei ihr zu haben.

Wenn es um Selbstbetrug ging, war die menschliche Psyche offenbar zu allem fähig. Er hatte in Anna die Frau seines Lebens gesehen, die er lieben konnte. *Idiot.*

Er atmete tief durch, um den aufwallenden Zorn und den lauernden Kopfschmerz zu beherrschen.

Ihm war so kalt, dass er zitterte. Ein Frösteln durchrann ihn, und sein Blick verschwamm.

Er blinzelte desorientiert, beunruhigt durch das Kribbeln auf Armen und Rücken.

Er sah sich rasch um. Nein, nichts hatte sich verändert. Er saß in seinem Büro im Schreibtischstuhl. Es war Nachmittag gegen zwei. Sein Kopf schmerzte immer noch. Er schob den Stuhl zurück und stand auf, um seine Migränetabletten zu holen. Ein Stück Papier flatterte zu Boden.

Er hob es auf. Es war eine Nachricht in großer, jugendlicher Schrift.

Lieber Ben,
du musst uns helfen. Du bist der Einzige, der es kann. Er will uns was tun. Lies unser Tagebuch, und du weißt, was du machen musst.
Bitte, ich möchte nicht sterben!

Ben las die Botschaft dreimal. Er legte eine Hand an die Schläfe, da der Kopfschmerz wieder stärker wurde. Die Punkte über j und i waren Herzchen. Das legte den Verdacht nahe, dass ein Mädchen diesen Hilferuf geschrieben hatte. Und die Handschrift ließ auf jemand zwischen zehn und dreizehn schließen, obwohl er darin kein Experte war.

Aber wer war sie? Und warum wandte sie sich an ihn? Noch einmal sah er sich stirnrunzelnd um. Sein Büro war immer abgeschlossen. Wie war sie hereingekommen?

Natürlich. Mit dem Schlüsselbund, das ihm gestohlen worden war. Er hatte die Haustürschlösser auswechseln lassen, aber nicht das Schloss vom Büro. *Idiot.*

Vielleicht stammte die Nachricht von der Tochter des Patienten, der ihm die Schlüssel gestohlen hatte. Aber das war Terry Landry gewesen, und der saß hinter Gittern. Wie könnte Landry für jemand zur Gefahr werden?

Es sei denn, Terry Landry war der Falsche.

Fröstelnd schüttelte er leicht den Kopf, weil er die Vermutung nicht wahrhaben wollte. Die Polizei hatte eine Menge Beweise gegen Landry, wie er von Detective Johnson wusste.

Beweise, die ihn mit dem Mord an Nancy Kent in Verbindung bringen. Allerdings haben sie keinerlei Beweise, dass er Anna terrorisiert oder Jaye entführt hat!

Erschrocken erkannte er, dass die Sache nicht ausgestanden war. Anna durfte sich keineswegs in Sicherheit wiegen. Keiner von ihnen. Er musste sie anrufen und warnen. Er musste auch das NOPD informieren und Detective Johnson erzählen, was sich ereignet hatte. Sie würden wissen, was zu tun war.

Danach fing alles von vorne an. Man würde ihn befragen und belästigen. Nein, nicht so voreilig. Vielleicht spielte ihm nur jemand einen Streich? Aber das müsste jemand sein, der mit den Vorkommnissen der letzten Zeit vertraut war. Das waren die Detectives, Anna, Bill und Dalton.

Das Mädchen hatte geschrieben, er solle das Tagebuch lesen und würde wissen, was zu tun sei.

Ein Tagebuch? Sie musste es hier für ihn hinterlassen haben. Aber wo? Logischerweise zusammen mit der Botschaft. Die hatte auf seinem Sessel gelegen. Auf dem Schreibtisch war nichts.

Unter dem Schreibtisch. Natürlich.

Er sah auf dem Boden nach, dann in den Schubladen. Nichts. Offenbar hatte sie es versteckt, aber vor wem? Er überlegte, wo er als Teenager etwas versteckt hätte. *An der Unterseite des Schreibtisches.*

Er kroch unter den Schreibtisch und sah nach. Volltreffer. Mit Klebeband war dort ein Buch im Plastikbeutel befestigt.

Kluges Kind.

Er löste das Buch und kehrte zu seinem Sessel zurück. Vermutlich hatte die Nachricht auf dem Sitz gelegen. Er hatte sich darauf gesetzt, ohne sie zu bemerken, weil er in Gedanken bei Anna gewesen war. Erst als er aufstand, war sie zu Boden gefallen.

Er öffnete das Buch, dessen Einband ziemlich mitgenommen aussah. Fast drei Viertel der Seiten waren voll geschrieben.

Er hielt das Buch mit leicht zitternden Händen und hoffte, endlich einige Erklärungen zu erhalten: Wer terrorisierte Anna? Was war seine Rolle in dem Drama, und warum war er in die Sache hineingezogen worden?

Er lehnte sich im Sessel zurück und begann zu lesen.

55. KAPITEL

*Sonntag, 4. Februar,
2 Uhr nachts.*

„Minnie!" rief Jaye, krabbelte von ihrer Pritsche und lief zur Tür. „Bist du das? Bist du da?"

„Ich bin hier. Alles okay mit dir?"

Jaye presste sich enger an die Tür. „Ich habe großen Hunger. Er hat mir lange nichts zu essen gegeben."

„Ich weiß. Darum habe ich dir was mitgebracht." Jaye hörte das Aufreißen von Papier. „Einen Schokoriegel. Den habe ich ihm stibitzt, als er weg war."

Sie schob ihn unter der Tür durch, und Jaye stürzte sich geradezu darauf. Die erste Hälfte schlang sie nur so hinunter, die zweite genoss sie.

Als sie fertig war, leckte sie sich die Finger ab. Ihr Magen brannte immer noch vor Hunger, aber nicht mehr so schlimm. „Was hat er vor? Will er uns aushungern?"

„Ich weiß nicht, was er macht. Ich habe ihn nicht gehört. Und er hat mich nicht rausgelassen."

„Aber jetzt bist du draußen."

„Ich habe ihn überlistet und bin ihm entwischt." Sie senkte die Stimme zu einem zittrigen Flüstern. „Ich werde stärker, Jaye, wirklich. Und ich werde mutiger, je mehr ich seine Schwächen entdecke. Ich lasse nicht zu, dass er dir was tut."

Jayes Augen schwammen in Tränen. Sie hatte entsetzliche Angst. Mit ihrem Entführer war eine Veränderung vorgegangen. Das merkte sie nicht nur am ausbleibenden Essen.

Sie spürte, dass sich die Teile seines Planes zusammenfügten und ihr nicht mehr viel Zeit blieb. Ihnen beiden nicht. „Versprich mir, Minnie, dass du mich beschützt, wenn er mich umbringen will."

„Ich verspreche, dich und Anna zu beschützen." Das Mädchen schwieg einen Moment, und als die Kleine wieder sprach, bebte ihre Stimme vor Rührung. „Ich liebe dich, Jaye. Du bist meine beste Freundin."

56. KAPITEL

Montag, 5. Februar,
French Quarter.

Zwei Tage, nachdem Quentin sie verlassen hatte, entdeckte Anna ihn abends an ihrem Hoftor. Er unterhielt sich mit Alphonse Badeaux und fütterte Mr. Bingle mit – wie es aussah – Pistazienkernen.

Ihr Puls schlug schneller vor Freude und Hoffnung. Sie hatte befürchtet, Quentin nie wiederzusehen. Ein kleiner Teil von ihr war sogar froh darüber gewesen, denn seine Wirkung auf sie war ein wenig beängstigend. Bei ihm fühlte sie sich lebendig und zugleich geborgen. Sie verließ sich auf ihn, und sie sehnte ihn herbei wie das Aufgehen der Sonne nach langer Nacht.

Aus exakt denselben Gründen war der größte Teil von ihr entsetzt über das Ende ihrer Beziehung.

Alphonse stand auf, als Anna näher kam. „Hallo, Miss Anna. Ich habe Ihrem Freund hier gerade Gesellschaft geleistet."

„In der Tat", bestätigte Quentin. „Und eine sehr nette Gesellschaft."

„Danke, Detective." Der alte Mann strahlte ihn an. „Schön, einen Polizisten in der Nachbarschaft zu haben. Gibt einem ein gutes Gefühl."

Das war seine nette Art zu sagen: Vermasselt es diesmal nicht.

Anna erwiderte lächelnd: „Ich werde es mir merken, Alphonse."

„Ich wünsche Ihnen beiden einen schönen Abend." Als habe er die Unterhaltung verfolgt, erhob sich Mr. Bingle, trottete zum Straßenrand, blieb stehen und wartete auf sein Herrchen. Alphonse erkundigte sich höflich. „Haben Sie denn noch den Blumenstrauß bekommen, Miss Anna?"

„Welche Blumen?" fragte sie verwundert.

„Die der nette Doktor neulich gebracht hat." Die ledrigen Wangen des alten Mannes überzog ein rosiger Hauch. „An dem Nachmittag, als Detective Malone hier bei Ihnen war."

Ben war an dem Nachmittag hier? Warum hat er sich nicht gemeldet? Warum ...

Verlegen beantwortete sie sich die Frage selbst und dachte daran, wie sie im Morgenmantel mit Quentin in der Tür gestanden hatte. Eine Szene, die verräterischer kaum sein konnte.

„Er ging ganz schnell wieder mit den Blumen. Winkte auch nicht wie sonst. Schien aufgebracht zu sein." Der alte Mann räusperte sich. „Geht mich natürlich nichts an. Dachte nur wegen der Blumen. Die waren wirklich hübsch."

Anna schluckte trocken und erwiderte betreten: „Danke, Alphonse, ich rufe ihn an."

Der alte Mann nickte und ging über die Straße, seine Bulldogge neben sich. Anna und Quentin sahen ihnen nach, bis sie sicher die andere Seite erreicht hatten, dann fragte Quentin sie: „Setzt du dich einen Moment zu mir?"

„Klar. Es ist ein schöner Abend. Es wird endlich warm."

Beide setzten sich. Der Beton der Mauer hatte noch etwas von der Tageswärme gespeichert.

Quentin hielt ihr die Tüte hin. „Pistazien?"

„Danke." Sie nahm sich ein paar. „Ich liebe Pistazien."

„Dachte ich mir."

„Und wieso?"

„Ich habe in deinen Kühlschrank gesehen. Du hattest zwei Sorten Eis, Pistazien und Pistazien mit Karamel." Er zog in einem charmanten, jungenhaften Grinsen einen Mundwinkel hoch. „Was soll ich sagen, ich bin eben Detective."

„Und ich bin Autorin. Irgendwie hatte ich den Eindruck, dass wir bereits das letzte Kapitel unserer Geschichte geschrieben hätten."

„Das Ende gefiel mir nicht." Er schwieg. Die Sonne versank allmählich, und der Himmel verfärbte sich in Rot- und Orangetönen. „Ich habe mich gefragt, was du von einem neuen Kapitel hältst?"

„Kommt darauf an." Sie warf ihm einen Seitenblick zu. „Es muss Sinn ergeben."

Er sah sie einen Moment forschend an, wandte den Blick ab und erzählte: „Ich wollte Anwalt werden, Staatsanwalt. Ich sah mich sogar schon als Distrikt-Staatsanwalt."

„Was kam dazwischen?"

„Ich erkannte meine Grenzen. Ich kenne sie immer noch."

„Wirklich?"

Er sah sie ungehalten an. „Hör auf damit, alles, was ich sage, mit einer Frage zu beantworten. Du klingst schon wie ein verdammter Seelenklempner. Ich habe keine Lust, mich analysieren zu lassen. Jedenfalls heute nicht."

„Entschuldige, aber ich weiß einfach nicht, von was für Grenzen du sprichst."

Mit angespannter Miene erklärte er: „Meine Freunde im Revier sagten immer: Malone ist vielleicht nicht unsere beste Waffe, aber bestimmt unsere schärfste. Oder: Er ist nicht unsere hellste Leuchte, aber er kann die Nacht zum Tag machen."

Sie japste und entgegnete verärgert: „Bei solchen Freunden brauchst du wirklich keine Feinde mehr!"

„Nur Muskeln und kein Hirn, Anna. Ich habe kaum die High School geschafft und flutschte so im letzten Moment durch. Angeblich habe ich mit meiner Englischlehrerin geschlafen, um bessere Noten zu bekommen."

„Und? Hast du?"

„Teufel, nein! Sie hatte Mitleid mit mir und gab mir einige Wochen Nachhilfe, damit ich die Prüfungen schaffe."

„Dann wurdest du Polizist und dachtest, das sei einfach. Du könntest es machen, ohne einen Schweißtropfen zu verlieren, ohne dich allzu sehr anzustrengen."

„So in etwa." Er faltete die Hände vor sich. „Ich bin mit Polizeiarbeit groß geworden. Ich hörte die Gespräche meines Vaters und meiner Onkel, und man erwartete einfach, dass ich in ihre Fußstapfen trat."

„Und du hast nie gesagt, was du wirklich wolltest?"

„Nein, bis jetzt nicht."

Sie blickte zum dunkler werdenden Himmel hinauf. „Ich weiß nicht, was ich dazu sagen soll."

Er zog die Stirn in Falten. „Seine Grenzen zu erkennen, bedeutet nicht, sich feige zu drücken."

„Ich habe nicht gesagt, dass du dich feige drückst." Sie sah ihn prüfend an. „Empfindest du es denn so?"

„Ich mag Polizeiarbeit. Ich bin gut darin."

„Aber sie langweilt dich." Sie erkannte seine Frustration und seinen unterdrückten Ärger. „Du bist sauer. Etwa auf mich?"

„Nein." Er atmete tief durch. „Ich habe mich mit dem Einfachsten begnügt, Anna, das ist die Wahrheit, und das nehme ich mir übel. Polizeiarbeit langweilt mich nicht, aber sie regt mich auch nicht an, und trotzdem mache ich sie."

„Es ist nie zu spät für Veränderungen."

„Doch." Er fuhr sich mit einer Hand durch das Haar. „Ich bin siebenunddreißig."

„Praktisch ein Baby."

„Du bist störrischer als Badeauxs Bulldogge."

Sie schmunzelte. „Und ich bin hübscher."

„Allerdings." Er nahm ihre Hand und küsste sie. „Also, Anna, wie gefallen dir Cops? Was würdest du davon halten, mit einem zusammen zu sein?"

„Hängt von dem Cop ab."

„Ja?"

„Ja." Sie schloss die Finger um seine. „Da gibt es diesen charmanten Iren, ein bisschen zu selbstsicher in manchen Bereichen und dafür nicht selbstsicher genug in anderen. Mit dem wäre ich gern zusammen, auch wenn er Straßenfeger wäre. Solange es das ist, was er wirklich tun möchte."

„Anna ..."

„Sich zu begnügen, ist schädlich, Malone. Es wird an dir nagen. Ich will nicht irgendwann neben einem Mann aufwachen, der fünfzig ist und sich selbst hasst."

Sie schwiegen, und die Sonne versank langsam hinter dem Horizont. Anna beugte sich hinüber und nahm sein Gesicht zwischen beide Hände. „Wie ich es sehe, besteht ein großer Unterschied zwischen einem hormongesteuerten Jugendlichen und einem erwachsenen Mann, den es drängt, endlich das zu tun, was er sich wünscht." Sie küsste ihn. „Denk darüber nach, Malone. Das ist alles, worum ich dich bitte."

57. KAPITEL

*Dienstag, 6. Februar,
8 Uhr 50.*

Anna fuhr gleich am nächsten Morgen zu Ben, um mit ihm zu reden, ehe seine Patienten kamen.

Ihr war klar, dass sie ihn unabsichtlich gekränkt hatte. Ein Mann kam nicht unerwartet mit Blumen vorbei, wenn er nicht starke Gefühle für eine Frau hegte. Es war ihr äußerst unangenehm, dass er sie mit Quentin gesehen hatte.

Seufzend stieg sie aus dem Wagen. Immerhin war sie mit Ben ausgegangen. Sie hatten sich gut verstanden, und als er sie geküsst hatte, hatte sie den Kuss sogar erwidert.

Aber dann war ihr Quentin Malone begegnet, und andere Männer hatten keine Rolle mehr gespielt.

Sie schuldete Ben eine Erklärung, sogar eine Entschuldigung. Sie wollte, dass sie Freunde blieben. Ob das möglich war, hing allerdings davon ab, wie verletzt er sich fühlte.

Sie stieg die Außentreppe hinauf, betrat das Haus und ging auf seine Praxisräume zu. Die waren offen. Bei ihrem Eintreten läutete die Glocke über der Tür und verkündete Besuch.

Der Warteraum war leer, die Tür zu seinem Büro nur angelehnt. Tief durchatmend klopfte sie an und trat ein.

Ben saß an seinem Schreibtisch, auf dem sich Berge von Büchern stapelten. Die schweren Vorhänge waren zugezogen, und das Sonnenlicht schimmerte nur an den Außenrändern vorbei. Die Halogenlampe auf dem Schreibtisch war die einzige Beleuchtung und schuf eine unheimliche Atmosphäre aus punktueller Helligkeit und tiefem Schatten.

„Ben?"

Er blickte auf, und sie sah entsetzt, wie krank er wirkte. Das Gesicht war eingefallen, die Haut kalkweiß. Sie machte einige Schritte ins Zimmer. „Alles in Ordnung mit dir?"

Da er nicht antwortete, ging sie zu ihm und merkte, dass seine Augen rotgerändert und glasig waren, als hätte er Fieber. Er sah nach tagelangem Schlafentzug aus. „Ben, mein Gott, was ist passiert?"

Er blinzelte einige Male und befeuchtete sich die Lippen. „Ich war neulich vor deiner Wohnung. Ich wollte ... ich habe dich mit Quentin Malone gesehen."

„Ich weiß." Sie senkte kurz den Blick. „Ein Nachbar hat dich bemerkt, und ich ... ich wollte mit dir darüber reden."

„Liebst du ihn?"

Gute Frage. Eine, die sie nicht beantworten konnte. „Ich habe Gefühle für ihn ... starke Gefühle."

Er sah zur Decke, und ein Frösteln durchrann ihn. „Das will ich doch hoffen", sagte er leise und sah sie wieder an. „Schließlich vögelt ihr."

Schockiert wich sie unwillkürlich zurück. „Ich glaube, es ist nicht nötig, in dieser Ausdrucksweise ..."

„Erzähl mir nicht, was nötig ist!" Er schlug die Faust mit solcher Wucht auf die Schreibtischplatte, dass die Lampe flackerte. „Hast du ihn an dem Tag etwa nicht gevögelt? Wenn ich etwas beharrlicher gewesen wäre, hättest du mich vielleicht auch ..."

„Hör auf!" Anna schlug entsetzt eine Hand vor den Mund. Sie konnte nicht fassen, dass Ben derart vulgär mit ihr sprach. „Es tut mir Leid, wenn ich dich verletzt habe. Das war nicht meine Absicht. Und ich hatte auch nicht vor, mich mit Quentin einzulassen. Es ... ist einfach passiert. Ich weiß nicht, was ich dir sonst sagen kann. Auf Wiedersehen, Ben."

Sie machte kehrt und ging rasch zur Tür, um nur ja hier wegzukommen. Trotzdem sah sie sich noch einmal um. Ben saß zusammengesunken da, den Kopf in den Händen.

Etwas stimmt nicht mit ihm. Er ist krank, er hat Fieber. Sonst hätte er nie so mit mir gesprochen, da bin ich mir sicher. So gut kenne ich ihn.

„Ben?"

Deprimiert hob er den Kopf. „Ich hätte mich in dich verlieben können, Anna. Ich war auf dem Weg dahin. Und ich dachte ... du würdest mich auch lieben."

„Tut mir Leid." Sie streckte bittend eine Hand aus. „Ich hatte das mit Malone nicht beabsichtigt. Es ist einfach so gekommen."

„Glaubst du, das macht es mir leichter?"

Sie sah, dass die Hand, die er an die Stirn legte, zitterte. Besorgt ging sie vorsichtig zu ihm zurück. „Du siehst nicht gut aus, Ben. Ich glaube, du bist krank. Du hast bestimmt Fieber." Er sah sie verständnislos an, und sie streckte erneut eine Hand aus. „Du hast Fieber", beharrte sie freundlich. „Warum legst du dich nicht hin? Ich hole dir eine Fiebertablette und rufe den Arzt."

Einen Moment sah es aus, als würde er nachgeben, doch er schüttelte den Kopf. „Ich kann nicht. Ein Patient ... ich muss ... helfen."

„Aber du bist krank, Ben, du brauchst ..."

Das Telefon klingelte. Zögernd nahm Ben den Hörer ab. Sie merkte sofort, dass der Anruf von einem Patienten kam. Nach einem Moment drehte Ben sich mit seinem Sessel um.

Sie senkte den Blick, und ihr fiel auf, dass sich nicht nur Bens Äußeres verändert hatte. Sein Schreibtisch war voll gepackt mit Fachbüchern, medizinischen Journalen und Fachbeiträgen. Sie überflog die Titel. Sie handelten von Schizophrenie, multipler Persönlichkeit und posttraumatischem Stress-Syndrom. Einiges hatte schon Eselsohren, anderes war ganz neu.

Anna sah sich allgemein in dem Raum um, der so unordentlich wirkte, als hätte Ben rund um die Uhr gearbeitet, ohne zu essen und zu schlafen.

Angeblich brauchte ein Patient seine Hilfe. Aber was konnte so dringend sein, dass er trotz seiner Erkrankung arbeitete?

Anna kam näher. Vor ihm lag ein aufgeschlagenes Notizbuch. Sie verrenkte sich den Hals, um die Eintragungen zu lesen, konnte aber nur wenige Worte entziffern. Es schien ein Hilferuf zu sein.

Auffallend war, dass manche Passagen nur unleserlich hingekritzelt waren, andere aber präzise und gestochen scharf geschrieben. Die Satzzeichen waren verziert. Manches wirkte niedlich, anderes eher beängstigend.

Zweifellos stammten diese Zeichnungen von einer gestörten Seele.

Von dem Patienten, dem Ben helfen will.

„Du kannst es einfach nicht lassen, was?"

Anna sah verlegen auf. Ben hatte sein Telefonat beendet und sie wieder mal beim Schnüffeln erwischt.

Die Wangen wurden ihr warm. „Tut mir Leid. Ich ... du hast Recht. Ich kann es nicht lassen, ich bin Schriftstellerin. Und ich mache mir Sorgen um dich."

Er schloss das Tagebuch. „Ich möchte, dass du gehst, Anna."

„Tut mir Leid", wiederholte sie, straffte sich und wich einen Schritt zurück. „Soll ich dir nicht wenigstens den Arzt ..."

„Raus mit dir!"

„Ben, bitte! Ich möchte nicht, dass wir uns so trennen. Es geht dir nicht gut. Wenn du dich vielleicht etwas ausruhst ..."

Er fröstelte wieder, seine Miene wurde eisig. „Was dann? Soll ich dann vielleicht nicht mehr wütend auf dich sein? Du hast deine Schätze an diesen Dummkopf von Cop verschleudert. Weißt du, wie sehr mich das ankotzt? Kannst du dir vorstellen, wie ekelhaft ich das fand, dich halb angezogen dastehen zu sehen, völlig geil auf diesen Kerl wie eine billige Nutte?"

Ihr stockte der Atem, und sie wich weiter zurück. „Wenn du es so haben willst, Ben, gut. Ich dachte, wir könnten Freunde bleiben. Ich sehe jetzt, das ist nicht möglich."

Er rieb sich erschauernd die Arme. „Geh nicht, Anna. Es tut mir Leid. Ich stehe sehr unter Druck. Dieser Patient ... es ist schlimm. Wenn ich es dir erzählen könnte, würdest du es verstehen. Bitte ..."

„Es geht dir nicht gut, und ich schlage vor, dass du einen Arzt aufsuchst." An der Tür sah sie noch einmal zurück. „Ich kann dir nicht helfen, Ben. Machs gut."

58. KAPITEL

*Dienstag, 6. Februar,
9 Uhr 15.*

Im Zentralgefängnis am anderen Ende der Stadt wartete Quentin auf Terry. Sein ehemaliger Partner hatte um den Besuch gebeten. Er war gekommen, aber nicht wegen ihrer gemeinsamen Vergangenheit, sondern wegen Anna. Er hoffte, Terry Informationen zu entlocken, wo Jaye war, denn die Zeit drängte.

Quentin sah auf seine Uhr und ging in dem kleinen Raum auf und ab, in dem nur ein Metalltisch und zwei Klappstühle standen. Der Tisch war am Boden befestigt. Wände und Tür bestanden aus verstärktem Stahl. Die einzige Beleuchtung im Raum kam von einer Neonröhre hinter einem Schutzgitter. In die dicke Tür war ein Sichtfenster geschnitten worden, aber so klein, dass kein Entfesselungskünstler hindurchschlüpfen konnte.

Er streckte ungeduldig die Finger, konnte es nicht erwarten, mit der Befragung zu beginnen, und fürchtete sich zugleich davor. Er hatte sich absichtlich aus den weiteren Ermittlungen herausgehalten aus Sorge, seine Wut auf Terry könne seine Objektivität trüben. Und diese Wut war nicht geringer geworden.

Als sich ein Schlüssel im Schloss drehte, wandte er sich der Tür zu. Der Wachmann erschien, dann Terry. Sein einst strahlender Freund schlurfte unrasiert, ungekämmt und an Händen und Füßen gefesselt, herein. Ohne Quentin anzusehen, ging er zu einem Stuhl und setzte sich.

„Rufen Sie, wenn Sie mich brauchen", sagte der Wachmann und schloss bereits die Tür.

Quentin nickte und setzte sich. Terry hob den Blick. Sekundenlang schwiegen sie sich an. Sie betrachteten einander, Angeklagter und Ankläger, Betrogener und Betrüger.

Quentin brach das Schweigen. „Orange steht dir nicht", bemerkte er in Bezug auf Terrys Gefängnisoverall. „Du siehst beschissen aus."

Terry zog schwach einen Mundwinkel hoch, ein matter Abglanz seines einst kecken Grinsens. „Wirklich? Dabei stammt er aus der besten Boutique am Platz."

Immer noch der Scherzkeks. Quentin straffte sich. „Also, was willst du, Terry?"

Er senkte den Blick und fragte ernst: „Wie geht es Penny?"

„Ist dir das wirklich wichtig?"

Zornrot im Gesicht, brauste er auf: „Ja, verdammt. Wie geht es ihr?"

Quentin beugte sich vor. „Was glaubst du wohl? Sie ist am Boden zerstört. Sie fühlt sich gedemütigt und macht sich Sorgen, wie diese Sache ihre Kinder beeinträchtigt."

„Sie ... fehlen mir."

Terry brach die Stimme, und Quentin fiel es schwer, kein Mitleid zu empfinden. „Aber empfindest du Reue, Terry? Bedauerst du, dass du ihnen das angetan hast?"

„Ja. Aber nicht aus den Gründen, die du dir vorstellst." Terry legte die Hände auf den Tisch, und die Handschellen klimperten. „Warum musstest du zu O'Shay gehen? Warum bist du nicht zuerst zu mir gekommen?"

„Mein Berufsethos zwang mich dazu."

Terry schnaubte verbittert. „Pflicht vor Freundschaft, was?"

„Unsere Freundschaft endete mit deinen Lügen."

„Ich hätte alles erklären können."

„Tut mir Leid, Partner, aus dieser Sache hättest du dich nicht herausreden können. Die Beweise sprechen für sich."

„Eben nicht. Das ist es ja. Ich brauche deine Hilfe, Malone."

Zorn wallte in ihm auf. Typisch Terry, einfach anzunehmen, andere müssten ihm helfen. Zu unterstellen, dass er ihn retten müsse trotz der Beweislast gegen ihn und nach all den Lügen, die er ihm aufgetischt hatte, war eine Unverfrorenheit.

„Nein", widersprach Quentin frostig. „Jaye Arcenaux braucht meine Hilfe – und Minnie. Wirst du mir sagen, wo sie sind?" Eindringlich fügte er hinzu: „Wenn du mir hilfst, kann ich dir vielleicht auch helfen."

„Du glaubst wirklich, ich hätte das alles getan?" Terry stieß eine Verwünschung aus. „Ich dachte, weil du nicht bei der Verhaftung warst ..."

„Dass ich dir deinen Mist abkaufe? Mach halblang", entgegnete er angewidert. „Hilf mir, Terry, und ich sehe zu, was ich für dich tun kann."

„Ich kann nicht." Er ballte die Hände. „Ich weiß nicht, wo sie sind. Ich bin nicht der Entführer."

Quentin stieß sich so heftig vom Tisch zurück, dass sein Stuhl zu Boden fiel. „Ruf mich, wenn du bereit bist, die Wahrheit zu sagen."

„Ich habe es nicht getan!" Terry sprang auf. „Das ist die Wahrheit! Ich schwöre!"

Quentin ging zur Tür und sah noch einmal zu Terry zurück. „Dann wird der Laborbericht ja deine Behauptung untermauern, und du bist frei, sobald die DNA-Analyse da ist."

Quentin sah, dass Terry trocken schluckte und um Fassung rang. Tränen standen ihm in den Augen. „Wird er nicht", sagte er mit belegter Stimme. „Das ist ja das Problem." Er setzte sich wieder und legte den Kopf in die Hände. „Die DNA-Analyse ... wird mich nicht entlasten."

Quentin fürchtete, ihm bliebe das Herz stehen. „Das solltest du mir besser erklären."

Terry hob den Kopf und sah ihn gequält an. „Ich hatte eine Affäre mit Nancy Kent. Seit einigen Monaten schon. Es war Nancy, die mir dank einer üppigen Scheidungsabfindung Geld zugesteckt hat. Ich dachte, ich hätte es hinter mir. Es war keine Romanze." Er stieß ein halb ersticktes Lachen aus. „Weit davon entfernt. Wir haben bloß miteinander gepennt, und das war toll. Zuerst jedenfalls." Er senkte kurz den Blick. „In der Nacht bei Shannon trieb sie ihr Spielchen mit mir. Sie zahlte es mir heim, weil ich ihr am Abend vorher die Leviten gelesen hatte. Deshalb behandelte sie mich so geringschätzig."

Er erinnerte sich und wirkte geistesabwesend. „Ich war wütend, weil sie mich vor allen blamierte und mit jedem anderen Kerl tanzte." Er blinzelte und war mit den Gedanken wieder in der Gegenwart. „Ich hatte zu viel getrunken. Damit spielte sie. Bis die Sache außer Kontrolle geriet."

„Der Streit", fügte Quentin hinzu.

„Ja, aber damit war es nicht zu Ende. Ich beobachtete sie. Ich konnte nicht anders, ich war wie ein hungriger Köter, der hinter einem saftigen Knochen her ist. Sie wusste es, und es gefiel ihr. So war sie eben." Er rückte sich auf seinem Stuhl zurecht. „Sie schlüpfte aus dem Hintereingang. Ich folgte ihr. Und wir ... wir habens da draußen getrieben. Gleich dort, an der Wand. Ihr gefiel das so, grob und riskant."

Quentin dachte an Penny, an die Kinder Matti und Alex, und ihm wurde schlecht. „Und das ist die ganze schmutzige Geschichte?"

„Als sie ermordet wurde, geriet ich in Panik. Wir hatten uns öffentlich gestritten. Wir hatten ungeschützten Sex. Ich wusste also, dass man meine DNA und was weiß ich sonst noch für Spuren an ihr finden würde. Deshalb habe ich geschwiegen. Ich wusste, wie es aussehen würde, wenn ich versucht hätte, alles zu erklären. Ich konnte nichts sagen, verstehst du das nicht? Ich saß in der Falle, Malone."

Quentin zwang sich zur Ruhe. „Wer wusste von deiner Affäre mit Nancy Kent?"

„Niemand. Wir waren sehr vorsichtig."

Quentin schnaubte ungläubig. „Du hast mich gerade endgültig verloren, Partner. Geheimhaltung war noch nie deine starke Seite. Du hättest das nicht verbergen können, nicht vor mir und nicht vor den anderen."

„Habe ich aber! Unsere Affäre begann, ehe ihre Scheidung durch war", beteuerte er verzweifelt. „Wenn es herausgekommen wäre, hätte das ihre Abfindung beeinträchtigt."

„Also wusste es niemand? Nicht mal Penny?"

„Nein! Penny schon gar nicht. Großer Gott, ich hatte ihr schon genug wehgetan." Den Tränen nahe, fügte er hinzu: „Ich war nicht stolz auf das, was ich tat. Ich hasste mich dafür."

Eine interessante Bemerkung, aber Quentin ging nicht weiter darauf ein. „Wo hast du Nancy Kent kennen gelernt?"

„Im Quarter, in einem Club."

„In welchem?"

„Fritz the Cat, glaube ich."

„Du glaubst?" Er zog skeptisch eine Braue hoch. „Mir scheint, an so etwas müsstest du dich erinnern."

„Ich war damals in vielen Clubs, ich hatte getrunken."

„Diese Entschuldigung klingt allmählich nicht mehr glaubwürdig, Terror. Willst du sie noch mal überdenken?"

„Es ist die Wahrheit. Ich schwöre zu Gott!"

Quentin ignorierte das. Wenn er für jedes Mal, da ein Schuldiger seine Unschuld beschwor, einen Dollar bekäme, wäre er steinreich. „War jemand bei dir?"

„Nein."

Quentin faltete die Hände vor sich, um Terry nicht doch noch eine zu langen, so wütend war er auf ihn. „Und was ist mit Dr. Walker? Warum hast du ihn heimlich aufgesucht?"

„Ich wollte nicht, dass es jemand erfährt. Nicht mal du oder Penny." Er beugte sich eindringlich vor. „Ich wusste, dass es sonst die Runde machen würde, und ich wollte mir die Scheißbemerkungen der anderen ersparen."

„Aber warum hast du einen Falschnamen benutzt?"

„Ich dachte, das sei sicherer."

„Und dann hast du die Therapie abgebrochen?" Quentin schnippte mit den Fingern. „Einfach so?"

„Penny trennte sich von mir. Da hielt ich die Therapie für sinnlos."

„Du hast auf alles eine Antwort, was?"

„Weil es stimmt."

„Das Ganze ist ein einziger Humbug. Wie lange hast du gebraucht, dir diese Geschichte zurechtzuzimmern?"

„Es ist die Wahrheit. Ich schwöre. Sie werden keinen Beweis finden, der mich mit den anderen Opfern oder mit Anna in Verbindung bringt."

„Evelyn Parker wurde ja auch nicht vergewaltigt."

„Jessica Jackson aber." Er stand auf, die Bewegungen unbeholfen durch die Fesseln. „Warum sollte ich Anna North terrorisieren. Ich kenne sie doch gar nicht!"

„Sag du es mir."

„Ich bin ein Ehebrecher, aber kein Mörder. Das musst du mir glauben."

Quentin maß ihn mit einem angewiderten Blick. „Deine Geschichte ist mir zu glatt, Terror. Und ihr fehlt Substanz wie jeder hastig zusammengezimmerten Ausrede."

„Du kannst mir helfen, ihr Substanz zu geben." Er streckte bittend die gefesselten Hände aus. „Du bist der Beste, Malone. Du kannst dich umhören. Vielleicht findest du jemand, der mich vor der Nacht bei Shannon zusammen mit Nancy gesehen hat."

„Und warum sollte ich meine Zeit damit vergeuden? Ich glaube, du lügst."

„Weil dir an Anna North liegt. Und weil du klug genug bist zu erkennen, dass der, der sie terrorisiert, noch frei herumlaufen muss, wenn ich es nicht war."

59. KAPITEL

Dienstag, 6. Februar,
23 Uhr 30.

In dieser Nacht brachte der Entführer Jaye Essen. Ein Festessen, einen Big Mac und eine große Portion Fritten. Dazu ein großes Glas eiskalter Schokomilch. Sie erwachte durch die Essensdüfte, sprang hungrig von der Pritsche und lief zur Tür.

Sie fiel geradezu über das Essen her und schlang es hinunter, dass sie sich beinah verschluckte. Während sie die Fritten in den Mund stopfte, kam ihr der Gedanke, dass dies ihre letzte Mahlzeit sein könnte. Wie ein Todeskandidat bekam sie als Letztes ihr Leibgericht.

Sie aß trotzdem, verabscheute sich dafür, dass sie ihm auch noch dankbar war, und hasste ihn, weil er das wusste.

Sie trank die Milch bis zum letzten Tropfen, fürchtete zu platzen, und merkte plötzlich, dass ihr schwindelig wurde, wie damals, als sie ihrem Pflegevater drei Bier stibitzt und sie getrunken hatte.

Der Plastikbecher entglitt ihren Fingern, fiel mit ihr zu Boden und rollte zur Tür. Der Raum drehte sich, und sie stöhnte auf.

Ein leises, tiefes Lachen erklang von der anderen Seite der Tür. „Hat es dir geschmeckt, Jaye?"

Er. Seine Stimme. Sie schrie auf, versuchte aufzustehen und konnte nicht.

Er lachte wieder. „Hattest du großen Hunger? Ich glaube ja. Das war beabsichtigt." Er machte eine Pause. „Damit du dich auf das Essen stürzt und nicht so genau darauf achtest, was du isst."

Lieber Gott, er hat mich vergiftet! Sie richtete sich auf die Knie auf und zog sich am Türrahmen hoch. Der Raum schwankte, sie begann zu schwitzen.

„Ich bin gekommen, dich zu holen."

Sie hörte den Schlüssel im Schloss, dann schwang die Tür auf. Er trug eine Mardi-Gras-Maske. Und er war schwarz gekleidet.

Wimmernd presste sie sich an den Türrahmen.

„Mache ich dir Angst? Entspreche ich deiner Vorstellung?" Sie spürte sein Lächeln. „Wie sieht das Böse aus, kleine Jaye?"

Minnie, wo bist du? Jaye klammerte sich knieweich an den Türrahmen, die Hände glitschig vom Schweiß. *Du hast versprochen, mich zu beschützen!*

Er ging hinaus und kehrte mit einem großen Umzugskarton zurück, groß genug, um einen Körper darin zu verstecken. Ein erstickter Angstlaut kam ihr über die Lippen.

„Ich weiß, du hast deine Freundin Anna vermisst." Er öffnete die Klappen des Kartons. „Aber keine Sorge, du siehst sie bald wieder."

„Nein", flüsterte sie. „Nein!" Mit letzter Kraft stürzte sie sich auf ihn und trat, doch ihre Bewegungen waren schwach. Er hielt sie fest, bis die Droge endgültig Wirkung tat und ihr Körper sich weigerte, die Befehle des Gehirns auszuführen. Dann ließ er sie los. Der Boden kam ihr entgegen, und ihr Kopf prallte auf das Linoleum.

Jaye sah zu ihm auf, ihr Blick verschwamm, und ringsum wurde es dunkler. Sie bewegte die Lippen in einem Gebet, das sie nur in ihrem Kopf hörte. Sie bat Gott, Minnie und Anna zu beschützen.

60. KAPITEL

*Mittwoch, 7. Februar,
10 Uhr.*

Quentin konnte die Unterhaltung mit Terry nicht verdrängen, denn seine letzte Bemerkung über Anna traf zu und machte ihm Angst.

Falls Terry nicht der Täter war, bestand tatsächlich noch Gefahr für Anna. „Falls" war das entscheidende Wort. Er schwang mit seinem Sessel herum, drehte dem Dienstraum den Rücken zu und schloss die Augen. Vielleicht versuchte Terry ihn auch nur zu manipulieren, bei Straftätern keine Seltenheit.

Dennoch konnte er das Risiko nicht eingehen. Er schob sich vom Schreibtisch zurück, ging zum Büro des Captains und klopfte an die offene Tür. „Hast du eine Minute?"

Sie winkte ihn herein, und er stellte sich vor ihren Schreibtisch. „Ich habe einige Zweifel, dass Terry unser Mann ist."

Ihre Brauen schossen in die Höhe, doch sie erwiderte nichts.

„Ich war gestern bei ihm. Er hatte darum gebeten. Er erzählte mir, dass er eine Affäre mit Nancy Kent hatte. Dass sie in jener Nacht Sex hatten, dass er sie aber nicht getötet habe."

„Praktisch. Irgendwelche Beweise?"

„Ich soll welche finden."

„Warum höre ich erst jetzt davon?"

„Ich brauchte etwas Zeit, mir über alles klar zu werden."

„Und?"

„Ich habe es ihm nicht abgekauft. Zuerst nicht, aber jetzt ..." Mit einem Seufzer sah er kurz durch die gläserne Trennwand zum Dienstzimmer. „Jetzt bin ich mir nicht mehr so sicher. Wenn Terry die Wahrheit sagt, läuft immer noch ein Mörder durch die Straßen, und Anna ist weiterhin in Gefahr."

Sie rieb sich versonnen die Schläfe. „Dem Chief wird das nicht gefallen."

„Es wird ihm noch weniger gefallen, wenn es weitere Opfer gibt." Quentin stützte sich mit beiden Händen auf ihrem Schreibtisch ab. „Lass mich ein paar Nachforschungen anstellen. Wir halten das erst mal unter der Decke, und ich versuche, Terrys Angaben zu untermauern. Gelingt mir das, machen wir es publik, wenn nicht, vergessen wir die Sache."

Sie stimmte zu, und Quentin begann mit einem Besuch bei Penny Landry. Sie stand im blassen Sonnenschein auf der Veranda ihres Hauses in Lakeview und wirkte müde und erledigt. Er hätte sie gern getröstet, dass der Albtraum bald vorüber war, doch das konnte er nicht.

Er erkundigte sich nach ihr und den Kindern, sie sich nach Terry und den Ermittlungen. Dann kam er auf den Punkt. „Penny, vor einigen Wochen hast du mir gesagt, dass Terry sich herumgetrieben hat. Was hast du damit gemeint?"

Die Frage verblüffte sie. „Sein Trinken und Feiern. Er war so ein richtiger Partytyp. Ich habe ihn trotzdem geheiratet. Dumm von mir. Aber ich war verliebt. Sehr dumm."

Er verstand ihren Ärger und die Verbitterung. Auch er fühlte sich als Opfer von Terrys Charme.

„Tut mir Leid." Sie wischte sich einige Strähnen aus dem Gesicht, die ihrem Pferdeschwanz entwischt waren. „Ich muss furchtbar bitter klingen."

Er legte ihr eine Hand auf die Schulter. „Du musst dich nicht entschuldigen, ich fühle mich auch betrogen."

„Danke, Malone." Mit Tränen in den Augen bedeckte sie seine Hand mit ihrer. „Ich habe dich immer gemocht."

Lächelnd drückte er ihr die Hand und ließ sie los. „Ich habe dich auch immer gemocht, Penny."

Sie reckte kurz das Gesicht zum Himmel. Als sie ihn wieder ansah, sagte sie traurig: „Ich denke darüber nach, wieder nach Lafayette zu ziehen. Meine Familie ist dort, und es wäre besser für die Kinder."

Quentin nickte. „Das scheint mir eine gute Lösung zu sein. Wenn ich dir irgendwie helfen kann, melde dich."

„Werde ich." Sie lächelte. „Am Umzugstag brauche ich vielleicht noch einen starken Rücken."

„Einverstanden." Nach einer kleinen Pause sagte er: „Penny, ich muss dich etwas fragen, und ich brauche eine ehrliche Antwort. Es ist wichtig. Hatte Terry eine Affäre?"

Sie zögerte, und ein rosa Hauch überzog ihre Wangen. Als sie antwortete, wich sie seinem Blick aus. „Ich habe keine Beweise dafür, aber ich glaube, ja. Tief im Herzen weiß ich, dass er eine Affäre hatte." Mit tränenerstickter Stimme fügte sie hinzu: „Nach allem, was ich mit ihm durchgemacht habe, wollte ich nicht auch noch seine Untreue ertragen."

„Hast du ihn zur Rede gestellt?"

Sie schüttelte den Kopf. „Ich komme mir deshalb blöd vor, aber ich wollte es vielleicht nicht bestätigt bekommen. Genauso wenig hätte ich es ertragen, wenn er mich angelogen hätte." Sie seufzte. „Stattdessen habe ich ihn aufgefordert zu gehen."

„Penny, diese Sache ist wirklich wichtig. Glaubst du, du könntest Beweise für eine Affäre finden? Hotelrechnungen vielleicht oder Telefonauflistungen. Etwas in der Art?"

„Ich weiß nicht, ich könnte es versuchen. Aber wozu brauchst du das?"

„Ich brauche es. Kannst du mir einfach vertrauen?"

Sie konnte, und Minuten später war er wieder unterwegs. Als Nächstes fuhr er zu Ben Walkers Praxis. Wenn außer Penny jemand von einer Affäre wissen konnte, dann vermutlich sein Therapeut. Hoffentlich redete er.

Kurz vor Mittag kam er an der Praxis an, doch die Tür war verschlossen. Er ging über die Veranda zum Wohnhaus. Nachdem er geläutet und geklopft hatte, drehte er den Türknauf. Nicht verschlossen. Mit einem Blick über die Schulter drückte er die Tür weiter auf und trat ein.

Das Haus war durchwühlt worden: Möbel waren umgestürzt, Gemälde von den Wänden gerissen, Schubladen geleert.

Leise fluchend zog Quentin seine Waffe und ging von Zimmer zu Zimmer. Zerbrochenes Glas knirschte unter seinen Füßen. Aus dem hinteren Teil des Hauses hörte er ein Radio spielen.

Er erwartete, den Doktor als Leiche vorzufinden.

Quentin erreichte das Schlafzimmer im hinteren Teil des Hauses. Auch hier war alles durchwühlt, aber keine Spur von Ben Walker und auch kein Anzeichen, dass ihm etwas zugestoßen war.

Der Radiowecker lag auf dem Boden, das Gehäuse geborsten, doch er spielte noch. Quentin starrte darauf und versuchte, seine Gedanken zu ordnen. Offenbar war Terry wirklich nicht ihr Mann. Jedenfalls war er nicht der Patient, der Annas Leben bedrohte.

Das war jemand anders. Jemand, der seinen Plan zu Ende führte und alles eliminierte, was er nicht mehr benötigte, wie Ben Walker.

Ängstlich dachte Quentin an Anna und Jaye, deren Zeit abzulaufen drohte. Er brauchte Ben Walkers Akten, er brauchte die Patientennamen. Zur Hölle mit dem Dienstweg, er würde sie sich besorgen.

Er ging wieder nach nebenan und öffnete die Tür auf die altmodische Art, indem er ein Seitenfenster zerbrach und den Riegel zurückschob. Er schlüpfte ins Haus. Das Wartezimmer war unauffällig. Abgesehen vom Ticken einer Uhr war es totenstill und heiß. Ein säuerlicher Geruch hing in der Luft.

Er spürte, wie sich ihm das Nackenhaar sträubte. Mit gezogener Waffe ging er weiter. Gleich vor ihm lag eine geschlossene Tür. Er öffnete sie. Dahinter kam eine Art Wohnraum mit bequemen, im Kreis aufgestellten Sesseln zum Vorschein. Auch dieser Raum war intakt. Ebenso ein Bad und eine kleine Küche. Schließlich kam er zur letzten Tür. Verschlossen.

Walkers Büro. Volltreffer.

Er trat die Tür ein. Ein ekelerregender Gestank schlug ihm entgegen wie menschliche Exkremente und verdorbenes Essen. Auf dem Boden lag ein großer zerbrochener Spiegel, dessen Bruchlinien wie ein Spinnennetz aussahen. In die Mitte hatte jemand seine Gedärme entleert.

Grundgütiger, das wird ja immer besser!

Nach einem raschen Blick durch den Raum steckte er die Waffe ein und ging zum Aktenschrank. Die Schübe waren unverschlossen. Er zog sie nacheinander auf und suchte den Namen Adam Furst. Er fand die Akte Rick Richardson – Terrys Akte – und steckte sie ein.

Zeit, diesen Albtraum zu beenden. Ich muss Anna anrufen und sie warnen.

Ehe er dazu kam, meldete sich sein Pieper.

„Wir haben möglicherweise einen Mord", informierte ihn der Diensthabende, als er sich meldete. „Crestwood Pflegeheim. Eine unserer Zeugen, Louise Walker."

Quentin stockte schier das Blut in den Adern. „Ich bin unterwegs."

61. KAPITEL

*Mittwoch, 7. Februar,
12 Uhr 30.*

Am anderen Ende der Stadt kehrte Anna, beladen mit Obst und Gemüse vom Bauernmarkt und drei Tage alten Blumen aus der „Perfekten Rose", heim. Sie rief Alphonse und Mr. Bingle, die auf der anderen Straßenseite vor dem Haus saßen, einen Gruß zu und ging durch das Hoftor. Stirnrunzelnd bemerkte sie, dass die Haustür wieder mit einem Stein offen gehalten worden war.

Vermutlich von den Kindern aus der vierten Etage. Es waren Kinder, und sie erkannten die Gefahr nicht, aber man musste sie darauf aufmerksam machen. Entweder sie redete mit den Eltern, oder sie ließ Dalton das erledigen.

Besorgt dachte sie daran, wie gereizt und durcheinander Dalton heute gewesen war, als sie in der „Perfekten Rose" vorbeigeschaut hatte. Immer wieder hatte er auf die Uhr gesehen und ihr dieselbe Frage dreimal gestellt. Dann hatte er darauf bestanden, dass sie ein paar von den Sterling Rosen mitnahm. Von denen trennte er sich sonst nie.

Etwas war los mit ihm. Vielleicht hatte er mit Bill gestritten. Das war schon früher vorgekommen. Sie betrat das Gebäude. Flur und Treppenhaus waren eiskalt. Logisch bei der offenen Tür. Fröstelnd stieg sie die Treppe hinauf. Ihr blieb gerade genügend Zeit, ihre Einkäufe zu verstauen, die Blumen ins Wasser zu stellen und etwas zu essen, ehe sie Dalton in der „Perfekten Rose" helfen musste.

Sie schloss die Wohnungstür auf, trat ein und verlor keine Zeit. Die Blumen kamen ins Wasser, Obst in eine Schale auf der Kommode und das Gemüse in den Kühlschrank.

Den Arm voll, öffnete sie die Kühlschranktür – und ihr Herz setzte aus, das Gemüse fiel zu Boden.

Auf einem Dessertteller, unterlegt mit einem herzförmigen Papier, lag ein blutiger abgetrennter kleiner Finger.

Anna unterdrückte einen Aufschrei, legte eine Hand an die Brust und zwang sich zur Ruhe. Ein zweites Mal wollte sie nicht auf diesen ekelhaften Scherz hereinfallen.

Die Lippen zusammengepresst, beugte sie sich vor. Ein süßsäuerlicher Geruch entströmte dem Finger, natürlich und chemisch zugleich. Sie legte eine Hand über die Nase und sah, dass das Nagelbett bläulich angelaufen war. Das Blut um die verfärbte Schnittstelle war verkrustet.

Der Finger ist echt! Der Albtraum geht weiter!

Sie sprang zurück, und ihr Magen rebellierte. In dem Moment läutete das Telefon, und sie wandte sich ihm mit Herzklopfen zu. Das Licht, das eine Mitteilung anzeigte, blinkte auf. Es läutete wieder. Sie starrte mit einer dunklen Vorahnung darauf.

Nimm nicht ab! Ruf Malone an!

Es läutete ein drittes und ein viertes Mal.

Schließlich riss sie den Hörer hoch. „Ja?"

„Hallo, Harlow."

Ihre Knie gaben nach. Sie griff nach dem Tresen, um sich abzustützen.

Kurt!

Er lachte. „Kein freundliches Hallo für einen alten Freund?"

Sie schloss die Augen. „Was willst du?"

„Ein wenig Anerkennung vielleicht. Ich habe mir viel Mühe gegeben mit dem kleinen Geschenk."

Sie legte entsetzt eine Hand vor den Mund. *Lieber Gott, die arme Frau ...*

„Ich habe es für dich getan. Ich habe all das nur für dich getan."

Sie rang mühsam um Fassung. Er legte es darauf an, dass sie hysterisch zusammenbrach, doch den Triumph gönnte sie ihm nicht. „Warum hast du dich an den anderen vergriffen? Du wolltest mich. Warum hast du mich nicht einfach geholt?"

„Sicher, das hätte ich tun können. Aber jedem wundervollen Mahl geht ein Appetithappen voraus. Der erste Gang ist nur ein Gaumenkitzler vor dem Hauptgericht."

„Du bist krank."

Er schnalzte tadelnd mit der Zunge. „Das ist nicht nett von dir, liebe Harlow. Ich dachte, du hieltest mich für clever. Schließlich habe ich euch alle nach meiner Pfeife tanzen lassen: dich, die Polizei, Ben, sogar meine kleine Minnie."

„Was hast du mit Jaye gemacht?"

„Ich habe mich schon gefragt, wann du dich nach ihr erkundigst. Sie ist natürlich bei mir. Aber ich glaube, das wusstest du bereits."

„Ist sie ... ist sie ..."

„Am Leben?" Sie hörte an seiner Stimme, dass er lächelte. „Ja, ziemlich. Und ich vermute, du möchtest, dass es so bleibt."

„Da vermutest du richtig."

Er schwieg eine Weile. Als er wieder sprach, hörte sie an seinem gereizten Ton, dass ihm ihre Haltung nicht gefiel. Offenbar hatte er nicht erwartet, dass sie mutig war. „Hast du aus den Fehlern deiner Eltern gelernt, Harlow?"

„Ich weiß nicht, was du meinst."

„Spiel nicht die Dumme. Du weißt genau, was ich meine."

„Was willst du?"

„Wenn du die Behörden einschaltest, wird Jaye sterben. Und wenn du meinen Anweisungen nicht haargenau folgst, stirbt sie auch. Kapiert?"

Benommen vor Angst umklammerte sie den Hörer. „Ja", erwiderte sie scheinbar ruhig. „Aber ich habe dir nichts zu bieten, kein Lösegeld, keine Juwelen. Ich besitze nichts ..."

„Ich will dich, meine Liebe. Der Preis für Jaye Arcenaux ist das Leben von Harlow Anastasia Grail."

62. KAPITEL

Mittwoch, 7. Februar,
12 Uhr 45.

Anna legte den Hörer auf, schnappte sich ihre Tasche und rannte zur Tür. Es kam ihr gar nicht in den Sinn, sich Kurt zu widersetzen, obwohl sie wusste, dass er sie umbringen wollte. Sie tauschte ihr Leben gegen Jayes, ein Handel, den sie bereitwillig abschloss. Das hier war eine Sache zwischen Kurt und ihr; Jaye war ein unbeteiligtes Opfer.

Letztlich schloss sich der Kreis.

Anna sah auf ihre Uhr. Ihr blieb nicht viel Zeit. Kurt hatte ihr nur zwanzig Minuten bis zu ihrem ersten Stopp gelassen, ein Münzfernsprecher an der Shellstation der Interstate 10, West Expressway in Metairie. Falls sie sich verspätete, hatte er gewarnt, würde Jaye den Preis zahlen.

Einen Finger. Ihren rechten kleinen Finger. Er hatte zehn Stopps eingeplant, alle zeitlich eng bemessen. Einen für jeden Finger ihrer Freundin.

Ich werde mich nicht verspäten, schwor sie sich und verließ ihre Wohnung. Als sie ihre Tür abschließen wollte, hätte sie fast hysterisch gelacht. Was machte es schon, wenn sie ausgeraubt wurde? In wenigen Stunden war sie vermutlich tot.

Sie ließ die Tür unverschlossen und rannte die Treppe hinunter, sich jeder verstreichenden Sekunde bewusst. Unten stieß sie mit Bill zusammen, der sie auffing und festhielt.

„He, Anna, wo brennts?"

„Lass mich los!" Sie entwand sich ihm. „Ich muss weiter."

„Warte!" Bill hielt sie besorgt am Arm fest. „Mein Gott, Anna, was ist los, was ist pas..."

„Bitte ... Jaye braucht mich! Ich darf mich nicht verspäten. Er tut ihr sonst was an. Er bringt sie um!"

Bill wurde bleich. „Ich rufe die Polizei."

Diesmal hielt sie ihn fest. „Nein! Das darfst du nicht! Er bringt sie um! Versprich mir, dass du das nicht tust!"

„Ich kann nicht ... ich ..."

„Es wird alles gut. Bitte, tu es für Jaye."

„Okay, Anna, ich verspreche, ich ..."

„Danke." Sie stellte sich auf die Zehenspitzen und drückte ihm einen Kuss auf die Wange. „Sag Dalton, dass ich mich verabschiedet habe."

63. KAPITEL

Mittwoch, 7. Februar,
12 Uhr 50.

Quentin blickte auf Louise Walkers im Tode erstarrtes Gesicht. Offenbar war sie erstickt worden. Nach der Leichenstarre zu urteilen, war der Tod vor etwa 6 bis 8 Stunden eingetreten. Das hieß, sie war in der letzten Nacht ermordet worden. Die Schwestern hatten den Tod erst nach dem Frühstück entdeckt. Zunächst hatte man unterstellt, sie habe lediglich länger geschlafen. Dann hatten sie vermutet, sie sei im Schlaf einem Herzschlag erlegen.

Blut und andere Partikel unter ihren Fingernägeln deuteten jedoch auf etwas anderes hin.

„Er hat wahrscheinlich eines ihrer Kissen benutzt", bemerkte Quentin leise und richtete sich auf. „Sie hat sich kratzend gewehrt. Nach der Materie unter ihren Fingernägeln zu urteilen, muss er ziemlich zerkratzt aussehen." Er drehte sich zum nächsten Officer um. „Sorgen Sie dafür, dass die Spurensicherung die Nägel an beiden Händen säubert. Ich will alles im Labor haben." Dann wandte er sich an die beiden Schwestern, die sich in den Türrahmen drängten. Die eine hatte Nachtschicht gehabt, die andere hatte heute Morgen Louises Tod bemerkt. „Haben Sie ihren Sohn benachrichtigt?"

Die Schwester von der Morgenschicht antwortete: „Wir haben es versucht. Wir ... ich habe angerufen und mehrere Nachrichten auf seinem Anrufbeantworter hinterlassen, privat und in seiner Praxis."

Quentin nickte. Er erwartete nicht, dass Ben Walker die Anrufe beantwortete, doch das behielt er für sich. Im Augenblick war die Spurensicherung im Haus des Doktors, besah sich die Zerstörungen und suchte nach Hinweisen.

„Wer kann das getan haben?" fragte die eine Schwester weinend. „Wie ist der Täter hereingekommen und warum sie? Sie war nur eine liebe alte Lady."

Warum sie? Jemand macht klar Schiff und verwischt Spuren, von denen eine zu Louise Walker führt.

„Wir finden das heraus, das verspreche ich Ihnen. Hatte Mrs. Walker gestern Abend unerwarteten Besuch?"

Sie schüttelte den Kopf. „Nein."

„Ist Ihnen jemand verdächtig vorgekommen im Haus? War jemand Fremdes da, den Sie von früheren Besuchen nicht kannten?"

Die Nachtschwester schüttelte wieder den Kopf. „Nichts dergleichen, es war eine ruhige Nacht."

Quentin furchte die Stirn. „Gar keine Besucher?"

Die Schwester zögerte. „Ihr Sohn war natürlich da, aber sonst niemand."

Quentin merkte auf. „Ben Walker war hier? Um welche Zeit?"

„Ziemlich spät. Nach der Besuchszeit, aber ich habe ihn trotzdem hereingelassen. Er war mehrere Stunden hier und ging, nachdem seine Mutter eingeschlafen war."

Das heißt, Ben Walker ist der Letzte, der seine Mutter lebend gesehen hat. Verdammt!

Sein Puls schlug schneller, als ihm eine Ahnung kam. Er dachte plötzlich an das Foto von Anna und Ben im Café du Monde. „Sind Sie sicher, dass es ihr Sohn war?"

Die Schwester errötete leicht. „Ja sich... na ja, ich denke. Er benahm sich seltsam, nicht wie er selbst. Aber ich dachte, er hatte einen schlechten Tag. Keiner ist ständig gut drauf."

Die Antwort überraschte und verwirrte ihn. Er hatte in der Erwartung gefragt, dass sie es bestätigen würde. Mit ihren Zweifeln hatte er nicht gerechnet. Also sah Adam Ben so ähnlich, dass die beiden verwechselt werden konnten ... oder es war ein und dieselbe Person!

Quentin hatte Mühe, die weitreichenden Konsequenzen dieses Gedankens zu erfassen. Was hatte Louise Walker neulich gesagt? Sie hatte Adam als den Bösen bezeichnet. Den Teufel selbst.

„Ich möchte das Eintragungsbuch sehen." Während eine Schwester loslief, es zu holen, befragte er die andere. „Wissen Sie, ob Louise Walker noch einen Sohn hat?"

„Nicht, dass ich wüsste. Sie hat nie einen erwähnt, und das einzige Familienbild, das ich kenne, zeigte sie mit Ben."

Die Schwester kehrte mit dem Eintragungsbuch zurück und gab es ihm. Quentin sah am letzten Abend nur den Namen Ben bei Louise eingetragen, er blätterte zurück, bis er den Namen des Doktors wiederfand.

Die Unterschriften sind verschieden. Heilige Mutter Gottes, das ist es!

Quentin ging zur Tür und sah den anderen Officer an. „Informieren Sie Captain O'Shay. Und ich brauche so schnell wie möglich die Detectives Johnson und Walden. Ich bin über Handy und Pieper zu erreichen."

Der Officer fragte verwirrt: „Und wohin soll ich die schicken?"

„Zur Wohnung von Anna North. Der Täter verwischt Spuren, ehe er sich der eigentlichen Tat zuwendet. Ich vermute, die letzte Spur führte zu Louise Walker."

Sechs Minuten später hielt Quentin mit quietschenden Rädern vor Annas Haus. Unterwegs hatte er ein Dutzend Mal versucht, sie zu erreichen, in ihrer Wohnung und in der „Perfekten Rose" und hatte jeweils auf den Anrufbeantworter gesprochen.

Er wollte nicht darüber nachdenken, was es bedeutete, dass sie nicht da war. Er musste einen kühlen Kopf bewahren.

Er sprang eilig aus dem Bronco und lief schnell mit gezogener Waffe auf das Haus zu.

„Detective!"

Er drehte sich in die Richtung des Rufers. Alphonse Badeaux eilte gestikulierend über die Straße. Mr. Bingle trabte neben ihm her.

Quentin steckte die Waffe ins Holster und winkte ab. „Alphonse, ich habe keine Zeit ..."

„Es geht um Miss Anna! Ich fürchte, es ist ihr etwas Schlimmes zugestoßen." Er erreichte den Gehsteig. „Dieser Mann war heute Morgen hier! Ich habe ihn gesehen und ... ich hätte etwas unternehmen müssen. Ich hätte sie warnen müssen."

„Welcher Mann? Wer war hier?"

Er holte mühsam Atem. „Der wie Dr. Walker aussieht."

Quentin sah ihn forschend an. „Was meinen Sie damit, er sah aus wie Dr. Walker?"

„Er war schon mal hier. Zuerst dachte ich, es sei Annas Freund, der Doktor. Aber heute habe ich ihn mir genau angesehen. Er ging ins Haus, deshalb bin ich auf einen Schwatz rübergekommen. Ich wollte ihm sagen, dass Miss Anna auf den Bauernmarkt gegangen war. Er begegnete mir gleich hier. Er sah mich an, und es lief mir kalt den Rücken runter. Wissen Sie, was ich meine?"

Quentin wusste es. Und er wollte sich nicht vorstellen, dass Anna bei ihm war. Nach einem kurzen Blick zu ihrer Wohnung forderte er Alphonse auf: „Fahren Sie fort."

„Er hatte diese, diese Risse auf dem Handrücken. Sahen übel aus. Als hätte ihn jemand ..."

„Gekratzt?"

Alphonse nickte. „Etwas stimmt nicht mit dem. Seine Augen waren ... leer."

„Und es war nicht Ben Walker? Da sind Sie sicher?"

Alphonses Miene verfinsterte sich. „Bin ich mir nicht, aber ... er kann es nicht gewesen sein. Mr. Bingle mochte den Doc, aber diesen Mann ließ er nicht an sich heran. Er knurrte böse und wich zurück. Als wäre der Mann der Teufel selbst."

Nachdem er Alphonse geraten hatte, wieder ins Haus zu gehen und dort zu bleiben, eilte er mit gezogener Waffe hinauf in Annas Wohnung. Das Herz blieb ihm fast stehen, als er sah, dass die Tür einen Spalt offen stand. Er schob sie mit dem Lauf seiner Waffe weiter auf. „Anna? Anna, ich bin es, Quentin!"

Ein schlurfendes Geräusch kam aus der Küche, und er drehte sich in die Richtung. „Kommen Sie mit erhobenen Händen heraus, damit ich Sie sehen kann! Ich habe eine Waffe und werde sie benutzen!"

Dalton und Bill erschienen in der Küchentür, die Hände über den Köpfen. „Nicht schießen!" baten sie wie aus einem Mund. „Wir sind es nur."

„Wo ist sie? Wo ist Anna?"

„Wir haben versucht, Sie anzurufen ..."

„Man sagte uns, Sie wären im Einsatz. Wir wussten nicht, was wir tun sollten."

„Ich habe sie vorhin noch gesehen, aber ich war abgelenkt ...", erzählte Dalton zerknirscht. „Ich hatte mich mit Bill gestritten. Anna schien es gut zu gehen, und jetzt ist sie weg. Bill hat vergeblich versucht, sie aufzuhalten."

„Sie ist weg?" wiederholte Quentin, und eine eisige Angst erfasste ihn. Er steckte seine Waffe ein. „Wohin weg?"

„Ich weiß nicht", erklärte Bill. „Sie redete verrücktes Zeug. Sie sagte, Jaye sei in Gefahr. Er würde Jaye etwas antun, sie sogar umbringen, wenn sie nicht ginge. Sie müsse sich genau an seine Anweisungen halten. Und dann musste ich ihr versprechen, Sie nicht anzurufen."

„Er hat es aber trotzdem getan", betonte Dalton. „Ich habe ihn dazu überredet."

Oh mein Gott, ich komme zu spät!

„Sie hat ihre Wohnung nicht abgeschlossen." Bills Stimme bebte. „Wir hätten nicht hereinkommen sollen, aber ..."

Dalton ergriff das Wort. „Da ist etwas, das Sie sehen sollten. Er hat ihr wieder einen Finger dagelassen, aber diesmal sieht er echt aus."

Er war echt. Quentin betrachtete entsetzt den abgetrennten Finger, der vermutlich von Jessica Jackson stammte. Offenbar war er in Formaldehyd gelagert worden.

Quentin drückte die Handballen auf die Augen.

Alles passte, alles hing miteinander zusammen. Der Bastard benutzte Jaye als Köder für Anna, weil er wusste, dass sie alles tun würde, um das Mädchen zu retten. Das Ganze war ein einziger großer ausgeklügelter Plan.

Er ließ die Hände sinken und überlegte fieberhaft, was er tun konnte. Die Spurensicherung war im Pflegeheim und bei Ben Walker gewesen.

Er gab die Nummer des letzten Telefonanrufers bei Anna durch und wartete ungeduldig auf die Identifizierung. Jede verstreichende Minute brachte Anna näher zu diesem Wahnsinnigen.

Endlich klingelte sein Handy. Es war Johnson. „Was gibts?"

„Die Telefonnummer ist auf Adam Furst eingetragen."

„Adresse?"

Es war die Anschrift in Madisonville, die er bereits mit Anna besucht hatte. „Das bringt nichts, wir waren schon dort. Er ist vor Wochen ausgezogen."

„Ich habe noch was, Malone. Die Polizei von Atlanta meldete im Frühsommer letzten Jahres ähnliche Fälle wie bei uns. Zwei Frauen wurden ermordet, nachdem sie abends tanzen waren. Keine Festnahmen, keine Verdächtigen."

„Und beide hatten rote Haare."

„Du hast es erfasst. Und rate, wer zu dieser Zeit in Atlanta lebte?"

„Dr. Benjamin Walker."

„Bingo."

Quentin zog die Stirn in Falten. *Mit wem haben wir es hier zu tun? Mit ein und derselben Person oder mit Doppelgängern?* „Johnson, du musst etwas für mich tun. Lass das Foto von Ben Walker und Anna North im Café du Monde auf Echtheit überprüfen."

„Sicher. Woran denkst du?"

„Dass es schwer für Ben gewesen sein dürfte, sich selbst mit Anna zu fotografieren. Wir könnten es mit einem Doppelgänger zu tun haben."

„Ein Szenario guter Zwilling, böser Zwilling?"

„Ja, vielleicht."

„Ich mache mich gleich an die Arbeit. Hier ist Captain O'Shay für dich."

Seine Tante kam hörbar aufgeregt an den Apparat. „Es kam gerade ein Anruf für dich. Ein Mädchen, sie schluchzte und sagte, es sei ein Notfall, du müsstest ihr helfen, er würde Anna und Jaye etwas antun. Ich musste ihr versprechen, die Botschaft an dich weiterzuleiten."

In wachsender Sorge umfasste Quentin den Hörer fester. „Hat sie dir einen Namen genannt?"

„Sie sagte, sie heiße Minnie. Klingt das vertraut?"

Sie wusste, dass es so war. „Wo war sie?"

„An einer Tankstelle in einem Bootshafen. Sie konnte nicht sagen, wo, aber sie gab uns die Nummer des Münzfernsprechers. Sie ist in Manchac, Malone."

„Manchac, Louisiana? Das Fischerdorf, Richtung Hammond?"

„Genau das."

Er sah auf seine Uhr, schätzte Annas Ankunftszeit ab und seine eigene und lief zur Tür. „Hast du eine Ahnung, wie der Geschwindigkeitsrekord vom French Quarter nach Manchac steht?"

„Keine, Malone, aber brich ihn."

64. KAPITEL

*Mittwoch, 7. Februar,
15 Uhr 15.*

Nachdem sie an fast einem Dutzend Orten weitere Anweisungen von Kurt erhalten hatte, erreichte Anna ihr Ziel – ein Anglercamp in Manchac, einem kleinen Ort, eine Stunde nördlich von New Orleans. Am Lake Maurepas gelegen, umgeben von Sümpfen, gab es hier vor allem Krabbenfischer und eine Reihe rustikaler Jagd- und Anglercamps.

Laut Anweisung hatte sie den Wagen am Ende einer Lehmpiste abgestellt, etwa eine Meile nach dem letzten Zeichen der Zivilisation, Smileys Service Station und Yachthafen. Ebenfalls laut Anweisung hatte sie den Schlüssel stecken lassen und war zu Fuß weitergegangen.

Das ist es, dachte sie fröstelnd, das Ende der Fahnenstange. Nach dreiundzwanzig Jahren stehe ich meiner Vergangenheit gegenüber.

Sie blickte zurück. Ihr Wagen war schon nicht mehr zu sehen. Tief durchatmend gestattete sie sich einen Moment Angst, aber nur kurz. Sie rieb sich die feuchten Handflächen an den Schenkeln. Kurt wollte sie in Angst versetzen und sie in Panik um Gnade flehen sehen. Sie war hier, um Jaye zu retten, das würde sie tun. Die Genugtuung, ihren Zusammenbruch zu erleben, verschaffte sie ihm nicht.

Sie schaute sich um. Abgesehen vom Wasserweg, war die Straße die einzige Möglichkeit, in die Sümpfe und wieder hinaus zu gelangen. Abseits der Straße stand sie vermutlich knietief in Schlangen, Alligatoren und Gott weiß was sonst noch für Getier.

Schaudernd rieb sie sich die Arme. Kurt hatte alle Vorkehrungen getroffen, dass sie ihm ausgeliefert war. Welche Garantie hatte sie überhaupt, dass er sein Wort hielt und Jaye gehen ließ, wenn sie zu ihm kam?

Sie verstand plötzlich, wie qualvoll es für ihre Eltern damals gewesen war, die richtige Entscheidung zu treffen. Sie hatten sich nicht aus Angst um ihr Geld an die Polizei gewandt, sondern weil sie hofften, dass ihre Tochter so die größte Überlebenschance hatte.

Diese Erkenntnis ließ eine kleine Wunde in ihrem Herzen heilen. Insgeheim hatte sie sich immer gefragt, ob ihren Eltern das Geld wichtiger gewesen war als die eigene Tochter.

Mit Timmys Ermordung und dem Verlust des Fingers hatte sie erlebt, was geschah, wenn man sich Kurt widersetzte.

Seinen Anweisungen zu folgen, bot Jaye die beste Überlebenschance. *Mir bleibt keine andere Wahl.* Mit dieser Überzeugung ging sie weiter. Bald erhob sich ein Gebäude vor ihr. Wie die meisten Hütten in den Sümpfen und Bayous war dieses auf Pfählen gebaut, sehr rustikal, mit einer provisorischen Veranda und Fliegendraht als Fenster.

Beklommen stieg Anna die wackeligen Eingangsstufen hinauf zur Tür und schob sie vorsichtig auf. Der Raum war leer bis auf einen großen Karton in der Mitte.

Ein sargähnlicher Karton. *Lieber Gott, nein!* Eine Hand vor dem Mund, trat sie zögernd näher, öffnete vorsichtig die Klappen und sah hinein.

Jaye lag zusammengefaltet darin, geknebelt und an Händen und Füßen gefesselt. „Jaye!" flüsterte sie. Ihre Freundin regte sich nicht. Anna beugte sich hinunter und berührte sie. Ihre Haut war warm. Ihre Brust hob und senkte sich in flacher Atmung. *Gott sei Dank, sie lebt.*

Jaye bewegte sich leicht und stieß ein leises Stöhnen aus.

„Jaye", sagte Anna wieder, rüttelte sie und löste ihr Knebel und Fesselung. „Wach auf. Bitte! Wir müssen fliehen."

Jaye schlug die Augen auf und starrte Anna einen Moment entsetzt an. Mit dem Erkennen schwand ihre Angst, und ihre Augen füllten sich mit Tränen der Erleichterung.

Anna lächelte schwach, die Augen feucht. „Ich muss dich hier rausbringen", sagte sie leise, aber eindringlich. „Komm, zusammen schaffen wir das." Sie half ihr heraus.

„Ich dachte, ich würde dich nie wiedersehen!" schluchzte Jaye. „Es war so schrecklich, ich hatte solche Angst."

„Ich weiß, Liebes." Anna drückte sie kurz und strich ihr beruhigend über Haar und Rücken, um sich zu vergewissern, dass sie unverletzt war. „Ich hatte schreckliche Angst um dich. Ich wusste, dass du nicht weggelaufen warst."

„Ist die Polizei da? Haben sie ..."

„Keine Polizei. Ich bin allein."

Jaye riss die Augen auf. „Aber sie haben ihn doch geschnappt, oder?"

„Nein." Anna drückte ihr die Hände. „Er drohte, dich umzubringen, wenn ich nicht allein komme oder die Polizei einschalte."

„Nein!" stöhnte Jaye auf. „Er wird uns nicht entkommen lassen. Er hasst dich, Anna. Ich weiß nicht, warum, aber ..."

„Ich schon. Er ist der Mann, der mich vor dreiundzwanzig Jahren entführt hat. Er will zu Ende bringen, was er damals angefangen hat." Sie holte zittrig Atem. „Tut mir schrecklich Leid, dass du in diese Sache hineingezogen wurdest. Ich bringe dich hier raus."

Sie zog Jaye an der Hand. „Mein Wagen steht eine Meile von hier die Straße hinunter. Weiter unten ist eine Service Station. Wir können es schaffen, Jaye."

„Nicht ohne Minnie. Ich kann sie nicht allein lassen."

„Wo ist sie?"

„Ich weiß nicht. Ich dachte ... wir haben nicht miteinander gesprochen, seit er uns weggebracht hat."

„Sehen wir nach. Wenn sie hier ist, finden wir sie."

Doch auch in den anderen beiden Räumen der Hütte gab es kein Anzeichen, dass das Mädchen hier gewesen war.

Jaye begann zu weinen. „Was hat er mit ihr gemacht, Anna? Ich kann nicht ohne sie gehen."

Von der Rückseite des Hauses kam das Geräusch eines Außenbordmotors. Anna packte Jaye bei den Schultern und sah ihr fest in die Augen. „Sie hat mit dieser Sache nichts zu tun, Jaye. Er wollte mich haben, und deshalb benutzte er dich als Köder. Aber Minnie ist schon lange bei ihm. Er hat sie irgendwo versteckt, doch ihr droht keine Gefahr. Wenn wir die Polizei alarmieren, wird man sie finden. Bitte", drängte sie und packte fester zu, während das Motorengeräusch näher kam, „wir müssen fliehen. Wir können ihr nur helfen, wenn wir zur Polizei gehen."

Das Motorengeräusch verstummte. Gleich darauf hörte Anna Schritte auf dem Anlegesteg. Sie nahm Jaye bei der Hand, und sie sprinteten zur Tür hinaus und die Stufen hinunter. Jaye hatte Mühe mitzukommen und strauchelte. Anna fing sie auf.

Ein hoher schriller Schrei durchdrang die Stille. Jaye blieb stehen und drehte sich zur Hütte um. „Minnie? Minnie!"

„Lauf, Jaye!" rief ein Mädchen. „Bleib nicht stehen. Lauf zur Straße! Die Polizei kommt, ich habe sie angerufen, ich ..."

Die Worte endeten abrupt, als habe man das Kind gewaltsam zum Schweigen gebracht. Mit einem leisen Aufschrei wollte Jaye zur Hütte laufen.

Anna hielt sie am Arm zurück. „Jaye, nein! Du kannst nicht ..."

„Ich kann sie nicht zurücklassen!" Sie riss sich von Anna los und lief weiter.

Anna holte sie mühelos ein. „Ich gehe zurück. Nicht du, Jaye. Lauf zur Straße."

„Aber ich habe versprochen, sie nicht allein zu lassen!" Tränen liefen Jaye über das Gesicht. „Wir haben uns versprochen, dass wir ..."

„Ich gehe. Ich werde verhindern, dass er ihr etwas tut. Er will mich, Jaye, nicht dich. Hol die Polizei. Es ist unsere einzige Chance."

Jaye zögerte einen Moment und nickte. Anna umarmte sie, Tränen in den Augen. „Ich hab dich lieb, Jaye. Sei vorsichtig. Versprich mir das."

Jaye drückte sie fest. „Ich verspreche es. Sei du auch vorsichtig."

Anna musste sich zwingen, sie loszulassen. „Geh", sagte sie und gab ihr einen sanften Schubs. „Hol die Polizei."

Sobald sie sich trennten, ging Anna nach einem letzten Blick über die Schulter auf die Hütte zu. Sie betete, dass Jaye die Flucht gelang, Minnie gerettet wurde und sie selbst die Kraft hatte, das alles durchzustehen. Ihre Angst war fast nicht mehr zu ertragen.

Mit heftigem Herzklopfen stieg sie die Stufen wieder hinauf, obwohl ihr Instinkt sie zur Flucht drängte. Da sie jedoch wusste, wie es war, auf Gedeih und Verderb einem Verrückten ausgeliefert zu sein, konnte sie Minnie unmöglich im Stich lassen.

Sie drückte die Tür wieder auf und trat ein. Als sie sah, dass der Raum leer war, machte sie noch einen Schritt.

Die Tür fiel hinter ihr ins Schloss.

„Hallo, Harlow. Willkommen in deinem Albtraum."

Sie fuhr herum und stieß fassungslos einen kleinen Schrei aus. Sie hatte erwartet, Kurt zu sehen, stattdessen stand sie Ben Walker gegenüber. Und er hatte eine Waffe.

Sie schüttelte schockiert den Kopf. Das konnte nicht sein. Nicht der nette, lustige Ben.

Er richtete die Waffe auf ihre Brust. „Ich sehe an deinem Ausdruck, dass du jemand anders erwartet hast. Jemand namens Kurt."

Sie wollte antworten, doch es hatte ihr die Stimme verschlagen.

„Ich denke, eine förmliche Vorstellung wäre angebracht." Er verzog die Lippen zu einem obszönen Lächeln. „Adam Furst, zu deinen Diensten."

Um Fassung bemüht, fragte sie mit schwankender Stimme: „Hinter allem, was geschehen ist, hast du gesteckt, Ben?"

„Ben? Diese Memme? Dieser Niemand?" Er schnaubte verächtlich. „‚Ich hätte mich in dich verlieben können, Anna'", äffte er Ben nach. „‚Und ich dachte, du liebst mich auch'. Der macht mich krank!"

Anna befeuchtete sich die Lippen, richtete den Blick kurz auf die Waffe und sah ihm wieder ins Gesicht. Bei genauem Hinsehen entdeckte sie Unterschiede zwischen ihm und Ben. Adams Gesichtszüge waren härter, die Augen kälter. Auch seine Körperhaltung war anders. Das hier war ein zorniger, aggressiver Mann.

„Sie und Ben sind Zwillinge?"

Seine Lippen wurden schmal vor Wut. „Dummes Luder, mach den Fehler nicht noch mal! Ich habe mit Ben nichts zu schaffen. Wir sind uns nicht ähnlich. Kein bisschen!"

Sie wich einen Schritt zurück. „Wo ist Minnie? Was haben Sie mit ihr gemacht?"

Selbstgefällig erklärte er: „Unsere kleine Minnie ist zwar die meiste Zeit eine Landplage, aber diesmal war sie ganz nützlich. Haben dir ihre Briefe gefallen?"

„Sie hat sie auf Ihre Veranlassung hin geschrieben?"

„Ja."

„Sie haben die Videobänder an meine Familie und Freunde geschickt? Sie haben Jaye entführt. Und Sie haben ... diese anderen Frauen umgebracht."

„Ja und nochmals ja. Genial, ich weiß."

Er ist stolz auf sich. „Nein, nicht genial. Krankhaft." Sie ballte die Hände. „Sie sind gestört und bösartig. Sie tun mir Leid."

Sein Gesicht wurde rot vor Zorn. Offenbar hatte sie einen empfindlichen Nerv getroffen. Angstvoll wich sie noch einen Schritt zurück.

„Das hat er auch gesagt, dieser Bastard! Jetzt ist er tot!"

„Dann bringen Sie mich auch um", forderte sie ihn scheinbar furchtlos heraus. „Bringen Sie es hinter sich."

„Ein schneller Tod? Das gefällt mir nicht, Harlow. Das wäre nicht gut genug für dich."

„Sie wollen, dass ich leide und Angst habe."

„Das ist richtig." Mit hassverzerrter Miene kam er auf sie zu. „Du sollst leiden. Ehe es vorbei ist, sollst du dir wünschen, tot zu sein, wie ich es mir gewünscht habe."

Hinter ihm ging die Tür auf. *Die Polizei! Jaye hat es geschafft!* Anna ließ ihn nicht aus den Augen, um ihm nicht durch einen Hoffnungsschimmer im Blick zu verraten, was hinter ihm vorging. „Aber warum?" fragte sie und wich weiter zurück. „Warum hassen Sie mich so sehr? Was habe ich Ihnen getan?"

„Luder. Verräterin!" Er spie die Worte geradezu aus. „Du hast keine Ahnung, was richtige Angst ist, wenn du nachts im Bett liegst und wartest, dass er kommt. Denn er kommt bestimmt. Er kommt immer. Manchmal, um mich körperlich zu quälen. Manchmal, um Sex zu haben. Manchmal auch nur, um meine Tränen und das Betteln um Gnade zu sehen. Es ist ein Spiel, weißt du? Unser Schmerz, unsere Erniedrigung ist sein Vergnügen. Je größer der Schmerz, desto größer das Vergnügen."

Entsetzt über seine Erlebnisse, die er vermutlich in der Kindheit hatte, flüsterte sie: „Das tut mir Leid. Wirklich. Aber ich weiß nicht, was ich damit zu tun habe."

„Ich habe das für ihn auf mich genommen", fuhr er fort, als hätte sie nichts gesagt. „Für alle. Deinetwegen. Deinetwegen und wegen der alten Hexe ..."

Hinter ihm flog die Tür auf. Doch da kam nicht die Polizei, wie Anna enttäuscht feststellte, sondern Jaye. Sie war nicht weggelaufen und hatte keine Hilfe geholt.

Sie sprang Adam von hinten an, klammerte sich an seinem Rücken fest und bohrte ihm die Nägel in die Schultern. Er heulte auf, strauchelte, und die Waffe fiel zu Boden.

Anna bückte sich danach, doch er stieß sie weg. Mit einer Drehung zur Seite befreite er sich von Jaye. Sie fiel nach hinten und schlug mit dem Kopf gegen die Wand.

„Jaye!" schrie Anna auf und wollte zu ihr.

„Ich bin okay. Die Waffe!"

Anna langte danach, doch zu spät. Adam erwischte sie zuerst und bedrohte sie damit.

Jaye warf sich noch einmal auf ihn. „Was haben Sie mit Minnie gemacht?" schrie sie. „Wenn Sie ihr was getan haben ..."

Diesmal konnte sie sich nicht an ihm festklammern. Er fing sie ab und presste sie an sich. Sie wehrte sich, trat und schimpfte: „Wenn Sie ihr was getan haben, bringe ich Sie um, das schwöre ich!"

Adam lachte. „Das sehe ich. Ich habe wirklich Angst."

„Minnie!" schrie sie. „Minnie, wo bist du?"

Plötzlich ließ er Jaye los. Ein heftiges Zittern durchlief ihn. Er wandte kurz den Blick ab, und als er sie wieder ansah, stockte Anna der Atem. Sein Gesicht veränderte sich und wirkte weicher, offener und jünger. Er schlang die Arme um sich, als versuche er sich so klein wie möglich zu machen. „Ich bin hier, Jaye", sagte er in mädchenhaftem Flüstern. „Er hat mir nichts getan."

Anna erstarrte, und Jaye wich schockiert zurück. „Mi... Minnie?"

Adam streckte die Hand aus, die Waffe baumelte herab. Die Augen voller Tränen, sagte er mit Kinderstimme: „Du kannst stolz auf mich sein, Jaye. Ich hatte große Angst, aber ich habe es getan. Ich habe Detective Malone angerufen, der, von dem Ben mir erzählt hat. Er kommt mit der Polizei, er ..."

Wieder ließ ein Zittern Adams Körper erbeben. Zugleich verwandelte er sich erneut. Gesicht und Haltung änderten sich. An Stelle von Weichheit und Unsicherheit traten Wut und Hass.

Anna konnte kaum glauben, was sie sah. Sie blickte Jaye an, die mit entsetzt geweiteten Augen auf dem Boden saß, den Rücken gegen die Wand gepresst.

Adam und Minnie sind ein und dieselbe Person! Aber wie kann das sein?

„Fährst du gern mit dem Boot, Harlow? Oder hast du Angst vor Wasser? Früher hattest du, vor langer Zeit. Erinnerst du dich? Du hattest Angst vor den schleimigen, glitschigen Tieren aus der Tiefe."

Vor langer Zeit hatte sie tatsächlich Angst vor Wasser gehabt. Aber woher wusste er das? „Ich weiß nicht, wovon Sie reden."

Er grinste bösartig. „Lügnerin."

„Steh auf!" befahl er Jaye mit einem Seitenblick. „Wir drei machen einen kleinen Ausflug."

„Nein!" Anna machte mit ausgestreckter Hand einen Schritt auf ihn zu. „Bitte, lassen Sie sie gehen. Sie hat nichts damit zu tun."

„So wie wir nichts mit dir zu tun hatten? Sie kommt mit."

„Bitte, Sie haben es versprochen", beharrte sie verzweifelt. „Wenn ich Ihren Anweisungen folge, wollten Sie sie gehen lassen."

„So ist das mit den Versprechungen, Prinzessin. Sie sind nur so gut wie die Person, die sie macht. Gerade du solltest das wissen."

„Ich verstehe nicht. Warum tun Sie das?"

„Wäre es dir lieber, ich würde sie gleich erschießen?" Er richtete die Waffe auf Jaye. „Ich habe kein Problem damit."

„Nein!" Anna warf sich schützend vor Jaye. Er drückte ab. Der Schuss hallte durch die Hütte. Die Kugel pfiff an ihrem Kopf vorbei und traf die splitternde Wand.

„Also los", befahl er leise. „Zeit zu gehen."

65. KAPITEL

Mittwoch, 7. Februar,
15 Uhr 45.

Minnies Anruf war von Smileys Yachthafen, kurz hinter der alten Manchac Brücke gekommen. Nur noch wenige Minuten. Quentin streckte die Finger am Lenkrad. Er hatte es in weniger als einer halben Stunde hierher geschafft, doch das war ihm wie eine Ewigkeit vorgekommen.

Captain O'Shay hatte ihm unterwegs Anweisungen gegeben, wie er fahren musste, und hatte die örtliche Polizei informiert. Man erwartete ihn dort bereits. Ehe sie aufgelegt hatte, war Johnson von der Fotoüberprüfung zurückgekehrt. Die Aufnahme war mit dem Computer aus mehreren Fotos zusammenmontiert worden.

Quentin stieß eine leise Verwünschung aus. Ben hatte das Foto gemacht, um den Verdacht von sich abzulenken. Warum war er nicht eher darauf gekommen?

Als er bei Smiley ankam, wartete die örtliche Polizei bereits auf ihn. Quentin stieg aus und ging auf den nächsten Officer zu. „Detective Quentin Malone, NOPD."

„Davy Pierce, Deputy Sheriff." Sie gaben sich die Hand. „Ihr Captain hat uns informiert. Wir werden Ihnen auf jede erdenkliche Weise helfen."

„Danke, Deputy Pierce."

Der Mann lächelte. „Nennen Sie mich Davy. Wir sind hier draußen nicht so förmlich."

Quentin erwiderte das Lächeln flüchtig. „Ja, gern. Was haben Sie bisher?"

„Nicht viel. Wir haben den Wagen von Anna North eine Meile

die Straße hinauf gefunden. Keine Spur von ihr, die Schlüssel steckten."

„Mist. Hat der Tankstellenwärter was gesehen?"

„Nein. Er sah sie nicht mal vorbeifahren."

„Wo ist er?"

„Kommen Sie. Ich stelle Sie vor." Sie gingen über den Parkplatz. Der Muschelkies knirschte unter ihren Füßen und bedeckte die Schuhe mit einem feinen weißen Staub. „Er heißt Sal St. Augustine. Er hat sein ganzes Leben hier zugebracht. Wenn einer Ihnen helfen kann, dann er."

Sal erwies sich als weiser alter Mann mit sonnengebräunter und -gegerbter Haut. Seinen tief liegenden blauen Augen entging nichts, als er Quentin betrachtete. „Was kann ich für Sie tun?"

„Ich suche eine Frau, rothaarig, sehr attraktiv. Sie fuhr einen weißen Toyota Camry."

„Der, den Davy und seine Jungs oben an der Straße gefunden haben?" Er schüttelte den Kopf. „Hab sie nicht gesehen. Vermutlich habe ich gerade ein Boot abgefertigt." Er deutete auf den Anleger hinter dem Gebäude. „Ich habe die einzige Tankstelle hier in der Gegend und bin ziemlich beschäftigt."

Quentin konnte seine Enttäuschung kaum verbergen. „Was ist mit einem kleinen Mädchen, elf oder zwölf Jahre alt? Sie hat von Ihrem Münztelefon aus angerufen. Etwa vor einer Stunde."

Sal zog seine Baseballkappe ab und kratzte sich den kahl werdenden Kopf. „Kann mich auch an kein Mädchen erinnern. Ein Mann telefonierte. Komischer Bursche, echt verschlossen."

„Wie sah er aus?" fragte Quentin gespannt.

„Dunkles Haar, leicht lockig." Sal setzte die Kappe wieder auf und zog sich den Schirm als Sonnenschutz tief in die Stirn. „Schlank, blass."

„Blass", wiederholte Quentin. „Trug er einen Hut?"

Sal dachte nach. „Nein."

Die Beschreibung passte auf Ben Walker und den Mann, den Louise Walker dem Polizeizeichner beschrieben hatte. Quentin bat Davy: „Einer Ihrer Jungs sollte meinen Captain anrufen. Sie soll die Computerskizze von Adam Furst und ein Foto von Ben Walker faxen." Während Davy den Auftrag ausführte, fragte Quentin Sal: „Haben Sie den Mann früher schon mal gesehen?"

„In den letzten Wochen einige Male. Davor nicht. Er ist nicht aus der Gegend, das ist mal sicher."

„Ist er wieder weg?"

„Ist auf demselben Weg verschwunden, wie er gekommen ist. Mit dem Boot." Er wies in die Richtung. „Ich habe es vorher betankt."

Quentin wandte sich versonnen dem Wasser zu. Fischer und Angler hatten gebräunte Haut wie Sal und Davy. Sie waren eine abgehärtete Brut mit einem gesunden Respekt vor der Sonne. Also, was tat ein blasser, hutloser Typ mit einem Boot in dieser Gegend, die hauptsächlich von Anglern bevölkert wurde?

Quentin winkte den anderen Detective heran. „Das ist unser Mann, ich weiß es."

Sal bemerkte: „Es gibt einige Hütten in der Nähe. Die Besitzer vermieten sie."

„Wo?"

Er deutete auf den Wasserweg. „Es gibt nur zwei Wege hin und zurück. Über das Wasser oder über die Straße, die endet etwa drei Meilen von hier."

Aber das Wasser endet nicht. Lake Maurepas mündet in Dutzende Bayous und andere kleine Seitenarme, die meisten befahrbar. Einige schlängeln sich durch begehbares Land.

Dieser Mistkerl plant seine Flucht mit dem Boot.

Quentin sah Davy an. „Er nimmt das Boot."

„Unsere Boote sind schon unterwegs. Lassen Sie uns vorsichtshalber noch eine Straßensperre aufbauen. Ich lasse die Hütten von Uniformierten absuchen."

„Mahnen Sie Ihre Männer zu extremer Vorsicht", riet Quentin mit Blick auf das Wasser. „Der Mann ist ein Killer."

Innerhalb einer Viertelstunde kamen drei Schnellboote des Sheriff Departments an, und zwei Suchtrupps waren eingeteilt, um sich die Hütten anzusehen.

Während Quentin mit den Manchac Deputies an Bord eines Schnellbootes ging, kam ein Fischer zum Tanken an den Anleger. Er hatte ein schmales, flaches Boot mit einem Yamaha Außenborder. Diese Aluminiumpiroggen waren speziell für das Befahren von Flachwassern in zugewachsenen Sümpfen und Bayous entwickelt worden.

Quentin zog grübelnd die Stirn in Falten. Wenn er Ben Walkers Plan richtig deutete, würde er seine Tat unbeobachtet in einsamen Nebengewässern ausführen. Er würde die Leichen dort zurücklassen, wo sie nie gefunden wurden ... wo nichts mehr zu finden war, wenn die Alligatoren ihr Werk getan hatten.

Und dann würde er davonfahren.

„Sal!" rief er. Der sah zu ihm hin, und Quentin deutete auf das kleine Boot. „Hatte unser Mann so ein Boot?"

Sal bestätigte es nickend. Quentin sprang vom Schnellboot wieder auf den Anleger.

„Malone!" rief Davy und übertönte das Aufheulen der Motoren. „Was tun Sie?"

„Ändere den Plan. Habe anderes Transportmittel gefunden."

66. KAPITEL

*Mittwoch, 7. Februar,
16 Uhr 10.*

Anna hielt sich aufrecht auf der Bank der Pirogge. Ein Insekt summte an ihrem Ohr, und sie verscheuchte es mit den gefesselten Händen. Jaye saß zitternd neben ihr und weinte leise. Sie sprachen kein Wort.

Adam hatte sie und Jaye an den rechten und linken Fußknöcheln zusammengebunden. Die Hände hatte er jeder einzeln gefesselt, Handflächen aneinander gelegt. Falls sie ihm entkamen oder das Boot kenterte, war ihre Überlebenschance minimal.

Anna erkannte, dass er jedes Detail seines Planes sorgfältig durchdacht hatte. Das Boot, den Tatort, die Art ihrer Fesselung und die Todesart. Zweifellos auch seine Flucht.

Sie weigerte sich jedoch, darüber nachzudenken, welche Todesart Adam für sie vorgesehen hatte oder wie die Kreaturen der Sümpfe in seinen Plan einbezogen waren. Sie wollte ihrer Angst keine zusätzliche Nahrung geben.

Andernfalls erstickte sie daran und vergab jede Chance, dieses Monster doch noch zu überlisten. Falls sie aufgab, unterschrieb sie damit nicht nur ihr Todesurteil, sondern auch das von Jaye.

Der Außenborder trieb das Boot brummend durch die gewundenen dunklen Wasserwege. Nur wenig Sonnenlicht fiel durch die Äste der riesigen Zypressen und Eichen. Anna fröstelte, da die feuchte, kühle Luft ihre Kleidung durchdrang.

Vor ihnen hangelte sich eine Schlange von einem Zypressenast auf das Ufer des Bayou herab. Anna richtete den Blick auf Adam. „Warum tun Sie das alles?" fragte sie ruhig. „Was haben wir Ihnen getan?"

„Warum?" wiederholte er. „Weil ich will, dass Harlow Grail denselben Terror erlebt, den wir erlebt haben. Ich will, dass die kleine Prinzessin Harlow erfährt, wie das ist, allein zum Sterben zurückgelassen zu werden."

„Zum Sterben zurückgelassen? Ich verstehe nicht."

„Denk nach, Harlow. Du weißt, wer wir sind. Du hast uns verlassen, obwohl du dein Wort gegeben hattest, es nicht zu tun. Du bist eine Lügnerin."

Sie wollte es schon leugnen, doch plötzlich schlug sie die Hände vor den Mund. „Timmy?" flüsterte sie. „Du kannst nicht ... das kann nicht bedeuten ... Timmy?"

Wieder bleckte er die Zähne in dem obszönen Versuch eines Lächelns. „Doch, ich bins, Prinzessin. Der kleine Timmy Price."

Erschüttert erwiderte sie: „Aber Timmy ist tot, schon viele Jahre. Kurt hat ihn umgebracht, vor meinen Augen."

„Er wäre fast gestorben", korrigierte er sie. „Aber die alte Hexe wollte den Kleinen behalten. Sie wollte Mommy spielen."

„Das glaube ich nicht. Sie sind ein Monster. Sie würden alles behaupten, um ..."

„Während Kurt seine chirurgischen Fähigkeiten an deiner Hand erprobte, reanimierte die alte Hexe Timmy. Sie hatte in einem Krankenhaus gearbeitet und kannte sich aus mit Wiederbelebung." Adam beugte sich mit hassverzerrtem Gesicht vor. „Timmy lebte, als du ihn verlassen hast."

Seine Behauptung war ungeheuerlich. „Sie sind ein Lügner!" begehrte sie auf. „Er war tot!"

„Nein. Du hast ihn verlassen. Du hattest versprochen, ihn zu beschützen, aber du hast ihn bei Kurt zurückgelassen."

Timmy war noch am Leben! Sie schüttelte leicht den Kopf und wollte das Entsetzliche dieser Vorstellung nicht wahrhaben. „Ich dachte, er wäre tot. Ich habe ihn nicht ... ich hätte ihn niemals ..."

„Niemand hat ihn gesucht, Harlow. Niemals. Obwohl er wartete und betete. Er glaubte, du würdest zurückkommen, aber du hast ihn verlassen."

Niemand hat ihn gesucht, weil ich allen erzählt habe, er sei tot. Das kann nicht wahr sein! Ich kann das nicht glauben!

Dennoch begann sie es zu glauben, und das schmerzte unerträglich. Sie betrachtete ihn durch einen Tränenschleier und suchte nach dem Jungen, den sie gekannt und geliebt hatte, den kleinen lockenköpfigen Cherub, der ihr überallhin gefolgt war.

„Timmy", presste sie hervor, „bist du das wirklich?"

Adam explodierte geradezu vor Zorn, dass Jaye sich enger an Anna drängte. „Timmy? Ich bin nicht mehr Timmy, dieser schniefende kleine Jammerlappen. Er wollte zu seiner Mommy, er wollte zu Harlow. Er konnte nichts ertragen. Deshalb habe ich seinen Platz eingenommen. Ich bin der Starke." Er schlug sich mit dem Revolverkolben gegen die Brust. „Ich konnte alles ertragen, was Kurt austeilte."

Anna konnte nur mühsam begreifen, was da vorging. Doch plötzlich erinnerte sie sich an ein Gespräch mit Ben im Café du Monde. Er hatte von seiner Arbeit berichtet und die Auswirkungen von Kindheitstraumata auf die Psyche Erwachsener erläutert, deren extremste Ausprägung die Aufspaltung der Psyche in verschiedene Persönlichkeiten darstellte.

Sie versuchte sich zu erinnern, was er genau gesagt hatte. Dass diese Aufspaltung in multiple Persönlichkeiten ein Schutzmechanismus der Psyche sei und bei Menschen vorkomme, die in früher Kindheit wiederholtem sadistischen Missbrauch ausgesetzt waren. Die verschiedenen Persönlichkeiten erfüllen bestimmte Funktionen für die Gastpersönlichkeit.

Adam hat Kurts Misshandlungen ertragen.

„Du hast Kurt ertragen", sagte sie leise mit bebender Stimme.

„Aber was ist mit Ben? Was war seine ... Aufgabe, wenn du dich um Kurt gekümmert hast?"

„Ben erntete den Ruhm, der Arsch. Er war immer Mommys guter Junge. Er bekam die tolle Ausbildung und erntete die Lorbeeren." Er verzog verächtlich den Mund. „Der Bedauernswerte erkannte nicht mal, dass ich ihm den Weg geebnet und ihm alles ermöglicht habe. Ich habe alles Unangenehme für ihn eingesteckt, damit er nicht leiden musste. Und er bildete sich ein, er sei der Einzige."

Ben wusste nicht, dass er eine multiple Persönlichkeit ist. Er wusste nichts von Adam und seinen Plänen.

Die Erkenntnis tröstete sie ein wenig.

Er schwenkte die Waffe in ihre Richtung. „Ich habe Kurt schließlich erledigt. Ich! All die Jahre, in denen du Angst vor ihm hattest, war er schon Madenfutter. Heute habe ich die alte Hexe abserviert. Und jetzt ist die kleine Harlow dran."

„Damit wir quitt sind?"

„Verdammt richtig", sagte er stolz. „Die große Savannah Grail war leicht auszutricksen. Ich nutzte ihre Eitelkeit und ihre Schuldgefühle, und sie lieferte mir ihre Tochter ohne nachzudenken aus. Bens Mutter, diese verwirrte alte Schachtel, tat immer, was ich wollte. Ich zog mit ihr nach New Orleans und wusste, Ben würde nachkommen und denken, sie versinke tiefer in ihre Verwirrtheit. Ben spielte mit und reagierte in jeder Phase so, wie ich es vorausgeplant hatte. Genau wie Minnie. Ich hatte sie alle unter Kontrolle."

„Wirklich?" Anna zog skeptisch eine Braue hoch. „Mir scheint, Minnie hat dich einige Male ausmanövriert."

„Diese Minnie ist eine echte Nervensäge. Hat mich manchmal richtig überrascht, die Kleine, als sie Ben einschaltete oder diesen Detective anrief. Aber ich kann ihr nicht böse sein, sie hat mir über die Jahre immer wieder ausgeholfen. Besonders, wenn Kurt seine

Freunde mitbrachte. Das war ein wirklich feiner Haufen, wenn du verstehst, was ich meine. Sie half mir aus, indem sie ..."

„Sprich nicht so über sie!" schimpfte Jaye plötzlich mit schriller, zitternder Stimme. „Du verdienst nicht, sie zu kennen!"

Er richtete seinen leeren Blick auf sie. „Du bist ein verdammtes Ärgernis, weißt du das? Ich möchte, dass du dein freches Maul hältst."

Er sagte das im Plauderton, als rede er übers Wetter. Aus Angst um ihre Freundin lenkte Anna seine Aufmerksamkeit wieder auf sich. „Also wusste Ben nichts von dir ... oder Minnie ... oder mir."

Er drosselte den Motor, als sie in flacheres Wasser kamen. „Die Lady bekommt hundert Punkte."

Es grauste Anna bei der Vorstellung, wie furchtbar Timmys Misshandlungen gewesen sein mussten, wenn sich seine Psyche aus Selbstschutz gespalten hatte. „Was ist mit Timmy?" fragte sie. „Wo ist er jetzt?"

Adam verzog die Lippen zu einem dünnen Lächeln. „Weg."

„Weg? Das verstehe ich nicht."

Er entgegnete ungeduldig: „Wir sind fast da, ich will nicht mehr darüber reden."

Anna ignorierte das. „Er kann nicht weg sein, weil du ein Teil von ihm bist."

„Halt die Klappe."

„Timmy", sagte sie. „Ich bin es, Harlow. Bist du da?"

„Halt die Klappe", wiederholte er.

„Es tut mir so Leid. Ich wusste nicht, dass du noch lebst. Sie sagten mir, du seist tot", beteuerte sie mit tränenerstickter Stimme. „Wir hätten dich geholt, wir hätten dich alle geholt. Ich habe dich lieb gehabt." Tränen verschleierten ihren Blick. „Deine Mutter, deine leibliche Mutter, hat dich sehr geliebt. Sie starb vor einigen

Jahren, aber sie hat ein Leben lang um dich getrauert. Du hast ihr sehr gefehlt."

Adam schauderte und zuckte. Seine Wut schien zu verfliegen. Das Gesicht wurde sanft und kindlich, die Körpersprache war die eines kleinen, verlorenen Wesens. In dem Bruchteil einer Sekunde erkannte Anna den kleinen Timmy.

So schnell er gekommen war, war er fort, und Adam behauptete sich wieder.

Anna merkte sich, was sie soeben erlebt hatte. Die Änderung der Persönlichkeit geschah in Sekundenschnelle. Voran ging ein Zittern oder Erschauern, das jedoch natürlich wirkte, eher unauffällig, es sei denn, man achtete darauf.

Wenn sie sich schnell genug bewegte, konnte sie ihm in diesem kurzen Moment des Übergangs vielleicht die Waffe entwenden.

Adam schien zu ermüden. Vielleicht kostete es ihn zu viel mentale Kraft, die beiden anderen Persönlichkeiten zu unterdrücken. Denn wenn sie auf einer anderen Bewusstseinsebene existierten, worüber sie irgendwo gelesen hatte, dann wussten Ben und Minnie, was gegenwärtig geschah.

Und wenn sie es wussten, würden sie versuchen, Adam aufzuhalten, davon war sie überzeugt.

Er stellte den Motor ab. Doch in der Stille hörten sie ein zweites, noch entferntes Motorengeräusch. Adam sah sich kurz um und richtete die Aufmerksamkeit auf seine Gefangenen. „Das ist nichts. Ein Angler vermutlich."

„Wie kannst du da so sicher sein?"

Er ignorierte ihre Frage und wedelte mit der Waffe. „Steht auf."

Jaye begann zu weinen, Anna spannte sich an. „Nein."

„Steht auf, oder ich erschieße euch, wo ihr sitzt."

Er meinte, was er sagte. Anna stand auf und zog Jaye mit sich hoch. Das Boot schwankte, und sie versuchte, Jaye Halt zu geben. Das zweite Motorengeräusch wurde lauter.

„Ich habe diesen Ort gewählt, weil er ein Lieblingsplatz der Alligatoren ist. Hier sind im Frühling und Sommer jede Menge Nester." Kichernd wedelte er wieder mit dem Revolver. „Seht ihr den großen Burschen da drüben? Hübscher Teufel, was? Ich wette, der ist fast sieben Meter lang. Sieht hungrig aus, oder?"

Anna spürte, dass sie am Ende ihrer Kräfte war. „Lass Jaye gehen. Mir ist gleich, was du mit mir machst, aber sie ist unschuldig ..."

„An...na!" Die rufende Stimme wurde lauter und leiser in der feuchten Luft. „Jaye!"

Quentin! Anna hätte fast losgeheult vor Erleichterung. „Wir sind hier!" schrie sie. „Hier!"

„Halt die Klappe! Halt dein ..."

„Quentin!" schrie sie wieder. „Komm schnell! Komm ..."

Adam lachte plötzlich schrill und zielte mit der Waffe. „Nur zu, schrei dir die Lunge aus dem Hals, Harlow Grail. Du bist schon tot."

67. KAPITEL

Mittwoch, 7. Februar,
14 Uhr 30.

Von einem Punkt über und außerhalb seines Körpers sah Ben entsetzt, wie Adam die Waffe auf Anna richtete. Er kämpfte um seine Freiheit, doch Adam war zu stark. Er wollte ihn nicht gehen lassen.

Hör auf! Lass sie in Ruhe! Hörst du mich? Lass mich raus!

Adam konnte ihn hören, das wusste er. In den letzten Tagen hatte er einen Schnellkurs im Verhalten multipler Persönlichkeiten absolviert. Er hatte eine Ahnung, was ein Co-Bewusstsein war. Er hatte gelernt, auf die Stimmen in seinem Kopf zu hören, und er hatte gelernt, wie ein Persönlichkeitswandel einzuleiten war.

All das verdankte er Minnie. Sie hatte durch das Tagebuch Kontakt mit ihm aufgenommen. Darin hatte sie beschrieben, wer und was er war.

Adam Furst, Minnie, Benjamin Walker, das waren drei in einer Person. Besser gesagt, sie waren alle Teil des Jungen, der Timmy gewesen war.

Entsetzt und verzweifelt hatte er diese Erkenntnis nicht wahrhaben wollen. Doch nach dem ersten Schock hatte er sie akzeptiert. Endlich verstand er seine Kopfschmerzen und die Lücken in seinen Erinnerungen. Er wusste, warum er wie ein Toter schlief, verstand die Verwirrung seiner Mutter und warum er oft von Fremden wieder erkannt worden war.

Alles passte zusammen. Alles waren typische Hinweise auf eine multiple Persönlichkeit. Großer Gott, wie hatte er so blind sein können, schließlich war er Psychologe. Er hatte Patienten mit dieser Störung behandelt.

Wäre Minnie nur früher zu ihm gekommen, diese Frauen hätten nicht sterben müssen. Er hätte es verhindert.

Gemeinsam schaffen wir es! Minnies Stimme. *Wir können sie retten.*

Er hatte mit Minnie einen Plan geschmiedet. Sie waren sich einig, dass sie Adam nur gemeinsam aufhalten konnten. Sie würden auf den richtigen Augenblick warten. Und wem es als Erstem gelang, freizukommen, der würde es tun, ohne Zögern.

Jetzt!

Er hörte Minnie und bemühte sich freizukommen. Er schrie Adam an, wehrte sich und verlangte, freigelassen zu werden. Minnie tat dasselbe.

Adam wurde schwächer. Minnie schlüpfte hinaus.

Nicht zögern! Minnie. Tu es!

Ben sah zu, wie sie die Waffe gegen sich selbst richtete. „Du bist meine beste Freundin, Jaye. Ich lasse nicht zu, dass er dir was tut."

Dann drückte sie ab.

68. KAPITEL

Acht Wochen später,
French Quarter.

Der Frühling war eingezogen in New Orleans. Obwohl der Winter 2001 als einer der kältesten in die Annalen einging, standen die Azaleen in Blüte und die Bäume wie durch Zauberhand in Knospen.

Anna sog die warme duftende Luft tief ein und schloss die Finger um Quentins Hand. Sie waren mit Jaye und dem gesamten Malone-Clan am Jackson Square zum Brunch gewesen und hatten sich nicht nur an dem Tag und der gegenseitigen Gesellschaft erfreut, sondern auch an der Parade staunender Touristen.

In gewisser Weise fühlte sich Anna wie sie. Jeden Tag staunte sie darüber, dass sie unbekümmert leben konnte. Ihre Angst lauerte nicht mal mehr als Beklommenheit in ihrem Unterbewusstsein. Dafür war sie unendlich dankbar.

Der Letzte aus Quentins Familie hatte sich gerade verabschiedet, und nun wollte auch Jaye gehen. Sie küsste Anna auf die Wange. „Ich muss los. Fran geht mit mir ins Einkaufscenter. Bei Abercrombies ist Ausverkauf."

Anna schmunzelte über Jayes offenkundige Freude. „Du kommst in letzter Zeit gut mit deiner Pflegemutter aus, was?"

Jaye hob keck lächelnd kurz eine Schulter. „Sie ist gar nicht so übel."

Fran Clausen hatte bei Jayes Rückkehr vor Freude geweint und sie um Verzeihung gebeten, dass sie angenommen hatte, sie sei weggelaufen. Ihre Tränen hatten Jaye viel bedeutet. Reifer geworden, hatte sie angesichts ihrer früheren Eskapaden für das Misstrauen ihrer Pflegeeltern jedoch Verständnis gezeigt.

Die Entführung hatte sie deutlich verändert. Sie war toleranter und umgänglicher geworden. Die Nähe des Todes schien ihr bewusst gemacht zu haben, wie schön und wertvoll das Leben war.

„Ich liebe dich, Kleines", sagte Anna leise und umarmte sie. „Viel Spaß." Während sie Jaye davongehen sah, hakte sie sich bei Quentin unter. „Es ist ja so ruhig."

Er lachte. „Dem Himmel sei Dank. Meine Familie kann ganz schön anstrengend sein, wenn alle zusammen sind."

„Ich mag sie", erwiderte Anna amüsiert. „Jeden Einzelnen und alle zusammen. Du bist ein Glückspilz, weißt du das?"

Er blieb stehen und sah ihr in die Augen. „Klar, weil ich dich gefunden habe."

Gerührt stellte sie sich auf die Zehenspitzen und küsste ihn. „Danke, Detective Malone, ich fühle mich auch wie ein Glückspilz."

Sie gingen weiter. „Ich war heute bei Terry", erzählte er.

„Wie geht es ihm?"

„Nicht besonders. Er hat Pennys Umzug nach Lafayette ziemlich schwer genommen. Aber die Therapie scheint ihm gut zu bekommen. Es wird eine langwierige Sache werden." Voller Zuneigung fügte er hinzu: „Aber Terry hat es sich ja nie leicht gemacht."

Sie drückte ihm den Arm. „Es hilft ihm, dass du für ihn da bist."

„Das sind wir alle. Auch Tante Patti. Sie erkundigt sich jeden Tag bei ihm, wie es läuft, und will ihn wieder bei der Arbeit sehen, sobald die Therapie abgeschlossen ist." Sie gingen eine Weile schweigend, dann fragte er: „Also, Starautorin, wie geht es mit dem neuen Buch voran?"

Er nannte sie so, seit sich drei große Verlage mit Angeboten für ihr neues Buch gegenseitig übertrumpft hatten. Ihr neuer Verleger war überzeugt, dass ihr Roman den Vorschuss wieder einbrachte.

Auf Grund ihrer Vergangenheit rechnete man mit reißendem Absatz. Sie heckten bereits ihre Werbetour aus, dabei hatte sie kaum mit dem Schreiben begonnen.

„Großartig. Und mit meinem neuen Lektor ist wunderbar zu arbeiten."

Sie konnte selbst kaum glauben, dass sie Fernseh- und Radiointerviews über ihre Kindheitserlebnisse geben würde, der Öffentlichkeit schutzlos preisgegeben, und keine Angst mehr davor hatte.

Nie wieder würde sie sich vor dem Leben verstecken. Leben bedeutete schließlich, Risiken eingehen, das Gute wie das Schlechte hinnehmen und alles dazwischen.

Als ihr Haus in Sicht kam, stieß sie Quentin in die Seite. „Übrigens, wer von uns ist hier wohl der Star? Wer wurde denn zum Jurastudium an der Tulane angenommen?"

Er lachte kopfschüttelnd. „Ich kann es immer noch nicht glauben. Quentin Malone, zukünftiger Staatsanwalt im grauen Flanell." Ernster fügte er hinzu: „Wenn ich es schaffe."

„Du schaffst es." Sie blieb stehen und wandte sich ihm zu. „Ich glaube an dich."

„Ja?" Lächelnd hielt er ihr Gesicht mit beiden Händen.

„Ja."

Er küsste sie innig.

Sie erwiderte den Kuss.

„Schön, Sie hier draußen zu sehen."

Alphonse Badeaux und Mr. Bingle standen hinter ihnen. Herr und Hund grinsten von Ohr zu Ohr. Anna wurden die Wangen warm. „Alphonse, ich wusste nicht, dass Sie hier sind."

Quentin gab ihm die Hand. „Schön, Sie zu sehen, Alphonse. Wie geht es Ihnen und Mr. Bingle?"

„Kann mich nicht beklagen. Nicht an einem so schönen Tag."

Anna beugte sich vor und kraulte der Bulldogge die Ohren. „Kommen Sie bald mal auf einen Eistee zu mir hoch, Alphonse. Ich habe auch Kekse für Mr. Bingle. Seine Lieblingskekse."

„Das ist sehr nett von Ihnen, Miss Anna. Das mache ich gern. Übrigens, heute ist ein Päckchen für Sie gekommen. So gegen elf. Ich dachte, das würden Sie gern wissen."

Sie blickte mit dem beklommenen Gefühl des Déjà vu zum Haus. „Hat der Lieferant es über das Tor geworfen?"

„Nein, er hat es hochgebracht. Das Tor war wieder offen." Besorgt fügte er hinzu: „Sie sollten vielleicht mit den Kindern aus der vierten darüber sprechen. Nicht dass es mich etwas angeht natürlich."

Anna dankte ihm, verabschiedete sich und ging mit Quentin hinein. Sie stiegen die Treppe hinauf. Das Päckchen lag auf ihrer Fußmatte.

In braunes Papier eingewickelt, hatte es etwa die Größe einer Videokassette.

Und wenn es nun doch nicht vorbei ist?

Quentin sah sie besorgt an. „Alles okay?"

„Ja, absolut." Sie nahm das Päckchen auf. Es sah aus, als wäre ein Lieferwagen darüber gefahren. Das Papier war schmutzig und zerrissen. Als sie sah, dass es von Ben stammte, blickte sie Quentin ängstlich an. „Das kann nicht sein."

Er las den Absender und erwiderte: „Es gibt nur eine Möglichkeit, das herauszufinden."

Sie öffnete das Päckchen und nahm zwei Tagebücher heraus. Das eine, das sie vor Wochen auf Bens Schreibtisch gesehen hatte, und ein zweites, nur teilweise gefülltes.

Er hatte eine Mitteilung dazugelegt, und Anna las laut:

„Liebste Anna,

wenn du das hier liest, habe ich Erfolg gehabt, in meinem Bemühen, Adam aufzuhalten, und bin wahrscheinlich tot.

Lies und verstehe.

Dein Ben."

In die Sofaecke gehockt, begann sie zu lesen und fand eine Geschichte von Missbrauch, Wut und Verzweiflung dokumentiert. Ein Zeugnis menschlicher Niedertracht, aber auch des Willens zum Überleben. Das zweite Buch erzählte die Geschichte eines Mannes, der sich bemüht, sich selbst und seine Vergangenheit zu begreifen.

Beide Geschichten bestachen durch eine individuelle Erzählweise, durch Zeichnungen und wiedergegebene Unterhaltungen der drei Persönlichkeiten. Wobei Handschrift und Ausdrucksweise jeweils drastisch variierten, ein greifbarer Beweis für Adams Wut, Minnies Angst und Bens Verzweiflung.

Anna erfuhr, dass Timmy, unfähig, die Misshandlungen zu ertragen, aufgehört hatte zu existieren und sich tief in sich selbst schlafen gelegt hatte. Dann war als Erstes Adam aufgetaucht, danach Ben und Minnie. Die drei hatten Timmys Leben und Bewusstsein übernommen. Jeder für eine spezifische Rolle mit seinen eigenen Stärken und Schwächen, eigener Vergangenheit und eigenen Erinnerungen.

Anna las, wie sich Minnie durch ihre Zuneigung zu Jaye gezwungen sah, über die Tagebücher Kontakt zu Ben aufzunehmen. Konfrontiert mit Beweisen, hatte Ben erkennen müssen, dass er eine multiple Persönlichkeit war. Sofort hatte er sich bemüht, Adam unter Kontrolle zu bringen, um sich zu heilen und alle drei zu einem Ganzen zu vereinen.

Es war zu spät gewesen. Sie hatten nicht genügend Zeit gehabt.

Quentin hielt Anna in den Armen, während sie sich ausweinte.

„Ich werde sie nie vergessen", flüsterte sie. „Weder Timmy noch Minnie noch Ben. Ich werde nie vergessen, was sie für mich getan haben."

„Ich weiß, Liebes." Er drückte sie an sich. „Es tut mir so Leid."

Sie hob ihr tränenüberströmtes Gesicht. „Kinder sind ein Geschenk, Quentin. Sie sollten behütet und beschützt werden." Sie verstummte einen Moment, um Fassung bemüht. „Ich werde versuchen, durch meine Bücher ... vielleicht kann ich etwas bewirken. Ich muss ..."

Er sah sie einen Moment schweigend an und sagte sanft. „Ich liebe dich, Harlow Anastasia Grail."

In diesem Moment konnte sie akzeptieren, wer sie wirklich war, und war dankbar, es nie mehr leugnen zu müssen.

– ENDE –

Alex Kava

Blutspur des Todes

Die Suche nach dem eiskalten Serienkiller Jared Barnett wird für die Staatsanwältin Grace Wenninghoff zu einem Wettlauf mit der Zeit. Doch sie weiß nicht, dass sie zur Zielscheibe eines mörderischen Komplotts geworden ist …

Band-Nr. 25112
7,95 € (D)
ISBN 3-89941-148-X

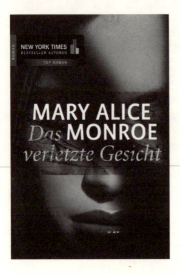

Mary Alice Monroe

Das verletzte Gesicht

Ein sensibler Frauenroman um eine große Liebe und den hohen Preis der Schönheit – ein einfühlsamer Beitrag zu einem hochaktuellen Thema von Top-Autorin Mary Alice Monroe ...

Band-Nr. 25113
7,95 € (D)
ISBN 3-89941-149-8

Alex Kava
Das Böse

Band-Nr. 25001
7,95 € (D)
ISBN 3-89941-001-7

Alex Kava
Schwarze Seelen

Band-Nr. 25052
7,95 € (D)
ISBN 3-89941-067-X

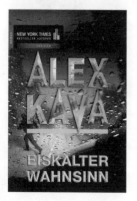

Alex Kava
Eiskalter Wahnsinn

Band-Nr. 25069
7,95 € (D)
ISBN 3-89941-091-2

Jackie Collins
Mit Gift und Glamour
Band-Nr. 25101
7,95 € (D)
ISBN 3-89941-137-4

Erica Spindler
Stadt des Schweigens
Band-Nr. 25091
7,95 € (D)
ISBN 3-89941-124-2

Erica Spindler
Der Tod kommt lautlos
Band-Nr. 25063
7,95 € (D)
ISBN 3-89941-084-X

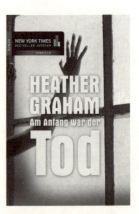

Heather Graham
Am Anfang war der Tod
Band-Nr. 25083
7,95 € (D)
ISBN 3-89941-108-0